Corina Lendfers

Was kostet ein Traum?

Bibliographische Informationen der Deutschen Nationalbibliothek: Die Deutsche Nationalbibliothek verzeichnet diese
Publikation in der Deutschen Nationalbibliografie; detaillierte
bibliographische Daten sind im Internet über
http://dnb.dnb.de abrufbar.

ISBN: 978-3-7693-2489-1
© 2024, Corina Lendfers

      Bahnhofstraße 88

      D-88682 Salem

      www.corina-lendfers.com

Covergestaltung: Corina Lendfers
Bildelemente Cover: Alle Adobe Stock: smth.design, aicandy,
Schlierner
Foto Autorin: Miriam Lendfers
Lektorat: Corina Lendfers
Verlag: BoD · Books on Demand GmbH, In de Tarpen 42,
22848 Norderstedt, bod@bod.de
Druck: Libri Plureos GmbH, Friedensallee 273, 22763 Hamburg

Kapitel 1

„Was ist das?"

„Was?"

„Dort treibt was auf den Wellen."

„Schaumkrönchen?"

„Nein." Paula runzelt die Stirn.

Marlene setzt sich auf und wischt sich schwarzen Sand von den Händen. Geblendet von der Nachmittagssonne kneift sie die Augen zusammen. Ihr Blick folgt Paulas ausgestrecktem Arm. Die bewegte Wasseroberfläche glitzert.

„Dort, auf der Höhe der Felsnase!" Paulas Stimme klingt rau. Reglos starrt sie aufs Meer.

Marlenes Augen suchen die Wellen ab.

Paula springt auf. „Das ist ein Mensch! Er ist viel zu weit draußen. Wahrscheinlich braucht er Hilfe." Sie stürmt ins Wasser, taucht unter einem Wellenkamm hindurch und ist im nächsten Augenblick verschwunden.

„Paula!" Marlene rennt ihr hinterher, dann bleibt sie stehen. Der heiße Sand brennt unter ihren Fußsohlen. Sie springt zurück auf die Stranddecke und beobachtet die Freundin, die sich mit gleichmäßigen Crawlbewegungen vom Strand entfernt. Erst jetzt entdeckt sie den dunklen Punkt in der Nähe der Felsnase. Er scheint auf den Wellen zu tanzen.

Mal verschwindet er, dann taucht er wieder auf. Marlene wischt sich Schweiß von der Stirn und ihre Zunge fährt über die Lippen. Sie schmecken salzig. Ihre Kehle ist trocken.

In Paulas Ohren rauscht das Wasser. Mechanisch pflügen ihre Arme durch die Wellen. In monotonem Rhythmus dreht sich ihr Kopf, wie verselbstständigt, abwechselnd nach links und rechts. Aus den Augenwinkeln nimmt sie die Felsnase wahr, die näher kommt. Hin und wieder eilt ihr Blick voraus und sucht den dunklen Punkt. Sie erkennt einen Kopf, schwarzes Haar. Er scheint sich nicht von der Stelle zu bewegen, wird von den Wellen geschaukelt. Ihr Herz klopft rascher, das Blut pocht in ihrem Hals. Sie widersteht dem Impuls, schneller zu schwimmen, um Kraft zu sparen.

„Hallo! Hörst du mich? Hallo!" Sie ruft, so laut sie kann, aber das Rauschen der Wellen verschluckt ihre Worte. Salzwasser dringt in ihre Nase und brennt sich durch die Luftröhre, sie hustet.

Vor ihr treibt ein Mann. Er ist noch wenige Armlängen von ihr entfernt. Sie atmet rasch, und plötzlich jagt eine Hitzewelle durch ihren Körper. Was soll sie tun, wenn er tot ist?

„Hallo! Hallo!", ruft sie erneut, um ihn nicht zu erschrecken. Sie streckt ihre Hand aus und bekommt seinen linken Arm zu fassen. Er reagiert nicht. Seine Haut ist kalt. Sie zieht ihn zu sich und dreht ihn auf den Rücken. Seine Augen sind geschlossen und liegen in dunklen Höhlen. Eine Welle schwappt über markante Wangenknochen, über die sich blassgraue Haut spannt.

Paula erschaudert. Sie umfasst den Nacken des Mannes mit der linken Hand, legt ihre rechte Hand auf seine Stirn und dreht sich auf den Rücken. Seine Schultern berühren ihren Bauch, während sie rückwärts in Richtung Ufer schwimmt. Schwarzes Kraushaar streicht bei jeder Bewegung über ihren Brustkorb.

Marlene dreht sich um. Ihr Blick hastet über den Strand. Der schwarze Sand ist mit mannshohen Steinbrocken durchsetzt, zwischen denen die Handtücher vereinzelter Badegäste wie bunte Farbkleckse leuchten. Hinter ihnen ragt eine imposante

Felswand in den stahlblauen Aprilhimmel. Es riecht nach Sonnencrème und feuchten Algen.

Rettungswagen. Ich muss einen Rettungswagen rufen. Sie wühlt in ihrer Strandtasche und erinnert sich, dass sie ihr Handy in der Finca gelassen hat.

„Können Sie mir helfen?" In Flipflops rennt sie auf eine Familie zu, die in einiger Entfernung unter einem Sonnenschirm picknickt. Ein kleiner Junge klopft unablässig mit einer Plastikschaufel auf den Boden. „Dort draußen ist jemand in Not, wir brauchen einen Rettungswagen!"

Die junge Frau und der Mann blicken Marlene verständnislos an. Sie scheinen sie nicht zu verstehen. Aufgeregt zeigt Marlene aufs Meer. „Dort, sehen Sie, dort!"

Der Mann springt auf, ruft seiner Frau etwas auf Spanisch zu, greift nach einem Wellenbrett neben dem Sonnenschirm und rennt zum Wasser. Die Frau erblasst. Zwei Schrecksekunden später kippt sie den Inhalt ihrer Handtasche auf die Decke, ergreift ihr Handy, das zwischen Handcrème, Lippenstift, Feuchttüchern und Babywindeln liegt, und tippt mit zitternden Fingern.

Das Rauschen der Brandung wird lauter. Paula wendet den Kopf und versucht, einen Blick auf die Wellen hinter sich zu erhaschen. In der Nähe des Ufers ragen drei große Felsen aus dem Wasser, gegen die sie nicht geschleudert werden möchte. Eine Welle schwappt über ihr Gesicht, sie schluckt Salzwasser, hustet und ringt nach Luft. Der Kopf in ihren Händen wird immer schwerer, ebenso wie ihre Beine. *Ich muss es schaffen!* Sie holt tief Atem und konzentriert sich auf die Beinbewegungen.

„Hola! Hola!" Zwischen dem Rauschen der Brandung meint sie, eine Stimme zu hören. Erneut neigt sie den Kopf zur Seite. Sie nimmt etwas Gelbes auf dem Wasser wahr, etwa zehn Meter von sich entfernt. *Ein Bodyboard!* Unmittelbar kehrt die Kraft in ihren Körper zurück.

„Hola!", schreit sie.

Kurz darauf hört sie die Stimme eines Mannes. „Venga!"

Sie dreht sich um, spürt einen festen Griff um ihren Oberarm und einen Zug nach oben. „Espera", keucht sie und hält dem Mann den Kopf des Ertrinkenden entgegen.

„Antonio! Antonio! No te mueras, no te mueras!" In den Augen des Helfers liegt blanke Panik, seine Stimme splittert. Er ergreift den Kopf, und gemeinsam schieben und ziehen sie den Ertrinkenden aufs Wellenbrett. Paula schwimmt links, der Mann rechts, die anrollenden Wellen hinter sich im Visier, um nicht überrascht zu werden.

Am Strand hat sich eine kleine Gruppe von Menschen versammelt. Jetzt stürmen sie ins Wasser. Hände ziehen an Paula und versuchen, sie zu stützen. Sie tastet mit den Füßen den Boden, stößt gegen einen Stein. Sie nimmt einen brennenden Schmerz wahr und zieht den Fuß rasch wieder hoch. Sie lässt das Wellenbrett los und taumelt auf den Strand.

„Alles okay?" Marlene fängt sie auf, bevor sie mit den Knien auf dem Sand aufschlägt.

„Bei mir schon." Sie beobachtet, wie drei Männer das Bodyboard auf den Strand ziehen. Einer der Männer beginnt sofort mit der Herzmassage. Eine Frau hält einen kleinen Jungen auf dem Arm. Tränen laufen über ihre Wangen.

Ein plötzlicher Schüttelfrost erfasst Paula.

„Komm." Marlene stützt sie.

Auf der Stranddecke zieht Paula die Knie zum Kinn. Die Freundin legt ihr ein Handtuch um die Schultern.

„Du blutest am Fuß."

Paula löst ihren Blick vom Rücken des Mannes, der die Herzmassage durchführt. Auf ihrem linken Fußrücken ist ein etwa 2cm langer Schnitt, aus dem das Blut auf den ausgebleichten Stoff der Stranddecke tropft. Erst jetzt nimmt sie den brennenden Schmerz wahr.

Marlene greift nach ihrem weißen Trägershirt, das auf einem Felsbrocken liegt, und hebt vorsichtig Paulas Fuß an.

„Was tust du?"

„Einbinden, damit kein Sand reinkommt."

„Aber dein Shirt..."

Marlene winkt ab und wickelt den Stoff energisch um die Schnittwunde. „Desinfiziert ist er ja schon."

„Danke." Paula lächelt. Dann holt sie tief Atem und steht langsam auf. „Kommst du mit?"

Marlene nickt, und gemeinsam nähern sie sich der kleinen, schweigenden Gruppe. Da ertönt ein Röcheln. Ein Ruck geht durch die Menschen.

„Antonio!"

Zwischen zwei Frauen hindurch erkennt Paula, dass sich der Mann, den sie aus dem Wasser geborgen hat, bewegt. Seine mageren Schultern zucken. Er scheint zu erbrechen. Rasch wird er auf die Seite gedreht und mit Handtüchern zugedeckt. Die Anspannung, die wie eine bleierne Decke über den Menschen gelegen und das Atmen erschwert hat, löst sich, alle reden durcheinander.

Der Mann, der die Herzmassage durchgeführt hat, steht auf und streckt Paula die Hand hin. „Soy Jorge, el hermano. Gracias." Seine Stimme klingt dunkel, und in seinen Augen spiegeln sich Erleichterung und Dankbarkeit. Er lächelt und wischt sich eine Träne aus dem Augenwinkel.

„Paula." Sie ergreift seine kräftige Hand und lächelt ihn an. Mit einem Mal werden ihre Augenlider schwer und ihr Rücken schmerzt. Sie schluckt, ihr Mund ist trocken.

Aus der Ferne erklingt das Martinshorn des Krankenwagens.

„Endlich!" Marlene dreht sich um und läuft ans Südende des Strandes in Richtung Straße.

„Dame tu número movil", fordert Jorge Paula auf. Die junge Frau hält ihr einen Zettel und einen Kugelschreiber hin. Paula schreibt Handynummer und Namen auf.

„Mira, ya vienen los sanitarios!" Die junge Frau zeigt auf zwei Sanitäter in gelben Westen, die gemeinsam mit Marlene auf sie zulaufen. Sie tragen eine Bahre und einen Koffer.

Marlene tritt hinter Paula und umarmt sie. Paula lehnt sich an die Freundin. Sie schließt die Augen. Die Hitze des Sandes dringt durch die dünnen Sohlen der Flipflops, die Sonne brennt auf ihren Kopf. Die Kälte weicht allmählich aus ihrem Körper und das Zittern lässt nach. Der Geruch von Desinfektionsmittel kitzelt ihre Nasenhärchen, sie muss niesen.

Die beiden Sanitäter arbeiten schnell und wortlos, während Jorge ihnen erzählt, was passiert ist. Nach wenigen Minuten bücken sie sich und packen die Griffe der Bahre. Der Mann liegt unter einer goldglänzenden, knisternden Rettungsdecke. Mund und Nase werden von einer Sauerstoffmaske bedeckt, seine Augen sind geöffnet. Als er an Paula vorbeigetragen wird, treffen sich ihre Blicke. Sie zuckt zusammen. In seinen Augen spiegelt sich abgrundtiefe Leere.

„Muchisimas gracias." Jorge bleibt kurz vor Paula stehen, dann läuft er mit seiner Frau hinter den Sanitätern her.

„Seine Freunde?" Marlene schaut ihnen nach.

„Sein Bruder mit Familie." Paula beginnt, die Strandsachen zusammenzupacken. „Jetzt brauch' ich einen Schnaps. Und was zu essen."

Sie stapfen über den Strand und setzen sich in eines der kleinen Straßenlokale, die aus einer Ansammlung von Tischen und Stühlen am Straßenrand bestehen.

„Wo sind eigentlich Becky und Lisa? Sie wollten doch auch an den Strand kommen." Paula taucht ein Stück papa arrugada, der kanarischen Schrumpelkartoffel mit Salzkruste, ins mojo rojo, eine pikante einheimische Soße, und schiebt sie sich in den Mund. Zwischen ihr und Marlene stehen eine große Salatplatte und eine Schüssel der kleinen Kartöffelchen, dazu zwei Porzellanschälchen mit roter und grüner Soße.

„Dachte ich auch." Marlene zuckt die Schultern und spießt eine Tomatenscheibe auf die Gabel.

Am Nebentisch streitet sich ein älteres deutsches Paar darüber, ob Tenerife oder Gran Canaria die Hauptinsel der Kanaren ist, und auf dem Boden pickt eine Taube heruntergefallene Brotkrümel. Es riecht nach frittiertem Fisch.

Paulas steife Finger werden beweglicher. Sie schließt die Augen und spürt die Sonnenstrahlen auf ihrem Gesicht. Der barraquito, eine einheimische Kaffeespezialität mit Kondensmilch, Likör, Espresso und Milchschaum, wärmt von innen.

Plötzlich zuckt sie zusammen. „Wie spät ist es?"

„Keine Ahnung. Mein Handy ist in der Finca."

„Meins auch. Mist. Um 16.00 Uhr beginnt die Generalprobe." Unruhig schaut sie sich um und versucht, einen Blick aufs Zifferblatt der Armbanduhr ihres Tischnachbarn zu erhaschen.

„Stress dich nicht. Du isst jetzt erst und erholst dich. Die anderen können die GP auch ohne dich beginnen." Marlenes Stimme klingt bestimmt.

„Birgit beißt mir den Kopf ab, wenn ich zu spät komme." Hastig schaufelt Paula den Salat in sich hinein.

„Ach was, die beruhigt sich schon wieder." Marlene lehnt sich zurück und trinkt einen großen Schluck Bier.

„Du hast keine Ahnung, was die für Stimmung machen kann! Wenn die schlecht drauf ist, dann können wir die Probe vergessen."

„Hier seid ihr! Wir haben euch am Strand gesucht!" Zwei Mädchen mit kurzen Shirts und Hosen, Badetaschen über den Schultern und Flipflops an den Füßen wirbeln um die Ecke und bleiben vor Paula und Marlene stehen.

„Hallo Becky, hi Lisa! Wo wart ihr denn so lange?"

„Wir haben uns mit Tina und Jürgen verquatscht. Kommt ihr noch an den Strand?" Becky, die Kräftigere der beiden mit einem blonden Dutt auf dem Kopf und dunkler Sonnenbrille, stibitzt eine Kartoffel.

„Nein, wir waren den ganzen Mittag am Strand und ich hab' gleich Generalprobe."

„Alles klar, dann bis später!" Becky drückt Paula einen Kuss auf die Wange, hängt sich bei Lisa ein, und die beiden schlendern an den Souvenirständen vorbei in Richtung Strand.

„Bitte seid spätestens um 20.00 Uhr wieder in der Finca!", ruft ihnen Marlene nach.

„Mann, endlich! Eine ganze Stunde zu spät. Was soll das?" Birgit springt auf und funkelt Paula aus grünen Augen wütend an.

„Beruhige dich mal! Ihr hättet ja ohne mich anfangen können." Paula stapft an ihr vorbei und stößt die Tür zu ihrem Bungalow auf. Modriger Geruch schlägt ihr entgegen. Sie stellt die Badetasche auf den Stuhl und öffnet das Fenster.

„Was war los?" Matteo lehnt am Türrahmen, eine Hand in die Hüfte gestemmt. Wie immer stecken seine Beine in einer dunkelblauen Jeans und die Füße in schwarzen Sneakers. Die oberen Knöpfe seines weißen Leinenhemdes stehen offen.

Sie schweigt, bindet die kinnlangen, blonden Haare mit einem Haarband zusammen und tauscht die kurze Jeans gegen eine rote, luftige Baumwollhose.

„Würdest du mir bitte sagen, warum du eine ganze Stunde zu spät kommst?" Er tritt ein und schiebt die Tür mit dem Fuß zu.

Sie schält sich aus dem Bikini. „Ich möchte jetzt nicht darüber sprechen." Sie streift ein schwarzes Träger-T-Shirt über und wirft ihm einen flüchtigen Blick zu. Seine Augen halten sie fest. Sie knetet ihren rechten Ringfinger.

Seine Hand schiebt eine braune Haarsträhne zurück und er macht einen Schritt auf sie zu. „Warst du alleine unterwegs?" Ein besorgter Unterton liegt in seiner Stimme.

Paula schüttelt den Kopf. „Mit Marlene." Sie schlüpft in einen hellbraunen Strickmantel und beobachtet, wie sich Matteos Stirnfalten glätten. Ihre Lippen berühren kurz seine Wange, seine Arme legen sich um ihre Taille. Er riecht nach herbem Aftershave.

„Lass uns rausgehen." Sie lächelt ihn an.

Er lässt sie los und öffnet widerwillig die Tür.

„Was ist mit deinem Fuß?" Tom, der an einer der Säulen des Vordachs lehnt, deutet mit dem Kinn auf Marlenes Shirt, das noch immer um Paulas Fuß gewickelt ist.

„Nichts Wichtiges. Fangen wir an?" Fragend blickt sie in die Runde. Tom kneift die Augen zusammen und drückt seine Zigarette aus. Seine blonden Locken stehen in alle Richtungen vom Kopf ab und seine runden Wangen sind leicht gerötet.

„Yep." Andreas erhebt sich aus dem Korbstuhl und stellt ihn zum kleinen Tischchen auf dem großen, von Palmen gesäumten Platz, der als Bühne genutzt wird.

„Wie jetzt? Keine Entschuldigung? Keine Erklärung, warum du so spät kommst?" Auf Birgits Stirn steht eine steile Falte und ihre dunklen Augenbrauen berühren sich fast. Sie zieht hektisch an einer Zigarette. Ihr kurzes Haar schimmert rötlich.

„Lass doch jetzt, wir sind sowieso schon spät dran. Paula wird ihre Gründe haben." Matteo legt ihr beschwichtigend die

Hand auf die Schulter. Birgit schlägt sie weg und schreit ihn an: „Ich bin den ganzen verdammten Nachmittag hier rumgesessen und hab auf einen Ausflug nach San Sebastián verzichtet, um pünktlich hier zu sein, und das nur, damit ich sinnlos warten kann, bis Madame Regisseurin die Gnade hat, endlich mal aufzutauchen? Und sich dann nicht mal entschuldigt?" Ihre Stimme schrillt über den Platz und wird von den Wänden der sechs kleinen Bungalows, die den Platz säumen, zurückgeworfen. Sie bläst den Rauch ihrer Zigarette in Paulas Richtung.

„Bitte, lass das." Paula weicht zur Seite. Sie lässt sich auf den Fußboden sinken und lehnt sich mit dem Rücken an eine Säule. Sie füllt ihre Lungen mit Luft, ihre Augen suchen Halt an einer großen Kübelpalme. „Ich war mit Marlene am Strand und hab' einen Mann aus dem Wasser geholt, der am Ertrinken war." Sie schließt die Augen. In ihren Ohren rauschen die Wellen und sie fühlt das kalte Wasser an ihrem Körper vorbeiziehen.

„Dann kommt die Verletzung an deinem Fuß von dort! Pass auf, dass sie nicht entzündet." Tom zieht die Augenbrauen in die Höhe.

„Welche Verletzung?" Eine kleine Frau mit kurzem, grauem Haar tritt zwischen zwei Palmen hervor. Rosie ist das älteste Mitglied der Truppe, trägt immer wallende Kleidung und ist nie schlecht gelaunt. Sie ist Paulas großes Vorbild. So vital und energievoll möchte sie mit 65 Jahren auch sein.

Tom zeigt mit dem Kinn auf Paulas Fuß. „Da. Ihr Fuß."

„Zeig her."

„Nach der Probe, ok? Wurde lang im Salzwasser desinfiziert." Paula dreht den Kopf und blickt Rosie bittend an.

Die ältere Frau nickt. Vor ihrer Karriere als Schauspielerin hat sie als Krankenschwester gearbeitet und fühlt sich verantwortlich für die Gesundheit der Truppe.

„Was genau ist passiert?" Matteo setzt sich neben Paula und legt seinen Arm um ihre Schultern.

Ihre Stimme zittert, als sie zu sprechen beginnt. „Er trieb reglos auf dem Wasser. Er sah tot aus. Seine Haut war grau und kalt. Er war so dünn, so, als ob er schon lange ohne Nahrung auf dem Wasser getrieben wäre. Ich schwamm mit ihm an Land, glaubte, eine – eine Leiche mitzuziehen." Sie stockt und hält den Atem an. „Und dann röchelte er plötzlich und spuckte Wasser. Er lebte. Es war gruselig. Und gleichzeitig wie ein Wunder." Matteos Hand streicht über ihren Rücken. Die innere Kälte, die schleichend von ihr Besitz ergriffen hat, löst sich auf. Sie schüttelt sich und steht auf. „Lasst uns bitte anfangen."

„Es tut mir leid, dass ich dich so angefahren habe." Birgit blickt betreten zu Boden. In ihrer Stimme klingt ehrliches Bedauern.

„Ist schon okay." Paula lächelt erschöpft. Matteos Fingerspitzen berühren sanft ihre Stirn und sein Dreitagebart kitzelt ihre Wange, als er sie küsst.

Tom dreht sich um und stapft zum Mischpult. Rosie stellt sich neben eine der mannshohen Kübelpalmen, stemmt die Hände in die Hüften und überlegt laut: „Diese Palme würde sich besser machen in der Nähe des Tisches, was meint ihr?"

„Finde ich auch!" Andreas zerrt den Pflanzkübel mit Rosies Hilfe hinter den Tisch. Die Bühne, auf der die ersten drei Vorstellungen der Tournee stattfinden werden, besteht aus dem gepflasterten Platz, um den sich die Bungalows gruppieren, in denen die Mitglieder der Truppe wohnen.

Paula wendet sich an Tom: „Licht und Ton bereit?"

Er nickt und schiebt die Regler für die Beleuchtung. Noch ist es zu hell, und das weiße Licht, das aus zwei großen Scheinwerfern links und rechts auf den Platz fällt, lässt sich mehr erahnen als sehen. Aus den Lautsprechern erklingen ferne Trommelschläge, darüber legt sich die klare Melodie einer Querflöte.

Kapitel 2

„Ja, Ulrich, was gibt's?"

„Ich habe sie."

„Wen?"

„Die Regisseurin für Ihren nächsten Film."

„Ich dachte, Sie sind im Urlaub?"

„Das bin ich auch, und hier habe ich sie entdeckt!"

Frank von Roth lehnt sich in seinem schwarzen Bürosessel zurück, drückt die Lautsprechertaste, legt den Hörer auf den Schreibtisch und verschränkt die Arme vor der Brust.

„Schießen Sie los."

„Paula Maria Menotti, 45 Jahre, inszeniert seit fünf Jahren mit ihrem eigenen Ensemble *zeitlos anders* und tourt jährlich durch Deutschland, alle großen Städte dabei, München, Frankfurt, Berlin."

Frank von Roth wartet. Regentropfen prasseln an die Fensterfront seines Büros im 12. Stock und bilden lange Rinnsale. Über der Spree wabern Nebelschwaden. „Und? Weiter?"

„Was, weiter?"

„Auszeichnungen, Preise, Kritiken?"

„Das weiß ich noch nicht, aber wie sie inszeniert, ist absolut genial! Ich habe noch nie so lebendiges Theater gesehen!"

„Theater. Eine Theaterregisseurin soll eine oscarreife Film-inszenierung hinlegen mit einem Film mit über 500 Beteiligten." Der Spott in Frank von Roths Stimme ist nicht zu überhören.

„Warum nicht?"

„Warum sollte sie das schaffen? Etwas, das ein Dutzend Filmregisseure mit jahrelanger Erfahrung nicht geschafft haben?"

„Frank, ich kann es Ihnen nicht erklären. Sie müssen ihre Inszenierung erleben."

„Muss ich das?" Gelangweilt klopft Frank von Roth mit einem Kugelschreiber auf die Glasplatte des Schreibtisches.

„Ja – oder nein. Versuchen Sie es einfach mit ihr. Bestellen Sie sie nach Berlin, zeigen Sie ihr das Drehbuch und hören Sie sich an, was sie daraus machen würde."

Frank von Roth zieht die Oberlippe zur Nasenspitze. „Warum nicht? Auf eine mehr oder weniger kommt es auch nicht mehr an. Aber Reisekosten bezahlen wir keine. Schicken Sie mir ihre Handynummer." Er ergreift den Hörer und legt auf. Er drückt einen roten Knopf am Telefonapparat. „Bringen Sie mir einen Kaffee."

Frank von Roths Blick schweift über die Stadt, die sich in eintöniges Grau hüllt. So grau fühlt sich sein Leben an. Eintönig. Immer dasselbe. Neues Drehbuch, neue Regie, neue Affäre, neue oder auch alte Schauspieler, neue Drehorte, und doch ist es immer dasselbe Spiel. Die Kritiken sind gut, mal mehr, mal weniger. Aber nie reicht es für den ganz großen Durchbruch. *Mittelmaß. Ich hasse Mittelmaß.*

Es klopft.

„Kommen Sie rein."

Eine junge Frau in dunkelblauem Blazer und einer Wolke von Kaffeeduft nähert sich rasch dem Schreibtisch, stellt ein silbernes Tablett mit einer Kaffeetasse, einem Schälchen Würfelzucker, einem Löffel und einer weißen Papierserviette darauf ab, lächelt flüchtig und verlässt den Raum.

Frank von Roth starrt wortlos auf die Skyline Berlins, die mit der zunehmenden Dämmerung verschmilzt.

***

„Cheers!"

Gläser klirren, aus den Lautsprechern dudelt kanarische Volksmusik, bunte Glühbirnen verströmen ein weiches, schummriges Licht und der Geruch nach gegrilltem Fleisch lockt streunende Hunde an. Die Theatertruppe *zeitlos anders* sitzt an zwei zusammengeschobenen Tischen an der Strandpromenade von La Playa und ist in Feststimmung.

„Ihr wart großartig, richtig, richtig gut!" Paulas Wangen glühen, und glücklich prostet sie ihrem Team zu.

„Das ist dein Verdienst, du weltbeste Regisseurin!" Matteo legt den Arm um ihre Schulter und zieht sie an sich. Seine Lippen berühren ihre Wange, er schiebt eine blonde Strähne hinter ihr linkes Ohr.

„Andreas, dein Hänger in der Kneipenszene war der Hammer!" Rosie prustet los und die anderen stimmen mit ein.

„Oh weh, das war heftig! Du hast mich so in die Enge gespielt, dass ich nicht mehr wusste, was ich sagen oder tun sollte." Andreas Gesicht läuft feuerrot an.

„Genau das war so stark! Deine Hilflosigkeit ging dem Publikum unter die Haut. Ein Mann neben mir flüsterte seiner Frau zu: ‚Der Arme, wir müssen ihm helfen!' Genau das macht euer Theaterspiel aus. Es ist echt. Auf euch!" Marlene hebt ihr Glas, und alle prosten sich erneut zu.

„Meint ihr, das Stück kommt in Deutschland auch so gut an wie hier?" Birgit schiebt sich ein mit Olivenöl getränktes Stück Brot in den Mund.

„Klar. Warum nicht? Bisher sind alle Produktionen hier wie in Deutschland gleichermaßen gut angekommen. Unser Publikum hier besteht ja größtenteils aus deutschen Touristen. Reichst du mir bitte den Fisch?" Tom streckt die Hand aus.

„Hier." Andreas hält ihm eine Platte mit drei verschiedenen gegrillten Fischfilets auf Salat hin.

„Mama, dürfen wir uns ein Eis zur Nachspeise holen?" Becky umschlingt ihre Mutter von hinten mit den Armen.

„Seid ihr satt? Kein Fisch mehr? Oder Salat?"

„Nein, die Pommes und die Calamares sind alle."

„Also gut." Paula zieht einen 5-Euro-Schein aus der Handtasche und reicht ihn Becky.

„Danke!" Becky drückt ihr einen Kuss auf die Wange und hüpft mit Lisa davon.

„Warum proben wir eigentlich immer hier auf La Gomera? Ich meine, ich weiß, dass es Tradition hat, aber woher kommt das?"

Marlene dreht den Kopf zu Rosie. „Das hängt mit Paulas Segelboot zusammen, das ja hier auf der Insel liegt. Nach unserem Abitur haben wir zwei Monate lang darauf gewohnt und sind von Insel zu Insel gesegelt."

„Während des Studiums war ich dann immer in den Semesterferien hier." Paula trinkt einen Schluck Wein. „Als ich danach verschiedene Jobs als Regieassistentin angenommen habe, hatte ich keine Zeit mehr dazu. Nach der Gründung von *zeitlos anders* war es dann purer Egoismus, dass ich die Probezeit hierher verlegt habe." Sie grinst.

„Ich finde das super. Für mich ist der Probemonat hier jeweils das Highlight des Jahres!" Rosie nickt Paula zu. Ihr graues Haar schimmert silbern im Licht der Laternen.

„Ich finde das auch schön. Für Lisa und mich ist das ein fester Bestandteil unserer Jahresplanung, dass wir in ihren Frühlingsferien hierher fliegen und mit euch Zeit verbringen können. Lisa liebt es, bei euren Proben zuschauen zu können."

Der Klingelton von Paulas Handy unterbricht sie. Paula zieht es aus der Handtasche und wirft einen Blick auf die Nummer. Deutschland. Sie steht auf, berührt den grünen Punkt und presst das Handy ans Ohr, während sie in eine ruhigere Seitengasse läuft. „Hallo?"

„Wie, hallo?" Eine tenorale Männerstimme klingt verärgert.

„Hier spricht Paula Menotti."

„Von Roth. Frank von Roth von den Von-Roth-Productions."

In Paulas Kopf wirbeln die Gedanken durcheinander. *Von Roth? Der große Produzent? Was will der von mir?*

„Können Sie mich hören?"

„Ja, ich höre Sie." Ihre Stimme klingt belegt.

„Wissen Sie, wer ich bin?"

„Ja, natürlich. Ich kenne Sie."

„Schön. Kommen Sie am Sonntagnachmittag um 17.00 Uhr in mein Büro."

„Wie bitte? Warum?"

„Ich möchte Ihnen ein Angebot machen."

„Worum geht es?"

„Kommen Sie nach Berlin und ich werde es Ihnen zeigen." *Aufgelegt. Was war das?* Kopfschüttelnd begibt sie sich zurück zu den anderen.

„Alles okay?" Matteo betrachtet ihre zusammengezogenen Augenbrauen.

„Ich weiß nicht." Sie setzt sich, trinkt ihr Weinglas aus und greift nach der Flasche. Er nimmt sie ihr aus der Hand und füllt ihr Glas.

„Wer war das?"

„Frank von Roth."

„*Der* Frank von Roth? Der Produzent?" Verblüfft schaut er sie an. Paula nickt langsam.

„Und was wollte er von dir?" Birgit lehnt sich über den Tisch, um die Antwort besser zu verstehen.

„Das weiß ich ehrlich gesagt nicht. Ich soll am Sonntag um 17.00 Uhr in sein Büro nach Berlin kommen."

„Der spinnt doch!" Empört schlägt Matteo die Faust auf den Tisch. Die Gläser klirren. „Du wirst dich doch von ihm nicht einfach so rumkommandieren lassen, oder?" Mit zusammengekniffenen Augen blickt er sie an.

Paula schweigt. Sie weiß, wie schnell Matteo wütend wird, vor allem, wenn er getrunken hat. Auf der linken Wange spürt sie einen durchdringenden Blick und schaut sich flüchtig um. Ihre Augen begegnen Rosie.

„Wie spannend! Und er hat gar nichts gesagt, warum du kommen sollst?" Tom kaut auf einem Stück Kalbfleisch herum.

„Nein. Vor allem hab ich keine Ahnung, wie er ausgerechnet auf mich kommt."

„Das wüsste ich auch gern. Einen Rum bitte", wendet sich Matteo an den Kellner.

„Für mich auch." Paula lächelt dem Kellner zu.

„Naja, so unbekannt ist *zeitlos anders* nicht", wirft Andreas ein. „Immerhin schreibt FAZ Kultur jedes Jahr über uns."

„Das stimmt schon. Aber im Juli, und jetzt ist April, das ist neun Monate später." Paulas Zeigefinger fährt über den Rand des Weinglases.

„Hattest du irgendeinen Skandal, von dem wir nichts wissen?", ulkt Birgit.

„Nicht, dass ich wüsste."

„Und, fliegst du?" Paula spürt Toms erwartungsvollen Blick auf ihrer Stirn.

„Am Sonntagabend ist die Dernière, da musst du hier sein." Matteo leert seinen Rum in einem Zug.

„Warum? Wir schaffen das auch ohne sie." Tom schneidet sich ein weiteres Stück Fleisch ab.

„Sie ist die Regisseurin und ist bei der Dernière dabei." Der scharfe Klang von Matteos Stimme lässt Paula schlucken.

„Sie ist die Regisseurin und entscheidet selbst." Die Blicke der Männer verkeilen sich ineinander.

„Möchte jemand Kaffee?" Aufmerksam betrachtet der Kellner seine Gäste, während er das leere Geschirr abräumt.

„Ich nehme gerne einen Capuccino." „Zwei, bitte." „Für mich einen Espresso." „Nein, danke."

„Interessant, dass er dich am Freitagabend um 22.00 Uhr angerufen hat. In Deutschland ist es ja noch eine Stunde später", überlegt Marlene.

„Und welcher Idiot arbeitet am Sonntagnachmittag! Paula, ich bin mir sicher, da verarscht dich jemand."

„Meinst du?" Zweifelnd blickt sie Matteo an.

„Ja, ganz sicher."

„Seltsam ist das Ganze schon." Sie dreht den Stiel des Weinglases zwischen den Fingern.

Kapitel 3

Mit den ersten Sonnenstrahlen steigt Paula über den steilen Pfad von der Finca hinab in Richtung Strand. Sie trägt die rote Baumwollhose und einen weiten, hellgrauen Pullover. Vorsichtig tasten sich ihre nackten Füße über den steinigen Weg. In der rechten Hand balanciert sie einen hohen Kaffeebecher. Beifußsträucher säumen den Wegrand, durchsetzt von mannshohen Kakteen. Die ovalen Kaktusfeigen mit den unzähligen feinen Stacheln leuchten purpurrot in der Aprilsonne.

Auf halber Höhe bleibt sie stehen und verlässt den Pfad, um sich auf einen flachen Felsbrocken zu setzen. Ihr Kopf brummt. Die Nacht war nicht erholsam. Entweder hat sie sich im Traum im Wasser wiedergefunden und gegen eine treibende Leiche gekämpft, oder ihr Handy hat ununterbrochen geklingelt, und immer, wenn sie es abnehmen wollte, ist es verstummt. Jedes Mal ist sie schweißgebadet aufgewacht.

Paula bläst in den Dampf des Kaffees. Er formiert sich zu kleinen Wirbeln und löst sich in der kühlen Morgenluft auf. Sie spürt dem bitteren Geschmack auf der Zunge nach und atmet tief ein.

„Schon wach?"

Sie zuckt zusammen. Sie hat Tom nicht kommen gehört. Er setzt sich neben sie und betrachtet sie von der Seite.

„Wie geht es dir?"

Ihre Augen suchen die Felsnase vor der Küste, und ihre Hände umklammern den Becher. Ihre Stimme klingt brüchig. „Der Mann von gestern liegt noch immer auf der Intensivstation."

Tom senkt den Blick. „Das tut mir leid."

„Ich würde gerne verstehen, was passiert ist. Er ist einheimisch hier, ich nehme an, er kennt das Meer. Gefährliche Strömungen gibt es um diese Jahreszeit in der Bucht an der Playa del Ingles keine. Was ist passiert, dass er nicht mehr zurückschwimmen konnte? Bekam er einen Muskelkrampf? Ist er in der Nähe des Ufers an einen Unterwasserfelsen gestoßen und hat das Bewusstsein verloren? Überraschte ihn eine besonders große Welle und er schluckte zu viel Wasser? Diese Fragen treiben mich um."

Ihr gemeinsames Schweigen wird durch die Schreie einer Möwe unterbrochen, die über der Bucht Kreise zieht.

„Was wirst du tun?"

„Was meinst du?"

„Fliegst du morgen nach Berlin?"

Paula zupft einige Blätter des Beifußstrauches ab und zerdrückt sie zwischen den Fingern. „Ich weiß es nicht."

„Warum zögerst du?"

Sie schweigt, nimmt den eigenwilligen, herben Duft der zerriebenen Blätter wahr und fühlt sich klein.

„Ich an deiner Stelle würde die Chance nutzen. Wer weiß, wann sie sich dir das nächste Mal bietet? Das Leben ist zu kurz, um Chancen vorbeiziehen zu lassen und auf einen besseren Moment zu warten. Ich würde fliegen, wenn ich die Chance hätte, ins Filmbusiness einsteigen zu können." Sehnsucht schwingt in Toms Stimme.

Paula dreht den Kopf und betrachtet ihn. Sein zerzaustes Haar steht ungekämmt in alle Richtungen ab. Zwei tiefe Falten ziehen sich über seine rechte Wange, und ein heller Stoppelbart bedeckt sein rundes Kinn. „Du?"

Er nickt. „Als Kameramann. Filmen ist meine Leidenschaft."

„Warum machst du dann Licht und Ton und bist nicht beim Film?"

„War keine Nachfrage da nach Kameraleuten, als ich anfing. Einen Job als Licht- und Tonmeister zu finden war einfacher, darum bin ich beim Theater gelandet."

„Und? Suchst du weiter? Bewirbst du dich?" Tom schüttelt den Kopf. „Warum nicht?"

Eine leichte Röte überzieht seine Wangen. „Ich fühl mich wohl in unserer Truppe. Ich bin glücklich hier." Er schaut sie an, und seine Augen lächeln.

„Meinst du nicht, du wärst glücklicher, wenn du den Job machen könntest, von dem du träumst?"

Seine lächelnden Augen halten ihren Blick fest. „Und du?"

„Ach, Tom!" Sie zwirbelt die Fransen ihres Pullovers und ihr wird klar, wie wenig sie von ihm weiß, obwohl sie seit zwei Jahren zusammenarbeiten. Sie fühlt sich auf beruhigende Art mit ihm vertraut, ohne je viel mit ihm über persönliche Dinge gesprochen zu haben.

„Du traust dich nicht, weil Matteo es nicht will." Seine Worte sind kaum mehr als ein Flüstern, aber sie treffen Paula wie ein Pfeil.

Sie räuspert sich. „Ich möchte zurückgehen, ich hab' Hunger."

Er nickt, und sie ist unsicher, ob er nickt, weil er ihr zustimmt, oder weil er weiß, dass er ins Schwarze getroffen hat.

„Guten Morgen! Kaffee?" Marlene steht in der offenen Wohnküche, eine rotweißkarierte Schürze umgebunden, und hält eine Kaffeekanne in der Hand.

„Gerne, danke." Paula reicht ihr den leeren Kaffeebecher.

„Gut geschlafen?"

„Und wie! Ich schlafe hier viel besser als zuhause. Das muss die Seeluft sein. Ich mach' den Mädchen ein Spiegelei, magst du auch eins?"

Paula schüttelt den Kopf. „Nein. Hat's noch Joghurt?" Sie öffnet den Kühlschrank und holt den Topf mit griechischem

Joghurt heraus. „Marlene, ich würde gerne nach Berlin fliegen. Kannst du ein Auge auf Becky haben?"

„Klar, mach' ich gerne! Wenn du einverstanden bist, könnten Lisa und Becky in deinem Bungalow übernachten und Party machen."

Paula lacht. „Von mir aus gerne! Was habt ihr heute vor?"

„Die Mädchen wollen an den Strand. Ich hab' mehr Lust auf eine Wanderung. Ich hab' mir den Garajonay vorgenommen. Magst du mitkommen?"

„Würde ich gern, aber mit der Vorstellung heute Abend geht das nicht, sonst bin ich platt!"

„Verstehe ich. Trotzdem schade."

„Moin!" Lisa streckt den Kopf durch die Terrassentür.

„Guten Morgen! Setzt euch, Frühstück ist gleich fertig." Marlene stellt die Pfanne mit den Eiern, drei Teller und das Besteck auf den langen Eichenholzesstisch, an dem Becky und Lisa verschlafen Platz nehmen.

„Einen wunderschönen guten Morgen!" Andreas' Bassstimme dröhnt durch den Raum, begleitet von südamerikanischem Salsa. Er ist nie ohne seine Lautsprecherbox unterwegs, aus der das ganze Kaleidoskop der Weltmusik schallt, je nach Stimmung, Jahreszeit oder gesellschaftspolitischer Lage. Andreas erinnert in vielen Aspekten an einen Bären; seine Länge von 1.92m, seine auffällige Ganzkörperbehaarung inkl. Vollbart, kräftige Statur und ein Gemüt, das kaum etwas aus der Ruhe zu bringen vermag. Je nach Situation kann es als geerdet, ruhig, phlegmatisch oder träge empfunden werden. Sein mintgrünes T-Shirt ist durchs häufige Waschen etwas aus der Form geraten, und den Bermudashorts fehlt ein Gürtel, der sie in Position halten würde.

„Was haltet ihr davon, wenn wir morgen nach der Vorstellung ein Lagerfeuer machen? Als Abschluss unserer Zeit hier auf La Gomera? Ich habe im hinteren Bereich des Grundstücks auf einer kleinen Anhöhe einen Steinkreis entdeckt, der sich prima dazu eignet. Holz ist auch genug vorhanden, muss nur noch gespalten werden." Erwartungsvoll blickt er die Frauen an.

„Oh ja, Lagerfeuer! Ich möchte Marshmallows braten!" Becky ist begeistert.

„Prima Idee! Ich mach' einen Kartoffelsalat, der passt immer. Wir könnten noch Würstchen organisieren. Bier ist noch da und Wein auch." Marlenes Wangen schimmern rosig und ihre Augen leuchten.

Paula richtet sich auf und holt tief Luft. „Könnten wir es nicht heute schon machen? Ich werde morgen nach Berlin fliegen."

Andreas klopft ihr auf die Schulter. „Klar, kein Problem. Find' ich gut, dass du fliegst. Wir rocken hier die Bude, darauf kannst du dich verlassen. Nicht wahr, Rosie?"

Rosie, die soeben den Raum betritt, fängt seinen erwartungsvollen Blick auf. „Worum geht's? Um Berlin?" Paula nickt. „Klar schaffen wir das ohne dich." Sie schenkt sich Kaffee ein und macht es sich auf dem Sofa gemütlich. „Weiß Matteo Bescheid?"

Paula nimmt ihren prüfenden Blick auf ihrem Gesicht wahr. Sie stellt das Joghurt zurück in den Kühlschrank und antwortet zögernd: „Noch nicht. Ich dachte, ich warte vielleicht besser bis nach der Vorstellung damit."

„Tu das." Rosie zwinkert ihr zu.

„Ich geh' Holz hacken." Andreas dreht sich zur Tür.

„Ich helfe dir." Paula spült ihren Kaffeebecher ab.

„Magst du nicht mit uns an den Strand kommen? Du wolltest Lisa doch noch Crawlen beibringen." Dem unbefangenen Charme in Beckys Stimme kann sie nicht widerstehen. Obwohl der Gedanke an die Bucht ein Kribbeln im Bauch auslöst, nickt sie. „Du hast Recht. In einer Viertelstunde?"

„Ja! Bis gleich!" Beckys Augen leuchten auf und sie verschwindet mit Lisa durch die Tür.

Paula wendet sich an Marlene. „Dann bis um 18.00 Uhr. Soll ich fürs Lagerfeuer was mitbringen?"

„Würstchen, falls du welche findest." Marlene trocknet ihre Hände an der Schürze.

„Aye, aye, Ma'am!" Paula salutiert, macht auf dem Absatz kehrt und schlüpft durch die Terrassentür.

„Paula! Kann ich dich kurz sprechen?" Rosie eilt ihr nach.

„Klar."

„Komm." Sie fasst sie am Arm und führt sie auf einen Sitzplatz hinter ihrem Bungalow. Eingerahmt von drei großen Blumenkübeln mit dunkelrosa Bougainvilleen stehen versteckt ein Tischchen und zwei Korbsessel mit weißen Sitzpolstern. Rosie streift im Vorbeigehen einen Lavendelstrauch, und als hätte er auf diese Berührung gewartet, flutet er die Sitzecke mit dem süßlichen Duft seiner Blüten.

Die beiden Frauen lassen sich in den Sesseln nieder und lauschen dem Gezwitscher einiger Vögel, die in unterschiedlichen Tonlagen und -längen den Frühling besingen.

Rosie räuspert sich. „Lass dich von Frank nicht verunsichern."

„Frank?"

„Frank von Roth."

„Du kennst ihn?"

Rosie lacht auf. „Wer kennt ihn nicht? Er ist einer der größten Filmproduzenten Deutschlands. Keine ambitionierte Filmschauspielerin kommt an ihm vorbei."

„Stimmt ja. Ich vergesse immer wieder, dass du früher in Filmen gespielt hast." Sie betrachtet das zerfurchte Gesicht vor sich.

„Frank hat Geld und ein Netzwerk, das sich weit über die Grenzen Deutschlands erstreckt. Seine Filme sind immer erstklassig besetzt. Er ist ein exzellenter Stratege und versteht etwas von Zahlen. Das verschafft ihm Macht."

Rosie schweigt, und Paula legt den Kopf in den Nacken. Sie beginnt zu ahnen, worauf die ältere Schauspielerin hinaus möchte.

„Er bittet nie um etwas. Er nimmt sich, was er will. Und er sagt, was er denkt."

Paula zwirbelt eine Haarsträhne zwischen Daumen und Mittelfinger. Einerseits zweifelt sie daran, dass sie mit einem Menschen wie Frank von Roth zusammenarbeiten will. Andererseits könnte er ihr Sprungbrett in die Filmszene sein. So sehr sie das Theater liebt, Regie zu führen in einem Film wäre eine neue Herausforderung, von der sie in den letzten zwei Jahren immer öfter geträumt hat.

Rosie lehnt sich nach vorne und stützt die Ellbogen auf den Oberschenkeln ab. Sie spricht langsam und eindringlich. „Höre auf deinen Bauch und lass dich nie zu etwas drängen, wohinter du nicht stehen kannst. Auch nicht von Frank von Roth. Er ist ein Schauspieler, vielleicht der größte von uns allen, und er hat nur ein Ziel: Erfolg."

Die Worte klingen in Paulas Kopf nach. Sie versteht, was Rosie gesagt hat, aber sie hat keine konkrete Vorstellung davon, was sie damit meint.

Der Klingelton ihres Handys holt sie aus ihren Gedanken. „Hallo, Paula. Bist du schon am Strand?"

„Hi, Becky. Nein. Wartet bitte auf der Bühne auf mich, ich bin gleich da." Sie steckt das Handy weg und steht auf. „Ich muss los. Bis später! Und danke für deine Informationen!"

Sie dreht sich um und spürt Rosies Blick auf ihrem Rücken, als sie mit schnellen Schritten zwischen den Blumenkübeln hindurch auf ihren Bungalow zueilt.

„Danke für den schönen Abschluss des Abends." Paulas Fingerspitzen ziehen langsam über Matteos Augenbrauen. Sein Kopf liegt in ihrem Arm und sein warmer Atem streichelt ihren Hals.

„Er ist noch nicht vorbei. Wir haben die ganze Nacht vor uns," raunt er in ihr Ohr.

Ihre Lippen berühren seinen geraden, langen Nasenrücken. „Ich schlafe in meinem Bungalow."

Seine Augenbrauen ziehen sich zusammen. „Warum? Becky schafft doch auch mal eine Nacht alleine."

Vor dem angelehnten Fenster schreit ein Käuzchen. Der Wind spielt mit dem Vorhang, und der gelbe Schein der Laterne zeichnet tanzende Schatten an die Zimmerdecke.

„Meine Fähre legt um 8.30 Uhr ab." Paula hält den Atem an. Die Zeit dehnt sich wie ein Gummiband.

Matteo rückt von ihr ab und stützt sich auf den Ellbogen. In seinem Blick wechseln sich Unverständnis und Entsetzen. „Du fliegst nach Berlin?"

„Ja."

Er stößt heftig die Luft aus. Dann schiebt er die Bettdecke weg, steht abrupt auf und steigt in seine Pyjamahose. Auf seinen Wangen bilden sich rote Flecken.

„Und das sagst du mir erst jetzt? Nach diesem Abend?" Er hält inne und stößt einen leisen Pfiff aus. „Ach so, du hattest Angst, dass ich dir die Aufführung hätte versauen können, wenn ich es früher gewusst hätte!" Er stampft mit dem Fuß auf. „Kannst du dir vorstellen, wie verarscht ich mir gerade vorkomme?" Wütend schleudert er ihr die Worte entgegen.

Paula setzt sich auf. „Es tut mir leid, Matteo. Ich wollte dich nicht verletzen." Eine Hitzewelle jagt über ihren Rücken.

„Ich versteh' dich nicht! Ich versteh' dich wirklich nicht! Wir stehen am Anfang unserer Tournee, haben das Stück gerade zweimal gespielt, und du machst dich einfach so aus dem Staub, weil irgendein arroganter Produzent gepfiffen hat." Er kickt mit dem Fuß eine Unterhose weg, die auf dem Boden liegt.

„Wir haben unser Stück drei Wochen lang geprobt und zwei Vorstellungen gemacht. Ich sehe kein Problem darin, wenn ich morgen Abend nicht dabei bin."

„Und wie stellst du dir das vor, wenn du den Auftrag bekommst? Dann sollen wir deine Tournee alleine durchziehen, oder was?" Spitze Blicke attackieren sie.

„Es ist nicht meine Tournee, sondern unsere. So hab' ich das zumindest bisher verstanden. Außerdem wissen wir doch überhaupt noch nicht, worum es in Berlin geht. Ich fliege hin und hör' mir an, was mir von Roth sagen will." Ihre Stimme klingt zunehmend gereizt.

„Und warum könnt ihr das nicht telefonisch klären?"

„Ich weiß es nicht."

„Du weißt ja gar nicht, wer dahinter steckt. Es kann sich irgendjemand einen Scherz mit dir erlauben. Wer ruft schon nachts um 23.00 Uhr an, um einen Termin für Sonntagnachmittag abzumachen!"

„Ich hab' die Nummer überprüft, es ist eine Festnetznummer der Von Roth Produktionsfirma."

„Trotzdem. Du kannst dir ja vorstellen, wie dein Job dort wäre, wenn schon der Anfang außerhalb der üblichen Arbeitszeit stattfindet."

„Übliche Arbeitszeit gibt's beim Film genauso wenig wie beim Theater, das weißt du so gut wie ich. Ich versteh' nicht, warum dich das jetzt so sehr stresst."

Er erinnert sie an einen Tiger, der im Käfig auf sein Futter wartet, wie er von der Tür zum Fenster und wieder zur Tür läuft. Sein dunkles Haar, das sonst mit reichlich Gel nach hinten frisiert ist, hängt ihm in Strähnen ins Gesicht und wippt bei jeder Bewegung. Seine Brustmuskeln zeichnen sich unscharf im Licht der Laterne ab. Abrupt bleibt er stehen und dreht sich zu ihr.

„Ich würde dich gerne begleiten."

Seine Worte fegen ihren Unwillen weg. Verwirrt steht sie auf.

„Warum das denn? Du hast dein Leben und ich meins, und zwischendurch machen wir was gemeinsam."

„Du meinst, zwischendurch schlafen wir zusammen?"

Sie glaubt, Spott in seiner Stimme zu hören, und zuckt mit den Schultern. „So leben wir das jetzt seit bald vier Jahren und ich hatte bisher den Eindruck, dass das für dich so auch passt."

„Vielleicht passt das jetzt nicht mehr. Vielleicht möchte ich mehr."

Sie stehen sich gegenüber und ihre Blicke verkeilen sich ineinander.

Eine bleierne Müdigkeit drückt auf Paulas Augenlider. „Wenn da so ist, dann lass uns bitte ein andermal darüber sprechen. Es ist fast drei Uhr."

„Ach so, du musst ja früh raus, hab' ich ja fast vergessen." Er stampft mit dem Fuß auf und schlägt mit der Faust gegen die Wand. „Dann geh' jetzt bitte, ich komm' damit gerade nicht klar."

Paula sucht ihre Kleider zusammen und zieht sich an. Ihr Blut pulsiert in den Adern, als hätte sie einen Marathonlauf hinter sich.

Er öffnet die Tür, fixiert mit den Augen die Dunkelheit. Sie tritt an ihm vorbei ins Freie und zuckt zusammen, als die Tür hinter ihr krachend ins Schloss fällt.

Eine Fledermaus kreuzt ihren Weg, während sie barfuß über den großen Platz zu ihrem Bungalow läuft. Süßlicher Jasminduft drängt sich auf. Es knackt im Gebüsch. Sie zieht den Strickmantel fester um die Schultern.

Kapitel 4

Tom lehnt am Auto, als Paula leise das Tor der Finca hinter sich zuzieht. Sie erkennt seine Silhouette im fahlen Mondlicht. Die Uhr am Armaturenbrett zeigt 06.02 Uhr, als er den Motor startet.

Aus dem Radio klingt spanischer Pop, der immer wieder unterbrochen wird durch die unerträglich muntere Stimme des Moderators. Paula drückt die Suchtaste so lange, bis sie den Klassiksender gefunden hat. „Sorry, aber was anderes ertrag' ich so früh nicht." Entschuldigend zuckt sie mit der linken Schulter.

Die drei Stunden Schlaf, die ihr nach dem Streit mit Matteo geblieben sind, sind genauso wenig erholsam gewesen wie die Nacht davor. Immer wieder ist sie aufgeschreckt und hat aufs Handy geschaut aus Angst, den Wecker überhört zu haben. Über ihren Augen liegt ein stechender Schmerz.

„Freust du dich auf die Reise?" Tom wirft ihr einen flüchtigen Blick zu.

„Ich weiß nicht. Es ging alles so schnell. Ich weiß gar nicht, was da auf mich zukommt. Matteo ist stinksauer." Ihre Stimme klingt dunkel.

Er schweigt, den Blick konzentriert auf die kurvenreiche Straße gerichtet. Beide Hände liegen am Steuerrad, sein Oberkörper ist leicht nach vorne gebeugt.

Paula schließt die Augen, lauscht den Geigen, die sich gegenseitig in die Höhe schaukeln, und versucht zu schlafen.

Plötzlich tritt Tom kräftig auf die Bremse. Paula wird nach vorne geschleudert und der Sicherheitsgurt drückt schmerzhaft auf ihre Rippen. Erschrocken reißt sie die Augen auf.

„Ein Hase. Tut mir leid, ist nichts passiert. Diese Viecher sind hier überall auf der Insel." Er zieht heftig die Luft ein, stößt sie langsam wieder aus und drückt aufs Gas. Sie bemerkt, dass seine Hände zittern.

„Magst du eine Pause machen?"

Er schüttelt den Kopf. „In fünf Minuten sind wir da."

Aus der Dämmerung schälen sich die Umrisse der Häuser von San Sebastián, der kleinen Hauptstadt La Gomeras. Hin und wieder verirrt sich ein anderes Auto auf die Straße, eine alte Frau mit Hund überquert in Zeitlupe einen Fußgängerstreifen.

Tom parkt den Wagen auf dem Besucherparkplatz des Fährenanlegers. Die Autofähre liegt am Kai, und die brummenden Motoren durchbrechen den frühmorgendlichen Frieden.

„Danke, dass du mich gefahren hast." Paula lächelt ihn an und drückt seine Hand. „Machst du mir einen Gefallen?" Auf seinen fragenden Blick hin fährt sie fort. „Kannst du die Vorstellung heute Abend über Zoom mitfilmen? Dann könnte ich doch ein wenig dabei sein." Sie knetet ihren Ringfinger.

Seine Mundwinkel heben sich ein wenig. „Mach ich. Ich schick dir den Zugangslink. Wann kommst du zurück?"

„Meine Fähre legt morgen Abend um 21.30 an."

„Ich hol' dich ab. Viel Erfolg in Berlin."

„Danke. Alles Gute für die Dernière." Sie steigt aus, fröstelt, schultert ihre Reisetasche und geht auf den Ticketkontrolleur zu.

***

Berlin zeigt sich von der sonnigen Seite, als Paula aus dem Flughafengebäude tritt. Sie geht auf die lange Schlange der wartenden Taxis zu und gibt dem Fahrer des ersten Taxis die Adresse der Von-Roth-Productions. Es ist 16.30 Uhr.

Gerne würde sie sich zuerst ins Hotel bringen lassen, um sich zu waschen und auszuruhen. Zwar ist sie im Flugzeug immer wieder eingenickt, aber das Umsteigen auf Teneriffa und in Madrid, die vielen Menschen und der hohe Geräuschpegel haben ihr zugesetzt. Im zweiten Flieger ist die Klimaanlage ausgefallen. Ihr T-Shirt klebt am Körper und die Haut ihres Gesichts glänzt fettig. Ihr Mund ist trocken.

Das Taxi hält vor einem hohen Turm mit Glasfronten. Dahinter erkennt Paula drei weitere langgezogene Gebäude, die wesentlich tiefer sind als der Koloss vor ihr. Die Silhouette des Gebäudekomplexes spiegelt sich verzerrt in der bewegten Wasseroberfläche der Spree.

Sie geht auf den Turm zu und bemerkt, dass sie auf der Unterlippe kaut. Diese Macke hat sie in den letzten Jahren in den Griff bekommen und ärgert sich darüber, dass es ihr jetzt nicht gelingt, sich zu beherrschen. Das Kribbeln in der Magengegend nimmt zu. Sie ballt die linke Hand zur Faust und presst die Fingernägel in den Handballen. 16.55 Uhr.

Die Dame am Empfang hinter den automatischen Schiebetüren hebt den Blick. „Wie kann ich Ihnen behilflich sein?" Ihre Worte werden vom blankgescheuerten Marmorfußboden und den Glasfassaden zurückgeworfen.

Intuitiv senkt Paula die Stimme. „Wo finde ich die Von-Roth-Productions?"

„12. Stock. Der Fahrstuhl ist dort rechts."

10 – 11 – 12. Die Fahrstuhltür öffnet sich, und sie steht in einem mit weißen Neonröhren ausgeleuchteten Raum. Vor ihr erstreckt sich ein halbrunder Empfangstresen, links und rechts befinden sich verschlossene Türen. Paula tritt auf den Tresen zu, hinter dem eine junge Frau sitzt.

„Guten Tag. Mein Name ist Paula Menotti. Ich habe einen Termin bei Herrn von Roth um 17.00 Uhr." Sie bemüht sich, das Zittern in ihrer Stimme zu verbergen.

„Guten Tag. Herr von Roth ist noch beschäftigt. Bitte nehmen Sie so lange Platz." Die Frau deutet mit der rechten Hand auf zwei schwarze Lederstühle, die an der Wand neben dem Fahrstuhl stehen.

„Kann ich eine Toilette benutzen?"

„Gerne. Sie finden sie hinter der ersten Türe auf der linken Seite." Das Lächeln der Frau wirkt aufgemalt.

Paula stellt ihre Reisetasche neben das Waschbecken aus schwarzem Marmor, dreht den Wasserhahn auf und lässt kaltes Wasser über ihre Unterarme fließen. Dann fängt sie es mit den Händen auf und taucht ihr Gesicht hinein. Die Haut prickelt. Sie richtet sich auf, holt tief Luft und schließt die Augen. Sie sieht Marlene, Tom und Andreas vor sich, stößt die Luft langsam aus und öffnet die Augen. Ihre feuchten Hände fahren durch die Haare. Sie wirft einen prüfenden Blick in den Spiegel. Die Augenringe sind verschwunden und ihre Gesichtsfarbe ist rosig. Zufrieden verlässt sie die Toilette.

Die Lederstühle sind nicht so bequem, wie sie aussehen. Die Sitzfläche ist hart und die Rückenlehne drückt in die Wirbelsäule. Paula betrachtet ein etwa zwei Quadratmeter großes Gemälde, das rechts von ihr an der Wand hängt. Eine rote, ovale Fläche mit schwarzen Strichen darin, die aussehen, als wäre dem Maler der Pinsel ausgerutscht. *Man kann mit allem Geld verdienen, wenn man die richtigen Beziehungen hat*, schießt es ihr durch den Kopf. *Vielleicht wird das hier ja eine Begegnung, die mich weiterbringt.* Sie betrachtet die weißgestrichenen Türen, die alle gleich aussehen, und überlegt, hinter welcher wohl Frank von Roth sitzt. Sie hat ihn gegoogelt. Er ist 65, hat eine Halbglatze, hohe Stirn mit tiefen Querfalten, eckiges Kinn, schmale Lippen, kleine Augen mit einem Blick, den sie nicht in Worte fassen kann.

Das Telefon auf dem Tresen klingelt, Paula zuckt zusammen. Ihr Blut schießt in den Kopf und ihre Hände werden feucht.

Die junge Frau nimmt den Hörer ab. „Ja, bitte?" Sie lauscht, dann nickt sie. „Sehr gerne." Sie steht auf und verschwindet durch eine Tür hinter dem Tresen. Das Surren einer Kaffeemaschine dringt durch den Türspalt, Geschirr klappert, und keine Minute später erscheint sie mit einem Tablett in der Hand. Sie schreitet auf die zweite Tür links zu, klopft an, wartet und öffnet. Der Kaffeeduft bleibt im Raum hängen und erinnert Paula daran, dass sie seit ihrer Landung nichts gegessen oder getrunken hat. Sie wirft einen Blick aufs Handy. 17.24 Uhr. Ob vor ihr noch jemand im Büro ist? Vielleicht war der Kaffee für eine Mitbewerberin?

Die Tür öffnet sich wieder, die junge Frau tritt heraus und nimmt hinter dem Tresen Platz.

Paulas Finger lösen sich voneinander. Sie steht auf, geht zur Toilette und trinkt aus dem Wasserhahn. Sie traut sich nicht, die Empfangsdame um einen Kaffee zu bitten. Was würde das für einen Eindruck machen, wenn sie in diesem Moment aufgerufen werden würde?

Erneut nimmt sie auf einem der Lederstühle Platz. Sie spürt die Vibration ihres Handys in der Handtasche. Eine Nachricht von Marlene. „Alles ok bei dir?"

„Ja. Warte noch. Bei euch?"

„Alles gut. War mit den Mädels nochmal am Strand."

„Hast du Matteo getroffen?"

„Heute Morgen, in Joggingklamotten."

„Ok, dann ist alles gut."

Sie öffnet das Mail-Programm, scrollt durch die Nachrichten, reagiert auf eine Terminanfrage für eine Vorstellung in Lüneburg Anfang August. Dann liest sie die News von heute und startet die Rätsel-App, die sie sich für den Flug heruntergeladen hat. Als ihre Konzentration nachlässt und sie eine Frage nach der anderen falsch beantwortet, schließt sie die App. 18.07 Uhr. Sie steht auf und streckt sich. Ihr Rücken schmerzt und ihr Magen rumort. Anderthalb Stunden bis zum Vorstellungsbeginn. Tom hat noch keinen Zoomlink geschickt. Aus der Tür, in der die junge Frau vorhin verschwunden ist, ist niemand herausgekommen. Überhaupt hat Paula bisher niemanden gehört oder gesehen. *Klar, ist ja Sonntag.* Sie seufzt leise und macht drei Schritte auf den Tresen zu.

„Könnten Sie Herrn von Roth vielleicht ausrichten, dass ich da bin?"

Die Frau lächelt müde. „Er lässt Sie rufen, sobald er Zeit hat."

Paula zieht die Augenbrauen zusammen. „Er hat mich auf 17.00 Uhr hierher bestellt."

„Ja, ich weiß." Sie hebt entschuldigend die Schultern ein wenig in die Höhe und wendet sich wieder ihrem Bildschirm zu.

„Und?"

„Warte noch immer."

„Echt? Das gibt's doch nicht."

„Doch."

„Bist du sicher, dass du nicht verarscht wirst?"

„Denke schon. Die Empfangsdame weiß über meinen Termin Bescheid."

„Melde dich, wenn sich was tut."

„Mach ich."

18.18 Uhr. Paula steckt das Handy weg und starrt auf das rote Oval an der Wand. *Wie kann man sich so in seiner Terminplanung verkalkulieren? An einem Sonntag, an dem doch nichts los ist?* So lange gewartet hat sie zum letzten Mal vor zwei Jahren im Wartezimmer ihrer Gynäkologin. Wenn der Raum wenigstens ein Fenster hätte, dann könnte sie rausschauen. *Ist es noch hell oder dämmert es bereits? Auf La Gomera ist es eine Stunde früher, dort scheint noch die Sonne.* Sie spielt mit dem Gedanken, die zwölf Stockwerke hinunterzufahren, um ein bisschen frische Luft zu schnappen, und verwirft ihn wieder. *Dauert zu lange. Jetzt wird dann gleich die*

Tür aufgehen und er wird mich hineinbitten. Sie fixiert erneut den roten Flecken an der Wand. Die schwarzen Streifen beginnen zu tanzen, so, als ob sie sich über sie lustig machen würden. *Was, wenn Matteo doch Recht hat? Wenn das hier alles eine große Farce ist? Aber wer sollte das tun und warum?*

18.45 Uhr. Ihre Zehen krampfen sich zusammen, während sie aufs Display ihres Handys hämmert.

„Immer noch nichts!"

„Wie lange willst du noch warten?"

„Keine Ahnung."

„Hast du ihn schon gesehen?"

„Nein."

„So ein Mistkerl."

Paula stutzt. *Mistkerl.* Marlene hat Recht. Erfolgreicher Produzent hin oder her. Sie zögert. Soll sie aufstehen und gehen? Dann war die Reise umsonst. *Das ist sie vielleicht auch so. Mist. Mistkerl.* Sie versucht, sich vorzustellen, was Tom in ihrer Situation machen würde. Oder Andreas. Würden sie aufgeben? Oder an die Tür klopfen und einfach hineingehen? Sie knetet ihren rechten Zeigefinger.

Die Vibration ihres Handys lockt ihre Finger in die Handtasche. Jorge. Der Name auf dem Display wirkt auf sie wie ein Herzschrittmacher mit doppelter Geschwindigkeit. Ein dünner Film kalter Schweiß drängt aus ihren Poren, und die Härchen auf ihren Unterarmen richten sich auf. „Antonio murió esta noche." Das Licht der Neonröhren flackert und der Tresen bewegt sich auf sie zu. Rasch schließt Paula die Augen und lehnt den Kopf an die Wand. *Der Mann ist gestorben.* Ihre Hände umklammern das Handy, ihr Atem geht stoßweise. Sie sieht sich im nackten Krankenhausflur sitzen, vor sich das Gesicht des Arztes, der Alexander betreut hatte. Die traurige Resignation in seinen Augen hat sich in ihr Gedächtnis eingebrannt. *Nein! Neeeeein!*

Paula reißt die Augen auf. Sie sitzt im 12. Stock eines Büroturms und wartet seit zwei Stunden auf einen Termin. Keuchend steht sie auf und geht zur Toilette. Sie hält ihr Gesicht unter das kalte Wasser und wartet, bis der Druck an der Halsschlagader nachlässt und die Panik aus ihrem Blick verschwindet.

Gefasst lässt sie sich erneut auf dem Stuhl nieder. *Ich werde nicht aufgeben, niemals. Und wenn ich bis Mitternacht hier sitzen werde. Das Leben ist zu kurz, um Chancen vorbeiziehen zu lassen. Auch wenn die Chancen von einem arroganten Mistkerl abhängen.*

Frank von Roth wirft einen Blick auf die Uhr an seinem Handgelenk. 18.58 Uhr. Er schaut dem goldenen Sekundenzeiger zu, wie er in Zweimillimeterschritten im Kreis läuft, unermüdlich. Dann drückt er den kleinen roten Knopf am Telefonapparat. „Schicken Sie sie herein."

Er lehnt sich in seinem Sessel zurück und verschränkt die Arme vor der Brust. Die Tür öffnet sich.

Paula Maria Menotti ist größer als die meisten anderen Frauen. Über der Schulter hängt eine Reisetasche, die sie neben der Tür auf dem dunklen Eichenfußboden abstellt. Unter einer rostbraunen, knielangen Häkelweste schimmert ein weißes T-Shirt, und ihre Beine stecken in einer ausgewaschenen Schlaghose.

Frank von Roths Blick bleibt an der Schlaghose hängen. „Eine Schlaghose. Sie sind die erste Regisseurin, die sich in Schlaghose bewirbt."

Wortlos tritt sie vor seinen Schreibtisch und streckt ihm die Hand entgegen. Ihren rechten Ringfinger ziert ein schmaler, silberner Ring. Er richtet sich auf, beugt sich vor und ergreift ihre Hand. Ihr Druck ist kräftig.

„Paula Menotti." Ihre Stimme klingt dunkel.

„Ich weiß. Setzen Sie sich." Er deutet auf den schwarzen Lederstuhl vor seinem Tisch.

„Ich habe nicht viel Zeit." Sie bleibt stehen. Er stutzt, seine Augenbrauen ziehen sich zusammen. „Sie wollen mir etwas anbieten, dazu bin ich hergekommen. Zeigen Sie es mir."

Sein Blick wandert über ihr Gesicht. Hohe Stirn, die von blonden Locken teilweise verborgen wird, markante Wangenknochen, eine kurze Nase mit geschwungenen Nasenlöchern. Schmale Lippen und graublaue Augen, aus denen ihn Ungeduld und Misstrauen anspringen.

Er drückt den roten Knopf. „Bringen Sie mir einen Kaffee."

Erneut lehnt er sich in seinem Stuhl zurück. Seine rechte Hand greift nach einem Kugelschreiber, mit dem er auf die Glasplatte trommelt. Mit dem Kinn deutet er auf einen Stapel Papier. „Das ist das Drehbuch."

Sie nimmt es und blättert die erste Seite um und liest aufmerksam.

Es klopft. „Kommen Sie herein."

Die junge Frau vom Empfang tritt auf den Schreibtisch zu und stellt das Tablett mit dem Kaffee ab. Rasch entfernt sie sich wieder und schließt geräuschlos die Tür.

Frank von Roth spürt Paulas Blick auf seiner Hand, als er die Tasse zum Mund führt. Er hebt den Kopf. Ihre Augen lassen seine Hand erst los, als er die Tasse abstellt.

„Kommen Sie morgen früh um 8.00 Uhr wieder und sagen Sie mir, wie Sie den Film inszenieren würden."

Wortlos dreht sie sich um, öffnet den Reißverschluss ihrer Reisetasche, steckt den Papierstapel hinein, verschließt die Tasche und hängt sie sich über die Schulter. Ohne sich noch einmal zu ihm umzudrehen, verlässt sie den Raum.

Zischend stößt Frank von Roth die Luft durch einen Spalt zwischen seinen Lippen. Der Kugelschreiber trommelt erneut auf die Glasplatte. Dann nimmt er den Telefonhörer und wählt eine Nummer.

„Ulrich, sie war hier. Kommen Sie morgen in mein Büro, wie immer."

Paula stapft dem Spreeufer entlang. Die Reisetasche schlägt bei jedem Schritt gegen ihre rechte Hüfte. *Mistkerl. So ein Mistkerl!* Sie kann nicht genau einordnen, was von Frank von Roth ausgeht. Es ist keine Arroganz, auch kein Hochmut. Es ist das, was sie schon auf den Bildern nicht zu fassen vermochte. Eine Art natürliche Überheblichkeit? Die Gewissheit, sich alles leisten oder besser: kaufen zu können, was man will? Vielleicht.

Sie bleibt vor einem indischen Restaurant stehen. Ihr Magen ist schmerzhaft leer. Sie bestellt Chicken Tandoori mit Reis zum Mitnehmen und ein Bier und sitzt zwanzig Minuten später auf dem Bett ihres Hotelzimmers. Vor ihr steht der Laptop, verbunden mit Toms Zoom. Sie lehnt sich an die Wand, ein dickes Kissen im Rücken, schaufelt das Essen in sich hinein und verfolgt die letzte Vorstellung ihrer Truppe auf La Gomera. Ein dicker Kloß im Hals erschwert das Essen. *Wäre ich doch bloß nicht geflogen.* Das Tandoori brennt auf ihrer Zunge.

Die nahe Turmuhr schlägt Mitternacht. Paula schreckt auf. Ihr Kopf liegt auf dem Papierstapel des Drehbuchs. Ein Ziehen im Rücken lässt sie gebückt ins Bad schlurfen.

Es ist sinnlos. Sie schafft es niemals, den ganzen Stapel bis 8.00 Uhr zu lesen und sich auch noch eine Regie zu überlegen. Sie putzt sich die Zähne, verschluckt sich an der Pfefferminzzahnpasta und spuckt ins Waschbecken. Aus dem Spiegel mustert sie ein zerdrücktes Gesicht. Sie zieht sich aus, schlüpft ins Bett, stellt ihren Wecker auf 6.00 Uhr und löscht das Licht.

Kapitel 5

Der schrille Weckton ihres Handys reißt Paula aus einem traumlosen Schlaf. Es riecht anders als in ihrem Bungalow, nicht modrig, sondern nach einer Mischung aus Putzmittel und frischer Bettwäsche. Irritiert versucht sie, die Augen zu öffnen, aber die Lider kleben zusammen. *Wo bin ich?* Beim Nachdenken zieht ein Schmerz durch die Stirn. *Berlin.*

Mit einem Ruck setzt sie sich auf, ergreift ihr Handy und schaltet den Wecker aus. Sie reibt sich die Augen. Die Morgendämmerung zwängt sich zwischen dunkelbraunen Vorhängen ins Zimmer. Sie greift nach dem Papierstapel auf dem Nachttisch, knipst die Lampe an und versucht, sich im warm-weißen Licht der LED-Birne einen Überblick über den Inhalt des Drehbuchs zu verschaffen. Ihre Augen sind trocken, immer wieder zwinkert sie.

Nach einer Stunde packt sie die Blätter zusammen. 7.07 Uhr. Auf dem Weg zur Produktionsfirma kauft sie ein Tomaten-Mozzarella-Brötchen in einer Bäckerei und isst während des Gehens. Der Himmel versteckt sich hinter grauweißen Wolken, nur vereinzelt gelingt es den Sonnenstrahlen, sich auf der Oberfläche der Spree zu spiegeln. In den Birken, die das Ufer säumen, zwitschern Amseln und Meisen.

Die Fahrstuhltür öffnet sich mit einem kurzen Quietschen. Hinter dem Empfangstresen sitzt dieselbe Frau von gestern und blickt auf, als Paula auf sie zutritt. Es ist 7.56 Uhr.

„Guten Morgen. Ich habe einen Termin bei Herrn von Roth."

„Guten Morgen. Bitte nehmen Sie Platz." Die Frau deutet auf die Lederstühle.

„Ist er da?"

„Herr von Roth wird in Kürze hier sein."

Paula knetet ihren rechten Ringfinger. Dann zieht sie eine Visitenkarte aus der Handtasche und legt sie auf den Tresen. „Rufen Sie mich bitte an, sobald er eintrifft. Ich bin im Café um die Ecke." Sie nimmt das kurze Zögern wahr, bevor die Frau nach der Karte greift. „Arbeiten Sie schon lange hier?"

Ein flüchtiger Blick trifft sie durch große, runde Brillengläser. „Seit drei Monaten."

„Ist er immer so unpünktlich?" Paula forscht im Gesicht der jungen Frau. Eine schmale Nase, haselnussbraune Augen, volle Lippen, deren natürliche Farbe sich hinter einem bordeauxroten Lippenstift verbirgt. Das dunkelbraune Haar ist in einem festen Dutt am Hinterkopf zusammengenommen. Sie dreht die Visitenkarte zwischen den Fingern. „Lassen Sie's. Ich weiß, Sie dürfen mir darauf nicht antworten." Paula lächelt ihr zu und geht zum Fahrstuhl.

Die Tür öffnet sich und ein Mann kommt ihr entgegen. Eine Schrecksekunde lang meint sie, Frank von Roths Halbglatze zu erkennen, dann entspannt sie sich. Der Fremde grüßt höflich und verlässt den Fahrstuhl.

Das Café *Bernoulli* ist leer, als Paula eintritt. Sie lässt sich in einen der roten Polstersessel fallen und bestellt einen großen Milchkaffee im Pappbecher. Der hämmernde Schlag ihres Herzens ärgert sie. Sie schließt die Augen und versucht, sich auf die Musik zu konzentrieren, die aus den Lautsprechern in jeden Winkel des Raums kriecht. Das Glockenspiel über der Eingangstür bimmelt, sie öffnet die Augen. Eine ältere Frau mit einem Tibetterrier tritt ein und setzt sich an den Tisch neben ihr. Der Hund legt sich unter ihren Stuhl.

8.32 Uhr. In dreieinhalb Stunden startet ihr Flugzeug. Die Taxifahrt dauert mindestens dreißig Minuten. Sie zieht einen Zettel aus der Reisetasche und überfliegt noch einmal ihre Notizen.

Frank von Roth blickt sich um, als er aus dem Fahrstuhl tritt. Er zieht die linke Augenbraue in die Höhe und wirft seiner Mitarbeiterin einen irritierten Blick zu. „Wo ist sie?"

„Guten Morgen, Herr von Roth. Sie musste noch einmal kurz weg. Ich gebe ihr Bescheid, dass Sie da sind."

Von einem der Besucherstühle erhebt sich ein Mann. „Guten Morgen, Frank."

„Morgen, Ulrich." Er streift ihn mit einem flüchtigen Blick und schließt die Tür zu seinem Büro auf. Ulrich tritt hinter ihm ein und nimmt auf einer schwarzen Ledercouch zwischen zwei Sesseln Platz.

Frank von Roth wirft die Aktentasche auf den Schreibtisch und zerrt an seiner Krawatte. „Weiber! Ich rate Ihnen, Ulrich, heiraten Sie nie, das bringt Ihnen nur Ärger ein."

„Ich habe nicht vor zu heiraten." Ulrichs Ellbogen sind auf seinen Knien abgestützt und seine Fingerspitzen berühren sich.

Das Telefon klingelt. „Ja?"

„Frau Menotti ist da."

„Schicken Sie sie herein."

Frank von Roth stellt seine Aktentasche neben den Schreibtisch und lässt sich auf seinem Stuhl nieder.

Es klopft.

„Kommen Sie herein!"

Diesmal trägt sie einen langärmligen Strickmantel anstelle der Weste, und ihr Haar ist im Nacken zusammengebunden.

In der linken Hand hält sie das Drehbuch, in der rechten einen großen Pappbecher. „Guten Morgen."

„Morgen." Frank von Roth weist mit dem Kopf zur Sitzecke. „Ulrich Clemens, mein Assistent."

Ulrich nickt ihr zu. „Sehr erfreut."

Paula lächelt. Es ist der Mann, der ihr im Fahrstuhl begegnet ist. „Danke." Sie macht einen Schritt auf den Schreibtisch zu und legt den Papierstapel darauf.

„Setzen Sie sich. Oder haben Sie wieder keine Zeit?" Frank von Roths Stimme hat einen lauernden Ausdruck. Sie setzt sich wortlos und nippt am Pappbecher. „Was ist das?"

„Kaffee." Aus den Augenwinkeln beobachtet sie, wie sich sein Brustkorb rascher hebt und senkt. „Möchten Sie auch einen?" Sie blickt ihn herausfordernd an.

Seine Augen verengen sich und auf seinen Wangen zeichnen sich rötliche Flecken ab. „Was ist mit dem Drehbuch?"

„Ich kann das nicht machen."

Er richtet sich auf und neigt den Kopf zur Seite. „Wie, Sie können das nicht machen?"

„Das Projekt ist zu groß für mich."

Er zieht die Augenbrauen in die Höhe. „Sie haben gestern zwei Stunden lang gewartet, um heute bereits aufzugeben? Das passt nicht zu Ihnen."

„Sie haben mich absichtlich warten lassen." Paulas Finger kribbeln und ihr Magen krampft sich zusammen. Schweigend bohrt sich sein Blick zwischen ihre Augen. Sie spürt, wie das Blut in ihre Wangen schießt. „Warum haben Sie mich herbestellt?"

Er lehnt sich zurück und verschränkt die Arme vor der Brust, ohne den Blick von ihr wenden. „Warum nicht?"

„Ich nehme an, Sie wissen, dass ich bisher Theaterregie gemacht und mit kleinen Teams gearbeitet habe. Es ist absurd, dass ich einen Monumentalfilm mit über 500 Darstellern inszenieren soll." Sie spuckt ihm die Worte ins Gesicht und steht auf. „Ihre Stühle sind im Übrigen zu unbequem, um länger als zehn Minuten darauf zu sitzen." Abrupt dreht sie sich um und verlässt den Raum. Die Tür fällt ins Schloss.

Ulrich stößt einen leisen Pfiff aus.

„Was?", herrscht ihn Frank von Roth an. Er steht auf, vergräbt die Fäuste in den Taschen seiner Anzughose und starrt aus dem Fenster.

„Sie hat Ihr Format."

Frank von Roth schnaubt laut. Dann dreht er sich zu Ulrich um. „Wie sind Sie darauf gekommen, mir diese Frau zu empfehlen? Bescheuerte Idee."

„Sie ist eine exzellente Regisseurin."

„Eine kleine Theaterregisseurin, die nicht den Mut hat, einen vernünftigen Film zu inszenieren." Er schreitet die Fensterfront ab, dreht um, läuft zurück. Die Absätze seiner Lederschuhe klappern auf dem Holzboden.

„Eine Regisseurin, die ihre Grenzen kennt und den Mut hat, sie zu kommunizieren."

Er hält inne und heftet seinen Blick an Ulrichs Nasenrücken. „Und, was nützt mir das? Verdammt nochmal, ich brauche jemanden, der fähig ist, einen oscarreifen Film zu inszenieren! Gibt es in diesem Land denn wirklich niemanden, der das schafft?" Seine Stimme dröhnt durch den Raum.

Ulrich lehnt sich auf dem Sofa zurück und schlägt die Beine übereinander. „Würden Sie denn mit ihr arbeiten wollen?"

„Mit wem?" Heftig drückt Frank von Roth den roten Knopf.

„Mit Paula Menotti."

„Bringen Sie mir einen Kaffee. Ach was, lassen Sie's." Er wischt sich mit einem Stofftaschentuch Schweiß von der Stirn und geht zu einem schwarzen Wandschrank. Er schiebt den oberen Teil der Glasfront zur Seite, holt eine Flasche Whisky mit zwei Gläsern heraus, schenkt ein und stellt eines der Gläser vor Ulrich hin. In einem Zug leert er sein Glas, geht zurück zum Schreibtisch und lässt sich auf seinen Stuhl fallen.

„Warum fragen Sie? Ist doch sinnlos, wenn sie es nicht kann."

„Wenn Sie mit ihr arbeiten wollen, dann fordern Sie sie auf, selber ein Drehbuch vorzulegen. Gleiche Thematik."

„Ha!" Frank von Roth lacht laut auf und schlägt die Faust auf den Tisch. „Sie glauben doch selbst nicht, dass das funktioniert. Wenn sie das könnte, warum hat sie es denn nicht schon längst getan?"

„Sie wissen doch, wie das ist. Manchmal braucht man einen Stoß, um den nächsten Schritt zu machen. Oder den richtigen Geschäftspartner."

Frank von Roth wirft ihm einen kritischen Blick zu. „Was macht Sie so sicher, dass sie die Richtige ist?" Er kneift die Augen zusammen und fixiert seinen langjährigen Assistenten. Ulrich hat ein Händchen dafür, verstecktes Potenzial zu erkennen. Einige der größten Erfolge der Von-Roth-Productions hat die Firma ihm zu verdanken.

Ulrichs stahlblaue Augen leuchten und er scheint durch Frank von Roth hindurch zu blicken. „Sie hätten ihre Inszenierung erleben sollen. Ich hatte das Gefühl, die Menschen auf der Bühne wären echt. Wirklich echt, keine Schauspieler. Die haben das gelebt, was da passierte. Die Dynamik und die Spannung waren unbeschreiblich." Er ergreift das Glas und nimmt einen Schluck Whisky. „Ich weiß nicht, wie sie das gemacht hat und ob das bei einem Film auch funktionieren kann. Ich weiß auch nicht, ob es an den Schauspielern lag oder an der Inszenierung."

„Na prima." Frank von Roth, der aufmerksam zugehört hat, verdreht die Augen. „Wissen Sie, wie viel Zeit und Geld mich dieses Experiment kosten wird, wenn es nicht funktioniert?"

Ulrich hält seinem Blick stand. „Haben Sie eine bessere Idee?"

***

Müde steigt Paula die Metallstufen der Fähre hinunter. Ihr Blick schweift über die Menschenmenge, die am Kai wartet. Wo ist Tom? *Hat er mich vergessen?* Sie verwirft den Gedanken. Einen zuverlässigeren Menschen als Tom gibt es nicht.

„Paula!"

Sie dreht den Kopf nach links. Mit ausladendem Schritt kommt Matteo auf sie zu und drückt ihr einen Kuss auf die Stirn. „Und, wie war's?" Erwartungsvoll schaut er sie an und nimmt ihr die Reisetasche ab.

„Du?" Es gelingt ihr nicht, ihre Verwirrung zu verbergen.

„Klar!" Er legt seinen Arm um ihre Schultern und raunt ihr ins Ohr: „Ich hab' dich vermisst." Er lotst sie zum Auto, öffnet die Tür und will sie auf den Beifahrersitz schieben.

„Können wir erst was essen? Ich hab' mächtig Hunger." Sie wirft ihre Tasche ins Auto und stößt die Tür zu. Sie ist froh, dass Matteo keine weiteren Fragen stellt.

Im gelben Licht der Straßenlaternen steuern sie auf ein kleines Bistro an der Uferpromenade zu. Paula bestellt ropa vieja, einen kanarischen Eintopf aus Kichererbsen, Hühnchenfleisch und Gemüse, dazu zwei große Gläser Bier für sich und Matteo. Sie prostet ihm zu und trinkt das halbe Glas auf einmal leer.

„Besser?" Er blickt sie amüsiert an. Sie nickt. „Erzähl. Wie war's?"

„Ich hab' abgelehnt."

„Wie, abgelehnt?" Sie meint, Erleichterung in seiner Stimme zu hören.

„Das ist nichts für mich. Die Firma plant einen Monumentalfilm mit über 500 Darstellern. Das kann ich nicht."

Matteo verschluckt sich an seinem Bier und hustet. Der Kellner stellt einen Suppenteller voller Eintopf vor Paula. Der Duft nach Rosmarin und Knoblauch steigt in ihre die Nase. Hungrig beginnt sie zu essen.

„Und um das festzustellen, bist du nach Berlin geflogen? Das hättest du doch auch übers Telefon herausfinden können." Er schüttelt den Kopf.

Sie isst schweigend und denkt über seine Worte nach. Was wäre gewesen, wenn Frank von Roth ihr bereits am Telefon gesagt hätte, worum es geht? Hätte sie abgesagt? Oder hätte sie das Drehbuch verlangt, um Gewissheit zu bekommen? Ist es wirklich die Dimension des Projektes, die sie abschreckt? Oder liegt es an Frank von Roths Art, mit den Menschen umzugehen? Es ist ihr klar geworden, dass es nichts mit ihrer Person zu tun gehabt hat, wie er sie behandelt hat. Sie beißt auf ein Stück Chilischote und zieht scharf die Luft ein.

Matteo verschließt den Mietwagen, nimmt Paula die Reisetasche ab und legt seinen Arm um ihre Schultern. Sie spürt seine Lippen an ihrem Hals. „Kommst du mit zu mir?" Seine Stimme erinnert sie an das Schnurren einer Katze.

„Ich bin müde." Sie bleibt stehen und sucht seinen Blick.

„Das macht nichts." Seine Augen versuchen sie zu verführen, er zieht sie an sich und küsst sie.

Sie weicht seinem Mund aus. „Ich möchte schlafen gehen."

„Ja, mit mir." Sein Atem streift über ihr Gesicht und er presst seine Hände auf ihr Gesäß.

„Matteo, ich will nicht."

„Es ist unser letzter Abend." Seine Hand wühlt sich unter ihr Shirt, sie nimmt seine Wärme auf ihrem Rücken wahr. Für einige Sekunden schließt sie die Augen, aber die Anspannung, die seit dem Treffen mit Frank von Roth von ihr Besitz ergriffen hat, vermag sich nicht aufzulösen.

Sie schiebt die Hände auf seine Brust und stößt ihn sanft von sich. „Bitte, lass mich."

Sein Atem geht stoßweise, als er sie loslässt. „Warum? Was ist los? Ich sehne mich nach dir, Paula." Zärtlich legt er die Hände auf ihr Gesicht.

„Es tut mir leid. Ich bin erschöpft und voller Eindrücke von der Reise. Es geht nicht."

Sie wendet sich ab und ergreift die Reisetasche. Der Eintopf liegt schwer in ihrem Magen und das Blut pocht hinter den Schläfen. Ohne sich noch einmal umzudrehen, steuert sie auf ihren Bungalow zu.

Kapitel 6

„Wie schade, dass dieser Monat mit euch hier schon wieder vorbei ist!" Rosie seufzt und stützt sich mit den Händen auf der Steinmauer ab. Ihr Blick schweift über die Weite des Meers.

Paula lächelt und lässt ihre Augen über die klare Linie des Horizonts wandern. Sie liebt es, wenn sich Ozean und Himmel so deutlich voneinander abgrenzen. Häufig gehen sie fließend ineinander über, aber die Sicht heute ist so klar, dass sich im Südwesten die Umrisse El Hierros vom Tiefblau des Wassers abheben. Sie atmet das Duftgemisch aus Beifuß und Lavendel ein und legt die Arme auf Rosies Schultern.

„Lass uns aufbrechen. Die Fähre wartet nicht auf euch."

Die ältere Frau richtet sich auf und umarmt Paula. „Du Glückliche! Ich würde viel dafür geben, wie du noch eine Weile hierbleiben zu können."

„Viel mehr Zeit bleibt mir hier nicht, wir müssen spätestens am Samstag ablegen, wenn wir es bis Ende Mai nach Hamburg schaffen wollen." Sie beobachtet das Spiel der Falten auf Rosies Gesicht.

„Wie viel Zeit werdet ihr benötigen?"

„Es sind rund 2'000 Seemeilen. Je nach Windverhältnissen brauchen wir dafür 3-4 Wochen. Bis zur Bretagne rechne ich mit Gegenwind, wenn wir Glück haben, dreht der Wind dann auf West und bläst uns durch den Ärmelkanal."

„Ich bewundere deinen Mut. Ich glaube nicht, dass ich mich trauen würde, übers offene Meer zu fahren auf so einer kleinen Nussschale! Hast du gar keine Angst?"

„Nein. Ich kenne mein Boot und ich weiß, was ich kann. Die große Unbekannte ist das Wetter, das ist manchmal ungemütlich. Aber Stürme gehen vorbei, und wenn es gar nicht geht, dann laufe ich halt einen Hafen an. Wir müssen ja nicht zwingend bis Hamburg kommen, sondern können das Schiff auch in Portugal, Frankreich, Belgien oder Holland lassen. Die Natur ist zwar launisch, aber doch ziemlich berechenbar. Im Gegensatz zu den Menschen", fügt sie hinzu.

„Oh ja!" Rosie nickt und hängt sich bei Paula ein. Sie schlendern ein letztes Mal zwischen den Palmen hindurch über den großen Platz, dem man das Spektakel der letzten Wochen nicht mehr ansieht. Friedlich und leer liegt er in der Mittagssonne.

„Ready?" Andreas schließt die Hecktüren von Toms Transporter und wischt sich mit dem Handrücken den Schweiß von der Stirn.

„Yep." Birgit wirft ihre Reisetasche in den Kofferraum des Mietautos und schiebt den linken Träger ihres Shirts zurück auf die Schulter. In ihrer Sonnenbrille spiegelt sich das Tor der Finca. Rosie dreht den Schlüssel und steckt ihn in den Briefkasten. Becky umarmt Lisa.

„Bist du dir ganz sicher, dass du nicht doch fliegen willst?" Matteo schaut Paula aus zusammengekniffenen Augen an. Seine Stimme klingt belegt.

„Ja."

Er nimmt sie in den Arm, sein Mund ist neben ihrem linken Ohr. „Wir könnten uns drei schöne Wochen in Frankfurt machen. Nur du und ich."

Sie schüttelt kaum merklich den Kopf. „Immer wieder hab' ich den Törn verschoben, jetzt ist der richtige Moment dafür."

Er klopft ihr auf den Rücken und lässt sie los. „Kommt sicher in Hamburg an. Kannst du dich zwischendurch melden?"

„Nein." Er runzelt die Stirn. „Ich melde mich spätestens Ende Mai von Hamburg aus oder früher, falls wir die Reise vorzeitig abbrechen und woanders an Land gehen."

Nachdenklich geht Matteo ums Auto herum, öffnet die Fahrertür und steigt ein.

„Gute Fahrt, Kumpel!" Andreas gibt Tom einen Handschlag, Birgit hängt sich an seinen Hals und drückt ihm einen Kuss auf die Wange.

Marlene tritt auf Paula zu, sie umarmen sich schweigend.

„Es wird alles gut gehen." Beruhigend lächelt Paula ihrer Freundin zu.

„Das weiß ich doch." Marlene lächelt. Sanft schiebt sie Lisa zum Auto, steigt ein und schließt die Tür.

Paula winkt dem Auto hinterher und legt den Arm um Becky. „Alles okay?" Prüfend lässt sie ihren Blick über ihre Tochter schweifen. Beckys Wangen sind gerötet.

„Klar! Ich freu' mich aufs Segeln! Nächstes Mal nehmen wir Lisa mit, okay?"

„Einverstanden. Vielleicht nicht gleich auf einen so langen Törn." Paula wendet sich Tom zu. „Magst du bei uns zu Abend essen?"

„Warum nicht?" Tom, Becky, Paula klettern in den Bus. Er startet den Motor, und der rote Transporter ruckelt über die Insel in Richtung San Sebastián. Aus den Lautsprechern singt ABBA *I have a dream*. Ihre Blicke treffen sich, sie grinsen und singen lachend mit, bei geöffneten Fenstern, den Fahrtwind im Haar.

„Hier ist sie, meine *Seeschwalbe*!" Liebevoll streicht Paulas Hand über die Bordwand einer kleinen Segelyacht, die an einem der Stege in der Marina von San Sebastián liegt. Sie schwingt die Beine über die Reling und reicht Tom die Hand. Er klettert an Bord und schaut sich um. Becky hat die Hängematte geentert, die auf dem Vordeck zwischen Mast und Vorsegel gespannt ist.

„Guten Abend, Paula! Wie gut, dass ihr wieder hier seid! Es war langweilig hier in letzter Zeit."

„Hallo, Ben! Schön, dich zu sehen!"

Auf dem Nachbarboot steht ein großer Mann mit weißem Vollbart und zerfurchtem Gesicht. Eine abgewetzte Kapitänsmütze sitzt schräg auf dem schütteren Haar und bedeckt sein linkes Ohr. Am rechten Ohrläppchen baumelt ein großer, silberner Ohrring in Form eines Ankers.

„Bleibt ihr länger?" Seine kräftige Bassstimme dröhnt durch die Marina.

„Bis Samstag. Dann sollte der Wind passen, wir möchten nach Hamburg segeln."

„Hamburg? Ihr verlasst mich?" Sein Lächeln straft die Empörung in seiner Stimme Lügen.

„Wir kommen ganz bestimmt wieder. Aber meine *Seeschwalbe* hier muss mal dringend wieder Ozeanluft schnuppern."

„Zieh nur los, mein Kind. Ein Boot gehört aufs Meer, und eine Skipperin geht ein im Hafen. Komm mal rüber auf ein Bier, wenn du magst." Er tippt sich mit der Hand an die Mütze und verschwindet im Innern des Schiffes.

„Das ist Ben. Er ist 92, hat viermal die Welt umsegelt, war in Alaska und rund um Kaphorn. Damals gab es weder Kartenplotter, GPS, oder Satellitentelefon. Das war noch echte Navigation!" Paula lächelt. „Manchmal wünsche ich mir, ich wäre auch damals schon gesegelt. Heute ist das alles so einfach mit den technischen Mitteln. Der Autopilot hält den Kurs, den du eingibst, auf der elektronischen Seekarte siehst du auf eine halbe Seemeile genau, wo du dich befindest, und übers Satellitentelefon bekommst du auch auf See Internet an Bord." Dann macht sie mit dem rechten Arm eine ausladende Bewegung. „Cockpit mit Sprayhood, Niedergang mit Salon und Küche, Vorschiffkajüte mit zwei Kojen und Bad. Klein, aber fein." Ihre Augen leuchten.

„Du bist gern hier, richtig?" Er lässt seinen Blick über die Yacht schweifen.

„Sie ist mein Zuhause. Ich fühl' mich nirgendwo so geborgen wie hier." Sie fängt sein Lächeln auf und strahlt ihn an. „Du kannst dir nicht vorstellen, wie sehr ich mich auf den Törn nach Hamburg freue! Endlich wieder auf See. Nichts, außer das Boot, das Meer, der Sternenhimmel und Becky und ich." Ein heftiges Kribbeln breitet sich vom Bauch in den ganzen Körper aus.

„Das klingt reizvoll. Auch wenn ich mir beim besten Willen nicht vorstellen kann, wie man sich in einem solchen Joghurtbecher sicher fühlen kann auf offener See." Tom misst das Boot mit den Augen ab. „Kommen die Wellen nicht ins Cockpit?"

„Nur bei Schwerwetter. Auf Am-Wind-Kurs, wenn der Wind von vorne kommt, spülen sie zwar übers Deck, kommen aber nicht hier rein. Und auf Raumkurs mit Wind von hinten laufen sie unter dem Boot durch und schieben es."

„Hast du Stürme erlebt?"

Sie nickt. „Als Kind. Meine Mutter hat mich und meinen Bruder dann immer nach unten geschickt und den Niedergang verriegelt, damit kein Wasser eintreten konnte. Wir haben uns in unsere Kojen gelegt und in voller Lautstärke Musik gehört, um das Krachen der Wellen nicht hören zu müssen." Sie lacht. „Mach's dir an Deck bequem, ich koch' uns was Leckeres."

Paula verbindet ihr Handy mit einer Lautsprecherbox und beginnt mit kanarischer Volksmusik in der Küche zu werkeln.

„Hier." Paula reicht Tom und Becky eine schwarze Tonschüssel. Tom liegt unter dem Sonnensegel in der Hängematte, Becky sitzt im Bugkorb.

„Danke." Schnüffelnd hält er die Nase darüber. „Mh, riecht gut."

„Thaicurry mit Basmatireis."

Er richtet sich auf und ergreift die Essstäbchen. „Ähm, hast du auch 'ne Gabel an Bord?"

„Klar." Grinsend steigt sie zurück ins Cockpit und kommt mit einer Gabel und zwei Bierflaschen zurück.

„Cheers!"

Das Klirren der Flaschen vermischt sich mit dem Kreischen einer Möwe, die im Tiefflug über das kleine Segelboot hinwegzieht.

„Dein erstes Boot?" Sein Blick klettert zur Mastspitze hinauf und fixiert den Windmesser, der unschlüssig zwischen Ost und Nordost pendelt.

Sie nickt. „Ich hab's von meiner Mutter geerbt. Mein Bruder und ich haben alle Sommerferien mit ihr auf dem Boot verbracht. Sie war eine leidenschaftliche Seglerin und hat uns überall hin mitgenommen, kreuz und quer durch die Ostsee, die Nordsee und dann hierher. Sie hat davon geträumt, damit in die Karibik zu segeln." Ihr Blick schweift über die Hafenmole. „Leider ist sie viel zu früh gestorben. Gebärmutterhalskrebs. Ich war 20."

„Und dein Vater?"

Sie schüttelt den Kopf. „Er wollte nichts wissen von Booten. Und von uns auch nicht."

Er senkt seinen Blick. „Das tut mir leid."

Paula steht auf und nimmt Tom und Becky die leeren Schüsseln ab. „War wohl besser so." In Paulas Stimme schwingt ein Hauch von Härte. Sie dreht sich um und verschwindet im Innern des Bootes.

„Noch ein Bier?" Sie reicht ihm eine Flasche durch die Deckluke und klettert hinterher. Im Schneidersitz lehnt sie sich an die Reling. Becky ist in ihr Handy vertieft.

„Und du?" Forschend wandern Paulas Augen über Toms Dreitagebart und die sonnengegerbte Haut.

„Ich bin noch nie gesegelt. Mir ist mein Bus lieber!"

„Du wohnst darin, nicht wahr?"

„Ja. Ich hab' zwar ein Zimmer in München, aber dort wohnt meistens ein Kumpel. Mit den vielen verschiedenen Arbeitsorten ist es mir im Bus am liebsten. Fliegen mag ich nicht, und die Bahn kannst du vergessen. Immer nur in Hotelzimmern zu wohnen ist auch anstrengend."

„Versteh' ich total." Sie betrachtet das Tattoo an seinem rechten Oberarm. „Ein L und ein K? Was bedeutet das?"

„Lena Kramer."

Das Klingeln eines Handys vermischt sich mit dem metallischen Geräusch der Ösen der Hängematte, die an den Karabinerhaken reiben, an denen sie aufgehängt sind.

„Meins hab' ich hier, es muss deins sein." Tom hält sein Handy in die Höhe.

Widerwillig steigt Paula ins Cockpit, schnappt sich das Telefon und setzt sich zurück an die Reling. „Paula Menotti." Sie hält den Atem an. Ihre Hände werden feucht. „Was wollen Sie?" Als hätte jemand mit einer Fliegenklatsche ihre Gedanken verjagt, ist ihr Kopf mit einem Schlag leer. Das Blut pocht hinter ihrer Stirn. Ihre Zunge fährt über die Lippen.

„Bis wann? – Das geht nicht." Sie lässt das Handy sinken und starrt Tom an.

„Wer war das?"

„Frank von Roth."

Er kneift die Augen zusammen. Sie spürt seinen Blick auf ihren zuckenden Augenbrauen. Ihre Wangen werden warm und sie nimmt wahr, wie sich kleine Schweißperlen am Haaransatz bilden.

„Was wollte er?"

„Ich soll ihm ein eigenes Drehbuch liefern zu seinem Thema. In einer Woche."

Becky blickt von ihrem Handy auf und fixiert Paula.

Tom führt die Bierflasche zum Mund und trinkt. „Und?"

„Das schaff' ich nicht. Die nächsten drei Tage benötigen wir, um das Schiff seeklar zu machen und den Proviant an Bord zu holen, und am Samstag öffnet sich ein passendes Windfenster zum Ablegen. Ich kann jetzt kein Drehbuch schreiben." Es wird ihr bewusst, dass sie ihn noch immer anstarrt.

„Dann lass es."

„Das hat er auch gesagt."

„Echt?"

„Ja. Er kommuniziert ziemlich – direkt." Sie trinkt die Flasche aus und klemmt sie zwischen die Knie. Ihre Hände klopfen auf die Oberschenkel.

„Worüber denkst du nach?" Seine Augen forschen in ihrem Gesicht.

„Da bekomme ich von einem der einflussreichsten deutschen Produzenten gleich zweimal die Chance, einen Film zu inszenieren, und kann sie nicht wahrnehmen. Das irritiert mich."

„Warum?"

„Es öffnet mir jemand eine Tür und ich geh' nicht durch. Das fühlt sich irgendwie nicht richtig an."

„Sind es denn echte Chancen?"

„Wie meinst du das?"

„Manchmal tarnen sich Ereignisse als Chancen, die gar keine sind. Sie sollen uns zum Nachdenken anregen, damit wir herausfinden, was wir wirklich wollen."

Sie stutzt. „Das ist möglich. Ich muss darüber nachdenken."

„Tu das." Tom steigt aus der Hängematte. „Ich mach mich auf die Socken. Danke fürs Abendessen."

Paula steht auf. „Wann fährst du?"

„Morgen früh, ich nehme die erste Fähre." Mit einem großen Satz springt er über die Reling auf den Schwimmsteg. Der Steg schaukelt auf und ab, das Wasser klatscht an die Bordwand der *Seeschwalbe*.

„Gute Fahrt!"

„Ciao, Becky!" Tom hebt die Hand, dreht sich um und schreitet mit langen Schritten über die Holzplanken.

Paula tritt an die Reling. Ihre Augen suchen den Horizont.

Kapitel 7

„Rosie? Danke für deinen Rückruf."

„Gerne, Liebes. Schieß los, wo drückt der Schuh?"

Paula lächelt und ihre Schultern entspannen sich, als sie Rosies Stimme durchs Handy hört. Die ersten Sonnenstrahlen schieben sich über die Bergkuppe des Garajonays. „Von Roth hat mich gestern Abend angerufen."

„Frank?"

„Er hat mich aufgefordert, ihm ein eigenes Drehbuch zu bringen."

„Ungewöhnlich. Was möchtest du nun von mir wissen?"

„Ich kann das alles nicht verstehen. Wie kommt von Roth auf mich? Er kennt mich nicht, und ich glaube nicht, dass er jemals eine Inszenierung von mir gesehen hat. Warum lässt er mich nach Berlin fliegen und schickt mir das Drehbuch nicht zu? Warum soll ich ihm jetzt einen eigenen Vorschlag machen? Verstehst du das?"

„Frank kennt deine Arbeit nicht, aber Ulrich Clemens, sein Mitarbeiter. Er war an unserer Premiere auf La Gomera."

„Ach. Woher weißt du das?"

„Ich habe ihn im Publikum gesehen."

„Warum hast du nichts gesagt?"

„Ich habe ihn beim Schlussapplaus entdeckt, und nach der Vorstellung war er verschwunden. Ich habe nicht darüber nachgedacht. Er macht seit vielen Jahren Urlaub auf den Kanaren."

„Also hat er mit von Roth gesprochen."

„Wahrscheinlich. Und um einen persönlichen Eindruck von dir zu bekommen, hat dich Frank nach Berlin bestellt."

„Na, perfekt." Paula verdreht die Augen, und ihre Stimme rutscht eine halbe Oktave tiefer.

„So viel kannst du nicht falsch gemacht haben, sonst hätte er sich nicht nochmal bei dir gemeldet."

„Er hat mich zwei Stunden lang warten lassen, und dann war ich so sauer, dass ich keine normale Konversation mehr führen konnte."

Rosie lacht auf. „Das macht er also noch immer!"

„Was? Das Wartenlassen?"

„Ja, das hat System."

„Pfff." Verächtlich stößt Paula die Luft zwischen den Lippen hindurch.

„Jedenfalls kann er sich grundsätzlich eine Zusammenarbeit mit dir vorstellen, darum sollst du ihm einen eigenen Vorschlag für einen Film machen."

„Bist du sicher, dass er mich nicht tyrannisieren will? Ich hab' ein ganz seltsames Gefühl bei ihm."

„Er hat narzisstische Züge, aber er ist kein Tyrann."

„Ha, das ist ja wohl auch nicht besser."

„Finde es heraus. Mit Frank kann man arbeiten."

Paula zwirbelt das Ende einer Leine, die am Mast befestigt ist. „Mein Problem ist, dass er das Drehbuch in einer Woche haben will. Da sind wir aber auf See, und in den nächsten Tagen kann ich mich unmöglich darum kümmern."

„Zeit ist Geld im Filmgeschäft. Wenn du die Erfahrung einer Filmregie machen möchtest, solltest du die richtigen Prioritäten setzen. Liebes, ich muss los, Emily muss zum Tierarzt, Tollwutimpfung."

„Danke, Rosie."

Paula legt das Handy auf den Cockpittisch und geht in die Küche. Die Tür zur Vorschiffkajüte öffnet sich. Verschlafen reibt sich Becky die Augen.

„Guten Morgen! Hast du gut geschlafen?" Paula lächelt sie an.

„Klar!" Becky gähnt und streckt sich. „Es hat so schön geschaukelt heute Nacht, so stell' ich mir eine Babywiege vor." Becky grinst.

„Hier, Frühstück steht im Cockpit. Ich hab' schon gegessen und fange schon mal an zu arbeiten."

„Müssen wir noch viel machen, bevor wir lossegeln?"

„Hier." Sie hält Becky ihre to-do-Liste hin.

Becky liest laut vor: „Riss im Vorsegel nähen, Fenster Vorschiffkajüte abdichten, Hydrauliköl nachfüllen und Hydraulik entlüften, Positionslichter kontrollieren, Gasflaschen auffüllen, Seekarte herunterladen, Notfallhäfen definieren, Einkaufen, Wasserfilter Küche ersetzen. Ganz schön viel! Positionslichter und Seekarte kann ich machen. Und den Wasserfilter ersetzen auch."

„Klasse! Aber jetzt iss erst mal."

Becky setzt sich ins Cockpit und greift nach einem Baguettebrötchen. „Mh, lecker, Schokocrème!"

Verschmitzt grinst Paula ihr zu. Dann zwängt sie sich durch eine Öffnung in der Wand, die einen schmalen Zugang zum Motor bietet, und zieht den Ölmessstab heraus. Sie füllt Öl nach, kontrolliert das Kühlwasser und verschließt die Luke.

Sie legt sich in die Hängematte und schaut den Schäfchenwolken zu, die in kleinen Herden über den stahlblauen Himmel ziehen. In Gedanken sieht sie sich ablegen, die Segel setzen mit Kurs auf die Nordwestspitze Spaniens. Sie riecht die salzige Gischt, wie sie übers Deck spritzt, und spürt die Wassertröpfchen auf ihrer Haut. Sie hört das Rauschen der Wellen, das Pfeifen des Windes in den Wanten, und das durchdringende Gefühl der Freiheit erfasst sie, das jede Faser ihres Körpers vibrieren lässt und das sie bisher nur auf See erlebt hat.

Dann verschiebt sich ihre Wahrnehmung. Sie sieht Frank von Roths Gesicht vor sich und hört seine Stimme. *Bringen Sie mir ein eigenes Drehbuch. Oscarreif.* Oscarreif. Wie soll sie eine oscarreife Geschichte schreiben? Was zeichnet eine oscarreife Geschichte überhaupt aus? Von Roth glaubt nicht daran, dass sie es schaffen kann. Der Ausdruck seiner Augen und die Tonlage seiner Stimme sind ihr mit demselben Misstrauen begegnet, wie sie ihm. Umso mehr fasziniert sie, dass Ulrich Clemens so sehr von ihrem Potenzial überzeugt sein muss, dass er es geschafft hat, von Roth dazu zu bringen, sie einzuladen. *Er hat meine Inszenierung gesehen und glaubt daran, dass ich es schaffen kann.* Der Gedanke durchzuckt sie bis in die kleinen Zehen und lässt sie nicht mehr los.

Paula und Becky sitzen auf dem Vordeck. Immer wieder sticht Paula mit einer dicken Nadel ins Vorsegel. Auf Beckys Knien liegt ein Tablet, ihre Augen suchen im Navigationsprogramm die Küste nach Notfallhäfen ab.

Paula räuspert sich. „Becky?

Becky schaut auf.

„Wäre es sehr schlimm für dich, wenn wir den Törn verschieben würden?"

Becky lässt das Tablet sinken. Ihr Kinn klappt herunter, und in ihre Augen tritt eine Mischung aus Unsicherheit und Enttäuschung. „Wegen dem Drehbuch?"

Paula schluckt. „Ich weiß nicht, ob ich so eine Chance nochmal bekomme."

Becky legt das Tablet zur Seite und steht auf. Sie tritt an die Reling und hält sich am Relingdraht fest.

Paula steckt die Nadel ins Segel und lehnt sich an den Mast. „Hättest du Lust, mitzuspielen im Film?" Das Mädchen dreht sich um. „Ich könnte für dich eine kleine Rolle mitreinschreiben."

„Echt? Das wär cool, das würde ich voll gern machen!" Die anfängliche Enttäuschung weicht Begeisterung.

„Ich kann dir halt einfach nicht versprechen, dass es klappt."

Beckys Augenbrauen ziehen sich zusammen. „Das heißt, wenn es nicht klappt, dann kann ich gar nichts machen, weder segeln noch im Film spielen."

„Na ja, segeln schon, einfach etwas später."

„Und du bist sicher, dass du für mich eine Rolle schreiben kannst und dass ich sie dann auch wirklich spielen darf?"

„Wenn ich den Job bekomme, dann ja."

„Okay. Einverstanden."

Paula steht auf, geht auf Becky zu und hält ihr die Hand hin. Becky schlägt ein.

„Auf unseren ersten gemeinsamen Film!"

„Wann würden denn die Dreharbeiten beginnen?"

„Das weiß ich nicht. Das hängt von vielen Faktoren ab – wie oft ich mein Drehbuch überarbeiten muss, bis der Produzent damit einverstanden ist, wie lange es dauert, bis die Finanzierung steht, bis die Schauspieler gefunden sind und so weiter."

„Aber meine Sommerferien kann ich auf jeden Fall bei Lisa verbringen, während du deine Tournee machst, oder?"

„Das denke ich schon."

„Okay, dann ist es gut. Das möchte ich nämlich unbedingt! Und ins Reitlager auch."

Paulas Finger zittern, als sie die Nummer ins Handy tippt. Während sie dem Piepston lauscht, der sich mit einfallsloser Monotonie wiederholt, krampft sich ihr Magen zusammen. Ihr Brustkorb wird enger und sie atmet schneller.

„Ja?"

„Was, ja?" Sie beißt sich auf die Lippe und schließt die Augen.

Schweigen. „Hier spricht Frank von Roth." Seine Worte ziehen sich in die Länge wie frischer Kaugummi.

Sie schluckt. „Sie bekommen Ihr Drehbuch."

„Schön. Schicken Sie es mir bis spätestens Mittwoch, 4. Mai."

„Einverstanden."

Sie starrt sich im Display ihres Handys an. Ihr Magen schmerzt und ihr Mund füllt sich mit Blut. Sie tritt an die Reling und spuckt ins Wasser.

„Alles in Ordnung?"

Sie blickt auf und begegnet Bens interessiertem Blick. Auf dem Arm hält er Wicky, seinen kleinen Norfolk Terrier, der zappelnd mit dem Schwanz wedelt.

„Ich glaub' schon."

„Bier?"

„Schnaps?"

„So schlimm? Komm rüber." Buschige Augenbrauen dominieren das zerfurchte Gesicht und werfen dunkle Schatten auf seine Augen.

Wicky bellt hell, als sich Paula auf die Cockpitbank fallen lässt. Er springt auf ihren Schoß und leckt ihre Arme. Sie krault seinen Rücken.

Ben reicht ihr ein Glas Rum und prostet ihr zu.

„Danke." Sie leert es in einem Zug und verzieht das Gesicht. Ihre Zunge brennt.

„Kennst du die Angst, eine falsche Entscheidung getroffen zu haben?" Sie knetet ihren Ringfinger.

„Klar. Was meinst du, wie oft ich in meinem Leben gezweifelt habe?" Er lacht brummend und legt den Kopf in den Nacken. „Auf See sowieso. Wäre es nicht besser gewesen, weiter südlich zu segeln? Das nächste Wetterfenster abzuwarten? Doch mehr teuren Diesel zu tanken? Lieber keinen unerfahrenen Mitsegler mitzunehmen? Die Zweifel hören nie auf, wenn du sie nicht stoppst. Sie helfen dir nicht. Angst lähmt, immer. Entscheide dich weise, aber wenn du dich entschieden hast, dann go for it – kia kaha, wie die Maori sagen." Er füllt ihr Glas erneut. Sie lauscht seiner tiefen, sonoren Stimme und zieht die Knie zur Brust.

„Wie lange hast du bei den Maori gelebt?"

„Das erste Mal zwei Jahre lang. Ich geriet in einen Wintersturm und erreichte Neuseeland mit viel Glück und schweren Schäden am Schiff. Es dauerte ein halbes Jahr, bis mein Boot wieder seeklar war, und dann begann die Zyklonsaison. So blieb ich und verliebte mich ins Land und in eine junge Maori, die bereits einem anderen versprochen war."

Wicky springt von Paulas Schoß aufs Achterdeck und verbellt eine Möwe, die sich auf den Geräteträger am Heck gesetzt hat. Aufgeregt kreischend erhebt sie sich und schwebt übers Hafenbecken.

„Das Wichtigste, was ich von den Maori gelernt habe, ist diese Weisheit: Whāia te iti kahurangi, ki te tūohu koe, me he maunga teitei. Das heißt soviel wie: Strebe nach dem höchsten Schatz, und wenn du dich beugst, dann nur vor einem hohen Berg."

Paula nippt an ihrem Glas. „Dazu müsste man wissen, welches der höchste Schatz ist."

„Das verändert sich. Alles fließt, das erkannten schon die Griechen. Es genügt, wenn du jetzt weißt, wofür du brennst. Morgen ist die Welt eine andere."

Kapitel 8

Paula drückt den Fahrstuhlrufknopf, füllt ihre Lungen mit Luft und schließt die Augen. Langsam atmet sie aus und öffnet die Augen, als sie das kurze Quietschen der Fahrstuhltüren vernimmt. Sie tritt ein, streckt den Rücken durch und ballt die Hände zu Fäusten. Aus dem Spiegel blickt ihr ein Gesicht mit zusammengekniffenen Augen und aufeinandergepressten Lippen entgegen. Sie öffnet den Mund und lockert den Unterkiefer. Ihr Blick hängt sich an die Anzeige, welche die Stockwerke anzeigt. Beim achten Stock zieht sie ihr Handy aus der Handtasche, betrachtet flüchtig das Display, ohne die Benachrichtigungen zu lesen, und steckt es wieder zurück. Der helle Klingelton macht ihr klar, dass sie angekommen ist. Es ist 7.50 Uhr.

„Guten Morgen." Sie verzieht den Mund zu einem schiefen Lächeln.

„Guten Morgen, Frau Menotti. Herr von Roth erwartet Sie." Die junge Frau hinter dem Tresen lächelt.

Paula spürt, wie ihr Herz einen Schlag lang aussetzt. Ungläubig starrt sie die Sekretärin an. „Wie bitte?"

„Sie können hineingehen." Die Frau nickt ihr aufmunternd zu.

Paula macht einen Schritt auf die Tür von Frank von Roths Büro zu, klopft und legt die Hand auf die Klinke. Als sie sein gedämpftes „Ja" hört, drückt sie sie herunter und tritt ein.

Sein Schreibtisch steht vor einer mindestens zehn Meter breiten Fensterfront, die den Blick auf die Spree und die dahinterliegende Skyline Berlins freigibt. Der Tisch selbst besteht aus schwarzen Metallfüßen, auf denen eine Glasplatte liegt. Außer einem ausladenden Bildschirm, einer Tastatur, einer Telefonanlage und einem Kugelschreiber ist der Schreibtisch leer.

In einem hohen Bürostuhl aus schwarzem Leder sitzt Frank von Roth. Er trägt einen dunkelgrauen Anzug mit weißem Hemd und grauer Krawatte. Seine Arme sind vor der Brust verschränkt. In seinen Augen liegt ein lauernder Ausdruck.

Sie tritt vor den Schreibtisch und streckt ihm ihre rechte Hand entgegen. Er nimmt sie, ohne sich aufzurichten.

„Danke."

„Wofür?"

„Dafür, dass Sie mich nicht haben warten lassen." Ihre Stimme klingt fest und warm und drückt ehrliche Dankbarkeit aus.

Der lauernde Ausdruck in seinen Augen weicht Überraschung.

„Darf ich?" Sie deutet auf den Stuhl vor dem Schreibtisch.

„Bitte. Kaffee?"

„Gerne."

„Mit Milch?" Der herrische Ton in seiner Stimme, der ihre bisherige Konversation dominiert hat, wechselt in zurückhaltende Freundlichkeit.

Sie nickt lächelnd. Aus dem rechten Augenwinkel nimmt sie eine Bewegung wahr und wendet den Kopf. Auf dem Sofa in der Ecke sitzt Ulrich Clemens. Sie geht auf ihn zu. „Entschuldigen Sie, Herr Clemens, ich habe Sie nicht bemerkt."

Er steht auf und rückt seine Krawatte zurecht. „Guten Morgen, Frau Menotti. Sehr erfreut, Sie wiederzusehen." Sanft drückt er ihre Hand.

Paula setzt sich. Es klopft an der Tür und die Empfangsdame stellt den Kaffee auf den Tisch. Paula trinkt einen Schluck.

Frank von Roth verschränkt erneut die Arme vor der Brust. „Ich bin enttäuscht von Ihrer Arbeit. Was Sie mir geschickt haben, ist kein Drehbuch. Das sind Regieanweisungen, im besten Fall ein Filmtreatment. Da fehlen ja sämtliche Dialoge."

Paula spürt, wie sie die Kontrolle über ihren Körper zu verlieren droht. Wie von fern beobachtet sie, wie sie reglos auf dem unbequemen Lederstuhl sitzt und wartet. Worauf, weiß sie nicht. Vielleicht darauf, dass Frank von Roth sie bittet, zu gehen. Sie nimmt den Geruch seines herben Aftershaves wahr.

Draußen wandert die Sonne um die Ecke des Gebäudes und schickt erste Strahlen durch die Fensterscheiben auf die Wand. Frank von Roth steht auf und lässt schneeweiße Rollos herunter, die den Raum in kaltes Licht hüllen.

Er bleibt vor Paula stehen. „Ich muss gestehen, ich habe mir mehr von Ihnen erhofft. Die Versprechungen, die man mir gemacht hat, entsprechen leider nicht dem, was ich von Ihnen erhalten habe." Seine Augen wandern von ihrem Scheitel über die Stirn, bevor sie seinen Blick auf ihrem Gesicht spürt.

„Frank, haben Sie sich alles angeschaut? Ihr Konzept ist einmalig!" Ulrich Clemens steht auf.

„Von welchem Konzept sprechen Sie? Ich konnte keines erkennen."

„Bitte, Frau Menotti, erklären Sie es ihm." Paula spürt Ulrichs erwartungsvollen Blick auf ihrem Gesicht.

Frank von Roths Blick trifft Paulas Augen, als sie aufschaut. Sein widerwilliges Brummen deutet sie als Zustimmung.

„Ich bin mir bewusst, dass mein Drehbuch auf den ersten Blick nicht sehr aussagekräftig erscheint."

„Allerdings." Frank von Roth lässt seine Hände in den Taschen seiner Anzugshose verschwinden und lehnt sich an einen der bodentiefen Fensterrahmen.

„In meinen Theaterinszenierungen arbeite ich sehr erfolgreich mit einem Konzept, das ich gerne in einer Verfilmung umsetzen würde. Ich skizziere die Geschichte und die einzelnen Szenen, überlasse die Ausgestaltung aber den Schauspielern."

„Improvisationstheater. Was soll daran einmalig sein?" Er wirft Ulrich Clemens einen höhnischen Blick zu.

„Der Schlüssel liegt in der Auswahl der Schauspieler. Ich arbeite mit Menschen, die die entsprechenden Erfahrungen in ihrem Leben gemacht haben und die damit verbundenen Emotionen, Gedanken und Gefühle in der jeweiligen Szene abrufen können. Dann braucht es kein bis ins Detail ausgearbeitetes Drehbuch, sondern nur den Rahmen für die einzelnen Szenen. Der Rest entsteht von alleine."

„Beispiel?"

„Beispiel sexualisierte Gewalt. Eine Schauspielerin, die sexuellen Missbrauch erlebt hat, braucht keine Vorlage, was sie sagen oder wie sie handeln muss, wenn sie sich in einem geschützten, vertrauten Rahmen entfalten kann."

„Sie suchen also für Ihre Rollen Schauspieler mit der entsprechenden Lebenserfahrung." Frank von Roths Augenbrauen ziehen sich zusammen.

„Das ist es also!" Ulrich Clemens klatscht in die Hände. „Darum ist Ihre Inszenierung so lebendig!"

„Das mag beim Theater funktionieren." Ungeduldig lässt sich Frank von Roth auf seinen Stuhl fallen. „Im Film können Sie das vergessen. Aufgrund der verschiedenen Kameraeinstellungen muss jede Szene mehrmals gedreht werden, da kann Improvisation nicht funktionieren."

„Die Kameraführung ist eine besondere Herausforderung in dieser Art der Inszenierung. Ich müsste herausfinden, wie sich eine Szene filmen ließe, ohne an Spontaneität und Lebendigkeit einzubüßen."

Das Klopfen des Kugelschreibers füllt die eintretende Stille.

„Wie sieht es inhaltlich aus mit Ihrem Drehbuch? Ich möchte ein Flüchtlingsdrama. Einen Monumentalfilm können Sie nicht. Was wollen Sie mir hier präsentieren? Da ich Ihr Drehbuch nicht lesen kann, müssen Sie es mir erklären." Herausfordernd zieht er den linken Mundwinkel in die Höhe.

„Wenn Sie die Menschen wirklich berühren möchten, dann drehen Sie einen Film, der 2030 in Deutschland spielt. Mit deutschen Flüchtlingen. Sie brauchen keinen Monumentalfilm, keine großen Flüchtlingsströme, daran haben wir uns alle gewöhnt. Sie brauchen deutsche Einzelschicksale. Den Italiener, dessen Eltern als Gastarbeiter ins Land gekommen sind, der eine Pizzeria betreibt und mit einer deutschen Frau verheiratet ist. Die Türkin, die vor 30 Jahren eingewandert ist und heute mit deutschem Pass im Parlament sitzt. Den Chefarzt, der in Georgien wurzelt und als Kardiologe in einer deutschen Klinik Menschenleben rettet. Sie brauchen keine Massenhetze. Fangen Sie in einem Bundesland mit hohem PND-Anteil an und malen Sie sich die Situation in ein paar Jahren aus. Kennen Sie den Begriff IDP? Internal Displaced Person? Studieren Sie die Geschichte Georgiens und lassen Sie Ihrer Fantasie freien Lauf." Ihre Wangen glühen und sie bemüht sich, ihre Stimme zu kontrollieren, damit sie sich nicht überschlägt. „Denken Sie darüber nach und rufen Sie mich an."

Frank von Roths Blick trifft ihre Augen. Er ist nachdenklich.

Paula schüttelt Ulrich Clemens, der noch immer neben ihr steht, die Hand und verlässt das Büro.

„Frank, das Konzept ist genial! Stellen Sie sich vor, wenn wir es schaffen, einen solchen Film zu produzieren!" Ulrichs Augen leuchten und seine breite Nase ist gerötet.

Frank von Roth verschränkt die Arme vor der Brust. „Ich zweifle daran, dass sich das filmen lässt. Wenn keine Dialoge vorgegeben sind, wie sollen wir dieselbe Szene in verschiedenen Kameraeinstellungen filmen? Die Kamera darf ja in keinem Bild zu sehen sein. Das ist rein organisatorisch gar nicht möglich." Das Klopfen des Kugelschreibers bricht abrupt ab. „Der Film wäre auch inhaltlich heikel. Stellen Sie sich vor, wir würden tatsächlich filmen, wie ausländische Einwanderer mit deutschem Pass und guten Jobs von Leuten der Partei Neues Deutschland ausgebootet und vertrieben werden. Sollte sich dann die Situation in Deutschland in einigen Jahren tatsächlich in diese Richtung entwickeln, könnte man uns vorwerfen, rechtsradikales Gedankengut verbreitet und eine Vorlage geliefert zu haben." Er schüttelt den Kopf. „Wir können bereits Geschehenes filmisch aufarbeiten, aber wir dürfen der Geschichte nichts vorlegen."

„Ich sehe das anders. Es braucht nicht viel Phantasie, um sich vorzustellen, wie sich die Situation in unserem Land verändern wird, wenn in der nächsten Bundestagswahl die extreme Rechte weiter an Macht gewinnt. Schauen Sie auf die Straße. Der politische Rechtsrutsch wird kommen, er ist nichts anderes als ein Abbild der Realität, die schon längst Einzug gehalten hat, nicht nur in Deutschland. In welche Richtung die Auswirkungen der Politik gehen werden, wenn die PND die Mehrheit hat, das wissen wir alle. Was Paula Menotti in ihrem Drehbuch skizziert, dürfte überspitzt sein, und genau dadurch könnte der Film aufrütteln."

Kälte kriecht über Frank von Roths Rücken und lässt ihn erschaudern. Hastig zerrt er an seiner Krawatte und öffnet den obersten Hemdknopf, um besser Luft zu bekommen. „Die Idee ist ketzerisch, Ulrich. Wir können sowas nicht machen, nicht nach der Europawahl und nicht nach der Entwicklung in den USA. Wir würden Öl ins Feuer gießen." Er ergreift die Kaffeetasse und trinkt den letzten Schluck kalten Kaffee. Sein Blick ruht auf Paulas Mappe. „Andererseits – vielleicht haben

Sie Recht und der Film würde wachrütteln. Haben Sie das Drehbuch ganz gelesen? Wie lässt sie ihn enden?"

„Sie hat kein Ende geschrieben."

„Wie, kein Ende? Sie lässt es offen?"

„Ja."

Frank von Roth schüttelt vehement den Kopf. „Das geht nicht. Wenn wir uns schon aufs Glatteis begeben, dann nur mit einer ganz klaren Botschaft. Die Aussage muss vorgegeben und eindeutig sein."

Ulrich lässt sich aufs Sofa fallen. „Rufen Sie sie an und besprechen Sie es mit ihr."

Frank von Roth erkennt die Genugtuung in der Stimme seines Mitarbeiters und hebt den Kopf. „Noch haben Sie nicht gewonnen. Ich glaube nicht daran, dass sie eine Lösung finden wird für die filmische Umsetzung."

***

„Tom? Alles okay bei dir? Wo bist du?"

„Hi, Paula. In München, alles gut."

„Kannst du nach Berlin kommen?"

Er zieht geräuschvoll die Luft ein.

„Du hast dich also fürs Drehbuch und gegen den Törn entschieden."

„Ja. Kannst du kommen? Ich glaube, von Roth beißt an."

„Ich kann in zwei Stunden abfahren, bin dann so gegen neun bei dir."

„Prima! Bis dann, gute Fahrt!"

Erleichtert steckt sie das Handy in die Tasche.

Sie packt den Laptop ein und verlässt das Hotel. Geblendet setzt sie die Sonnenbrille auf. Die Luft riecht nach Frühling. Ihre Schritte führen sie vorbei an Altbauhäusern, deren Fassaden in Pastellfarben erstrahlen. Vor einem kleinen Blumenladen hält sie inne und schnuppert an den Blüten der üppigen Sträuße. Auf dem Weg durch den Treptower Park fühlt sie sich wie in einer grünen Oase mitten in der Stadt. Kinderlachen dringt an ihr Ohr, ein Paar spaziert Hand in Hand an der Spree entlang.

Paula kickt einen Bierdeckel weg und lässt sich auf einer graffitibesprühten Bank in der Nähe des Wassers nieder. Eines der zahlreichen Ausflugsschiffe zieht mit lauter Musik vor ihr vorbei. Ihr Blick gleitet über die glitzernde Oberfläche. *Jetzt wäre ich auf See, ungefähr auf der Höhe von Madeira.* Der Gedanke streift sie und verschwindet.

Sie steht auf und spaziert weiter. Bei einem kleinen Café, das mit bunten Tischen und Stühlen lockt, setzt sie sich an einen der Tische. Sie bestellt einen Eiskaffee und packt ihren Laptop aus.

„Hi."

„Hallo Tom."

Sie umarmen sich und klopfen sich gegenseitig auf den Rücken. Er riecht nach Zigarettenrauch.

„Wie war die Fahrt?"

„Mühsam, wie immer." Er fährt sich mit den Händen durch die blonden Locken. „Geh'n wir was essen? Ich hab' Hunger."

Sie entscheiden sich für den ersten Stock einer Pizzeria. Die Wände sind in den Farben der Italienflagge gestrichen, und aus den Lautsprechern schnulzt Eros Ramazotti. Der Geruch nach gebackenem Teig treibt Paula das Wasser in den Mund.

Sie setzen sich an den letzten freien Tisch in der Ecke, unmittelbar vor dem schwarzweißen Konterfei der jungen Sophia Loren, die sie mit leicht geöffnetem Mund kokett anlächelt. Eine junge Kellnerin nimmt die Bestellung auf.

„Meinst du, es ist möglich, einen Film zu drehen, der nach unserem Schauspielkonzept inszeniert wird?"

„Mit Teilimprovisation?" Tom kneift die Augen zusammen und trinkt einen Schluck Wein. „Schwierig. Die Szene kann ja während des Drehs nicht unterbrochen werden, da sie sich jedes Mal verändert. Mit zwei Kameras gleichzeitig arbeiten kann ich mir nicht vorstellen, weil sonst die zweite Kamera immer im Bild ist. Also müsste für jede Szene immer dieselbe Kameraeinstellung genommen werden, was nicht wirklich attraktiv ist." Nachdenklich kratzt er sich hinter dem linken Ohr.

Die Kellnerin stellt eine Flasche Wein auf den Tisch und schenkt ein.

„Hast du das von Roth vorgeschlagen?" Sie nickt. „Mutig. Und was meint er?"

„Er glaubt nicht, dass es sich filmisch umsetzen lässt."

Die Kellnerin stellt zwei Pizzen auf den Tisch. Der Duft nach geschmolzenem Mozzarella und Oregano breitet sich aus. Sie essen schweigend und hängen ihren Gedanken nach.

Mit Pizza und einer Flasche Wein im Bauch verlassen sie eine Stunde später das Lokal und treten auf die belebte Straße. Ein kühler Wind weht von der Spree herüber. Paula zieht ihren Strickmantel zu und wickelt sich einen Schal um den Hals, Tom schließt den Reißverschluss seiner Jacke. Sie wenden sich nach links und gehen im Zickzack durch die Gassen, bis sie in ein ruhigeres Viertel gelangen.

„Wir könnten es versuchen. Morgen in drei Wochen beginnt unsere Tournee in Starnberg. Bis dahin könnten wir einige Szenen improvisieren und versuchen, sie aus unterschiedlichen Perspektiven zu filmen."

„Hättest du denn Zeit?" Sie wirft ihm einen hoffnungsvollen Blick von der Seite zu. Das gelbe Licht der Straßenlaterne malt einen langen Schatten auf seine Wange.

„Ich hab' noch zwei Beleuchtungen für Werbefilme nächste und übernächste Woche, beide in München. Dazwischen hab' ich Zeit."

„Mit wem könnten wir die Szenen improvisieren?" Eine Katze huscht vor ihren Füßen vorbei und verschwindet zwischen zwei Mülltonnen.

„Komm mit nach München. Klaus, der Kumpel, der in meinem Zimmer wohnt, und ein paar andere Kumpels könnten dafür zu haben sein."

„Das könnten wir so machen. Becky ist jetzt noch eine Woche bei Lisa in Stuttgart und nimmt danach an einem zweiwöchigen Reitlager teil."

„Kannst du was zahlen?"

„Ja."

„Worum geht's in dem Film?"

„Deutschland 2030 unter der teilweisen Regierung der PND."

Tom stößt einen Pfiff aus.

Eine Frau, die ihnen entgegenkommt, faucht ihn an. „Dreckskerl!"

Paula prustet los, Tom gluckst. Dann wird er ernst. „Heikles Thema."

Sie zuckt die Schultern. „Von Roth wollte einen Flüchtlingsfilm."

„PND kann ich dir nicht liefern."

Sie schüttelt den Kopf. „Brauch' ich nicht zum Ausprobieren."

„Meinst du wirklich, dass er sich auf das Thema einlässt? Je nachdem, wie die Inszenierung läuft, könnte der Film den Rechtsextremismus befeuern."

„Wenn das so rauskommen würde, dann hätte ich viel falsch gemacht."

„Du kannst ja nur bedingt steuern, wie sich der Film entwickelt. Wenn du echte PNDler reinholst, dann kann das schon heftig werden."

„Genau das wird, wie immer, das Erfolgsrezept sein: Ich muss die richtigen Leute finden."

Ein Auto rast quietschend um die Kurve, dicht gefolgt von einem Streifenwagen mit Blaulicht und Sirene. Erschrocken zuckt Paula zusammen.

„Weißt du was?" Tom bleibt stehen und packt sie bei den Schultern. „Ich hab' grad echt Bock auf 'nen Absacker. So richtig. So wie früher. Machst du mit?"

Sie ist viel zu aufgekratzt, um ans Schlafen zu denken. Die Begegnungen mit Frank von Roth, das PND-Thema und nicht zuletzt Toms spontane Zusage, hierher zu kommen, tragen zu einer ungewohnten Anspannung bei. Ein pausenloses Kribbeln im unteren Rückenbereich verursacht eine Unruhe, die ihre Gedanken Achterbahn fahren lässt. „Klar. Wohin gehen wir?" Sie hängt sich bei ihm ein.

„Keine Ahnung." Sie biegen um eine Ecke und stehen vor der Leuchtreklame einer Bar, aus der Tanzmusik auf die Straße schallt. „Warum nicht gleich hier?"

Kapitel 9

Die Tür zu Frank von Roths Büro schwingt auf. Er zuckt zusammen und hebt den Blick. Eine Frau mit langem, haselnussbraunem Haar durchschreitet den Raum, das Klappern ihrer Absätze wird von den Fensterfronten zurückgeworfen. Sie bleibt vor dem Schreibtisch stehen. Ein knielanges, enganliegendes Kleid betont ihre schlanke Figur, und der dunkelblaue Stoff steht in Kontrast zum hellen Make-up ihres Gesichts. Der süße Duft eines Parfüms wirbelt durch die Luft.

„Hannah, kannst du bitte anklopfen?" Die beiden Falten zwischen Frank von Roths Augenbrauen vertiefen sich. „Und schließe bitte die Tür."

„Guten Morgen, mein Liebster." Sie überhört den Vorwurf in seiner Stimme geflissentlich, stützt sich auf der Glasplatte seines Tisches ab und beugt sich vor. „Du solltest Vanessa de Venoux engagieren. Ihr Film *Nach dir die Stille* wird von den Kritikern über den grünen Klee gelobt." Unwillig schüttelt er den Kopf. „Warum nicht? Passt dir ihre Nase nicht?" Hannah richtet sich auf und geht zum Wandschrank.

„Ihre Nase interessiert mich nicht."

„Ach ja, entschuldige, sie hat zu kleine Titten, was?"

„Lass das!" Grimmig wirft er ihr einen Blick zu.

Sie schiebt die Glastür des Schranks zurück. „Wo ist der Eierlikör?"

„Ich trinke keinen Eierlikör."

Sie lehnt sich mit dem Rücken an den Schrank. Ihr Blick brennt auf seinem Gesicht. „Was ist mit deiner Regisseurin, wie hieß sie nochmal? Patrizia Irgendwas? Taugt sie was?"

„Paula Menotti. Ich denke schon. Ihr Drehbuch ist vielversprechend."

Hannah stößt sich vom Wandschrank ab und durchquert den Raum. „Schick mir Links zu ihren Filmen."

„Es gibt keine Filme. Sie kommt vom Theater." Er braucht seine Frau nicht anzuschauen, um zu wissen, dass ihn ihre sauber geschminkten Augen mit dem dunklen Lidstrich entsetzt anstarren.

„Was zum Teufel willst du mit einer Theaterregisseurin?" Die Frequenz ihrer Stimme schmerzt in seinen Ohren. Sie verschränkt die Arme vor der Brust. „Du kennst unsere Grundsätze und ich erwarte, dass du dich daran hältst. Nur erstklassige Besetzung, egal ob Regisseure, Schauspieler, Kamera, Ton oder Set. Wir können uns keine Niederlage leisten – keine einzige."

Er lehnt sich in seinem Stuhl zurück und verschränkt ebenfalls die Arme. „Das ist absolut in meinem Interesse." Abrupt erhebt er sich. „Ich möchte endlich etwas wirklich Großes produzieren, etwas, von dem die ganze Filmwelt spricht! Ich habe genug von den Filmen, die alle beklatschen und die sechs Monate später keiner mehr zeigt." Mit großen Schritten geht er zum Sofa und wieder zurück zum Fenster. Seine Augen sind auf den Boden gerichtet, als läge dort der Film, der ihm zur Berühmtheit verhelfen könnte. Er spreizt die Finger und drückt die Fingerspitzen zusammen. „Ein neues Konzept, etwas, das noch nie da war, das könnte uns den ganz großen Durchbruch bringen." Seine Wangen glühen.

„Und das soll deine Theaterregisseurin schaffen."

Die Kälte ihrer Stimme schlägt ihm ins Gesicht. Er lässt sich auf seinen Stuhl fallen und blickt sie müde an. „Mach mir einen besseren Vorschlag."

Sie setzt sich auf den Schreibtisch und tätschelt versöhnlich seine Hand, die nach dem Kugelschreiber greift. „Woher kennst du sie?"

„Ich kenne sie nicht. Ulrich hat eine Inszenierung von ihr gesehen."

Sie richtet sich auf. „Ulrich. Dann lass es uns versuchen."

Die Wertschätzung, die aus ihren Worten spricht, versetzt ihm einen Stich.

Auf dem Weg zur Tür, die noch immer offen steht, dreht sie sich um. „Ach übrigens, im nächsten Film wird Johannes Treptin mitspielen. Irgendeine attraktive Nebenrolle, du wirst schon was Passendes für ihn finden."

Die Tür fällt ins Schloss.

Frank stützt den Kopf in die Hände und schließt für einen Moment die Augen. Dann zieht er ein Buch mit braunem Ledereinband aus der Schublade, blättert es durch und legt es geöffnet vor sich hin. Er liest die letzte Tabellenspalte durch. *Michaelis, 20'000.- / Meier, 50'000.- / Brunner, 50'000.-.* Darunter schreibt er *Treptin, 100'000.-.* Er legt das Buch zurück in die Schublade und drückt den roten Knopf. „Bringen Sie mir einen Kaffee."

***

Paula sitzt am Küchentisch in Toms WG. Sie wählt Marlenes Nummer.

„Hi, Paula!"

„Hallo Marlene! Wie geht's euch?"

„Gut, so weit. Becky und Lisa hatten beide einen Magen-Darm-Infekt, sie konnten einige Tage lang nichts essen. Aber jetzt sind sie beide wieder gesund."

„Gut, da bin ich beruhigt."

„Wie geht's dir? Weißt du schon, ob du den Film inszenieren kannst?"

„Noch nicht. Im Moment bin ich bei Tom in München und wir versuchen herauszufinden, wie sich teilimprovisiertes Schauspiel filmen lässt."

„Was sagt Matteo dazu?"

„Er weiß es noch nicht." Paula dehnt den Satz wie einen zu heiß gewaschenen Wollpullover.

„Wie, er weiß es noch nicht? Glaubt er, dass du auf See bist?" Paula schweigt. „Paula! Das kannst du nicht machen! Du weißt doch, dass sich alle Sorgen um dich machen, wenn du alleine über den Ozean schipperst."

„Ich hab' halt keine Lust auf eine Auseinandersetzung."

„Trotzdem. Das ist nicht fair."

„Du hast ja Recht. Ich ruf' ihn an."

„Schreib' mir, wie er reagiert hat."

„Mach' ich. Danke!"

„Paula! Ist was passiert?" Matteos Stimme klingt besorgt.

„Nein, alles okay." Sie zögert. „Wir sind nicht gefahren."

„Wie? Warum nicht?"

„Von Roth wollte ein Drehbuch von mir." Sein Schweigen dröhnt in ihren Ohren. Sie beobachtet ihre Bauchdecke, wie sie sich bei jedem Atemzug anhebt und absenkt. Ihr linkes Ohr, an das sie das Handy drückt, beginnt zu glühen. „Matteo?"

Er räuspert sich. „Du weißt, was ich von dieser Filmgeschichte halte." Die Härte seiner Stimme jagt ihr einen Schauer über den Rücken. „Mehr kann ich dir gerade nicht sagen. Wir sehen uns am 30. in Starnberg."

„Okay. Bis dann."

Sie lässt das Handy sinken und starrt auf die Bierdose auf dem Küchentisch. Das metallene Geräusch eines Schlüssels, der sich im Schloss dreht, dringt gedämpft zu ihr.

„Paula, bist du da?" Toms Stimme schlängelt sich durch den schmalen Flur der Wohnung, der mit Sportmaterial, unausgepackten Kisten und Säcken voller Plastikmüll zugestellt ist.

Sie dreht den Kopf zur Küchentür. „Ich bin hier!"

Mit geröteten Wangen erscheint er im Türrahmen. Auf seiner Stirn glänzen Schweißtröpfchen, auf dem weißen T-Shirt zeichnen sich dunkle Flecken ab. „Kommst du mit? Sybille hat ein Beachvolleyballspiel organisiert, das ist eine prima Möglichkeit für uns zum Drehen."

„Klar, bin gleich da. Ich muss noch kurz ins Bad."

„Bist du okay?" Aufmerksam betrachtet er ihr Gesicht.

„Ich hab' mit Matteo telefoniert. Er war genauso abweisend wie auf La Gomera, als ich mit ihm über die Filmregie gesprochen habe. Ich versteh' nicht, warum er sich immer gleich verschließt."

„Vielleicht hat er Angst, dich zu verlieren?"

„Wir sind ja gar nicht zusammen. Jeder hat sein eigenes Leben, ich bin ihm keine Rechenschaft schuldig." Sie steht auf, zerdrückt die Bierdose und wirft sie in einen der Säcke im Flur. „Ist egal, lass uns gehen. Ich bin gleich so weit! Ach, Tom..." Vor der Tür des Badezimmers hält sie inne und sucht seinen Blick. „Kommst du mit nach Berlin?"

Seine Augenbrauen wandern in die Höhe. „Ich? Wozu?"

„Als Kameramann."

Er stützt sich mit dem Ellbogen am Türrahmen der Eingangstür ab und kratzt sich am Kopf. „Paula, ich weiß nicht, ob das nicht eine Nummer zu groß für mich ist. Ich hab' noch nie..."

„...einen Film gedreht. Und ich hab' noch nie Filmregie gemacht. Passt doch!" Sie grinst ihn an.

„Eben nicht. Ich glaube, du brauchst einen Kameramann, der richtig fit ist und viel Filmerfahrung hat. Das Ding soll ja auf die Kinoleinwand, das ist nicht einfach eine kleine Doku."

„Eben."

„Was, eben?"

„Du weißt, wie ich inszeniere, und wir sind gerade dabei, herauszufinden, wie das gefilmt werden kann. Wie anspruchsvoll das ist, haben wir gemerkt, aber auch, dass es möglich ist. Du hast ein Gespür für die teilimprovisierten Szenen entwickelt. Wer soll das filmen können, wenn nicht du?" Sie knetet ihren rechten Ringfinger, und ihre Augen halten seinen Blick fest. „Und außerdem – ich –" Mit klopfendem Herzen senkt sie den Blick und öffnet die Tür zum Badezimmer. „Ach, nichts. Bitte denk' drüber nach, ja?"

Kapitel 10

„Es gibt einfach keinen schöneren Ort für den Start einer Tournee!" Andreas steht mit weit ausgebreiteten Armen am Ufer und lässt den Blick über den Starnberger See schweifen. Der wolkenverhangene Himmel färbt die Oberfläche weiß-grau, ein leichter Wind trägt den Geruch von feuchtem Holz herüber. In der Ferne sind die Umrisse der Berge zu erkennen, die mit ihren schneebedeckten Spitzen über den See zu wachen scheinen.

„Wie schön, dich wiederzusehen!" Rosie umarmt ihn stürmisch von hinten und bringt ihn ins Taumeln. Lachend halten sie sich aneinander fest. Tom grinst und lässt flache Steinchen über die spiegelglatte Wasseroberfläche springen, die weite Kreise zeichnen. Ein rotes Halstuch hebt sich von seinen blonden Locken ab.

Paula lehnt an einer Sitzbank. Vor ihr liegen zweieinhalb Monate Theaterspiel mit ihrer Truppe. Ein freudiges Kribbeln sorgt für ein Permanent-Lächeln.

„Hi!"

Sie dreht den Kopf. Vor ihr steht Birgit, braungebrannt und mit übermütigem Blick. Sie umarmen sich und Paula staunt zum wiederholten Mal über Birgits makellose Haut und ihre ausdrucksstarken Augen, die jeder noch so feinen Gefühlsregung Tiefe verleihen. „Wow, wo kommst du denn her?"

„Ich war in Ägypten tauchen. Wie war dein Törn? Alles gut gegangen?"

„Ich hab's nicht gemacht. Bin doch geflogen."

„Hey, Birgit, lass dich drücken!" Rosie, ein Kopf kleiner als ihre jüngere Kollegin, stellt sich vor ihr auf die Zehenspitzen. Birgit fasst sie unter den Achseln und wirbelt sie im Kreis herum.

„Wie Kinder!" Andreas legt seinen Arm um Paulas Schulter und seufzt glücklich. „Es ist schön, wieder mit euch zusammen zu sein."

Matteo parkt seinen Wagen nahe dem Ufer. Sein Blick gleitet von Tom, der im Gras kauert, über Birgit und Rosie und bleibt an Andreas und Paula hängen. Seine Hände krampfen sich ums Steuerrad und lassen seine Knöchel weiß hervortreten. Das lähmende Gefühl des Ausgeschlossenseins, das er als Kind verinnerlicht hat, hindert ihn am Aussteigen.

Birgit sieht verdammt gut aus. Er versucht, die Hitze zu ignorieren, die sich in seiner Lende ausbreitet. Er ist dankbar dafür, dass er damals nichts von ihrer Homosexualität gewusst hat, sonst hätte er den Weg zu *zeitlos anders* nie gefunden. Die Truppe hat sich zu einer Art Familie für ihn entwickelt, die ihm einen Halt gibt, der sich fremd und gleichzeitig belebend anfühlt.

Er beobachtet, wie Tom aufsteht. Die fünf treten zusammen, scheinen etwas zu besprechen. Ihre Stimmen dringen gedämpft durch die geschlossenen Scheiben seines Autos. Paula wirft einen Blick auf ihr Handy. Dann haken sie sich gegenseitig unter und schlendern plaudernd in Richtung des Hotels, in dem sie gemeinsam untergebracht sind. Es hat sich zu einer bereichernden Routine entwickelt, dass sie an den Wochenenden der Aufführungen alle im selben Hotel wohnen. Die geringere Nettogage nehmen sie in Kauf.

Du Vollidiot! Matteo schlägt mit der Faust auf den Lenker. Es wäre so leicht gewesen, sich ihnen am See anzuschließen. Die Uhr am Armaturenbrett zeigt 13.45. Um 15.00 haben sie sich auf der Bühne im Schlosstheater verabredet. Es bliebe Zeit für ein Schäferstündchen mit Paula. Er weiß, wie er sie abholen kann, und meistens hat er damit Erfolg. Er greift nach seiner Tasche auf dem Rücksitz und steigt aus.

Paula hält Toms und Matteos Hände und verliert sich im tiefen Glücksgefühl, das sie wie Sonnenstrahlen durchdringt und ihren Körper im Rhythmus des Applauses zum Schwingen bringt. Sie blinzelt ins Scheinwerferlicht, verbeugt sich mit den andern und fürchtet, ihr Herz könnte sich vor lauter Leichtigkeit lösen und davonschweben.

Der Vorhang schließt sich, sie lässt die Hände los. Sie blickt in die leuchtenden Gesichter ihrer Freunde und wünscht sich, dass sich dieser Moment in ihr Gedächtnis einbrennen würde. Es sind diese Momente, für die sie alles gibt. Sie fühlt das pralle Leben in sich und könnte die ganze Welt umarmen.

„Es war ein geiles Publikum!", schwärmt Andreas. „Wie die von Anfang an mitgegangen sind, war echt stark."

„Ja, und das hier, wo wir nicht mal 'ne Fanbase haben." Lachend steigt Birgit aus dem blauen Overall und wischt sich mit dem Ärmel den Schweiß von der Stirn.

„Wer kommt mit auf einen Schlummertrunk?" Matteo wuchtet den japanischen Raumteiler in seine Ausgangsposition zurück und hilft Tom beim Verschieben der Leinwand.

„Was ist das für eine Frage!" Rosie zerrt sich die Krawatte vom Hals und schüttelt die Gummistiefel von den Füßen.

„Ich muss noch kurz ins Hotelzimmer und komm dann nach. Schickt mir einfach euren Standort." Paula zieht den Reißverschluss ihrer Reisetasche zu und hängt sie sich über die Schulter.

„Mach ich. In der Nähe unseres Hotels ist eine coole Bar." Birgit sammelt die Kleidungsstücke ein, die auf der Bühne verstreut liegen.

Kurz darauf stößt Paula eine Holztür auf. Warme, schwere Luft schlägt ihr entgegen und drängt ihr ein Duftgemisch aus Parfüm, Orangen, Bier und Schweiß auf. Der tiefe Bass wummert in ihren Knochen und zahllose Stimmen dringen an ihr Ohr. Ihre Augen springen suchend über Köpfe, auf die Scheinwerfer bunte Muster zeichnen. Sie erspäht Toms Kraushaar an der Bar. Geschickt schlängelt sie sich zwischen den warmen Körpern an den Stehtischen hindurch.

„Hey!" Tom rückt zur Seite und grinst sie an. „Bier?"

Sie rümpft die Nase. „Caipirinha."

Der Barkeeper nickt ihr zu und greift zum Shaker.

„Hey, meine Süße, da bist du ja!" Matteo drängt sich zwischen Paula und einen Typen in Boxershorts. Seine Hand tastet nach ihrer Taille. Sein Atem mit Whiskynote legt sich über ihr Gesicht, als er sie küsst. Unwillkürlich spannen sich ihre Muskeln.

Tom dreht sein Bierglas zwischen den Fingern.

Der Barkeeper wendet den Rand des Glases in Kristallzucker, lässt klirrend Eiswürfel hineinfallen, schickt einige Limettenscheiben hinterher und füllt es mit der Flüssigkeit aus dem Shaker auf. Routiniert klemmt er eine angeschnittene Limettenscheibe an den Rand, steckt einen Zahnstocher mit einer Cocktailkirsche hinein und schiebt Paula das Glas hin.

„Danke." Sie lächelt angestrengt und schält sich aus Matteos Umarmung. „Entschuldigt mich bitte." Sie ergreift ihr Glas.

„Rosie, kann ich dich kurz sprechen?" Rosie steht mit Andreas, Birgit und zwei weiteren Frauen an einem Stehtisch.

„Klar." Sie wendet sich Paula zu.

„Ich hab' den Job!"

„Bei Frank?"

„Ja! Er hat mein Drehbuch angenommen!"

Die ältere Frau nimmt Paula das Glas aus der Hand, stellt es auf den Tisch und umarmt sie mit einer Kraft, die Paula den Atem raubt. „Ich gratuliere dir von ganzem Herzen, Paula!"

„Hast du den Filmjob?" Andreas, der neben Rosie steht, beugt sich zu ihnen herüber.

„Ja, sie hat ihn!" Rosies Stimme schlägt einen Purzelbaum.

„Gut gemacht, Kumpel!" Er hebt die Hand, und Paula schlägt ein.

„Das bedeutet nun allerdings, dass ich zwischen unseren Vorstellungen jeweils in Berlin sein werde. Vielleicht kann ich auch nicht bei jeder Freitagabendvorstellung dabei sein." Für wenige Sekunden übertönt das Pochen ihres Herzens die Musik, und Hitze schießt über ihren Rücken.

„Kein Problem. Wir packen das schon, was, Rosie?" Andreas legt ihr die Hand auf die Schulter.

Die ältere Frau tätschelt Paulas Hand. „Mach dir keine Gedanken. Wir bekommen das hin. Auch mit Matteo", fügt sie leise hinzu.

Das verschmitzte Grinsen in ihren Augen lässt Paula erleichtert aufatmen. „Ihr seid die Besten." Sie hebt ihr Glas und prostet ihren Freunden zu.

„Wann geht's los?"

„Am Montag um 8.00 Uhr."

Rosie lacht auf. „Ja, das kenne ich auch."

„Bei unserem letzten Treffen war er pünktlich."

Rosie verschluckt sich an ihrem Rotwein. „Sag das nochmal."

„Ja, er war pünktlich."

„Was hast du mit ihm gemacht?"

„Nichts. Ich hab' ihn im Voraus gefragt, ob er pünktlich sein wird, und er hat ja gesagt."

„Respekt. Auf die Idee bin ich nie gekommen. Frank ist in vielen Dingen ein Mistkerl, aber in einem ist er klar: Er hält sein Wort."

„Gut, dass ich das weiß. Das heißt also, dass ich wirklich damit rechnen kann, dass er das Projekt durchzieht."

„Das heißt, dass ihr damit starten werdet, und dass du seine Erwartungen erfüllen musst. Er ist Produzent und denkt in Ergebnissen. Solange die stimmen, kannst du fast alles von ihm haben."

„Fast?"

Rosies Augen sprechen weiter. Paula versucht zu verstehen und scheitert. Der Caipirinha hat sich in ihrem Kopf ausgebreitet und die Denkfähigkeit entschärft. Sie fühlt sich weich und rund, und eine müde Zufriedenheit umhüllt sie.

Als sie Matteos Hand erneut an ihrer Taille spürt, lehnt sie sich an.

„Lass uns ins Hotel gehen." Seine Zähne knabbern an ihrem Ohrläppchen.

Kapitel 11

„Was ist das?" Alarmiert fixiert Hannah den Sessel vor Franks Schreibtisch.

„Was willst du?"

„Was ist mit dem Stuhl passiert?"

„Der war unbequem."

Sie kneift die Augen zusammen und neigt den Kopf zur Seite. „Das kann dir doch egal sein, du musst dich ja nicht draufsetzen."

„Was willst du?" Frank verschränkt die Arme vor der Brust.

„Warum wirfst du Geld zum Fenster hinaus für einen neuen Sessel?" Hinter ihrer Frage lauert Argwohn.

„Darum bist du nicht hergekommen. Was willst du?"

Sie schweigt in einem tiefroten, enganliegenden Kostüm mit weißer Lederjacke, und ihre Augen verengen sich zu schmalen Schlitzen. Dann straffen sich ihre Schultern. „Treptin wird ungeduldig. Er will das Drehbuch und seine Rolle."

„Wir sind noch nicht so weit. Nächste Woche bekommt er alle Informationen."

„Du willst also mit dieser Theaterregisseurin zusammenarbeiten." Hannahs Absätze klappern übers Parkett. Ihr

Parfüm bleibt in seinen Nasenhärchen hängen. Es riecht nach Pfirsich. Sein Blick verfolgt sie. Sie dreht sich zu ihm um. „Na schön. Sie wird nach unseren Regeln spielen, sonst fliegt sie."

„Ich mache hier die Verträge."

„Das weiß ich doch, mein Liebling." Sie wirft ihm eine Kusshand zu und rauscht aus dem Büro. Die Tür fällt mit einem leisen Knall ins Schloss.

Frank von Roth schließt die Augen und wartet, bis die Anspannung aus seinen Muskeln fließt. Sein Atem füllt seine Lungen, er lässt seine Fußgelenke unter dem Tisch kreisen. Dann zieht er die Blätter mit den Tabellen, die Ulrich ihm gegeben hat, aus der Schublade. Er streicht die eine oder andere Zahl durch, schreibt etwas darüber, rechnet.

Kräftiges Klopfen an der Tür lässt ihn zusammenzucken. Er schiebt die Blätter zusammen und fixiert die Tür. „Kommen Sie herein."

Der Moment, in dem Paula Menotti sein Büro betritt, beansprucht seine volle Aufmerksamkeit. Er ertappt sich beim Gedanken daran, wie sie heute wohl gekleidet sein mag. Dunkle Gewitterwolken jagen über den Himmel und schicken diffuses Licht durch die Fensterfront. Bald werden dicke Regentropfen am Glas zerplatzen. Das spricht für ein langärmliges Sweatshirt und eine leichte Jacke.

Olivfarbener, dünner Pullover mit Trompetenärmeln, darüber eine cremeweiße Strickweste, Schlaghose mit einem eingenähten, karierten Stoff im untersten Drittel. Ein schwarzes Haarband offenbart den Blick auf die hohe, faltenfreie Stirn. Auf ihren Wangen liegt ein rötlicher Schimmer, und im Haar hängt die regenschwangere Luft, deren Duft seine Nase streift, als sie ihm die Hand reicht.

„Guten Morgen, Herr von Roth."

„Nennen Sie mich Frank."

Lächelnd deutet sie auf den Sessel.

„Sie werden in den kommenden Monaten länger als zehn Minuten hier sitzen." Frank drückt den roten Knopf. „Bringen Sie uns bitte Kaffee, einmal schwarz, einmal mit Milch."

„Ich freue mich, dass Sie meinem Film eine Chance geben." Sie lässt sich auf dem Sessel nieder.

„Ich habe hohe Erwartungen an Sie und hoffe für Sie, dass Sie mich nicht enttäuschen. Ich bin jederzeit bereit, das Projekt abzubrechen. Auf Ihre Kosten, versteht sich."

„Ich habe die Vertragsbedingungen gelesen. Ich bin ebenfalls daran interessiert, dass das Projekt gelingt. Ich habe dafür auf einen Segeltörn verzichtet." Ihr Gesichtsausdruck bleibt unverändert offen.

„Sie segeln?" Überrascht zieht er die Augenbrauen in die Höhe.

„Ja. Hochsee." Sie legt die Vertragspapiere vor sich auf den Tisch. „Ich habe eine Bedingung."

Frank greift nach seinem Kugelschreiber. Er lehnt sich zurück und kneift die Augen zusammen.

„Sie wissen, dass die Kameraführung die größte Herausforderung sein wird. Aus diesem Grund möchte ich mit meinem eigenen Kameramann arbeiten."

Der Kugelschreiber in seiner Hand beginnt zu klopfen. Seine Augen forschen in ihrem Gesicht. Ihre Lippen sind schmal und ungeschminkt. Er stutzt. Ihr ganzes Gesicht ist ungeschminkt. Es ist lange her, dass er einer ungeschminkten Frau begegnet ist. *Hannah wird sie zerfetzen.*

„Was ist? Sind Sie einverstanden?"

Eine plötzliche Hitze steigt in seine Wangen. Rasch wendet er sich ab und tritt ans Fenster. Die ersten Regentropfen klatschen gegen die Scheibe. „Sie sind verdammt sicher, dass Sie es schaffen werden."

„Sie doch auch."

Langsam dreht er sich um. „Nein. Nein, ich bin mir nicht sicher. Aber ich glaube, dass Ihr Konzept Potenzial hat." Er lehnt sich über den Tisch und fixiert ihre Augen. „Beweisen Sie mir, dass ich mich nicht täusche."

„Es wäre einfacher, wenn wir zusammenarbeiten würden."
Sie hält seinem Blick stand.

„Was wollen Sie von mir?"

„Engagieren Sie Tom."

„Ist das Ihr Kameramann?"

„Ja."

Er richtet sich auf. „Meinetwegen."

Er meint, ihre Mundwinkel zucken zu sehen, bevor sie den Kopf senkt und die Vertragspapiere durchblättert. Langsam schiebt er ihr seinen Kugelschreiber hin. Sie ergreift ihn und unterschreibt die beiden Exemplare. „Auf eine fruchtbare Zusammenarbeit." Ihr Händedruck ist kraftvoll und dauert zwei Sekunden zu lang. *Fruchtbar?* Er stolpert über das Wort, das ihm niemals eingefallen wäre im Zusammenhang mit einer Produktion.

„Haben Sie auch bereits eine Assistentin im Visier?"

„Ja. Ich möchte mit Judith arbeiten."

„Eine Sekretärin als Regieassistentin? Und wer soll ihre Arbeit machen?"

„Kaffeekochen? Entschuldigen Sie." Rasch senkt sie den Blick.

Er nimmt seinen Kugelschreiber und klopft auf den Tisch. „Die Rollenbesetzung wird so nicht möglich sein, wie Sie sie vorgesehen haben."

„Warum nicht? Ich habe Ihnen erklärt, weshalb die Auswahl der Schauspieler so wichtig ist."

„Es gibt Zwänge im Filmbusiness."

„Finanzielle Zwänge?"

„Auch. Filme verkaufen sich besser, wenn mindestens ein prominenter Schauspieler dabei ist, besser zwei, ein Mann und eine Frau."

„Möglich, dass sie sich besser verkaufen. Sie wollen doch aber einen oscarreifen Film, richtig?"

„Nennen Sie mir einen Film, einen einzigen, der in den letzten zehn Jahren mit einem Oscar ausgezeichnet wurde, in dem kein prominenter Schauspieler oder eine Schauspielerin mitgewirkt hat. Bei *Oppenheimer, Everything Everywhere All at Once, Coda, Greenbook, Shape of Water* und *Moonlight* waren überall mehrere Prominente dabei. Selbst *Nomadland*, der Film, der Ihrem Konzept am nächsten kommt, war auf Frances McDormand angewiesen, die vor 2021 bereits zweimal mit dem Oscar als beste Hauptdarstellerin ausgezeichnet worden war."

„In *Nomadland* spielten zwei Schauspieler, der Rest waren Laiendarsteller. Ich möchte ausgebildete Schauspieler engagieren."

Franks Oberlippe berührt seine Nasenspitze. „Ich glaube trotzdem nicht, dass der Film eine Chance haben wird ohne Prominenz."

„Was hindert Sie daran, es zu versuchen? Das finanzielle Risiko ist überschaubar. Unbekannte Schauspieler kosten weniger als bekannte. Die Drehorte sind, mit Ausnahme von München, alle nahe an Berlin, wir brauchen keine aufwändige Kulisse, keine besonderen Kostüme oder Requisiten." In ihren Augen liegt eine Mischung aus Hoffnung, Begeisterung und Provokation.

Frank seufzt innerlich. Er sieht Hannah vor sich, und ein eiskalter Schauer jagt über seinen Rücken. „Ich kann das nicht alleine entscheiden. Hannah – meine Frau – hält 50% der Firmenanteile."

„Dann hat sie sicherlich das Drehbuch gelesen und verstanden, nehme ich an. Sonst hätten Sie den Vertrag ja wohl nicht unterschrieben."

„Hannah liest keine Drehbücher." Er bemerkt die kurzen Fältchen, zu denen sich die Haut unter ihren Augen zusammenzieht.

„Entschuldigen Sie, aber wie will sie dann die Rollen besetzen?" Paula lehnt sich vor und stützt den rechten Ellbogen auf dem Tisch ab. Ihr Blick fühlt sich unangenehm an auf seinen gesenkten Augenlidern. Auch nach einer Viertelstunde in seinem Büro erinnert ihn ihr Geruch noch immer an einen frischen Sommermorgen.

„Ich sagte doch bereits, es bestehen gewisse Zwänge." Abrupt steht er auf und geht zum Wandschrank. Er schenkt sich ein Glas Whisky ein. „Sie auch?"

Paula schüttelt den Kopf. Sie wird das Gefühl nicht los, dass er ihr etwas Wesentliches verschweigt.

Frank leert sein Glas und setzt sich zurück an den Schreibtisch. Er zieht ein Papier aus seiner Mappe und schiebt es Paula zu. „Diese Schauspieler sind bereits verpflichtet."

Sie überfliegt die Namen und runzelt die Stirn. „Wer ist Johannes Treptin? Der Klinikdirektor hat eine kleine, aber durchaus tragende Rolle, die er gut improvisieren muss." Misstrauen liegt in ihrem Blick.

„Johannes Treptin. Berliner Baumogul, Hobbyschauspieler. Er genießt es, sich selbst auf der Leinwand zu sehen, und für dieses Vergnügen ist er bereit, die Produktion mit einer nicht unwesentlichen Summe zu unterstützen." Franks Stimme klingt ungewohnt monoton.

„Bestechung." Paula schluckt.

Frank schüttelt den Kopf und macht einen Schmollmund. „Warum so ein harter Begriff? Er spielt nicht schlecht, und anstatt dass wir irgendeinen zweitklassigen Nebendarsteller engagieren, dem wir auch noch eine Gage bezahlen müssen, arbeiten wir mit ihm zusammen. Win-win für beide Seiten." Seine hochgezogenen Mundwinkel schaffen es nicht, das flaue Gefühl in Paulas Magen aufzulösen. Sein Mund versucht zu lächeln, aber seine Augen blicken ausdruckslos.

Paulas Kiefer sind so fest aufeinandergepresst, dass ihre Zähne knirschen. „Wir können es versuchen, aber ich kann Ihnen nichts versprechen." Sie schlägt die erste Seite des Drehbuchs auf und deutet mit dem Zeigefinger auf einige Namen. „Haben Sie sich die Schauspieler angeschaut, die ich verpflichten möchte? Hier. Giovanni Rossis Vater ist Pizzabäcker in Siena. Giovanni ist in der Pizzeria seines Vaters aufgewachsen, bevor er die Schauspielschule Accademia Nazionale d'Arte Drammatica Silvio D'Amico in Rom besuchte und 1995 nach Deutschland zog. Sein Großvater hat den Faschismus unter Mussolini erlebt. Er wird die Rolle als Pizzabäcker in Fürstenwalde, der von der PND-Regierung zur Umsiedlung in den Süden Deutschlands gezwungen wird, perfekt leben. Oder nehmen Sie Aylin Meier, geborene Çelik. Sie ist vor 30 Jahren nach ihrem Jurastudium nach Deutschland geflohen, nachdem sie durch die sogenannten Säuberungsaktionen der Türken ihre Mutter und ihre jüngeren Geschwister verloren hat. Das war Anfang der 90er-Jahre, als die Türken rund 2'000 kurdische Dörfer im Südosten der Türkei zerstört haben. Sie überlebte als Einzige ihrer Familie, da sie damals in Ankara studierte. Ihr Vater kam als Mitglied der PKK ums Leben. Weil ihr Abschluss in Deutschland wertlos war, jobbte sie in verschiedenen Bars und finanzierte sich damit eine Schauspielausbildung an der Hochschule für Musik und Theater Felix Mendelssohn Bartholdy in Leipzig. Sie soll die Rolle der Yeliz spielen, die durch ihre türkischen Wurzeln ihren Sitz im Parlament verliert, obwohl sie inzwischen die deutsche Staatsbürgerschaft hat."

Sie hebt den Kopf und forscht in Franks Gesicht. Er hat sich auf seinem Stuhl zurückgelehnt, dreht den Kugelschreiber zwischen den Fingern und beobachtet ihre Mimik. Als sich ihre Augen treffen, erkennt sie aufmerksames Interesse darin.

„Als Bürgermeister haben Sie Bruno Martens vorgesehen. Sie wollen tatsächlich mit einem PND-Aktivisten zusammenarbeiten."

„Er ist seit 2014 in der PND, europakritisch, aber nicht extrem rechts. Er engagiert sich vor allem für die Stärkung des konservativen Familienbildes, Energiegewinnung mittels Atomenergie sowie für eine restriktive Ausländerpolitik. Er hat bisher Nebenrollen in Serien wie *Alle gegen Ellie* oder *Frühlingsreigen* gespielt."

„Sehen Sie keine Gefahr, dass er im Lauf der Dreharbeiten radikalisieren könnte?"

Sie zuckt die Schultern. „Natürlich kann ich es nicht ausschließen. Aber wir werden ja nur rund einen Monat lang drehen, da dürfte nicht allzu viel passieren. Er ist so lange schon Parteimitglied, eine Radikalisierung wäre vermutlich spätestens nach dem Attentat in Stuttgart und der darauffolgenden Stimmungsmache der PND erfolgt. Soweit ich seine Entwicklung verfolgen konnte, hat sich nichts Entsprechendes in seiner Haltung verändert."

„Allein die Tatsache, dass wir einen Schauspieler auf die Kinoleinwand bringen, der in der PND ist, könnte negativ wahrgenommen werden."

„Wie gesagt, er hat bereits in verschiedenen Serien gespielt." Paula zieht eine Wasserflasche aus ihrer Umhängetasche und trinkt.

„Woher haben Sie diese Tasche?"

Irritiert wirft sie ihm einen Blick zu und schaut auf ihre Tasche. Sie ist aus Wolle in verschiedenen Brauntönen gewoben und kratzt ein wenig auf der nackten Haut, wenn sie im Sommer Trägershirts trägt. „Aus Kolumbien. Warum?"

„Nur so. Sie ist ungewöhnlich."

Er steht erneut auf und macht einen Schritt auf die Fensterfront zu. „Sie können gehen. Ich werde Sie informieren, sobald die Verträge unterschrieben sind. Mit dem Beginn der Dreharbeiten rechne ich Ende Juli."

***

Matteo starrt den Autoschlüssel auf dem Küchentisch an, als würde er ihm die Entscheidung abnehmen. Das Ticken der Küchenuhr beruhigt ihn. Auf der rotleuchtenden Anzeige am Backofen steht 13.34 Uhr – es bliebe genug Zeit, um es aufs Abendessen nach Berlin zu schaffen.

Bis vor sechs Wochen hätte er das gemacht, ohne nur einen Moment lang darüber nachzudenken. Paula hat sich jedes Mal gefreut, wenn er sie überrascht hat. Aber seit dem Anruf aus Berlin ist alles anders. Die Zeit, die sie miteinander verbringen, ist noch immer intensiv, aber nicht mehr so regelmäßig. Sie erscheint jeweils erst kurz vor dem Soundcheck am Auftrittsort und verschwindet nach der letzten Vorstellung wieder. An den Wochentagen zwischen den Aufführungen bekommt er sie gar nicht mehr zu Gesicht.

Er ergreift den Autoschlüssel und wiegt ihn in der Hand. *Ich weiß gar nicht, wo sie in Berlin wohnt.* Der Gedanke sticht. Sie haben sich bisher nie Rechenschaft über ihr Tun abgelegt, aber es ist ungezwungen selbstverständlich gewesen, dass sie sich gegenseitig über ihre Pläne oder ihren jeweiligen Aufenthaltsort informiert haben. Die unverbindliche Zuneigung hat ihm Halt gegeben.

Er steckt den Schlüssel in die Hosentasche. Die Luft in seiner kleinen 2-Zimmerwohnung mitten in Frankfurt am Main fühlt sich dick an. Der Nachbar über ihm hört in dröhnender Lautstärke Techno, und das Pärchen in der Wohnung links von ihm streitet sich wie immer darüber, wer mit dem Hund Gassi gehen muss. Matteo hängt sich seine Lederjacke über die Schulter und zieht die Tür ins Schloss.

Ziellos streift er durch die Gassen. In der Luft liegt ein Hauch von Sommer, trotz der Wolken, die über den Himmel jagen und bewegte Schatten auf das Häusergewirr werfen. Der Duft nach Bratwurst lockt ihn in Richtung Römerberg. Auf dem historischen Marktplatz vor dem Rathaus haben sich etwa 200 Menschen versammelt. Bunte Transparente flattern im Wind. „Stoppt den Islamismus!", kann er auf einem der Plakate entziffern, und „Schützt die Zukunft unserer Kinder!" Auf einer Bühne vor den Fachwerkhäusern spielt eine Gruppe von Musikern eine Mischung aus Volksmusik und deutschem Pop.

Matteo schlendert auf den Würstchenstand zu und bestellt Currywurst mit Pommes. Mit dem Pappteller in der Hand und einer Plastikgabel bewaffnet ergattert er sich einen der Betonwürfel, die sich wie stumme Zuschauer um den Brunnen tummeln, und lässt sich darauf nieder. Er tunkt die Pommes in die Sauce und genießt die angenehme Schärfe auf der Zunge. Die

Musiker auf der Bühne spielen einen Tusch und machen einem jungen Mann in Jeans und offenem Hemd Platz. Er ergreift ein Mikrofon und beginnt zu sprechen.

Matteos Gedanken schweifen ab. Zu Paula, Birgit und den anderen. Zu den vielen gemeinsamen Auftritten, die sie als *zeitlos anders* in den vergangenen Jahren quer durch Deutschland geführt haben.

Er zuckt zusammen, als die Menschen zu klatschen beginnen. Im Takt der Musik, die wieder eingesetzt hat, formieren sich Sprechchöre. „Stoppt den Islamismus! Stoppt den Islamismus!" Neben ihm wippt ein Mann mit einem kleinen Kind auf den Schultern, das begeistert in die Händchen klatscht. Die Luft ist erfüllt von einer Mischung aus aufgeregtem Murmeln und dem rhythmischen Klatschen der Menge. Die Spannung überträgt sich auf Matteo, Gänsehaut kriecht über seine Arme. Gleichzeitig zieht sich sein Herz zusammen, während er den Sprechchören lauscht.

„Hier." Eine Frau Mitte zwanzig hält ihm ein Flugblatt hin und versprüht ihren Charme wie ein Rasensprenkler sein Wasser. Er nimmt es und überfliegt die Überschrift und den kurzen Text. „Islamismus stoppen! Grenzschutz und die Abschiebung von Ausländern können Massaker verhindern." Erst jetzt begreift er, dass er in eine Kundgebung der PND geraten ist. „Auf der Rückseite stehen unsere nächsten Veranstaltungen. Ich freu' mich auf dich!" Es hätte ihn nicht überrascht, wenn sie ihm um den Hals gefallen wäre. Gedankenverloren steckt er den Zettel in die Tasche, wirft den Pappteller und die Gabel in den nächsten Mülleimer und holt sich ein Bier.

Kapitel 12

„Zwölf Stunden Drehen pro Tag ist zu viel." Paula studiert den Shooting Schedule und schüttelt den Kopf.

„Das ist normaler Filmalltag." Frank zuckt gelassen die Schultern und Ulrich nickt.

„Das mag ja auch funktionieren, wenn man mit auswendig gelernten Texten arbeitet. Mit Teilimprovisation ist die emotionale Beanspruchung der einzelnen Schauspieler deutlich höher. Mehr als acht Stunden liegen nicht drin."

„Acht Stunden? Das können Sie vergessen. Das wären sechs Drehtage mehr, ein Viertel des ganzen Budgets!" Franks Stimme klingt bestimmt.

„Wenn die Drehtage kürzer sind, sinken die Kosten pro Drehtag. Dann können wir das Gesamtbudget auf mehrere Tage mit weniger Stunden verteilen, die Anzahl Stunden bleibt gleich."

„Das stimmt so nicht ganz. Es gibt Fixkosten, die pro Drehtag bezahlt werden müssen. Catering, Sanitäter, Bewilligungen, Anfahrtskosten und Übernachtungen." Ulrichs Stimme klingt sanft.

Frank lehnt sich in seinem Bürostuhl zurück und betrachtet aufmerksam Paulas Gesicht. Die ungeschminkte Haut ist ebenmäßig und wird um die Mund- und Augenwinkel von kleinen Fältchen durchzogen. Dunkle Augenbrauen und Wimpern stehen im Kontrast zum hellen Haar.

„Haben Sie das Projekt auch beim FilmFernsehFond Bayern eingereicht? Wir drehen ja auch in München. Zur Not könnten wir auch ein Darlehen beim Bayerischen Banken-Fonds beantragen zur Überbrückung, bis der Film Geld einspielt."

Wenn sie spricht, bewegt sich ihr Unterkiefer mit, das ist ihm bisher bei keinem anderen Menschen so deutlich aufgefallen. Die Augen, Augenbrauen, sogar ihr Haaransatz sind in ständiger Bewegung. Die Farbe ihrer Wangen verändert sich von Zartbraun zu Rotbraun.

„Frank? Hören Sie mich? Warum schauen Sie mich so an? Hab' ich Sonnenbrand auf der Nase?"

Die Erwähnung seines Namens lässt ihn zusammenzucken. Rasch wendet er den Blick ab und ergreift den Kugelschreiber. „Nein, nein."

„Was, nein?"

„Nein, wir haben den FilmFernsehFonds Bayern noch nicht kontaktiert. Bisher war das nicht notwendig."

„Dann lassen Sie uns die Zusatzkosten ausrechnen, wenn wir acht Stunden pro Drehtag und 30 Tagen anstatt 24 nehmen. Je nachdem, wie hoch sie sein werden, können wir das Projekt beim FFF einreichen."

„Sie scheinen was von Kalkulation zu verstehen."

„Ich habe ein eigenes Theaterensemble, für das ich die Produktionen mache." Ihr Lächeln ist ehrlich und berührt eine Stelle in seinem Innern, von der er vergessen hat, dass es sie gibt.

„Ich finde den Vorschlag gut." Ulrich macht sich Notizen.

Paula räuspert sich. „Sie haben den Drehbeginn auf den 29. Juli gelegt, das ist in sechs Tagen. Ich möchte gerne die ersten beiden Tage nicht zum Drehen nutzen, sondern zur Teambildung." Sie knetet den rechten Zeigefinger und blickt Frank direkt in die Augen.

Der Anflug von Entspannung, der sich gerade in seinem Unterkiefer bemerkbar gemacht hat, verschwindet. Er presst die Zähne aufeinander. *Warum zum Teufel muss sie ständig mit neuen Vorschlägen kommen? Hannah wird mir die Hölle heiß machen.* Er steht auf und geht zum Wandschrank. „Sie auch?" Er hält ihr die Whiskyflasche hin.

„Nein, danke."

„Ja, gerne." Ulrich nimmt ihm ein Glas ab.

Der Alkohol brennt sich durch Franks Kehle, steigt in den Kopf und verscheucht die Gedanken an Hannahs Reaktion. Er stellt die Flasche zurück in den Schrank und lehnt sich vor Paula an den Schreibtisch. „Wie stellen Sie sich solche Teambildungstage vor? Wozu sollen sie gut sein?" Ihr Blick kribbelt auf seinem Nasenrücken.

„Wir werden eine Bootsfahrt auf dem Wannsee machen, mit Picknick und einem Besuch im Haus der Wannseekonferenz. Der Zweck ist, dass sich die Schauspieler so authentisch und ungezwungen wie möglich kennenlernen, sie haben bisher noch nie miteinander gearbeitet. Außerdem ist das Haus der Wannseekonferenz mit seiner Ausstellung über die NSDAP-Konferenz von 1942 über die sogenannte Endlösung der Judenfrage ein passender Einstieg in die Thematik des Films." Sie schlägt die Beine übereinander. Knielange Leggins geben den Blick frei auf gebräunte Unterschenkel und weiße Sandalen.

Franks Magen rumort, seine linke Fußspitze klopft aufs Parkett. „Die Schauspieler sollen drehen und nicht Bootfahren, das ist doch lächerlich! Wenn Sie solche Kindergartengeschichten machen wollen, dann lassen Sie sie am Samstag anreisen und ziehen Sie ihr Programm am Wochenende durch, aber lassen Sie uns am Montag auf dem Set beginnen!"

Er wendet sich ab und tritt an die Fensterfront. Die Rollos sperren das grelle Sonnenlicht aus.

„Einverstanden. Informieren Sie alle Beteiligten, auch Kamera, Ton, Maske und Set. Treffpunkt ist am Samstagmorgen um 10.00 im Gästehaus Schwanen." Frank dreht sich zu ihr um und öffnet den Mund. „Die zusätzlichen Kosten übernehme ich." Ihre Stimme klingt fest.

Sein Mund schließt sich. *Entweder sie hat sehr viel Geld, oder sie blufft. Auf jeden Fall meint sie es ernst.* Eine blonde Locke hat sich hinter dem linken Ohr gelöst und berührt ihre Wange.

Er beugt sich über den Tisch und drückt den roten Knopf. „Bringen Sie mir bitte einen Kaffee. Sie auch?" Fragend blickt er Paula an. Sie nickt. „Zwei, einen mit Milch."

Er setzt sich und wendet sich erneut Paula zu. „Sie legen das Geld für Ihre Teambildung vor, und falls der Film genug einspielt, zahle ich es Ihnen zurück." Aus dem Augenwinkel nimmt er wahr, wie Ulrich den Kopf hebt und ihn anschaut. Seine Augen sind ein wenig zusammengekniffen und seine Mundwinkel deuten ein Lächeln an.

Die Tür öffnet sich und Judith tritt ein. Sie stellt den Kaffee auf den Tisch und entfernt sich geräuschlos.

***

„Das wären dann hier die Schlüssel. Die Waschküche mit der Waschmaschine ist im Untergeschoss, Maschine Nr. 5." Der ältere Mann mit den wasserblauen Augen, den aufgeplatzten Äderchen auf den aufgedunsenen Wangen und dem ausländischen Akzent überreicht Paula einen Schlüsselbund. „Wenn Sie noch Fragen haben, können Sie mich hier erreichen." Er deutet auf eine Visitenkarte auf dem Esstisch.

„Danke, das passt. Auf Wiedersehen!" Sie schüttelt seine Hand und schließt hinter ihm die Tür.

Mit einem tiefen Seufzen streift sie die Schuhe ab und lässt sich aufs Sofa fallen. Die Federung ist überraschend gut, nur ein Kissen für den Kopf fehlt. Ihr Blick gleitet über die schlichte, aber zweckmäßige Einrichtung der kleinen Wohnung, die sie auf Airbnb für die nächsten fünf Monate gemietet hat. Links neben der Tür steht ein Kleiderständer, an den sich das Sofa im Stil von Oma Grete anschließt, begleitet von einem braunen Holztischchen. Gegenüber steht ein Küchentisch mit drei Stühlen. Die Küchenzeile aus weißem Laminatholz hat schon bessere Zeiten erlebt. Die Fronten sind zerkratzt, und von der Arbeitsplatte ist ein fünf Zentimeter breites Stück Dekopapier abgeblättert. Rechts neben der Eingangstür steht ein Regal, das wohl als Kleiderschrank gedacht ist, und daneben ist Platz für ein französisches Bett und die Tür zum Badezimmer. Das einzige Fenster des Raumes ist bodentief und weist auf den quadratischen Innenhof. Zwei Gemälde mit abstrakter Malerei zieren die Wände. Neben der Küchenzeile führt eine weitere Tür in ein winziges Schlafzimmer, in das sich ein Bett und eine Kommode drängen.

Es ist nicht leicht gewesen, in der Nähe der Von-Roth-Productions eine Unterkunft zu finden, daher ist Paula zufrieden mit dem kleinen Reich, das groß genug ist für sie und Becky.

Paula ergreift ihr Handy und wählt Marlenes Nummer.

„Hi, du Liebe! Wie geht es dir?"

„Hallo, Marlene! Danke, alles bestens. Ich habe gerade eine kleine Wohnung in Berlin bezogen, damit Becky und ich für die nächsten Monate während der Produktion nicht im Hotel wohnen müssen."

„Gute Idee, im Hotel könnte ich mir auf Dauer auch nicht vorstellen."

„Wie geht's euch? Konntest du Becky im Reitlager abliefern?"

„Ja, ist alles problemlos gelaufen. Lisa wäre am liebsten mitgegangen, die beiden hatten es total schön hier."

„Wenn Lisa Lust hat, kann sie ja mal für eine Woche im August herkommen und uns bei den Dreharbeiten begleiten. Die Wohnung ist zwar klein, aber sie könnte auf dem Sofa schlafen."

„Bist du sicher, dass dir das nicht zu viel wird?"

„Klar, warum sollte es? Die beiden sind ja selbstständig, und Becky würde sich sicherlich freuen."

„Dann frag' ich Lisa. Ab wann genau könntest du dir das vorstellen?"

„Moment, ich muss mir den Drehplan anschauen."

Sie zieht den Laptop aus der Tasche, klappt ihn auf und startet den Kalender. „Wenn sie am 18. August hier ist, dann kann sie die letzte Drehwoche miterleben. Becky hat dort dann auch ihre zweite Szene. Abschluss der Arbeiten ist auf den 23. August geplant."

„Gut, ich sprech mir ihr. Magst du Becky zuerst noch fragen?"

„Ich würde sie gerne überraschen."

„Auch gut. Ich geb' dir Bescheid, was Lisa dazu meint."

„Prima! Tschüss, grüß Martin von mir."

„Mach ich! Ciao!"

Als sie ihr Handy zur Seite legen will, ploppt eine Nachricht von Ben auf. Er schickt ihr in regelmäßigen Abständen Fotos von ihrer Post, die er im Marina-Büro abholt. Diesmal sind es die nächste Quartalsrechnung für den Liegeplatz der *Seeschwalbe* und ein Brief auf Spanisch, gefolgt von einer Todesanzeige. Ben's einleitende Worte: „Hallo Paula. Dieser Brief muss schon länger bei dir an Bord sein, ich habe ihn unter dem Tisch im Cockpit gefunden."

Die Todesanzeige datiert vom 5. Mai, heute ist der 18. Juli. Sie versucht, die ersten Zeilen zu übersetzen, und staunt darüber, wie rasch ihre Spanischkenntnisse auf ein Minimum geschrumpft sind in den drei Monaten, seit sie in Deutschland ist. Sie kopiert den Text und schickt ihn durch eine Übersetzungsapp. Dann legt sie sich auf die Couch und liest.

„Liebe Paula. Ich weiß, dass du mit dem Tod meines Bruders nichts zu tun hast und dass du ihn auch nicht gekannt hast. Aber es ist mir trotzdem ein Anliegen, dich zu informieren, da du versucht hast, sein Leben zu retten.

Antonio ist nicht gestorben, weil er zu weit aufs Meer hinausgeschwommen war. Er ist gestorben, weil er an Anorexie gelitten hatte. Er war früher ein ausgezeichneter Schwimmer. Aber die Krankheit hat ihm seine Kraft geraubt. Uns allen. Wir sind untröstlich, dass wir ihm nicht helfen konnten, die Krankheit zu besiegen.

Danke, dass du ihn zurückgebracht hast. So konnten wir uns von ihm verabschieden. Jorge."

Nachdenklich dreht sie das Handy zwischen den Fingern. Magersucht. Sie weiß nicht viel über die Krankheit und dachte bisher, dass nur Mädchen daran erkranken, die psychische Probleme haben und unzufrieden sind mit ihrem Körper. Dass auch Männer davon betroffen sein können, ist ihr neu.

Ihre Gedanken werden von Toms Anruf unterbrochen. „Hast du auch Hunger? Wir könnten zusammen zu Abend essen."

„Perfekt! Wo treffen wir uns?"

„Ich hol' dich ab. Bin in zehn Minuten bei dir."

***

„Weißt du, was hinter der plötzlichen Vorverschiebung des Projektstarts steckt?" Tom beobachtet, wie der Kellner den Wein in die Gläser füllt.

Sie sitzen an einem von sechs schweren Eichenholztischen in einem kleinen Raum mit gekachelten Wänden. Es riecht nach gebratenem Fleisch, Rosmarin und Knoblauch. Hinter der Theke steht eine beleibte Frau Mitte fünfzig, die Haare zu einem Dutt auf dem Kopf aufgesteckt. Eine große, eckige Brille rutscht im Minutentakt den Nasenrücken hinunter, und mit einer routinierten Handbewegung rückt sie sie wieder zurecht. Sie schenkt Getränke aus und richtet Tapas an.

„Ich brauche zwei Tage für die Teambildung. Die Schauspieler müssen warm werden miteinander, sonst verlieren wir zu viel Zeit auf dem Set, bis sich eine brauchbare Szene entwickelt, kennst du ja. Frank findet das überflüssig und will keine Drehtage für die Teamentwicklung hergeben. Immerhin hat er mir zugestanden, zwei Tage früher zu starten."

„Und die beiden zusätzlichen Tage bezahlt er?" Ungläubig schaut er sie an.

„Nur, wenn der Film genug abwirft."

Der Kellner stellt ein Körbchen mit Weißbrot, ein Schüsselchen mit Knoblauchsoße, eine Käseplatte und eine längliche Schüssel mit Oliven zwischen sie.

„Gracias." Paula spießt eine Olive auf einen Zahnstocher.

„Das heißt, du legst das Geld vor und bekommst es bei entsprechenden Einspielquoten zurückerstattet." Tom schiebt sich ein Stück Käse in den Mund.

„Korrekt." Sie zerkaut Brot mit Knoblauchsoße. „Wenn ich die Wahl gehabt hätte, hätte ich die beiden Tage nicht aufs Wochenende genommen. Ich weiß, dass das für dich doof ist."

Tom neigt den Kopf zur Seite. „So schlimm ist das nicht. Da unsere Vorstellungen an dem Wochenende in Potsdam stattfinden, bin ich nur abends weg. Hast du den anderen schon gesagt, dass du dann nur am Freitagabend dabei sein wirst?"

„Nein, ich regle das noch. Übernachtest du bei mir? Ich hab' eine kleine Wohnung gemietet."

„Wann? Heute?"

„Bis zum Beginn der Dreharbeiten, dann kommt Becky. Du kannst bis dann ihr Zimmer haben."

„Ja. Doch, gerne."

Sie schiebt ihm das Schüsselchen mit der Knoblauchsoße hin. „Hier. Dann solltest du von der Soße essen."

„Warum? Willst du mich küssen?" Seine Stimme klingt weich.

Paula beißt eine Olive entzwei und sucht seinen Blick. Er weicht ihr nicht aus. Seine kleinen Augen liegen tief in den Höhlen. Hitze steigt in ihrer Taille auf und breitet sich über den Rücken aus. „Manchmal schon." Seine Hände ruhen neben seinem Teller. Sie schiebt ihre Hände vor und berührt seine Fingerspitzen. „Hast du Lust auf Sex?"

Er dreht die Handflächen nach oben und folgt mit den Augen ihren Fingern, die über die Konturen seiner Innenflächen streichen. „Ja. Aber ich kann das nicht."

„Was?"

Er räuspert sich. „Ich kann nicht mit dir schlafen ohne eine feste Beziehung."

Die Haut seiner Hände ist straff und weich zugleich. Ihre Fingerspitzen streicheln unablässig darüber. „Warum nicht? Wegen Matteo?"

Er schüttelt den Kopf. „Nein."

Der Kellner tritt an den Tisch. Tom zieht die Hände zurück. Der Kellner schiebt die Schüsseln zur Seite und platziert eine große Paellapfanne in der Mitte des Tisches. Der blumige Duft von Safran, gemischt mit dem salzigen Aroma der Garnelen, Muscheln und Tintenfischstückchen breitet sich aus. Geschickt schaufelt der Kellner den gelben Reis mit Hühnchenfleischwürfeln, grünen Bohnen, Erbsen, Paprika und den Meeresfrüchten auf zwei Teller und stellt sie vor Tom und Paula. „Buen provecho."

Paula nimmt eine Garnele zwischen Daumen und Zeigefinger, bricht ihr den Kopf ab und zieht das Garnelenfleisch aus der Schale. Sie genießt den leicht süßlichen Geschmack auf der Zunge.

„Warum willst du nicht mit mir schlafen?" Aufmerksam blickt sie Tom an.

„Ich will keine Affäre. Das erfüllt mich nicht. Orgasmus kann ich auch alleine."

Paula verschluckt sich an einem Reiskorn. Sie ringt nach Atem, das Blut schießt in ihr Gesicht. Hustend ergreift sie ihr Weinglas und spült den Reis hinunter. Mit geschlossenen Augen lehnt sie sich auf ihrem Stuhl zurück. Die Stimmen der anderen Gäste dringen gedämpft an ihr Ohr.

„Und du? Warum hast du keine feste Beziehung?"

Sie wischt sich mit der Serviette über die Stirn und schaut Tom an. „Ich bin irgendwie nicht dafür gemacht. Ich brauch' körperliche Nähe, aber emotional wird's mir schnell zu viel."

„Hast du's ausprobiert?" Seine Augen halten ihren Blick fest.

„Entschuldigen Sie, sind Sie fertig?" Der Kellner steht neben ihnen und deutet auf die leere Paellapfanne.

„Ja, danke, es war sehr lecker." Paula nickt ihm zu.

„Moment!" Tom taucht ein Stück Brot in die Knoblauchsoße und steckt es in den Mund.

Der Kellner stellt das leere Geschirr zusammen und entfernt sich vom Tisch.

„Also doch küssen?" Sie neigt den Kopf und lächelt ihm
zu.

„Nein. Aber deine Knoblauchfahne haut mich auch aus
zwei Metern Entfernung um."

„Schade." Sie füllt sein Glas auf. Die Flasche ist leer.

„Möchten Sie eine Nachspeise? Kaffee? Schnaps?" Der
Kellner nimmt ihr die Flasche ab.

„Kaffee mit Schnaps." Paula und Tom schauen sich an und
lachen.

„Also zweimal?" Der Blick des Kellners wandert zwischen
ihnen hin und her.

„Ja, bitte. Haben Sie Tiramisu?"

„Ich frage in der Küche nach."

Paula hängt sich bei Tom ein, als sie unter der gelben Straßen-
beleuchtung zur Wohnung zurückschlendern. In ihrem Kopf
ist ein angenehm weiches Gefühl, als wäre er mit Watte aus-
gepolstert.

Sie schließt die Wohnungstür auf und tastet mit dem Fuß
nach dem Schalter der Stehlampe. Tom wirft seine Tasche auf
die Couch und deutet auf die Badezimmertür. „Ist dort das
Bad?"

Paula nickt, er verschließt die Tür hinter sich. Paula zieht
sich um und legt sich aufs Bett. Die Badezimmertür öffnet
sich. Sie legt das Handy aufs Nachttischchen und schaut Tom
an, der mit nacktem Oberkörper und kurzer Pyjamahose vor
ihr steht.

„Kommst du zu mir? Das Bett ist breit genug."

„Paula, ich will keinen Sex."

„Hab' ich verstanden. Ist okay für mich. Ich – ich würde
einfach gerne deine Nähe spüren. Als guter Freund." Sie

knetet den Ringfinger. „Es ist manchmal etwas viel, alles alleine zu tragen."

Er hängt seine Kleider über die Stuhllehne, legt sich neben sie und streckt den Arm aus. „Komm her."

Sie legt den Kopf auf seine Schulter. Er riecht nach Mangoduschmittel, seine Haut ist kühl. Sie lauscht seinem Atem, schließt die Augen und nimmt wahr, wie sich ihre Gedanken aufzulösen beginnen.

Am nächsten Morgen erwacht Paula von einem leisen Keuchen. Sie reibt sich die Augen und hebt den Kopf. Zwischen ihrem Bett und dem Sofa macht Tom Liegestützen.

Sie versucht abzuschätzen, wie spät es sein könnte. Ihr Körper behauptet, dass es tiefe Nacht sein muss, aber im Innenhof berühren die Sonnenstrahlen die oberste Kante der Hausfront.

Ihre Augen wandern erneut zu Toms nacktem Oberkörper. Fasziniert beobachtet sie das geschmeidige Zusammenspiel der Muskeln. Ihr Blick bleibt am tätowierten Kürzel L.K. hängen, das auf seinem Oberarm zu tanzen scheint. Sie möchte ihn gerne fragen, wer Lena Kramer ist, aber sie traut sich nicht. Er trägt kurze Shorts, blau mit weißen Punkten. Die Haut seines Rückens ist leicht gebräunt und haarlos. Eine plötzliche Hitze schießt durch ihren Körper. Sie lässt den Kopf ins Kissen sinken und schlägt die Bettdecke zurück.

Toms Kopf ruckt in ihre Richtung und er stemmt sich in die Höhe. „Guten Morgen. Tee?"

„Machst du das jeden Morgen?" Ihre Stimme klingt dunkel und kratzig.

„Ja. Weißt du, wie schwer eine Filmkamera ist? Das geht echt ans Lebendige, wenn du stundenlang 10-15 Kilo mit dir rumschleppen musst. Das bin ich mir noch nicht gewöhnt."

„Grüntee mit Limone, gerne. Steht im rechten Hängeschrank zu oberst, ganz links."

Er wischt sich mit einem Handtuch den Schweiß von der Brust und befüllt den Wasserkocher. Paula hat sich aufgesetzt und folgt seinen Bewegungen mit den Augen.

„Wann müssen wir los?"

Sie räkelt sich und gähnt herzhaft. „Wenn wir um 09.30 starten, dann sind wir spätestens um 11.00 in Fürstenwalde und haben noch etwas Reserve."

„Dann sollten wir in 30 Minuten abfahren."

„Was?" Erschrocken schiebt sie die Beine über den Bettrand. „Wie spät ist es?"

„Zwei Minuten vor neun." Tom gießt dampfendes Wasser in zwei Teetassen. „Ich geh' vor dir ins Bad, okay?"

„Ja, klar." Verwirrt fährt sie sich mit den Händen durchs zerzauste Haar. „Ich hätte schwören können, dass ich meinen Wecker auf 8.00 Uhr gestellt hab'."

„Das hast du auch. Aber nach dem dritten Klingeln hast du offenbar die Schlummerfunktion nicht erwischt und ihn ausgeschaltet." Seine Mundwinkel berühren fast seine Ohrläppchen, als er die Tür zum Badezimmer zuzieht, bevor ihr Kopfkissen ihn trifft.

„Da ist er." Paula zeigt mit dem Kinn auf einen schwarzen BMW, der fünf Plätze rechts von ihnen einparkt.

Tom stößt einen leisen Pfiff aus. „Schnittiger Wagen. Damit wäre ich schneller in Berlin als mit meinem Transporter."

„Er wird erst aussteigen, nachdem wir ausgestiegen sind."

Sie spürt seinen Blick auf ihrer Wange. „Du kennst ihn bereits gut." Es ist mehr eine Feststellung als eine Frage.

Sie schüttelt den Kopf. „Sein Verhalten berechenbar. Aber sonst ist er hart wie Stahl. Eine ganz normale zwischenmenschliche Beziehung zu ihm aufzubauen scheint mir unmöglich." Sie ergreift ihre Umhängetasche, steckt ihr Handy hinein und legt die Hand auf den Innengriff. „Komm."

Frank stellt den Motor aus. Seine Augen tasten die Umgebung ab. Paula schlendert über den Parkplatz, die rechte Hand mit dem silbernen Ring umfasst den Träger ihrer Umhängetasche. Sie trägt schwarze, knielange Leggins, die fast vollständig von einem beigen Häkelmantel überdeckt werden. Neben ihr geht ein Mann, nur wenig größer als sie. Blaue Jeanshose, weißes T-Shirt unter einem dunkelblauen Sakko. Blonde, spärliche Locken stehen ungezähmt in verschiedene Richtung ab.

„Was wissen Sie über diesen Tom?"

Er lehnt den Kopf an die Stütze seines Sportsitzes und wartet.

Ulrich öffnet seine Aktentasche und zieht ein Notizbuch heraus. „Tom Kramer, Jahrgang '64, Sohn des bekannten Biologen Eduard Kramer, der 1967 zu Forschungszwecken nach Kolumbien auswanderte. Rückkehr mit Frau und einem Sohn 1981. Tom Kramer studierte Fotografie an der Staatlichen Akademie der Bildenden Künste Stuttgart von 1984 bis 1990. Arbeitete seither als Licht- oder Tonmeister an verschiedenen Theatern, unter anderem im Schauspielhaus Zürich, im Deutschen Theater Berlin sowie bei den Salzburger Festspielen. Hohes Engagement in Werbefilmen. Mitglied der Theatertruppe *zeitlos anders* von Paula Menotti seit 2022. Unverheiratet."

„Kolumbien." Franks Fingerspitzen klopfen auf den Lenker.

Ein Ruck geht durch seinen Körper. Er schaut Ulrich an und deutet mit dem Kopf in Richtung Paula und Tom. Ulrich steckt sein Notizbuch zurück in die Tasche und steigt aus.

Toms Blick ist distanziert-freundlich, als sie sich die Hände reichen, in Franks Augen lauert Misstrauen. Sie sind gleich groß, Toms Schultern sind breiter und seine Körperhaltung ist dynamischer. Frank trägt einen dunkelblauen Anzug mit weißem Hemd und dunkler Krawatte und wirkt auf Paula, als hätte er einen Besenstiel verschluckt. Ulrich, ein Kopf kleiner mit grauem Anzug und Aktentasche, erinnert sie neben ihm trotz weit zurückgezogenen Haaransatzes an einen Schuljungen.

„Wo ist die Pizzeria, die wir uns anschauen sollen?" Sie spürt Franks Blick auf ihrem Gesicht.

„Es gibt zwei Pizzerias, die wir uns anschauen können. Eine der beiden befindet sich dort linkerhand in der Einkaufsstraße, die andere etwas außerhalb des Stadtzentrums."

„Worauf warten wir dann noch?" Ungeduldig stapft Frank los.

Eine halbe Stunde später sind sie zurück auf dem Parkplatz.

„Das war beides nichts. Zumindest nicht, wenn Sie auf einem gemauerten Pizzaofen bestehen, der vom Gastraum aus sichtbar ist." Franks Stimme klingt sachlich und emotionslos und Paula ist unsicher, ob er sich ärgert.

„Wir könnten uns in Frankfurt an der Oder umschauen. Das Lokal muss ja nicht zwingend in Fürstenwalde stehen. Ich kann die Evaluierung auch mit Tom alleine machen und Ihnen die Orte dann zeigen, an denen wir uns die Drehs vorstellen könnten."

„Warum möchten Sie unbedingt hier drehen?"

„Der Landkreis Oder-Spree hat bei der Europawahl mit einer Wahlbeteiligung von 75% über 41% PND gewählt und gehört damit zu den Bundesländern mit dem höchsten PND-Anteil. Besonders interessant ist hier das ehemalige Speziallager Ketschendorf am südlichen Ende von Fürstenwalde. Wie Sie sicher wissen, war dieses Lager von 1945-47 das Internierungslager Nr. 5 der sowjetischen Besatzungsmacht. Unter Stalin wurden dort neben zahlreichen Zivilisten vor allem Mitglieder der NSDAP inhaftiert zur Entnazifizierung."

Tom zieht eine Schachtel Zigaretten aus der Hosentasche und hält sie Frank und Ulrich hin. Beide schütteln den Kopf.

„Die Gedenkstätte könnten wir in die Dreharbeiten miteinbeziehen." Gespannt beobachtet Paula Franks Gesichtszüge. Sie bleiben reglos. Einzig die linke Augenbraue zuckt.

„Es ist sehr aufwändig, die Drehgenehmigung für solche historische Stätten zu bekommen, vor allem, wenn es sich um den Zweiten Weltkrieg handelt." Frank versenkt seine Hände in den Jackentaschen seines Anzugs. „Wie weit ist es bis dort?"

„Mit dem Auto zehn Minuten."

„Lassen Sie uns hinfahren."

Tom parkt seinen Transporter hinter einem weißen VW Golf am Straßenrand einer Siedlung im Süden Fürstenwaldes. Der BMW schließt sich ihm an.

Schweigend schlendern sie durchs Wohnviertel. Die Luft ist erfüllt von Vogelgezwitscher, das über dem monotonen Rauschen der nahen Autobahn liegt. Es riecht nach frisch geschnittenem Gras. Einfamilienhäuser mit kleinen Vorgärten reihen sich aneinander, hin und wieder durchbrochen von größeren Mehrfamilienblöcken. Nichts zeugt von den Gräueln, die vor fast 80 Jahren hier verübt worden sind.

„Die Sowjets zogen Maschendrahtzäune um die Siedlung, bauten Wachtürme und vertrieben die Bewohner. Die Wohnungen wurden überfüllt mit Inhaftierten, von denen über 4'000 durch die unmenschlichen Bedingungen wie Unterernährung oder Tuberkulose ums Leben kamen." Tom zieht an seiner Zigarette. Paula kann den Grad seiner Anspannung an der Zahl der Zigaretten erkennen, die er täglich raucht.

„Beim Bau neuer Wohnungen wurden in den 50er-Jahren in der Nähe der Autobahn Massengräber entdeckt. Die Leichen wurden ausgegraben und in einen Waldfriedhof verlegt, der heute als Gedenkstätte dient." Kalter Schweiß zieht über ihren Rücken.

Im kleinen Wäldchen nahe der Siedlung ist es still. Zwischen Kiefern, Eichen, Birken und Buchen stehen kniehohe Grabsteine mit Jahreszahlen, ohne Namen. Hellgrünes Moos bedeckt die Steinplatten eines Weges und versteckt einzelne Buchstaben eines Gedenksteins unter sich.

Gedenktafeln mit den Namen der Menschen, die im Lager ihr Leben gelassen haben, säumen einen breiten Weg, der sich durch das Wäldchen zieht. Paulas Schritte knirschen auf dem Kies, während sie gedankenverloren an den Tafeln vorbeischreitet. Vor ihr versucht Ulrich, die Gravuren zu entziffern. Tom ist zwischen den Bäumen verschwunden.

Sie dreht sich zu Frank um. Er steht abseits des Weges vor einem der Grabsteine. Seine linke Hand streicht über den kalten Stein, sein Blick ist ausdruckslos auf einen Baumstamm gerichtet. Das dichte Blätterdach lässt nur vereinzelte Sonnenstrahlen durchschimmern. Es riecht nach feuchter Erde. Paula fröstelt. Langsam nähert sie sich dem großen Mann.

„Ist alles okay?"

Er zuckt zusammen und wendet den Kopf. Zögernd kehrt Leben in seine Augen zurück. „Ja, ja, es – ist nur –" Ein Schütteln erfasst ihn. „Nichts." Mit forschem Schritt geht er an Paula vorbei.

Zurück auf der Straße legt Frank die Hände aufs Autodach. „Ich werde mich um die Bewilligung kümmern. Informieren Sie mich, wenn Sie eine geeignete Pizzeria gefunden haben."

***

Trotz geöffneter Fenster steht die Luft in der kleinen 2-Zimmerwohnung. Mit nacktem Oberkörper sitzt Matteo am Küchentisch. Schweiß rinnt am Haaransatz entlang über den Unterkiefer, wo er ihn ungeduldig wegwischt.

Vor ihm liegt ein zerknitterter Zettel. „Stoppt den Islamismus! Grenzschutz und die Abschiebung von Ausländern können Massaker verhindern." Sorgfältig streicht er ihn glatt und dreht ihn um. Heute ist eine Veranstaltung in Mannheim.

Er klappt den Laptop auf und fährt ihn hoch. Seine Fingerspitzen kribbeln, als er in die Adresszeile drei Buchstaben tippt: p – n – d. Partei Neues Deutschland. Er vertieft sich in die übersichtlich gehaltene Parteiwebsite. Dann gibt er die drei Buchstaben erneut in die Suchleiste ein. *Das Bundesamt für Verfassungsschutz ordnet die Partei als rechtsextremistisch ein und stellt sie unter Beobachtung.* Ein kurzer Schauer erfasst ihn. Seine Finger streichen über die Tastatur, sein Blick ruht auf dem Zettel neben dem Laptop.

Von draußen dringt das Weinen eines Kindes in die Wohnung und der Geruch nach Zigarette. Matteo klappt den Laptop zu, streift sich ein T-Shirt über und ergreift den Autoschlüssel.

Kapitel 13

Es ist 13.30 Uhr, als Paula die kurze Metalltreppe zum Theaterschiff Potsdam hinaufsteigt. Ihr Herz schlägt rascher und die Härchen auf ihren Unterarmen stellen sich auf.

Sie tritt an die Reling und lässt den Blick über den Tiefer See schweifen. Ein Achter zieht in zehn Metern Abstand vor dem Schiff vorbei, besetzt mit je vier Männern und Frauen. Gleichmäßig tauchen die Ruderblätter ins Wasser ein, und ein rhythmisches Plätschern vermischt sich mit dem Heulen des Windes in den Wanten der Segelboote, die unweit des Schiffes an Holzstegen liegen. Über den Himmel jagen weißgraue Wolken. Paula füllt ihre Lunge mit der frischen Luft. Ihre Gedanken fliegen zur *Seeschwalbe*, und für einen Augenblick packt sie eine heftige Sehnsucht.

Sie lässt den Relingdraht los und stößt die Tür zum Salon auf. Überrascht hält sie inne. Klavierklänge dringen an ihr Ohr. Sie nähert sich dem Theatersaal. Die Tür ist angelehnt. Sie schiebt sie auf und lugt hindurch.

Der Geruch nach Limonenputzmittel und Feuchtigkeit kitzelt ihre Nase. Der Raum bietet Platz für etwa 90 Besucher. Die Bühne ist mit einer Fläche von 32m^2 die kleinste Bühne, auf der das Ensemble bisher aufgetreten ist. Davor steht in einem einzelnen Lichtkegel ein Klavier.

Birgit sitzt mit dem Rücken zu Paula. Ihre Finger fliegen über die Tasten. Sie spielt ohne Noten, und ihr Oberkörper wiegt sich rhythmisch im Takt der Musik. Ihr rotbraunes Haar schimmert im weißen Licht.

Geräuschlos sinkt Paula auf einen Stuhl. Wie magnetisch werden ihre Augen von Birgit angezogen. Sie legt den Kopf in den Nacken und lässt sich von der Musik durchdringen. Es ist keine Melodie, die den Raum füllt, sondern ein Wirbel verschiedener Akkorde und Harmonien, der sich mit großer Kraft bis in die hinterste Ecke ausbreitet. Fasziniert schließt sie die Augen, spürt der Vibration der Schallwellen in ihrem Körper nach und lässt sich treiben.

Das Licht im Saal geht an, und wie von einem Messer abgeschnitten bricht die Musik ab. Paula setzt sich auf und blickt sich um. Andreas steht hinter ihr, die Hand auf dem Lichtschalter. Birgit ist aufgesprungen und klappt den Tastaturdeckel zu.

„Entschuldige, Birgit, ich wollte dich nicht unterbrechen." Andreas durchschreitet den Saal und legt ihr die Hand auf die Schulter.

„Passt schon. Ist es schon 14.00 Uhr?" Sie zieht ihr Handy aus der Hosentasche.

Paula erhebt sich und geht auf sie zu.

„Hey, ich wusste nicht, dass du Klavier spielst! Das war echt gut, du solltest das in unsere Stücke einbauen. Seit wann spielst du?"

Eine leichte Röte überzieht Birgits Wangen. „Seit ich sechs war. Eigentlich wollte ich Pianistin werden, aber meine Mutter hat mich zu Schönheitswettbewerben und Modelcastings geschleppt. So hab' ich zuerst als Model gejobbt und mich dann auf Wunsch meiner Mutter in der Schauspielschule eingeschrieben." Sie zuckt die Schultern.

Die Saaltür öffnet sich und Matteo, Tom und Rosie betreten den Raum.

„Hallo zusammen!" Rosie stürmt auf sie zu und umarmt alle nacheinander. „Ein wunderbarer Ort, nicht wahr? Das ganze Ambiente, das wird eine wundervolle Vorstellung werden!" Ihre Augen strahlen.

Matteo zieht Paula an sich und küsst sie. „Hey. Wie geht es dir?"

„Gut. Und dir? Wie war der Dreh fürs Aftershave?"

„Ganz okay. Allerdings krieg' ich den Geruch nicht mehr aus meiner Nase raus!"

„Das kenn' ich!" Andreas lacht. „Ich hatte das mal mit einer Zahnpastawerbung, da waren meine Geschmacksnerven zwei Tage lang lahmgelegt vom vielen Zähneputzen!"

Ihr gemeinsames Lachen erfüllt den Raum.

„Wollen wir gleich loslegen? Die Platzverhältnisse sind ein bisschen eingeschränkt, ich würde jede Szene kurz stellen und schauen, ob wir Anpassungen am Bühnenbild brauchen, was meint ihr?" Fragend blickt Andreas in die Runde.

„Find' ich gut." Paulas Augen treffen auf Toms Blick. Sie zieht die Lippen zusammen und räuspert sich. „Ähm, ich kann nur heute Abend dabei sein." Matteo dreht sich abrupt um. „Dieses Wochenende mache ich Teambildung mit der Filmcrew, das ging leider nicht anders."

Rosie blickt sie erstaunt an. „Frank investiert in Teambildung?"

Paula schüttelt den Kopf. „Nein. Aber immerhin lässt er mich machen. Weil er keine Drehtage hergeben will, musste ich das Wochenende nehmen."

„Kein Problem, wir schaffen das."

„Das hattest du ja bereits angekündigt, dass es möglich ist, dass du nicht immer dabei sein kannst." Birgits Stimme klingt sachlich. Sie durchmisst die Bühne mit großen Schritten. „Etwa acht Meter, fast halb so groß wie die Bühnen bisher."

Andreas und Rosie gehen mit ihr die Bühnenbilder der einzelnen Szenen durch und besprechen die Anpassungen.

Matteo hält Paulas Blick fest. Sie tritt auf ihn zu.

„Es ist nur dieses eine Wochenende." Er schweigt. „Ich hab' ein Studio gemietet in Berlin. Magst du heute nach der Vorstellung bei mir übernachten?" Aus den Augenwinkeln fängt sie Toms Blick auf. Ihr Magen krampft sich zusammen, sie schluckt.

„Einverstanden." Matteo streicht ihr eine Haarsträhne aus dem Gesicht.

Tom setzt sich ans Mischpult.

„Wollen wir gleich die Beleuchtung besprechen?" Paula stellt sich hinter ihn und raunt: „Es tut mir leid." Das Blut rauscht in ihren Ohren.

Wortlos schiebt Tom die Regler, den Blick auf die Bühne gerichtet.

Paulas Blut pocht im Hals, als sie die Wohnungstür aufschließt und den Lichtschalter drückt. Toms Rucksack steht neben der Couch, auf dem Bett liegen seine Bermudashorts.

„Komm rein." Sie stellt sich zwischen Matteo und das Bett.

Er stellt seine Tasche ab und zieht die Schuhe aus.

„Ich geh' ins Bad." Unauffällig schnappt sie sich die Hose und schließt die Tür. Sie lässt kaltes Wasser über die Unterarme laufen und spritzt sich Wasser ins Gesicht. Dann wickelt sie Toms Hose und seine Zahnbürste ins Handtuch und geht zurück ins Zimmer.

„Wem gehört der Rucksack"? Matteo steht neben der Couch.

„Einem Arbeitskollegen, er hat ihn vergessen. Ich werde ihn ihm gleich vorbeibringen." Sie legt das Handtuchbündel auf den Tisch und zieht ihr Handy aus der Tasche. Sie versucht, das Zittern ihrer Finger zu unterdrücken. Dann füllt sie den Wasserkocher. Ihr Handy vibriert. „Okay, ich bin gleich zurück. Ich hab' Teewasser aufgesetzt, kannst du es bitte aufgießen, wenn es kocht? Teebeutel findest du im Küchenschrank rechts."

Er dreht sich um und verschwindet im Bad. Paula stopft Toms Sachen in seinen Rucksack und verlässt die Wohnung. Bevor sie auf die Straße tritt, hält sie inne und horcht ins Treppenhaus. Durch eine Tür dringen gedämpfte Popmusik und Gemurmel, ansonsten ist es still.

Sie hastet die Häuserreihe entlang und blickt sich immer wieder um. Matteo folgt ihr nicht. Keuchend klopft sie an die Tür von Toms Transporter.

Er öffnet. Seine Augen sind zusammengekniffen und seine Lippen bilden einen schmalen Strich.

Sie hält ihm den Rucksack entgegen. Er nimmt ihn wortlos.

„Tom, es tut mir so leid. Ich hab' grad überhaupt keinen Kopf für eine Auseinandersetzung mit Matteo. So ist es einfacher."

„Klar." Seine Stimme klingt eisig. Er zieht die Tür zu.

Paula dreht sich um und stampft mit dem Fuß auf. „Scheiße!" Tränen schießen ihr in die Augen. „Verdammte Scheiße!"

Ein älterer Mann mit Gehstock wirft ihr einen mitleidigen Blick zu. Die Straße verschwimmt. Schniefend läuft sie zur Wohnung zurück. Im Treppenhaus putzt sie die Nase und wischt die Tränen weg.

Aufmerksam sucht Matteos Blick das Badezimmer ab. Nichts deutet auf den fremden Besuch hin. Er verlässt das Bad und hebt die Bettdecke an. Das Laken ist zerknittert, aber fleckenfrei. Paulas Nachthemd fällt auf den Boden. Er hebt es auf und riecht daran. In seiner Lende breitet sich Hitze aus. Er legt es zurück aufs Bett.

Unter den Hängeschränken der Küchenzeile quillt heißer Dampf ins Zimmer. Die Abschaltautomatik des Wasserkochers scheint kaputt zu sein. Er zieht den Stecker und zuckt zusammen, als ein Funke aus der Steckdose springt. Er stellt zwei Tassen neben den Herd, hängt Teebeutel mit ayurvedischem Chai hinein und gießt Wasser auf.

Die Tür öffnet sich. Er dreht sich um und lehnt sich ans Waschbecken. Paula lässt sich auf die Couch fallen. Ihr Haar ist zerzaust und ihre Augen wirken aufgequollen. *Wahrscheinlich ist sie müde.* Sie nimmt ihr Handy und liest eine Nachricht.

„Wo wohnt dein – dein Freund?" Seine Stimme vibriert.

„Er ist nicht mein Freund, er ist ein Arbeitskollege." Sie klingt erschöpft. „Ich bin dir keine Rechenschaft schuldig, weder darüber, wo ich wohne, noch, mit wem ich meine Freizeit verbringe."

Er ergreift die Tassen und stellt sie auf den Couchtisch. Dampffäden verströmen den Duft nach Zimt, Ingwer und Orange. Er verspürt ein Kribbeln unter den Zähnen. „Ich weiß, das war unsere Vereinbarung. Aber das stimmt für mich so nicht mehr." Er setzt sich neben sie und sucht ihren Blick. Sie fixiert die Teetasse. „Seit dem Anruf von diesem Frank bist du anders. Du bist mehr unterwegs, wir sehen uns seltener, und wenn wir zusammen sind, bist du irgendwie doch nicht richtig da." Ihr Ausdruck bleibt reglos. „Ich möchte mehr Zeit mit dir verbringen. Magst du mit mir zusammenziehen? Dann sehen wir uns wenigstens abends und haben Zeit, um uns auszutauschen. Ich möchte teilhaben an dem, was dich beschäftigt."

„Ich kann das nicht und ich will das nicht." Ihr Blick ist klar. „Du bist ein toller Mensch mit einem wunderschönen Körper. Ich genieße den Sex mit dir. Aber mehr Nähe geht nicht. Ich brauche meine Freiheit, sonst wird es mir zu eng."

Er beugt sich vor. „Hast du es denn überhaupt einmal ausprobiert? Vielleicht funktioniert es ja doch?" Seine Finger berühren ihre Hände. Sie zieht sie zurück und umklammert ihre Teetasse.

„Matteo, es ist jetzt nicht der richtige Moment für Experimente. Morgen beginnt mein Filmprojekt, das ist eine immense Herausforderung für mich. Wir werden von Montag bis

Freitag drehen und am Wochenende bin ich mit euch unterwegs. Ich habe jetzt wirklich keine Kapazität für was anderes."

„Natürlich, jetzt läuft dein Filmprojekt, und wenn es fertig ist, kommt das Nächste. Du hast doch einfach nur Angst!"

„Es ist sinnlos, jetzt darüber zu streiten! Gerade eben kam eine Nachricht rein, dass sich eine der Familien, die sich als Statisten gemeldet haben, mit dem Norovirus infiziert hat. Ich muss nun bis Montag vier neue Statisten finden."

„Das hat nichts mit uns zu tun!" Er schluckt, sein Hals fühlt sich rau an. Er braucht ein Ventil für die Hitze, die sich in seinem Körper staut. Seine Kiefermuskeln schmerzen und ein Beben erfasst ihn. Er steht auf und schreitet auf und ab. Paulas Blick folgt ihm. Seine Finger verknoten sich ineinander und lassen die Knöchel weiß hervortreten. Sein Atem geht flach und stoßweise, er bekommt zu wenig Luft. Er reißt das Fenster auf. Schwüle Nachtluft strömt ins Zimmer. Rote Flecken bilden sich vor seinen Augen. Sein rechter Fuß stampft auf, er geht zum Couchtisch.

„Spinnst du?" Paulas Stimme dringt gedämpft zu ihm durch. Sein Atem geht keuchend und das Blut rauscht in seinen Ohren. Plötzlich durchzuckt ihn ein brennender Schmerz im Gesicht. Der Nebel in seinem Kopf verzieht sich schlagartig und sein Blick ist wieder klar.

Paula steht vor ihm, seine Hände umfassen ihre Oberarme. Ihre Augen sind weit aufgerissen. Nackte Panik springt ihn an, und ihre sonnengebräunte Haut wirkt blass.

Verwirrt lässt er sie los und blickt sich um. Weiße Scherben sind auf Tisch und Boden verstreut, Tee tropft von der Tischkante. Er geht zur Küchenzeile, zieht einen Handbesen hervor, wischt die Scherben auf eine Schaufel und trocknet Tisch und Boden mit Küchenpapier.

„Es tut mir leid, ich wollte dich nicht schlagen." Paulas Stimme splittert.

Seine Augenbrauen ziehen sich zusammen. Mit den Händen berührt er sein Gesicht. Seine linke Wange glüht. „Was ist passiert?"

Ungläubig schaut sie ihn an. „Wie, was ist passiert? Du bist völlig ausgetickt, hast du das nicht mitbekommen?"

Langsam sinkt er aufs Sofa. Sein Kopf ist schwer und seine Beine hängen an ihm wie fremde Körperteile. Das Brennen in seinem Hals lässt sich nicht hinunterschlucken.

Paula läuft zum Bad. Er bemerkt, dass ihre Hände zittern, als sie die Tür öffnet.

Sie liegt mit offenen Augen im Bett. Matteo hat ihr den Rücken zugedreht und schnarcht leise. Er riecht nach Mangoduschgel.

Sie hat ihn schon öfter wütend erlebt, aber nie hat er so die Kontrolle verloren. *Ich muss diese Tournee durchstehen und dann einen Schlussstrich ziehen. Er ist ein Risiko für die ganze Truppe.* Erinnerungsfetzen tauchen auf an innige Momente nach den ersten Vorstellungen, die sie gemeinsam gemeistert haben. Sie spürt die Euphorie, die nach gelungenen Auftritten alle erfasst hat und die sich mit ihm in verschiedenen Hotelbetten Deutschlands hat entladen können.

Sie verdrängt die Erinnerungen und geht in Gedanken das Programm für morgen durch.

Kapitel 14

„Zum Gästehaus Schwanen am Wannsee, bitte."
Der Taxifahrer nickt und fährt los. Es ist 8.30 Uhr.
Paulas Handy klingelt.
„Guten Morgen, Frank."
„Morgen. Wann sind Sie hier?"
„Wo?"
„Im Gasthaus Schwanen, wo sonst."
„Je nach Verkehr in etwa 40 Minuten. Warum?"
„Ich erwarte Sie."
„Okay." Irritiert legt sie auf. *Was will er denn jetzt schon wieder? Mein Programm dieses Wochenende interessiert ihn doch gar nicht.*
Eine halbe Stunde später hält der Wagen vor einer dreistöckigen, weißgetünchten Villa mit grünen Fensterläden und einem tiefgezogenen Dach mit roten Ziegeln. Sie liegt inmitten eines Parks mit schattenspendenden Eichen, Buchen und Ahornbäumen. Sommerflieder und Lavendelbüsche zieren den direkten Zugang zum Gästehaus.

Paula drückt dem Taxifahrer einen 50-Euroschein in die Hand und steigt aus. Er reicht ihr ihre Reisetasche aus dem Kofferraum.

Die Luft ist erfüllt von Vogelgezwitscher und dem Summen der Bienen und Hummeln, die zwischen den Blüten des Sommerflieders hin- und herfliegen.

„Hi."

Sie zuckt zusammen. Sie hat Tom nicht bemerkt. Sie blickt sich um und entdeckt seinen Transporter auf einem Parkplatz seitlich des Gebäudes.

„Hallo." Sie knetet ihren Ringfinger.

„Es tut mir leid wegen gestern. Ich war verletzt."

„Es tut mir auch leid. Ich hätte Matteo nicht einladen sollen. Aber er reagiert manchmal so unberechenbar, und ich hab' einfach Angst, dass er abspringt und damit die Tournee gefährdet."

„Das ist mir auch klargeworden. Trotzdem war ich enttäuscht."

„Kann ich verstehen. Er hat gestern deinen Rucksack entdeckt. Er weiß nicht, dass er von dir ist und ich glaube, es ist wichtig, dass er es auch nicht erfährt."

„Aber..."

„Matteo wird mir nicht glauben, dass wir nicht miteinander geschlafen haben. Für ihn gehören Männer und Sex zusammen. Und ja, er und ich, wir sind kein Paar. Aber er ist furchtbar eifersüchtig. Früher war das anders, aber seit ich mit dem Filmprojekt begonnen habe, hat er sich verändert."

„Vielleicht hat es gar nichts mit euch beiden zu tun, sondern er ist neidisch darauf, dass du den Film drehen kannst."

„Kann schon sein. Ich werde ihn bei nächster Gelegenheit darauf ansprechen. Ich hab' für dich übrigens hier auch ein Bett gebucht, in der Hütte bei Judith, mir und Lars, dem zweiten Kameramann. Es sind nur 20min vom Theaterschiff hierher. Passt das für dich?"

Tom streicht sich mit der rechten Hand übers Kinn. „Ich werde halt erst gegen 22.30 Uhr hier sein. Aber doch, warum nicht? Danke."

„Hier sind Sie. Ich habe auf Sie gewartet." Frank tritt auf Paula zu, in hellgrauem Anzug mit weißen Hemd und dunkler Krawatte.

„Guten Morgen, Frank." Sie reicht ihm die Hand.

„Können wir? Ich möchte mit Ihnen die Begrüßung besprechen." Ungeduldig schlägt er die Absätze seiner Schuhe zusammen.

„Klar. Bis später, Tom." Sie zuckt unmerklich die Schultern und wirft ihm einen irritierten Blick zu.

Er hebt die Hand und blickt ihnen nach.

Frank führt Paula auf eine Terrasse mit Blick auf den Wannsee. Acht Holztische mit Bänken stehen in zwei Viererreihen. Sonnensegel spannen sich über die Sitzplätze.

„Hier können wir die Begrüßung machen. Ich habe belegte Brotecken bestellt als Snack. An Getränken wird Wasser mit und ohne Kohlensäure serviert. Ich hoffe, das ist in Ihrem Interesse."

Ihr Blick schweift über den Ausschnitt des Wannsees, den die Bäume freigeben. Ein Segelboot zieht gemächlich vorbei. Sie dreht sich zu ihm um. „Warum tun Sie das?"

„Was?" Seine Augen verengen sich zu Schlitzen."

„Sie halten doch nichts von meiner Idee der Teamentwicklung. Warum unterstützen Sie mich nun trotzdem?"

Er geht bis zum Ende der Terrasse und versenkt die Hände in den Taschen seiner Anzugshose. Sein Blick ist auf den See gerichtet. „Ich bin verantwortlich für die Produktion und damit dafür, was Sie als Regisseurin tun."

„Ach so, Sie misstrauen mir und greifen lieber lenkend ein, bevor ich einen Fehler mache." Sie schwingt sich auf einen der Tische, lässt die Beine baumeln und verschränkt die Arme vor der Brust.

„Nicht unbedingt."

Schweigen breitet sich zwischen ihnen aus.

„Sondern?" Ungeduldig schaut Paula aufs Handy. Es ist 9.40 Uhr.

„Ich bin daran interessiert, dass das Projekt ein Erfolg wird."

Sie lacht bitter auf. „Klar, wie konnte ich das vergessen!" Sie springt vom Tisch. „Entschuldigen Sie mich. Unsere Crewmitglieder treffen ein."

„Warten Sie." Er dreht sich um. „Ich misstraue Ihnen nicht. Ich – bin nur nicht ganz frei in meinen Entscheidungen." Seine Augen wandern unstet zwischen den Tischen umher.

„Ich weiß, Ihre Frau."

„Sie werden sie kennenlernen."

„Ach ja? Sie hat sich ja bisher nicht sonderlich dafür interessiert, wer ich bin."

„Sie wird am Montag auf dem Set dabei sein."

„Ich bin gespannt."

„Ich habe gesehen, dass Sie Hütten mit je vier Schlafplätzen reserviert haben. Das geht nicht."

„Warum nicht?"

„Sie können keine erwachsenen Menschen in Massenunterkünfte stecken."

„Erstens sind das keine Massenunterkünfte. Und zweitens geht es hier um Teambildung. Für Sie habe ich allerdings keine Reservation vorgenommen. Sollten Sie das wünschen, dann würde ich natürlich..."

„Das ist nicht notwendig."

Sie wendet sich ab und verschwindet im Gebäude.

„Ich heiße Sie Willkommen zu unserem gemeinsamen Filmprojekt und hoffe, dass Sie alle motiviert sind, Ihr Bestes zu geben, damit der Film ein Erfolg wird. Die Spesenformulare für Ihre Auslagen heute und morgen finden Sie dort drüben auf dem Tisch. Die Tagespauschale greift ab Montag." Er räuspert sich. „Für Anliegen, die mit der Produktion zu tun haben, wenden Sie sich bitte an meinen Assistenten Ulrich Clemens. Für Fragen zur Inszenierung ist Judith Engel zuständig, die Assistentin meiner Regisseurin Paula Menotti. Ich übergebe das Wort nun an sie, sie wird Ihnen erklären, weshalb wir uns heute hier treffen." Franks Mundwinkel wandern mechanisch in die Höhe. Er schaut Paula auffordernd an und tritt zur Seite.

Sie trägt ein weißes Shirt und eine hellbraune, weite Leinenhose. Das rote Haarband hält die Haare aus dem Gesicht. Auch heute ist sie ungeschminkt. Ihre kräftige Sommerbräune kontrastiert mit ihren hellen Augen.

Frank lehnt sich an einen der Holzpfosten, zwischen denen die Sonnensegel gespannt sind. Die Männer und Frauen seiner Filmcrew sitzen an den Holztischen verteilt. Ihre Augen sind neugierig auf Paula gerichtet. Vom See dringt Lachen und Entengeschnatter herüber, und aus dem Gasthaus duftet es nach Kaffee und frisch gebackenem Brot.

„Ich freue mich sehr, dass ihr so kurzfristig zwei Tage früher kommen konntet. Danke, Frank, dass ich die Regie in Ihrem neuen Film übernehmen darf." Ihr warmes Lächeln trifft ihn. „Ich habe von Frank den Auftrag erhalten, eine oscarreife Inszenierung zu machen."

Sofort spürt er sämtliche Blicke auf seinem Gesicht. Er streicht sich mit der rechten Hand über die Wangen, als wolle er die aufsteigende Röte wegwischen. Erleichtert atmet er auf, als Paula weiterspricht und die Blicke ihn loslassen.

„Dieses Ziel können wir nur gemeinsam erreichen. Außerordentliche Erfolge verlangen außerordentliche Leistungen. Wir sind alle in der Lage, eine außerordentliche Leistung zu erbringen, wenn wir den Mut haben, immer wieder aufs Neue unsere Komfortzone zu verlassen. In diesen zwei Tagen werden wir bereits erste Gelegenheiten dazu haben." Sie nimmt sich die Zeit, in Blickkontakt mit jedem einzelnen Anwesenden zu treten. Frank reibt über seinen linken Unterarm, auf dem sich die Haut zusammengezogen hat.

„Wir übernachten hier in kleinen Hütten à vier Personen. Die Liste mit der Zuteilung liegt am Empfang auf. Ich bitte euch, die Zuteilung nicht zu verändern, ich habe sie bewusst so vorgenommen. Die Schlüssel für die Hütten findet ihr an den jeweiligen Eingangstüren. Wir werden jetzt unsere Schlafplätze beziehen und treffen uns in einer halben Stunde wieder hier für einen kleinen Snack und eine Vorstellungsrunde."

„Danke, find' ich eine coole Idee!" Eine dunkelhaarige Frau in blassblauem Sommerkleid klatscht Paula zu. Die anderen stimmen mit ein.

„Ich schnarche aber, einfach, damit ihr bereits vorgewarnt seid!" Die Blicke wenden sich dem kleinen, stämmigen Mann zu, der den Einwurf gebracht hat.

„Dann schnarchen wir im Duett!", wirft ein Mann mit Vollbart ein.

„Ich hab' Höhenangst und kann nicht auf einem Stockbett schlafen."

„Und ich krieg' Platzangst in engen Räumen!"

Gelächter breitet sich über die Terrasse aus.

Um Paulas Augen vertiefen sich kleine Lachfältchen. Sie geht auf Tom zu. Der stämmige Mann, der schnarcht, gesellt sich zu ihnen, Paula schüttelt ihm die Hand. Der Geräuschpegel steigt, angeregte Gespräche entstehen zwischen den Männern und Frauen.

Ein magerer Mann Mitte fünfzig bleibt vor Frank stehen und streckt ihm die Hand hin. „Hallo, Frank. Schön, dass es geklappt hat."

„Johannes. Ja, ich freue mich auch."

„Interessantes Projekt. Und ungewöhnlicher Auftakt." Frank zieht die linke Augenbraue in die Höhe. „Hoffen wir, dass es ein Erfolg wird."

„Ja, das hoffen wir."

„Ich werde allerdings nicht in einem Mehrbettzimmer schlafen, das verstehst du sicherlich."

„Wie du möchtest. Lass dir am Empfang ein Einzelzimmer geben. Du entschuldigst mich." Er nickt ihm zu und verschwindet auf der Toilette.

Pünktlich um 10.45 Uhr versammeln sich alle Mitglieder der Filmcrew wieder auf der Terrasse. Auf den Tischen stehen Platten mit belegten Brötchenecken, Wassergläser und Krüge mit stillem und kohlensäurehaltigem Wasser. Paula bemerkt, dass die Grüppchen mit wenigen Ausnahmen mit jenen der Schlafhütten identisch sind.

Sie steht auf und klatscht kurz in die Hände. Die Gespräche verstummen. „Jeder hier hat seine eigene Geschichte und seine Motivation, warum er oder sie die Arbeit macht, die er macht, sei es vor oder hinter der Kamera. Ich möchte euch bitten, euch einige Minuten lang Gedanken über eure Motivation zu machen und sie dann mit uns zu teilen. Ich beginne mit meiner Vorstellung, dann bekommt ihr eine Idee davon, wie ich das meine."

Sie setzt sich auf einen leeren Holztisch und lässt die Beine baumeln. „Mein Vater ist Schauspieler. Seine große Leidenschaft ist die Theaterbühne und nicht seine Familie. Ich kämpfte um seine Aufmerksamkeit und seine Anerkennung, aber es ist mir bis heute nicht gelungen, sie zu bekommen." Ihre linke Hand fährt durchs Haar. „Ich hatte lange Zeit ein ambivalentes Verhältnis zur Schauspielerei. Einerseits hasste ich sie, weil sie mir meinen Vater gestohlen hatte, andererseits faszinierte sie mich. Ich studierte Geschichte und jobbte nebenbei als Regieassistentin im Stadttheater, um meinem Vater emotional näher zu sein, indem ich mich in seine Welt begab. Je mehr Erfahrung ich sammelte, desto mehr infizierte ich mich mit dem Theatervirus. Nach dem Studium stieg ich ganz in die Regie ein und arbeitete für verschiedene Theater. Vor fünf Jahren gründete ich mein eigenes Ensemble, mit dem ich jeden Sommer durch Deutschland toure. Das hier ist meine erste Filmregie, und ich bin sehr gespannt auf die Erfahrungen, die ich machen werde." Sie wendet sich Judith zu, die auf der Bank neben ihr sitzt. „Judith, magst du weitermachen?" Sie lässt sich vom Tisch runtergleiten und macht Judith Platz.

„Danke, Paula. Ich habe fünf jüngere Geschwister. Meine Eltern arbeiten als Kellner und Spielwarenverkäuferin. Wir hatten nie viel Geld, aber immer viel Trubel." Ihre Augen lächeln hinter den runden Brillengläsern. „Es war schon immer klar, dass ich nach der Schule eine Ausbildung machen würde, um möglichst rasch Geld zu verdienen. Ich träumte von der Schauspielschule, aber das lag nicht drin. So machte ich die Ausbildung zur kaufmännischen Angestellten. Ich bin ein Bücherwurm und liebe Filme. Als ich den Job als Sekretärin bei den Von-Roth-Productions bekam, fühlte es sich für mich an wie ein Sechser im Lotto. Ich war der Filmwelt plötzlich so nah wie nie zuvor. Der Job war dann allerdings eintöniger, als ich ihn mir vorgestellt hatte." Sie wirft einen raschen Blick in Franks Richtung. „Als mich Paula fragte, ob ich Lust auf eine neue Erfahrung hätte, sagte ich sofort zu, sie als Assistentin zu unterstützen." Sie setzt sich.

Der Mann mit Vollbart steht auf. „Ich bin Temuri, genannt Temo. Mein Vater stammt aus Georgien im Kaukasus, meine Mutter aus Deutschland. Ich bin in Georgien geboren in der Region Abchasien. Aufgewachsen bin ich deutsch-georgisch. Meine Mutter sprach nur Deutsch mit mir, kochte deutsches Essen und pflegte deutsche Traditionen. Mein Vater brachte mir die georgische Kultur näher und ich lernte Georgisch, Russisch und Abchasisch. Ich studierte Medizin, obwohl ich gerne Schauspieler geworden wäre, aber das ließ mein Vater nicht zu. Er war selbst Arzt. Nach dem Studium arbeitete ich in einem Krankenhaus in Abchasien. Nach dem Zerfall der Sovjetunion brach zwischen Georgien und Abchasien 1993 ein Bürgerkrieg aus. Alle ethnischen Georgier wurden aus Abchasien vertrieben und die Region wurde als unabhängige Republik ausgerufen, die aber nie völkerrechtlich anerkannt wurde. Meine Familie wurde ebenfalls vertrieben und wir flüchteten nach Deutschland zur Familie meiner Mutter. Ich war damals 32 Jahre alt. Ich fand keinen Job als Arzt. So investierte ich mein Erspartes und verwirklichte meinen Traum von der Schauspielerei." Er kratzt sich am Bart. „Ich lebe nun seit über 15 Jahren in Deutschland, aber so richtig angekommen bin ich trotzdem nicht. Ich fühle mich wurzellos, weder georgisch noch deutsch. Ich spiele gerne Rollen, in denen ich dieser Wurzellosigkeit Ausdruck verleihen kann, weil ich die Erfahrung gemacht habe, dass es vielen Menschen so geht wie mir."

Frank hat sich am Eingang der Terrasse auf eine Bank gesetzt. Er sitzt reglos und hört die Geschichten, welche seine Filmcrew erzählt. Er betrachtet die Gesichter und lauscht den Stimmen. Er spürt das Blut in seinen Adern pulsieren, die warme Seeluft in seine Lunge strömen und beobachtet, wie sich seine Bauchdecke hebt und senkt.

„Paula?"
Sie zuckt zusammen und dreht den Kopf nach rechts. „Tom! Wie war die Vorstellung?"
„Gut, Birgit war richtig gut."
„Und Matteo?"
„Ganz okay. Wie geht's dir? Warum sitzt du hier allein?" Er lässt sich neben sie ins Gras fallen. Vom See her weht eine kühle Brise auf die Wiese. Im Schilf quaken Frösche, hinter ihnen schreit ein Käuzchen. Eine schmale Mondsichel spiegelt sich auf der Wasseroberfläche.
„Ich brauch' eine Pause. Es ist extrem intensiv mit so vielen Leuten, das hab' ich echt unterschätzt."
„Aber die Dynamik heute Nachmittag war gut."
„Ja, ich hab' auch ein gutes Gefühl, ich glaube, das wird funktionieren."
„Schon beeindruckend, die ganzen Geschichten."
„Hast du Frank beobachtet? Er saß tatsächlich die ganzen anderthalb Stunden auf seinem Platz und hat zugehört. Das hätte ich nicht erwartet."

„Dafür hat er bei der Bootsfahrt gekniffen."

Paula lacht. „Stell dir Frank in seinem Anzug vor, wie er Ruderboot fährt!"

„Und Ulrich durfte auch nicht. Der Kerl tut mir irgendwie leid."

„Ach, ich glaube, der fühlt sich ganz wohl in seiner Rolle. Er weiß, wann er seinen Einfluss auf Frank ausüben muss, um zu seinem Ziel zu kommen."

„Hast du von Roths Frau eigentlich mal kennengelernt?"

„Bisher nicht. Sie soll offenbar am Montag auf dem Set sein. Judith ist ja sehr diskret, aber sie meint, Hannah sei eher von der ungenießbaren Sorte."

„Naja, so viel Einfluss scheint sie nicht zu haben, das wird schon."

„Denke ich auch. Nur bei Johannes Treptin hab' ich ein mulmiges Gefühl."

„Ist das der, der auch nicht mitgekommen ist auf die Bootsfahrt?"

„Ja. Er hat sich auch ein Einzelzimmer genommen."

„Oh."

Paula fröstelt. „Ich bin müde."

Tom steht auf und reicht ihr die Hand. Sie zieht sich hoch, und gemeinsam gehen sie auf ihre Schlafhütte zu.

Paula schaut den Autos nach, die eins nach dem anderen den Kiesparkplatz des Gasthauses verlassen. Es ist Sonntag Abend, kurz nach 18.00 Uhr. Lächelnd bestellt sie ein Bier im Restaurant und spaziert ein letztes Mal über die Terrasse. Sie tritt ans Geländer unmittelbar vor dem schmalen Wiesenstreifen, der zum See führt. Ein lauer Wind spielt mit ihrem Haar. Aus den geöffneten Fenstern des Restaurants dringt der Duft nach gebratenem Fisch mit Dill.

Das Bier kühlt sie ein wenig von innen, und sie genießt den bitteren Geschmack im Mund. Sie schließt die Augen, kreist ihre Schultern, zieht sie hoch, hält die Spannung und lässt sie fallen.

„Jetzt verstehe ich, weshalb Sie auf diesem Wochenende bestanden haben."

Sie zuckt zusammen und öffnet die Augen. Frank steht zwei Meter von ihr entfernt am Geländer und betrachtet den See. Seine Anzugjacke hängt über der Lehne einer Bank, und sein weißes Hemd reflektiert das Sonnenlicht. „Bringen Sie mir alle Rechnungen und Belege morgen Abend ins Büro."

„Echt?" Sie schaut ihn erstaunt an.

„Wie bitte?" Er wendet den Kopf in ihre Richtung und kneift die Augen zusammen.

„Selbstverständlich. Danke."

Eine Stockente jagt laut schnatternd einem Haubentaucher hinterher. Hinter ihr bilden sich auslaufende Kringel auf der Wasseroberfläche.

„Es ist lange her, dass mir Menschen ihre Geschichten erzählt haben." Seine Stimme klingt ungewöhnlich weich. „Ich habe sie immer nur nach Äußerlichkeiten beurteilt – ob sie attraktiv genug sind, genug Erfahrung haben für eine Rolle oder bekannt genug sind. Erfolg war die Latte, an der ich sie gemessen habe. Ihre Geschichten haben mich nie interessiert."

Paula trinkt einen Schluck Bier, stützt sich mit dem rechten Ellbogen auf dem Geländer ab und wendet sich ihm zu. „Sie haben Ihre Geschichte nicht erzählt."

Seine zusammengekniffenen Augen scheinen einen Punkt in der Ferne zu fixieren. Sein Unterkiefer bewegt sich, und seine Finger streichen übers Holz des Geländers. „Mein Vater war Börsenhändler. Sehr erfolgreich – natürlich. Er wollte, dass ich auch ins Börsengeschäft einstieg. So besuchte ich die Wirtschaftsuniversität und studierte Betriebswirtschaft. Aber das hat mich nie interessiert. Mich faszinierte die Filmindustrie. Er brach den Kontakt zu mir ab und drehte den Geldhahn zu, als ich mich nach dem Studium bei einer Produktionsfirma bewarb."

„Und ihre Mutter?"

Sein Blick bleibt unbeweglich. „Meine Mutter war schwach. Sie tat, was mein Vater wollte."

„Haben Sie Kinder?"

„Vier. Von zwei verschiedenen Frauen. Hannah ist meine dritte Frau." Der Klang seiner Stimme wird hart. Er stößt sich vom Geländer ab, verschränkt die Arme vor der Brust und blickt sie auffordernd an. „Und Sie? Sind Sie verheiratet?"

Die Frage trifft sie unvorbereitet. Sie schiebt eine Haarsträhne aus dem Gesicht. „Nein." Abrupt dreht sie sich um und verlässt mit raschem Schritt die Terrasse. Sie spürt seinen Blick auf ihrem Rücken.

Kapitel 15

Tom dreht den Schlüssel, die Musik verstummt. Der Transporter parkt vor dem Bahnhof.

„Danke fürs Abholen." Paula lächelt ihn an.

„Gerne. Wann kommt Beckys Zug an?"

„In zwei Minuten." Sie öffnet die Beifahrertür.

„Warte." Seine Hand verschwindet in den Tiefen seiner Hosentasche. „Hier." Er hält ihr seine Hand hin. Auf seiner Innenfläche liegt etwas Rundes, dunkelbraun und glänzend.

Sie zieht die Tür wieder zu, nimmt es zwischen Daumen und Zeigefinger und betrachtet es von allen Seiten.

„Das ist ein Gottesauge. Es ist der Samen eines großen Baumes aus dem Regenwald in Kolumbien. Er ist ein Symbol für Weisheit und Schutz." Seine Hände reiben übers Steuerrad. „Ich denke, du wirst beides brauchen können."

Paula lauscht seinen Worten, die in der Fahrerkabine verschwinden. Sie dreht den Samen zwischen den Fingern. Er ist rund mit einem Durchmesser von etwa drei Zentimetern und harter, glatter Schale. Eine markante, helle Linie zieht sich einmal um den ganzen Samen. Sie lässt ihn auf ihren Handteller rollen und umschließt ihn mit den Fingern.

„Danke." Sie schlingt ihre Arme um Toms Hals und drückt ihn fest an sich. Sein Haar kitzelt ihre Wange. Sie atmet seinen vertrauten Geruch nach Mango und Räucherstäbchen ein und fühlt sich geborgen.

„Bist du nervös?"

Sie richtet sich auf. „Nervös nicht, aber aufgeregt. Ehrlich gesagt hab' ich keine Ahnung, was auf mich zukommen wird."

Paula steigt aus und geht zum Bahngleis. Mit quietschenden Bremsen fährt der Zug ein und spuckt eine Menschenmasse aus. Paula versucht, den Überblick zu behalten, um Becky nicht zu verpassen. Sie entdeckt sie in einer weiten Jeans und einem schwarzen, übergroßen Hoody, einen großen Rucksack auf dem Rücken. Winkend geht auf sie zu und umarmt sie. „Hallo, Becky!" Sie lässt sie los und schaut sie aufmerksam an. „Hast du abgenommen?"

Becky zuckt die Schultern. „Keine Ahnung."

„Du siehst jedenfalls gut aus!"

„Danke!"

„Wie war das Reitlager?"

„Gut. Die Pferde waren ein bisschen durchgeritten, aber die Leute waren cool."

„Komm, Tom wartet auf dem Parkplatz."

Sie schlängeln sich zwischen den Menschen hindurch in Richtung von Toms Transporter.

„Kann ich hier ins Fitnesscenter gehen?"

Paula fängt Beckys Blick auf. „Mal schauen. Vielleicht, wenn die Dreharbeiten vorbei sind."

„Wie lange bleiben wir hier?"

„Ich habe die Wohnung bis Ende November gemietet, ich denke, bis dann sollte die Produktion durch sein."

Sie verlassen das Bahnhofsgebäude. Paula bleibt stehen und blickt Becky an. „Lisa kommt dich besuchen."

Becky stoppt abrupt. Ihre Augenbrauen sind zusammengezogen. „Wann?"

„In zwei Wochen, am 18. August. Dann kann sie bei deinem letzten Dreh dabei sein." Aufmerksam mustert Paula das Gesicht ihrer Tochter.

„Warum hast du mich nicht gefragt, ob ich das will?"

„Marlene meinte, ihr hättet so eine schöne Zeit zusammen verbracht, da war ich mir sicher, dass du dich freuen würdest. Wir wollten dich überraschen. Freust du dich nicht?"

Becky zuckt die Schultern, wendet sich ab und läuft weiter. Schweigend erreichen sie den Transporter. Tom steht davor und nimmt Becky den Rucksack ab. „Hi, Becky! Wie war die Reise?"

„Ganz okay." Sie klettert auf den Mittelsitz, Tom und Paula nehmen neben ihr Platz. Ruckelnd setzt sich der Bus in Bewegung.

Paulas Handy klingelt. „Paula Men..."

„Wo sind Sie?"

„Guten Morgen Frank. Ich bin in zwei Minuten da." Sie steckt das Telefon in die Tasche und stößt zischend den Atem zwischen den Frontzähnen hindurch.

Tom parkt den Transporter vor der Pizzeria. Er schaut Paula an. „Toi, toi, toi!"

Sie lächelt. „Danke!"

„Da sind Sie ja endlich."

„Es ist drei Minuten vor acht. Haben wir uns nicht auf acht verabredet?" Sie hängt ihre Umhängetasche über eine Stuhllehne und schaut sich um.

Tom lehnt sich an den Türrahmen und versenkt die Hände in den Hosentaschen. Becky bleibt neben ihm stehen.

„Wer ist das?" Irritiert deutet Frank mit dem Kinn auf Becky.

„Rebecca Behrens. Sie spielt Giovannis Tochter."

Becky trägt ihre weite Jeans und den schwarzen Hoody in Übergröße. Das blonde Haar hat sie zu einem Pferdeschwanz zusammengebunden, ihr Blick wandert unstet zwischen Paula und Frank hin und her.

Frank wendet sich der Pizzeria zu. Durch die kleinen Fenster dringt nur wenig Licht in den Raum. Die Stühle stehen umgekehrt auf den Tischen. Auf dem Tresen vor dem Pizzaofen stapeln sich Teller, Gläser und Speisekarten. Die weißen Stofflampenschirme sind vergilbt.

„Zehn Tische sind zu viel. Drei Tische kommen dort hinten in die Ecke, zusammen mit den überflüssigen Stühlen." Frank deutet auf die linke Ecke des Gastraums.

„Moment."

„Was?" Er dreht sich zu Paula um.

„Wir müssen den ganzen Raum so stellen, dass er für die Szene genutzt werden kann. Es gibt keine toten Bereiche."

„Warum? Das ist doch unnötig. Wohin sollen wir denn mit dem Kram, den wir nicht brauchen?"

„Es gibt sicher ein Zimmer, das wir dazu nutzen können."

„Ich verstehe nicht, weshalb wir nicht alles in dieser Ecke dort stapeln können. Die wird für die Szene nicht gebraucht."

„Das wissen wir nicht." Paula fährt sich mit der Hand durchs Haar. „Der Rahmen ist gesteckt, aber was sich innerhalb genau abspielen wird, ist offen. Wir müssen den ganzen Raum vorbereiten, auch wenn wir vielleicht nur einen kleinen Teil davon bespielen werden."

Franks Hand zerrt an seiner Krawatte. Dann läuft er am Pizzaofen vorbei und öffnet eine Tür. „Hier können wir die überflüssigen Tische und Stühle reinstellen."

Er wendet sich wieder dem Gastraum zu. „Das Licht ist zu dunkel, wir müssen den Raum ausleuchten."

„Frank." Paula steht aufrecht. Sie wartet, bis sein Blick sie trifft. „Das hier ist *mein* Job."

Er verschränkt die Arme vor der Brust. „Wollen Sie mir sagen, was ich zu tun und zu lassen habe?"

„Nein. Ich kann bloß so nicht arbeiten. Wenn Sie sich gerne um die Inszenierung kümmern möchten, bitte." Ihre rechte Hand macht eine ausladende Bewegung. „Dann ziehe ich mich zurück."

Die Tür öffnet sich und Judith tritt ein.

Paula nähert sich Frank auf einen halben Meter. „Was kann ich tun, damit Sie mir vertrauen?"

Er schaut ihr in die Augen. Seine Pupillen weiten sich ein wenig, und seine zusammengezogenen Augenbrauen entspannen sich. Sein stechender Blick wird weicher. Er holt Luft, öffnet den Mund und schließt ihn wieder. Dann schüttelt er den Kopf und lässt die Schultern sinken. „Ich weiß es nicht." Er wendet den Blick ab und verlässt das Lokal.

Tom stößt sich vom Türrahmen ab. „Puh."

„Wie ist der denn drauf?" Becky runzelt die Stirn.

Paula zuckt die Schultern. „Kommt, lasst uns anfangen. Wo sind Lars, Thomas, Petra und Meike?"

„Draußen. Ich hol' sie." Tom dreht sich um und öffnet die Tür.

„Danke. Isabel brauche ich auch. Becky, du kannst schon mal die Stühle runterstellen."

„Morgen!" Petra und Thomas schieben die Rollkoffer mit dem Equipment für Beleuchtung und Ton in den Raum.

„Moin!" Mit Schwung stellt Meike eine große Einkaufstasche auf einen Tisch. „Ich brauch' 'ne Steckdose, Tassen und Wasser."

„Ist das eine Kaffeemaschine?" Ungläubig linst Paula in die Tüte.

„Klar! Ohne geh' ich nicht außer Haus."

„Du bist klasse! Komm, ich zeig' dir, wo du sie hinstellen kannst."

Kurz darauf erfüllt das Rattern der Kaffeemaschine den Raum, und duftender Kaffeedampf schlängelt sich durch die Luft. Meike verteilt die Tassen.

„Danke, Meike, das ist echt stark." Paula strahlt sie an.

Meike geht auf Becky zu und streckt ihr die Hand hin. „Hi, ich bin Meike, ich mache hier den Ton. Wenn dich das interessiert, kann ich dir gerne was darüber erklären, wenn du gerade nicht drehst."

„Danke, voll nett! Ich bin Becky."

Paula schaut sich um. „Lasst uns anfangen. Zehn Tische sind zu viel, wir stellen drei dort in das Zimmer. Isabel, du kannst mit der Gestaltung des Sets beginnen. Hol dir Hilfe von draußen, wer schon da ist, kann mithelfen." Sie schaut Tom, Lars und Petra an. „Die Beleuchtung wird so nicht reichen. Bitte achtet bei der Ausleuchtung darauf, dass man die Scheinwerfer nicht sieht. Einen Strahler brauche ich auf dem Pizzaofen. Wir haben 45 Minuten Zeit, um 9.00 Uhr stellen wir die erste Szene. Alles klar?"

„Yep!"

„Alles klar."

„Was kann ich tun?" Becky schaut sich um.

„Du kannst mir bei der Beleuchtung helfen." Petra öffnet einen Koffer mit Scheinwerfern.

„Ist sie das?" Hannah deutet mit dem Kinn auf eine kleine, rundliche Frau mit schwarzem, vollem Haar, die sich vom Catering-Buffet den Teller mit Spaghetti füllen lässt.

„Wer?"

„Na, deine Regisseurin."

Franks Mundwinkel wandern in die Höhe. „Nein. Sie macht Maske. Paula ist dort." Er deutet auf eine Gruppe Männer und Frauen, die um einen der runden Tische sitzt und sich lebhaft unterhält. Paula trägt ein schmalgeschnittenes, weißes T-Shirt mit breiten Trägern, darüber eine braune Häkelweste.

Hannah lässt den Tisch nicht aus den Augen, während sie vom Tomatensalat mit Mozzarella isst. „Wie läuft der Dreh?"

„Schau's dir selbst an." Frank verschränkt die Arme vor der Brust.

„Isst du nichts?" Sie wirft ihm einen flüchtigen Blick zu.

„Ulrich, wie viele Szenen drehen wir hier?" Er lehnt sich zu seinem Mitarbeiter.

„Vier. Nach dem Mittagessen folgt 2A Take 2."

„Ich bin gespannt, ob sie eine Lösung für 2A gefunden hat. Take 1 hat überhaupt nicht funktioniert."

„Warum nicht?" Hannah legt ihr Besteck auf den Teller und schiebt ihn zur Seite. Frank fühlt ihren Blick auf seinem Gesicht. Er reibt sich mit der Hand über den Nasenrücken und zieht sein Handy aus der Tasche.

„Kannst du mir bitte antworten?" Ihre Stimme ist ungewohnt leise.

„Bleib hier und schau dir ihre Arbeit selbst an."

„Das habe ich vor." Sie öffnet ihre Handtasche, legt ein Spiegelchen vor sich auf den Tisch und zieht den rosa Lippenstift nach.

Paula steht auf und klatscht in die Hände. „In zehn Minuten machen wir weiter. Bringt euer Geschirr dort hinten in die Küche, zweite Tür links. Tom und Lars, kommt ihr bitte zu mir?"

Stühlerücken und Geschirrklappern erfüllt den Gastraum der Pizzeria. Die Kaffeemaschine rattert und Kaffeeduft verdrängt den Geruch nach Tomatensauce und Oregano.

Franks Handflächen sind feucht, seine Schultern steif. Unter dem Tisch klopft Hannahs Fußspitze unablässig gegen ein Tischbein, während sie Paula mit ihren Augen festhält. Ihre Brust hebt und senkt sich rasch.

Er beobachtet Tom und Lars, die an der Zimmerdecke ein Kamera-Rig mit einem Slider montieren. Auf diese Weise wird eine flexible Aufnahme von oben möglich. Lars setzt sich an den Production Switcher und Tom schultert seine Kamera für Nahaufnahmen.

Das könnte funktionieren. Frank lehnt sich auf seinem Stuhl zurück.

Hannah erhebt sich und schreitet auf Paula zu. Ihr mintgrünes, figurbetontes Kleid reicht knapp übers Knie. Frank springt auf.

„Sie sind Paula, richtig?" Sie baut sich vor Paula auf und stemmt die Hände in die Taille.

„Ja. Und Sie müssen Frau von Roth sein." Sie streckt ihr die Hand entgegen. Sie überragt Hannah um einen halben Kopf.

„Sie hatten wohl keine Zeit, um sich zu schminken." Ihre laute Stimme zieht die Blicke der Umstehenden auf sich.

Paula lässt die Hand sinken und hebt die Schultern ein wenig in die Höhe. „Warum? Ich bin doch keine Schauspielerin."

Frank hält die Luft an.

„Make-up würde Ihnen nicht schaden." Hannah lässt ihre Augen über Paulas Gesicht wandern.

„Es war interessant, Sie getroffen zu haben. Ich möchte nun mit dem Dreh beginnen." Paula fängt Beckys Blick auf. Ihre Augenbrauen haben sich zusammengezogen. Sie lässt Hannah stehen und geht auf den untersetzten Mann zu, der neben dem Pizzaofen steht. „Giovanni, du bist ins Teigkneten vertieft, wenn Bruno reinkommt. Becky, du trocknest die Gläser ab."

Frank hört Hannahs Schnaufen, als sie an ihm vorbei an ihren Tisch zurückkehrt. Er wischt sich mit einem Stofftaschentuch über die Stirn.

„Uff! Ich bin's mir echt nicht gewöhnt, den ganzen Tag zu stehen." Paula reibt sich die schmerzenden Füße. Die Matratze von Toms Bett ist durchgelegen, und über ihrem Kopf surrt ein kleiner Ventilator.

„Kaffee?" Tom zerdrückt eine Mücke und zieht das Mückengitter vor dem Fenster herunter.

„Nein, danke. Hast du einen Schnaps?"

Grinsend öffnet er eine Schranktür und hält ihr einen Grappa und eine Flasche Whisky hin.

„Grappa."

„Von Roth ist echt anstrengend." Er füllt zwei Schnapsgläser und schraubt den Deckel zu.

„Der ist ganz unmöglich." Becky sitzt rittlings auf dem Fahrersitz und lugt über die Lehne in den Wohnraum.

„Er ist ein absoluter Kontrollfreak. Aber seine Frau ist noch schlimmer. Die hat was gegen mich."

„Die hat was gegen alle Frauen. Dafür schleimt sie sich bei den Männern ein. Hast du gesehen, wie sie Martens umgarnt hat?"

„Ja, und das in Franks Anwesenheit."

„Weiß sie von Martens' PND-Aktivitäten? Cheers." Er prostet ihr zu.

„Cheers. Wenn sie das Drehbuch gelesen hat, dann ja. Aber irgendwie glaube ich nicht, dass sie sich für den Inhalt des Films interessiert. Sie scheint für die Finanzierung verantwortlich zu sein."

„Ein seltsames Paar, die beiden. Ich hab' nicht den Eindruck, dass die sich mögen."

Paula lässt den Grappa die Kehle hinunterrinnen und zieht scharf die Luft ein. „Keine Ahnung. Jedenfalls sind sie hoch erfolgreich. Irgendwas müssen sie richtig machen. Wenn dieser Film ein Erfolg wird, kann ich mir meinen nächsten Produzenten selbst aussuchen." Sie lässt sich rückwärts aufs Bett fallen und betrachtet die Decke, die mit hellem Holz ausgekleidet ist. Ihre Augen verfolgen die dunkle Maserung.

Tom hält ein Räucherstäbchen über die Flamme eines Feuerzeugs. Eine schmale Rauchsäule steigt zum Dach des Transporters auf. „Meinst du, Martens war am Bundesparteitag der PND in Düsseldorf?"

„Schon möglich."

„Die PND ist rechts, oder?" Becky runzelt die Stirn.

„Ja. Tiefrechts. Sie wird vom Verfassungsschutz in einigen Bundesländern als rechtsextrem eingestuft und steht unter Beobachtung."

„Und du arbeitest mit einem von denen zusammen?" Ungläubig starrt Becky Paula an.

„Ja, aber der ist nicht extrem."

„Hoffentlich ist er resistent gegen Müllers Stimmungsmache. Ihre Rhetorik schlägt mit den ständigen Angriffen gegen die Regierungsparteien in dieselbe Kerbe wie damals die NS-Propaganda."

„Das ist immer das Erfolgsrezept junger, aufstrebender Parteien. Kräftig gegen die Großen schießen und damit alle unzufriedenen Wähler abholen." Paula zwirbelt eine Locke. „Die PND ist ein Sammelbecken der Gegner. Sie vereint Wähler aus allen anderen Parteien, die gegen einen Programmpunkt ihrer bisherigen Partei sind: EU-Gegner, Kriegsgegner, Ukrainegegner, Integrationsgegner, Immigrationsgegner..."

„...Impfgegner, Gegner der progressiven Familienpolitik, Greta-Thunberg-Gegner..." Tom spielt mit seinem Räucherstäbchen, Asche fällt ins Waschbecken.

„Solange sie nicht in der Regierungsverantwortung steht, kann sie den Bürgern munter Honig ums Maul schmieren mit großen Worten und einem diffusen Parteiprogramm, bis sie stark genug ist."

„Die Strategie ist aber schon clever. Genau analysieren, wo die wichtigsten Kritikpunkte an den großen Parteien sind, dann zu diesen Themen ein alternatives Programm zusammenbasteln und damit vom eigentlichen Ziel des Rechtsextremismus' ablenken."

„Meint ihr, dass es wegen der Partei wieder einen Krieg geben kann, so wie beim Zweiten Weltkrieg?" Verunsichert blickt Becky von Tom zu Paula.

„Naja, ausschließen kann man nichts. Nationalismus ist so alt wie die Menschheit, und in Europa findet in mehreren Ländern zurzeit ein Rechtsrutsch statt. Krieg ich noch 'nen Grappa?" Paula setzt sich auf.

„Klar. Autsch!" Tom lässt das Stäbchen fallen und tritt mit dem Fuß darauf.

„Was ist passiert?"

„Ach, ich hab' mir die Finger verbrannt." Er bückt sich und wischt die Asche vom Linoleumbelag weg. „Mist." Betroffen starrt er auf ein kreisrundes Brandloch.

„Du magst Rauch." Sie stützt sich mit den Händen nach hinten auf dem Bett ab.

Er erhebt sich und füllt ihr Glas. „Ja." Sein Blick erfasst ein kleines Foto an der Wand neben dem Heckfenster. Mitten zwischen haushohen Bambusstängeln, Gummibäumen, Bananenstauden und Farnen steht ein einstöckiges Holzhaus mit einer riesigen, überdachten Veranda. „In Kolumbien hatten wir einen Holzherd. Dort brannte den ganzen Tag ein Feuer, trotz der Hitze draußen. Rauch war allgegenwärtig."

„Du warst in Kolumbien? Das ist in Südamerika, richtig?" Becky rutscht auf ihrem Stuhl hin und her.

„Ja. Ich bin dort aufgewachsen."

„Wie geil!"

„Vermisst du das Land?" Paulas Augen ruhen auf seinem Gesicht.

Tom setzt sich mit angewinkelten Beinen auf den Boden und lehnt den Rücken an den Kühlschrank. Sein rechter Zeigefinger umkreist das Loch im Linoleum. „Ich weiß es nicht. Es ist das Land meiner Kindheit. Bin ja erst mit 14 nach Deutschland gekommen. Vermisst man seine Kindheit nicht immer irgendwie?" Er schaut sie an.

Paula leert ihr Glas und betrachtet sein rundes Gesicht mit den hellen Haaren, Augenbrauen und dem Bartansatz. Er muss zwischen den Einheimischen wie ein kleiner Engel gewirkt haben. „Wahrscheinlich schon. Komm, Becky, wir gehen rüber. Morgen müssen wir um 7.30 Uhr auf dem Set sein." Sie gähnt und streckt sich. „Danke für den Grappa." Sie wirft sich die Umhängetasche über die Schulter und öffnet die Tür. „Können wir morgen wieder mit dir mitfahren?"

„Klar. Bis um 7.00 Uhr."

Paula schließt die Wohnungstür auf, knipst das Licht an und lässt Becky eintreten.

„Gemütlich!" Beckys Blick schweift durch den kleinen Raum. Sie stellt ihren Rucksack neben die Couch, tritt ans Fenster und sucht mit den Augen den Himmel.

Paula deutet mit der Hand auf die Tür neben der Küchenzeile. „Du kannst das Zimmer dort haben."

Becky wirft einen Blick ins Zimmer. „Bist du sicher?"

„Klar. Du wirst mehr Zeit hier verbringen als ich. Ich bestell uns eine Pizza. Welche magst du?"

„Ich hab' keinen Hunger."

„Bist du sicher? Das Mittagessen ist schon lange her."

„Ich brauch' wirklich nichts. Ich hab' Nachmittags noch meinen Reiseproviant aufgegessen."

„Okay, dann bestell ich nur eine Pizza für mich." Paula ergreift ihr Handy.

Becky geht ins Zimmer und beginnt, ihre Kleidung fein säuberlich in die Kommode zu räumen. Paula legt ihr Handy auf den Tisch, holt ein Bier aus dem Kühlschrank und öffnet es zischend.

***

„Wir brauchen keine Zäune um unsere Freibäder, wir brauchen Zäune an unseren Grenzen!" Die PND-Vorsitzende Simone Müller wird in ihrer Eröffnungsrede am 18. Bundesparteitag in Düsseldorf vom Applaus der Abgeordneten unterbrochen.

Matteos Nackenhaare richten sich auf und er reibt sich die Arme. Der junge Mann neben ihm steht auf und applaudiert ebenfalls.

Der PND-Politiker auf der Bühne stoppt das Video und greift zum Mikrofon. „Liebe Freunde und Mitstreiter, darum geht es! Es geht um die Zukunft unserer Kinder und die Sicherheit unserer Familien. Wenn Freibäder zu Hochsicherheitszonen werden, dann läuft etwas falsch in diesem Land, grundfalsch! Wie lange sollen wir noch zuschauen, wie

Deutschland von den alten Parteien zu Grunde gerichtet wird?"

Der Applaus dröhnt in Matteos Ohren und reißt ihn mit. Er steht auf, seine Hände stimmen in den Rhythmus Hunderter klatschender Hände mit ein. Die Luft vibriert und riecht nach Aufbruch und Verheißung.

Kapitel 16

„Cut!" Paula lehnt an der Wand und wirft Tom einen verzweifelten Blick zu.

Johannes Treptin schließt für einen Moment die Augen. Er sitzt auf einem Chefsessel hinter einem Schreibtisch. Davor sitzt Temo in einem Sessel, links von der Tür befindet sich ein wuchtiges Bücherregal voller medizinischer Fachliteratur. Ein rechteckiger Ausschnitt in der Wand suggeriert ein Fenster mit Blick auf den Fernsehturm.

„Könnt ihr mir nicht ein vernünftiges Drehbuch geben mit Text drin? Das hier funktioniert für mich nicht."

„Wenn ich dir Text gebe, muss ich die ganze Szene vorgeben. Das geht nicht." Paula reibt sich das linke Ohrläppchen.

„Dann steige ich aus diesem Projekt aus." Er springt vom Drehstuhl auf. „Ihr entschuldigt mich." Mit raschen Schritten verlässt er das Filmbüro des Klinikdirektors.

Temo schlägt die Beine übereinander. „Gibt's etwas, das ihm helfen könnte, besser in seine Rolle zu finden? Etwas, das ich tun oder sagen könnte?"

Paula zieht die Augenbrauen in die Höhe. „Ich fürchte, nein."

„Warum hast du ihn engagiert?" Sorgfältig stellt Tom die Kamera auf den Tisch.

„Frank hat darauf bestanden, ihm eine Rolle zu geben."

Lars stößt einen leisen Pfiff aus und Isabel nickt. „Er hat bereits öfter in von Roths Produktionen gespielt. Bisher eigentlich gar nicht schlecht."

„Ich kann mir durchaus vorstellen, dass er Rollen auswendig lernen und ganz passabel spielen kann. Aber das hier ist was anderes."

„Was willst du tun?"

Paula fängt Isabels fragenden Blick auf. „Ich weiß es nicht." Sie knetet ihren Ringfinger. „Mit jedem anderen Schauspieler würde ich in seiner Biografie nach Erlebnissen forschen, die er emotional nutzen könnte, um sich in die Situation zu versetzen. Aber bei ihm spüre ich einen so großen Widerstand, dass mir das sinnlos erscheint."

„Wenn von Roth ihn engagiert hat, dann sprich mit ihm." Tom gähnt und öffnet das Fenster.

„Ich fürchte, das werde ich tun müssen." Sie füllt einen Becher mit Wasser und trinkt. „Wir brechen hier ab und drehen um 14.00 Uhr die Szene mit Mikeladse und seiner Frau in ihrer Wohnung. Okay für dich, Temo?"

Der untersetzte Mann mit dem schwarzen Haar nickt. „Klar."

„Judith, klärst du bitte ab, ob die Wohnung frei ist? Und – setz dich bitte mal dort auf den Stuhl."

Judith hebt den Kopf und legt ihr Tablett auf ein Beistelltischchen. Mit neugierigem Blick nimmt sie auf dem wuchtigen Chefsessel Platz.

„Wie würdest du reagieren an Treptins Stelle?"

„Ich?" Ihre Augenbrauen schießen in die Höhe.

„Ja. Du kennst das Drehbuch in- und auswendig. Versuch's mal. Wir stellen die Szene, ohne zu drehen."

„Wozu denn?" Judith rückt ihre Brille zurecht.

„Es ist für Temo einfacher, wenn er emotional nicht so in der Luft hängengelassen wird. Immerhin geht's in dieser Szene um die rassistische Anfeindung von Seiten Klinikdirektor gegen ihn und die Ankündigung seines Rauswurfs, das löst Emotionen aus, die für die Folgeszene wichtig sind."

„Und du meinst, ich kann das?"

„Ja. Wir starten dort, wo Temo die Tür öffnet."

Gespannt zieht sie sich hinter einen Raumteiler zurück. Tom stellt die Kamera zur Seite. Paula fängt sein Lächeln auf und lächelt zurück.

„Das geht nicht, wir können Treptin nicht aus der Produktion werfen." Frank steht hinter seinem Schreibtisch, die Arme vor der Brust verschränkt. Auf der Couch sitzt Ulrich.

„Er kann es nicht. Nach dem dritten Take ist er verschwunden. Er spürt selber, dass es nicht geht. Schauen Sie sich das an." Paula hält ihm eine Speicherkarte hin.

Frank steckt sie in seinen Computer und startet die Datei. Ulrich tritt hinter ihn.

Paula setzt sich in den Sessel.

Frank reibt sich mit der Hand das Kinn. Auf seiner Stirn bilden sich Schweißperlen, die Farbe weicht aus seinem Gesicht. Ein Resthauch Kaffee vermischt sich mit dem Geruch nach herbem Aftershave und blumigem Waschmittel.

Er drückt er die Maustaste und wendet sich an Ulrich. „Wie ist der aktuelle Stand der Finanzierung?"

Ulrich holt ein A4-Papier aus seiner Aktentasche und legt es auf den Schreibtisch.

Franks Kugelschreiber klopft auf die Tischplatte. „Wenn Treptin aussteigt, fehlen uns 100'000 Euro" Sein Blick bohrt sich in Paulas Augen. „Können Sie das finanzieren?"

Sie stößt kurz und heftig die Luft aus. „Sich selbst auf der Leinwand zu sehen, ist ihm 100'000 Euro wert? Wow." Sie schlägt die Beine übereinander und lehnt sich zurück. „Die Finanzierung ist Ihre Sache. Ich kann mich um einen Ersatz für Treptin kümmern und dafür sorgen, dass Ihnen damit keine Zusatzkosten entstehen."

Seine zusammengepressten Lippen sind weiß.

Paula steht auf. „Sie entschuldigen mich, ich werde am Set gebraucht." Rasch zieht sie die Tür hinter sich zu.

„Es war ein Fehler, ein gigantischer Fehler!" Frank füllt ein Glas mit Whisky und stampft mit dem Fuß auf. Der Knoblauchgeschmack vom Mittagessen liegt penetrant auf seiner Zunge. Rasch versucht er, ihn hinunterzuspülen.

„Was war ein Fehler?"

Der sanfte Klang von Ulrichs Stimme lässt ihn aufschauen. „Diese Produktion! Dass ich mich auf Ihre Theaterregisseurin eingelassen habe." Er füllt das Glas erneut, leert es in einem Zug und knallt es auf den Schreibtisch.

„Das war nicht der Fehler."

Sein Blick trifft auf Ulrichs Augen. Es ist ungewöhnlich, dass ihm sein Mitarbeiter widerspricht. Er lockert seine Krawatte und öffnet den obersten Hemdknopf.

Die Tür wird mit solcher Vehemenz aufgerissen, dass die Klinke an die Wand schlägt. Frank zuckt zusammen und starrt Hannah an. Sie stampft auf ihn zu, die Hände in die Hüften gestemmt. Ihr rotes Kleid passt zu ihrer Gesichtsfarbe.

„Du Vollidiot! Du kannst Treptin nicht rauswerfen!"

„Ich habe niemanden rausgeworfen." Betont langsam setzt er sich auf seinen Stuhl. Er ergreift den Kugelschreiber und beobachtet seine Frau.

„Er hat mich angerufen." Frank wartet. „Und? Kannst du mir sagen, wo du die fehlenden 100'000 auftreiben willst?" Sie nimmt die Rumflasche, schraubt den Deckel weg und lässt sich den Alkohol in den geöffneten Mund fließen. Der Deckel fällt auf den Boden und rollt unter den Schrank.

„Hannah!"

„Was? Ich reiß' mir hier den Arsch auf und du bist nicht in der Lage, unsere Geldgeber zu halten!" Sie stellt die offene

Flasche zurück in den Wandschrank und geht auf ihn zu. Sie stemmt die Hände auf den Schreibtisch und lehnt sich vor. Eine Alkoholfahne schlägt ihm ins Gesicht. „Es ist verdammt anstrengend, das Geld für deine Filme zusammenzutreiben."

„Unsere Filme."

„Ich hätte nicht zulassen sollen, dass du diese Theaterregisseurin verpflichtest. Das war ein Fehler."

„Es war mein Fehler, dass ich geschwiegen habe, als du Treptin engagiert hast. Paula kann nichts dafür, dass er nicht spielen kann."

Sie richtet sich auf und blitzt ihn an. „Ach, schau an, du verteidigst sie! Das Miststück hat dich ganz schön um den Finger gewickelt! Was hat sie mit dir gemacht, dass du ihr so aus der Hand frisst? Ist sie..."

„Hannah, es reicht!" Frank springt auf und packt sie bei den Schultern.

„Lass mich sofort los." Ihre Stimme klingt leise und dunkel. In ihren Augen liegt ein Ausdruck, der ihm einen eisigen Schauer über den Rücken jagt.

Er lässt die Hände sinken.

„Lass Paula in Ruhe."

Sie dreht sich um und rauscht aus dem Büro. Der Saum ihres Kleides schwingt hinter ihr her.

Mit steifem Schritt geht Frank zur Tür und schließt sie. Er dreht sich um.

„Respekt." Ulrich erhebt sich.

„Wofür?"

„Dass Sie sich für Paula eingesetzt haben."

Franks Hand greift an seinen Brustkorb. Ein stechender Schmerz lässt ihn zusammenzucken.

„Ist alles in Ordnung?" Besorgt macht Ulrich einen Schritt auf ihn zu.

„Geht schon."

„Ich kann Ihnen einen Teil des Geldes vorschießen."

Franks Blick öffnet sich und die Farbe kehrt in sein Gesicht zurück. „Das würden Sie tun?"

„Ich bin davon überzeugt, dass der Film ein großer Erfolg wird."

Frank nickt. „Wie viel?"

„Die Hälfte."

Er fühlt sich, als nehme ihm jemand eine große Last ab. Sein Mund verzieht sich zu einem schwachen Lächeln. „Aber bitte behalten Sie das für sich. Hannah braucht davon nichts zu wissen."

„Wie Sie wünschen."

Paula und Becky sitzen am Küchentisch. Paula schöpft Salat und für sich Spaghetti. Als sie Becky schöpfen möchte, zieht Becky den Teller weg. „Ich will keine Nudeln."

„Nur Salat reicht aber nicht."

„Ich hab' nicht viel Hunger."

Paula setzt sich und schiebt sich eine Gabel Spaghetti in den Mund, das Handy in der Hand. Sie wählt eine Nummer und drückt die Lautsprechertaste.

„Andreas?"

„Hallo, Paula. Was gibt's?"

„Mir ist ein Nebendarsteller ausgefallen. Kannst du einspringen?"

„Wann?"

„Wir könnten die beiden Szenen auf nächsten Montag nehmen."

„Moment."

Durch den Handylautsprecher klingt portugiesischer Fado und das Rascheln von Papier. Andreas ist der einzige Mensch in ihrem Bekanntenkreis, der seine Termine in ein Notizbuch schreibt.

„Ja, passt. Schickst du mir die Details zur Rolle?"

„Klinikdirektor, Mitglied der PND, beleidigt einen georgischen Chefarzt und droht ihm mit Entlassung." Sie steht auf und öffnet einen Küchenschrank. Eine Packung Reiswaffeln fällt heraus. Sie nimmt sie in die Hand.

„Nein."

„Nein?"

„PND mach' ich nicht."

„Dann stell dir was anderes vor. Die beiden Szenen sind nicht lang, aber wichtig."

„Paula, das mach' ich nicht."

„Darf ich dir das Drehbuch schicken und du schaust es dir an? Ich wüsste echt nicht, wen ich sonst fragen könnte, der das Potenzial für die Rolle hat und so kurzfristig einspringen könnte."

„Das Potenzial für die Rolle, na danke."

„Andreas, du weißt, wie ich es meine. Ich brauche einen Schauspieler mit Tiefe, der in der Lage ist, in kürzester Zeit eine Rolle wie eine zweite Haut überzuziehen."

„Nein, tut mir echt leid, aber das geht nicht. Hast du Matteo schon gefragt?"

„Nein. Okay, dann bis Freitag!"

Paula betrachtet die Reiswaffelpackung, dann schaut sie in den Küchenschrank. Dort stapeln sich massenhaft Reiswaffelpackungen und Proteinriegel.

Becky springt auf. „Das sind meine Sachen."

Paula nimmt einen Proteinriegel in die Hand, betrachtet ihn. Ohne Fett und ohne Zucker. Becky nimmt ihr den Riegel aus der Hand, stopft ihn in den Küchenschrank und schließt die Tür.

„Was willst du damit?"

„Essen, was denn sonst?"

Paula zuckt die Schultern und setzt sich zurück an den Tisch.

Kapitel 17

„Tut mir leid, dass ich die Rolle nicht übernehmen kann." Andreas zuckt mit den Schultern. „PND geht wirklich nicht."

„Ist schon okay, ich kann dich verstehen." Paula pfeffert ihre Reisetasche in eine Ecke der Garderobe.

„Wollen wir nicht reingehen?" Andreas deutet auf die Saaltüren.

„Es wird noch geputzt, sie brauchen noch eine halbe Stunde."

„Dann lass uns doch was trinken gehen, um die Ecke ist ein Eiscafé."

„Das klingt gut."

Paula, Becky und Andreas schlendern zum Eiscafé und setzen sich an einen der wenigen freien Tische.

„Was wollt ihr? Ich hol uns was."

„Für mich ein Mangoeis, bitte."

„Ich hab' keine Lust auf Eis." Becky schüttelt den Kopf.

Paula wirft ihr einen raschen Blick zu.

„Hast du Matteo schon gefragt?" Andreas schiebt sich einen Löffel Kokoseis in den Mund.

Die Luft um sie herum ist erfüllt von Lachen und Plaudern und dem Duft nach heißer Schokolade. Mindestens zehn Tauben ruckeln zwischen den Tischen umher und picken Waffelkrümel auf.

„Noch nicht." Paula schlürft den Rest des Mangoeises aus dem Becher und fängt mit der Zunge einen Tropfen des süßen Saftes auf.

„Schau mal, da hatte wer dieselbe Idee wie wir!" Rosie spaziert winkend und lachend mit Birgit über den Platz aufs Eiscafé zu.

„Hey! Ihr müsst euch aber beeilen, in 15 Minuten sollten wir die Bühne vorbereiten."

„Eis geht immer." Birgit stellt ihre Tasche auf einen Stuhl neben Andreas und verschwindet im Lokal.

„Bringst du mir einen Eiskaffee mit?", ruft Rosie hinter ihr her. „Und, wie läuft's auf dem Set?"

Schwungvoll zieht sie einen Stuhl vom Nebentisch herüber und setzt sich.

„Läuft ganz gut. Allerdings ist mir gestern ein Nebendarsteller abgesprungen und ich brauch' nun kurzfristig Ersatz."

„Wie konnte das passieren?"

„Ach, es war eine von Franks Besetzungen."

„Oh, oh, das hätte ich dir sagen können, dass die kein Impro können."

„Ich hab's ja eigentlich gewusst, aber ich hatte nicht den Mut, mich zu wehren."

„Lehrgeld. Haben wir alle bezahlt. Wie hält sich Frank?"

„Ganz okay. Anfangs war er anstrengend, aber so langsam hat er wohl etwas Vertrauen gefasst."

„Schön." Rosies Blick forscht in Paulas Gesicht.

„Einmal Eiskaffe für die Dame!" Birgit stellt einen großen Becher vor Rosie.

„Danke, lecker! Wie viel bekommst du dafür?"

„Lass stecken, du kannst mich morgen einladen." Birgit grinst. Ihr kurzes, rotbraunes Haar steht wie immer in alle Richtungen ab. Eine zarte Röte überzieht ihre sonnengebräunten Wangen. „Habt ihr gesehen, es hat diesmal sogar einen Flügel hinter der Bühne!"

„Nein. Haben sie dich reingelassen? Mich haben sie wie die Furien wieder rausgejagt, als ich sie beim Putzen stören wollte."

„Ich war heute Mittag schon dort. Meine Mutter wohnt ja hier, da habe ich sie gestern besucht."

„Ach so, alles klar! Magst du den Flügel diesmal ins Stück einbauen?"

Birgit schaufelt Brombeereis auf ihre Waffel. „Ich weiß nicht. Was, wenn ich's verhau'?"

„Dann machen wir was draus, das können wir doch!" Andreas lächelt ihr zu.

„Lust hätt' ich schon." Dunkelrotes Eis tropft auf ihr weißes Top. Gelassen tupft sie mit der Papierserviette darüber.

„Dann los, sei mutig und mach's!" Paula nickt ihr ermunternd zu. „Esst ihr in Ruhe fertig, ich enter inzwischen die Bühne." Sie steht auf und schiebt den Stuhl zurück.

„Ich komme mit!" Becky springt auf.

„Hi, was macht ihr denn hier?" Matteo stellt seinen Rucksack auf einen Stuhl und nimmt Paula einen Stapel Kleiderbügel aus der Hand. Er legt sie auf einen Tisch und umfasst ihre Taille. Becky steht neben einem Flügel, der hinter einem schwarzen Vorhang auf der Bühne verborgen ist.

„Hallo!"

Paula erwidert seinen Kuss. „Kannst du uns helfen, den Flügel hier auf die rechte Seite der Bühne zu schieben?"

Er kratzt sich hinter dem Ohr. „Wozu?"

„Birgit würde ihn gerne einbauen."

„Musik? Das passt doch nicht dazu."

„Ich denke schon. Sie wird sicher eine passende Stelle finden. Sie ist wie ausgewechselt, seit sie im Theaterschiff Klavier gespielt hat. Wenn ihr die Musik hilft, sollten wir das nutzen."

Vorsichtig schieben sie den Flügel auf die Bühne. „Hättest du Zeit und Lust, kurzfristig in meinem Film einzuspringen? Ich muss einen Nebendarsteller auswechseln. Achtung, das Kabel!"

Er schiebt es zur Seite und schaut sie überrascht an. „Ich?"

„Warum nicht? Hast du keine Lust?"

„Doch."

„Noch ein bisschen weiter nach links – ja, so ist es gut." Sie wischt Staub von der Tastaturabdeckung. „Komm mit, ich geb' dir das Drehbuch. Es sind zwei Szenen und wir sollten am Montag die erste drehen können. Becky, kannst du bitte die Kleiderbügel dort an die Stange hängen?"

Becky nickt und schnappt sich die Bügel. Paula und Matteo verlassen den Theaterraum und schreiten den Gang entlang zu den Garderoben.

„Montag ist möglich, ich muss erst am Mittwoch in München sein für einen Werbespot. Um welche eine Rolle geht's?"

„Klinikdirektor, PND-Mitglied, der einen Chefarzt feuert wegen seines Migrationshintergrunds."

Eine Hitzewelle erfasst Matteo. Er schluckt und wirft Paula einen raschen Blick zu. Sie hat sich umgedreht und stößt die Tür zur Garderobe auf. Er wagt nicht, zu fragen, warum sie ihm die Rolle angeboten hat. Hastig schiebt er eine Haarsträhne aus der Stirn, die sich aus der Gelfixierung gelöst hat, und wischt den Schweiß ab. Die Luft in der Garderobe drückt schwer auf seine Schultern, und sein Blick wandert unstet über die metallenen Fronttüren der Schränke. Es riecht penetrant nach Desinfektionsmittel.

Sie wühlt in ihrer Reisetasche und zieht ein etwas zerdrücktes Bündel Papier heraus. Sie streicht die Blätter glatt und reicht es ihm. „Schau's dir an. Die Rolle ist heikel, aber ich wäre echt froh, wenn du sie übernehmen könntest. Der Darsteller ist abgesprungen, weil er gemerkt hat, dass er nicht improvisieren kann." Er meint, einen Hauch Verzweiflung in ihrer Stimme zu hören.

Daher weht der Wind. Matteo atmet auf. „Klar, ich schau's mir an und geb' dir heute Abend noch Bescheid. Kannst du was bezahlen?"

Sie nickt. „1'000 Euro für beide Drehtage? Drehort ist in Berlin."

Kapitel 18

„Dort drüben ist der Eingang, fahr' in die Nähe, vielleicht haben wir Glück und finden einen freien Parkplatz." Paula zeigt mit dem Finger nach rechts. Durch den Regenvorhang ist die Eingangstreppe verschwommen zu erkennen.

„Da, die ist für uns." Geschickt parkt Matteo seinen Wagen in eine Lücke schräg gegenüber des Eingangs.

„Danke fürs Abholen." Paula zieht sich die Kapuze ihrer Regenjacke über den Kopf und öffnet die Autotür. Der Geruch nach nassem Asphalt schlägt ihr entgegen. Sie presst ihre Taschen an sich, macht einen großen Schritt über eine Pfütze, wirft die Tür mit einem Knall hinter sich zu und rennt durch den Regen. Matteo und Becky folgen ihr dicht auf den Fersen.

„Uff, so ein Wetter!" Sie streift die Kapuze ab und schüttelt sich.

„Jetzt regnet es alles herunter, was in den letzten Wochen nicht gekommen ist." Matteo schält sich aus seiner Jacke.

„Kommt, wir drehen in Studio 3." Paula biegt links in einen langen Gang ein. Seitlich stehen unzählige Bauelemente, die für die Zusammenstellung der einzelnen Filmsets benötigt werden. Es riecht nach Metall, Schmieröl und Staub. Die Gummisohlen ihrer Schuhe quietschen leise auf dem Betonboden.

Sie stößt die schwere Tür zu Studio 3 auf. Stimmengewirr, das Klappern von Metallstangen und das Surren eines Bohrers umfangen sie. Sie gehen vorbei an einem Schreiner, der einer Holzfassade mit einer Schleifmaschine den letzten Schliff verleiht, und atmen Sägemehl ein. Matteo hustet.

„Es ist ganz dort hinten." Paula grüßt einen Techniker mit zwei dicken Kabelrollen auf den Schultern. Eine Frau flucht über eine Schraube, die sich auf dem Boden unter ihre Schuhsohle verirrt hat. Das Piepen eines Gabelstaplers, beladen mit Montagestangen für die Beleuchtung, lässt sie nach rechts ausweichen.

Vor einer fünf Meter langen Wand aus Paneelen bleibt Paula stehen. Sie hängt ihre nasse Jacke an eine Kleiderstange. Auf einem Tisch daneben schnurrt Meikes Kaffeemaschine.

„Krieg ich auch einen Kaffee?"

Erwartungsvoll schielt Becky zu Paula.

„Okay, ausnahmsweise. Weißt du, wie du die Maschine bedienen musst?"

„Ich helf dir." Lars zieht seinen Becher aus der Maschine und nickt Becky zu.

Das Set besteht aus flexiblen, drei Meter hohen Holzpaneelen, die nach außen mit Metallstangen abgestützt werden. Die Holztür steht offen. Paula und Matteo treten ein. Isabel rückt einen Bilderrahmen auf einem massiven, dunklen Holzschreibtisch zurecht und legt ein A4-Papier mit einem Kugelschreiber in die Mitte des Tisches. Tom diskutiert mit Meike und Thomas, eine Maskenbildnerin pudert Temos Gesicht.

„Guten Morgen allerseits!" Paula hängt ihre Umhängetasche an einen Stuhl neben der Tür.

„Morgen!"

„Moin!"

„Hi!"

„Was machst du denn hier?" Matteo starrt Tom mit offenem Mund an.

„Ähm – Tom ist einer meiner Kameramänner. Wusstest du das nicht?" Paula beißt sich auf die Unterlippe.

„Nein. Das wusste ich nicht." Matteo kneift seine Augen zusammen.

„Das tut mir leid, ich muss vergessen haben, dir das zu sagen."

„Wie kann das sein? Ihr dreht ja schon seit einiger Zeit, und wir haben uns jedes Wochenende im Theater gesehen." Sein Tonfall klingt schneidend.

Paula zuckt die Schultern. „Wir drehen erst seit einer Woche. Ich hab's vergessen. Wenn ich hier bin, bin ich hier, und wenn ich im Theater bin, dann ist das eine andere Welt."

„Hast du ein Problem damit?" Tom schiebt sein Kinn nach vorn und hebt den Kopf an.

„Dann war das dein Rucksack in Paulas Wohnung! Von wegen Arbeitskollege!" Verächtlich spuckt Matteo vor Tom auf den Boden.

„Matteo, das gehört nicht hierher." Aus den Augenwinkeln nimmt sie eine Bewegung an der Tür wahr. Frank lehnt am Eingang und beobachtet sie.

„Wo kann ich mich umziehen?" Matteo blickt sich um.

„Die Garderoben sind gleich neben der Studiotür links."

Er verschwindet mit seinem Rucksack in Richtung Ausgang. Paula läuft hinter ihm her. „Matteo, warte!"

Er bleibt stehen und blickt sie misstrauisch an.

„Es tut mir leid, dass ich dir nichts von Toms Mitarbeit erzählt habe. Dieses Projekt hier fordert mich stärker als alles, was ich bisher getan habe."

„Warum Tom?"

„Weil er meine Arbeit kennt. Die Kameraführung ist ein wichtiges Kriterium, ohne Tom könnte ich den Film in der Form nicht machen." Ihr Fuß scharrt auf dem Boden. „Zwischen Tom und mir läuft nichts, wirklich. Wir sind Freunde und können uns in unserer Arbeit aufeinander verlassen. Das ist alles. Bist du eifersüchtig?"

Paula schaut ihn an. Auf seiner Stirn glänzen Schweißtropfen.

„Kannst du mir eine Rolle in einem anderen Film besorgen?"

„Warum?"

Er knackt mit den Fingern. „Diese ewigen Werbespots befriedigen mich nicht mehr. Es ist schnelles Geld, ja, aber nicht das, was ich suche."

„Und was suchst du?"

„Was wir alle suchen: Erfolg."

„Erfolg. Wie wäre es, wenn du die Kritiken zu unserem Film abwartest? Vielleicht könnte das ein Türöffner sein."

„Mit dieser mickrigen Nebenrolle?" Er schnauft verächtlich.

„Alle großen Schauspieler haben mit ‚mickrigen Nebenrollen' angefangen."

„Sorry, aber das dauert mir echt zu lang. Dieses Jahr kommt der Film wohl nicht mehr raus. Ich mag keine Werbespots mehr machen." Er fixiert sie mit den Augen. „Wenn du mir eine richtige Rolle besorgst, finde ich vielleicht auch genug Motivation für den Rest unserer Tournee."

Ihr Unterkiefer klappt herunter.

„Sag das nochmal."

„Besorg mir eine Filmrolle und ich spiel' unsere Tournee zu Ende."

„Arschloch."

Er verschränkt die Arme vor der Brust und verzieht seinen Mund zu einem Lächeln. „Ich kann auch sofort aussteigen."

Sie presst die Schneidezähne aufeinander und zischt: „Ich frag Hannah von Roth, ob sie eine Rolle für dich hat. Aber ein Arschloch bleibst du trotzdem."

„Sind wir das nicht manchmal alle? Dich interessiert doch auch nur dein eigener Erfolg. Bisher haben wir uns immer während der Tournee bereits unser Stück fürs nächste Jahr überlegt, Statistik geführt über die Qualität unserer Vorstellungen, Pressemitteilungen verfasst, neue Bühnen evaluiert. Wir haben uns gemeinsam Vorstellungen anderer Ensembles angeschaut, um uns Inspiration zu holen und neue Schauspieler dazuzugewinnen. Dieses Jahr ist alles anders. Plötzlich ist das alles unwichtig. Warum wohl?" Sein Blick bohrt sich zwischen ihre Augen.

Paula weicht zurück, als hätte ihr Matteo ins Gesicht geschlagen. Sie schluckt zweimal leer und starrt ihn an. Er dreht sich um und geht in Richtung der Garderoben.

Schwankend geht Paula auf die Kaffeemaschine zu und lässt einen Espresso raus. Sie verzieht das Gesicht, als die bittere Flüssigkeit ihre Zunge berührt. Rasch schluckt sie den Kaffee hinunter, stellt die Tasse auf den Tisch und strafft die Schultern.

Becky steht mit Judith in einer Ecke des Sets in der Nähe von Frank. Tom und Lars unterhalten sich, Petra schraubt an einem Scheinwerfer. Meike sitzt neben Thomas hinter einem kleinen Tisch mit Mischpult an der Wand neben Isabel, die die Klappe unter dem Arm hält. Paula macht einen Schritt in die Mitte des Raumes und räuspert sich. „Okay, bitte alle auf ihre Plätze!"

Petra und Thomas stellen sich neben Meike, Lars und Tom stehen Seite an Seite. Toms Kamera ist auf Matteo gerichtet, Lars' auf den Eingang.

„Ruhe bitte!" Paula schließt die Tür, die Gespräche verstummen. „Ton ab!"

„Ton läuft!"

„Kamera ab!"

„Läuft!"

„Klappe!"

Isabel hält die Klappe vor Toms Kamera und schlägt sie. „7 der Erste!"

„Action!" Paula zieht sich in eine Ecke zurück. Ihr Nacken schmerzt und ihre Fingernägel krallen sich in die Handballen. Geräuschlos tritt Frank neben sie.

Matteo sitzt hinter dem Schreibtisch. Er wirkt im dunklen Anzug auf dem wuchtigen Bürostuhl größer als gewöhnlich. Er trägt eine Grauhaarperücke und seine Augenbrauen sind weiß geschminkt. Mit einem Kugelschreiber schreibt er etwas auf ein Papier. Paula bemerkt, dass seine Hand zittert. *Reiß dich zusammen, Matteo!*

Es klopft. Matteo schreibt weiter, ohne den Kopf zu heben. Es klopft erneut, dann öffnet sich die Tür. Temos Kopf erscheint im Türrahmen. Matteo hebt den Blick und nickt fast unmerklich.

Temo schließt die Tür und tritt vor den Schreibtisch. Er trägt eine weiße Hose unter einem Ärztekittel. Auf seiner Nase sitzt eine runde Brille mit feinem, goldenem Metallrahmen.

Matteo starrt weiter auf sein Papier. Temo verharrt reglos. Nach zwanzig Sekunden räuspert er sich. „Entschuldigen Sie, Herr Gerlach, Sie haben mich herbestellt?"

Paula hält den Atem an. Es ist totenstill im Zimmer. Franks Unterkiefer ist heruntergeklappt.

Matteo reagiert noch immer nicht. Temo nimmt auf einem der Sessel vor dem Schreibtisch Platz. Seine Füße scharren auf dem Boden.

„Entschuldigen Sie, ich habe in fünfzehn Minuten Visite."

Im Zeitlupentempo legt Matteo den Kugelschreiber auf den Tisch und hebt den Kopf. Sein Unterkiefer schiebt sich vor und seine Augen sind zu schmalen Schlitzen verengt. Seine Lippen bilden einen dünnen, weißen Strich. Er schlägt die Zähne zweimal aufeinander.

„Gehen Sie."

Seine Stimme jagt Paula einen Schauer über den Rücken.

„Wie bitte?" Temo beugt sich ein wenig vor.

„Ich wiederhole mich nicht." Matteo lehnt sich zurück. Seine Augen halten Temo fest.

„Aber – Sie haben mich herbestellt."

„Verlassen Sie meine Klinik."

„Ich verstehe nicht."

„Sobald ich einen Ersatz für Sie habe, sind Sie hier überflüssig. Verstehen Sie jetzt?" Matteo neigt den Kopf zur Seite.

„Ja – nein. Warum? Habe ich einen Fehler gemacht?"

„Ich dulde keine Migranten in meinem Mitarbeiterstab."

Aus dem Augenwinkel nimmt Paula wahr, wie Becky schwankt. Dann lehnt sie sich an die Wand und sackt sie in sich zusammen. Mit einem dumpfen Poltern schlägt sie mit dem Kopf auf dem Boden auf.

„Becky!" Judith beugt sich über sie.

„Cut!" Paula läuft auf Becky zu und kniet neben ihr nieder. Sie ist blass und liegt zusammengekrümmt auf dem Fußboden. Tom und Lars lassen die Kameras sinken.

„Becky? Hörst du mich?" Paula dreht sie in Seitenlage und tätschelt ihre Wange. Becky reagiert nicht. Paula legt ihre Hand an ihre Halsschlagader. „Ruf bitte jemand einen Sanitäter! Becky? Hörst du mich? Becky!"

Tom, Lars, Isabel und Temo stehen um Becky und Paula herum. Matteo ist von seinem Stuhl aufgestanden. Frank beobachtet das Geschehen aus einiger Distanz. Meike betritt das Set mit zwei Sanitätern. Paula steht auf und tritt zur Seite. Die Sanitäter beugen sich über Becky, die noch immer bewusstlos ist. Einer der Sanitäter blickt auf. „Ihr Puls ist zu tief, wir brauchen einen Rettungswagen."

Meike hält ihr Handy in der Hand und wählt eine Nummer.

Paula schaut den Sanitäter an. „Was ist mit ihr?"

„Sieht nach einem Kreislaufzusammenbruch aus."

Tom tritt hinter Paula und legt ihr die Hand auf die Schulter.

Meike tritt auf die Sanitäter zu. „Der Rettungswagen ist unterwegs."

Paula wendet sich an Judith: „Ich werde mitfahren. Bitte mach die Regie, bis ich zurück bin."

Judith nickt.

Paula sitzt auf einem Stuhl im Flur des Krankenhauses, den Kopf in die Hände gestützt. Der Flur ist kahl, die weißen Wände verursachen Kopfschmerzen. Ihr Handy klingelt, sie nimmt ab. „Frank? - Im Krankenhaus. - Ich kann jetzt nicht weg. - Dann verschieben Sie die Szene auf morgen. - Danke." Sie seufzt und steckt ihr Handy zurück in die Tasche.

Eine Tür öffnet sich. Eine junge Ärztin tritt auf Paula zu. In der Hand hält sie einen Klemmhefter. „Frau Behrens?"

Paula erhebt sich. „Nein, Paula Menotti, Rebeccas Mutter."

„Kommen Sie." Sie öffnet eine Tür und lässt Paula eintreten.

Becky liegt auf einem Krankenhausbett. Sie hat die Augen geschlossen, an ihrem rechten Arm hängt eine Infusion, auf dem Mittelfinger steckt ein Pulsmesser, der seine Messung auf ein Display überträgt. Ihr Gesicht ist blass.

Die Ärztin schließt die Tür und wendet sich Paula zu. „Rebecca hatte einen Kreislaufzusammenbruch durch Unterzuckerung. Beim Ultraschall wurde ein kleiner Perikarderguss festgestellt, das ist eine Flüssigkeitsansammlung im Herzen. Er ist nicht weiter gefährlich und kann medikamentös behandelt werden."

„Woher kann das kommen?"

„Eine häufige Ursache bei jungen Mädchen ist eine Anorexie. Magersucht. Rebeccas Blutwerte deuten auf eine massive Mangelernährung hin."

Paula zuckt zusammen und hält sich am Bettgestell fest. Sie spürt das Salzwasser in ihren Augen, hört das Rauschen der Wellen und sieht den fremden Mann vor sich, der reglos auf den Wellen getrieben ist, ausgemergelt und dünn. *Er ist gestorben, weil er an Anorexie gelitten hat.* Sie schluckt schwer, der Raum dreht sich. „Becky? Magersucht? Aber sie hat doch gar kein Untergewicht!"

„Untergewicht ist kein zwingendes Diagnosekriterium. Anorexie kann in jedem Gewichtsbereich auftreten. Relevant ist ein größerer Gewichtsverlust. Können Sie mir diesbezüglich etwas sagen?"

Paulas Zunge fühlt sich schwer an. „Becky hat abgenommen. Ich kann Ihnen nicht sagen, wie viel, aber auf jeden Fall so viel, dass es mir aufgefallen ist. Aber - ich glaube nicht, dass Becky Probleme hat."

„Magersucht muss nicht zwingend eine psychische Ursache haben. Sie entsteht durch ein Energiedefizit bei Menschen, die die entsprechende genetische Veranlagung mitbringen. Da reichen ein Wachstumsschub oder ein Magen-Darm-Infekt, um die Krankheit auszulösen."

„Becky war tatsächlich krank und konnte einige Tage lang nichts essen."

„Wann war das?"

Paulas Augenbrauen ziehen sich zusammen. „Vor etwa vier Wochen."

Die Ärztin „Und seither hat sie abgenommen?"

Paula reibt sich die Nase. „Ja, vorher ist mir nichts aufgefallen." Die Ärztin macht sich Notizen. „Und jetzt? Was können wir tun?"

„Ihr Zustand ist stabil. Ich werde sie noch zwei Stunden hierbehalten. Wenn sich nichts verändert, können Sie sie mitnehmen."

„Aber – kann sie nicht hierbleiben? Ich meine – wenn sie wieder zusammenbricht – " Ungläubig blickt Paula sie an.

„Sie muss mehr essen. Ich kann sie nicht hierbehalten, die Station ist voll. Mehr kann ich nicht für Sie tun." Die Ärztin nickt Paula zu und verlässt das Zimmer.

Langsam lässt sie sich auf einem Stuhl neben dem Bett nieder. Sie knetet ihren Ringfinger und starrt zu Boden.

Becky blickt sie an. „Ich schaff das schon."

Paula hebt den Blick. „Was?"

„Nicht mehr zusammenzuklappen."

„Die Dreharbeiten sind zu anstrengend für dich."

„Wenn ich nicht mehr drehen darf, ess ich gar nichts mehr." Sie presst die Lippen fest aufeinander.

„Schaffst du das, genug zu essen?"

„Klar." Becky wirkt entschlossen.

Paula ergreift ihre Hand und drückt sie. „Okay."

Der Duft nach geschmolzener Butter breitet sich in Paulas Wohnung aus. Becky sitzt am Tisch. Ihr Gesicht ist noch immer blass, sie hat die Kapuze ihres Hoodys über den Kopf gezogen und die Arme um die Knie geschlungen.

Paula stellt einen Topf mit dampfenden Spaghetti auf den Tisch, dazu ein Glas Pesto. Sie schöpft Spaghetti, setzt sie sich und gibt zwei Esslöffel Pesto auf ihren Teller. Sie reicht Becky das Glas.

Becky schüttelt den Kopf und fixiert die Gabel neben ihrem Teller. „Wo ist meine Gabel?" Sie steht auf, durchsucht hektisch die Besteckschublade. Sie findet eine Gabel mit breiterem Griff in der Spüle, wäscht sie ab und setzt sich erneut an den Tisch. Die andere Gabel schiebt sie weg.

Sie essen schweigend. Becky isst konzentriert, den Blick auf den Teller gerichtet. Paula beobachtet sie.

Nach einer Stunde ist Beckys Teller leer. Abrupt steht sie auf und geht ins Bad. Paula stellt die Teller zusammen, spült das Geschirr ab und ergreift ihr Handy. „Judith, hier ist Paula. Was war los heute auf dem Set? Warum musste der Dreh verschoben werden? Ich bin mit Becky wieder zuhause, bitte ruf mich an." Sie legt das Handy auf die Seite und setzt Teewasser auf.

Becky tritt aus dem Bad und verschwindet in ihrem Zimmer.

Paula wirft einen Blick aufs Handy. 23.15 Uhr. Sie beugt sich über Becky und lauscht ihrem gleichmäßigen Atem. Dann schlüpft sie aus der Wohnung, eilt durchs Treppenhaus und verlässt das Haus. Regentropfen verfangen sich in ihrem Haar, der Asphalt glänzt. Die Umrisse von Toms Transporter zeichnen sich im Licht einer Straßenlaterne ab. Sie läuft darauf zu und klopft an.

Tom öffnet die Tür. „Hi, komm rein."

Paula betritt den Transporter und setzt sich aufs Bett.

„Wie geht's Becky?"

„Die Ärztin mein, sie hat Magersucht."

Tom zuckt zusammen und lehnt sich ans Waschbecken. „Scheiße. Bleibt sie im Krankenhaus?"

„Nein. Sie schläft in meiner Wohnung. Krieg ich 'nen Grappa?" Ihre Stimme klingt tonlos.

Sein scharfer Blick bohrt sich zwischen ihre Augenbrauen. Dann holt er die Flasche unter dem Waschbecken hervor.

Der Schnaps brennt sich durch ihre Kehle und lindert den Schmerz, der ihr Herz zusammendrückt.

„Was hab ich falsch gemacht? Hätte ich die Filmregie nicht annehmen sollen, sondern mit ihr nach Hamburg segeln?"

„Hör auf damit, das bringt nichts. Warum auch immer Becky krank geworden ist, du kannst es nicht ändern. Versuch, nach vorn zu schauen."

Sie trinkt das Glas aus und dreht es zwischen den Fingern.

„Ich hab keine Wahl, ich muss den Film und unsere Tournee zu Ende bringen. Becky weiß, dass sie mehr essen muss, sie meint, sie schafft das."

Tom schüttelt vehement den Kopf. „Vergiss es. Sie kann das nicht schaffen, sonst wäre sie nicht krank."

„Sie will unbedingt ihre Rolle zu Ende spielen, das ist eine starke Motivation. Die Spaghetti vorhin hat sie gegessen."

„Paula, du verstehst nicht, worum es hier geht! Magersucht ist die psychische Erkrankung mit der höchsten Todesrate, die lässt sich nicht so nebenbei heilen!"

Toms Worte treffen sie wie eine Ohrfeige. Sie schluckt, das Blut rauscht in den Ohren und ihre Fingernägel graben sich in ihre Handballen. „Woher weißt du das?"

Tom zögert. „Lena hatte Anorexie. Lena war meine Schwester. Sie ist daran gestorben." Abrupt öffnet er die Tür, ergreift eine Schachtel Zigaretten, zündet eine an und bläst den Rauch nach draußen.

Paula lässt sich rückwärts aufs Bett fallen und starrt zur Decke. Sie schließt die Augen. Bilder, von denen sie geglaubt hat, dass sie längst ausgelöscht seien, tauchen wieder auf. Sein Arm, der leblos aus dem Blechhaufen ragte, der sein Auto gewesen war. „Was soll ich denn tun? Ich kann jetzt nicht einfach alles aufgeben!"

„Becky braucht enge Begleitung beim Essen, sonst kannst du sie bald wieder in die Notaufnahme bringen."

„Aber wie mach ich das, wenn sie nicht essen will? Sie sagt ja ständig, sie hat keinen Hunger."

„Sie muss trotzdem essen."

„Ich kann sie doch nicht zwingen!"

„Du könntest das Essen zur Bedingung machen, dass sie ihre Rolle zu Ende spielen darf."

Sie setzt sich auf und schaut ihn entsetzt an. „Wenn ich das tue, wird sie mich hassen!"

„Lieber, sie hasst dich, als dass sie stirbt."

Paula starrt ihn an. Dann hält sie ihm ihr Glas hin. Er füllt es erneut. Sie leert es in einem Zug.

„Gibt es jemanden, den wir um Unterstützung bitten könnten?"

Paula zieht die Augenbrauen zusammen. „Mir fällt niemand ein. Marlene hat ihre eigene Familie, die sie braucht."

„Was ist mit Beckys Vater?" Sein Blick hält sie fest.

Paula schluckt und hört sich sagen: „Er ist bei einem Autounfall gestorben, als Becky zwei war."

Er wirft die Zigarettenkippe auf die Straße und drückt sie mit dem Fuß aus. „Das tut mir leid."

„Ich habe Angst, Becky auch noch zu verlieren." Ein heftiges Schluchzen erfasst sie. Sie zieht die Knie zum Kinn, schlingt die Arme darum und lässt den Tränen freien Lauf.

Tom zieht die Tür zu, setzt sich neben sie. Seine Hand streicht über ihren Rücken.

Nach einer Weile richtet sich Paula auf. Ihr Kopf ist leer. Er reicht ihr ein Stück Küchenpapier, sie putzt sich die Nase und trocknet das Gesicht. „Beim Frühstück kann ich sie begleiten und beim Abendessen im Normalfall auch. Beim Mittagessen hab' ich keine Chance."

„Ich mach das Mittagessen mit ihr."

Sie schaut ihn an. „Willst du das wirklich tun?"

„Bei Lena sagte der Psychiater, wir sollten uns raushalten. Heute bin ich mir sicher, dass das ein Fehler war." Er schluckt und zieht eine weitere Zigarette aus der Schachtel. „Ich kann nicht nochmal zuschauen, wie sich ein junger Mensch zu Tode hungert."

Sie schauen sich an. Tom wischt sich mit der Hand über die Augen und verlässt den Bus.

Paula wälzt sich im Bett. Draußen regnet es noch immer. Die Luft hat empfindlich abgekühlt und dringt durchs geöffnete Fenster in die Wohnung. Dennoch hält sie es unter der Bettdecke nicht aus. Sie strampelt sie weg und dreht sich auf die linke Seite. *Wir sind untröstlich, dass wir ihm nicht helfen konnten, die Krankheit zu besiegen.* Sie lauscht dem Prasseln der Regentropfen auf die metallene Mülltonne im Innenhof und atmet den Geruch nasser Erde ein.

Kapitel 19

Paula steckt ihr Handy in die Umhängetasche. Ihre Finger berühren etwas Hartes, Glattes. Sie fischt es heraus. Auf ihrer Handfläche liegt Toms Gottesauge. Sie umschließt es mit den Fingern. *Das kann ich jetzt gebrauchen.* Dann holt sie tief Luft und klopft an die Tür. Auf dem Schild daneben steht: „Hannah von Roth, Geschäftsinhaberin".

„Herein!"

Der süßliche Duft nach Pfirsichparfüm umfängt sie. Hannahs Büro ist identisch mit Franks, aber anders eingerichtet. Vor der Fensterfront gegenüber der Tür breitet sich ein imposantes, weißes Ledersofa mit Chaiselongue aus. Davor steht ein ausladender Glastisch mit einigen Zeitschriften und einem Cognacglas darauf, um den sich drei passende weiße Sessel gruppieren. Vor der Wand links des Eingangs befindet sich ein weißer Bürostuhl hinter einem Schreibtisch, auf dem ein üppiger Blumenstrauß mit zartrosa Rosen prangt. Eine langgezogene Kommode aus dunklem Holz dominiert die Wand gegenüber. Die Ecken des Raumes zieren mannshohe Gummibäume, Philodendron und Ficussträucher.

Hannah hat sich auf dem Sofa ausgestreckt. Ihr enganliegendes, dunkelblaues Chiffonkleid ist über die Knie hinaufgerutscht und gibt den Blick frei auf eine helle Nylonstrumpfhose. Schmale Absatzschuhe liegen neben der Couch.

Sie legt ein Tablet auf den Glastisch und dreht den Kopf zu Paula. „Sieh an, Madame Ungeschminkt! Ist das Ihr Markenzeichen, dass Sie die Welt mit Ihrem Gesicht bestrafen, wie Gott es erschaffen hat?" Sie stützt sich auf dem linken Ellbogen ab und richtet sich halb auf.

Paula drückt das Gottesauge fest in ihrer linken Faust. Mit steifem Schritt geht sie auf den Glastisch zu und legt einen Umschlag darauf. „Schauen Sie sich das bitte an. Der Mann hat Potenzial, vielleicht finden Sie eine Rolle für ihn."

Hannahs rechte Augenbraue wandert in die Höhe. Sie setzt sich auf, greift nach dem Umschlag und zieht ein Blatt Papier heraus. Das Ticken einer Wanduhr füllt die Stille.

„Ist das Ihr Freund?" Ihre Augen wandern prüfend von Paulas Turnschuhen über ihren Bauch und bleiben an der Brust hängen. „Oder schulden Sie ihm einen Gefallen?"

Paula zwingt sich, ruhig zu sprechen. „Ich halte immer Ausschau nach begabten Schauspielern und dachte mir, Sie interessieren sich vielleicht dafür."

Hannah wendet sich wieder dem Papier zu. „Sieht gut aus, der Junge." Sie deutet auf das leere Cognacglas. „Cognac?"

„Nein, danke."

„Warum so prüde? Haben Sie Angst, die Kontrolle zu verlieren? Oder vertragen Sie keinen harten Stoff?" Sie lacht laut.

Paulas Nackenhaare richten sich auf. „Sie entschuldigen mich, ich habe noch eine Besprechung." Rasch dreht sie sich um und flüchtet sich zur Tür.

„Richten Sie dem jungen Mann aus, dass er sich bei mir melden soll. Meine Nummer bekommen Sie von meiner Sekretärin!"

Paula zieht die Tür ins Schloss und lehnt sich mit dem Rücken an die Wand. Sie schließt die Augen und atmet langsam aus. Ihr Kiefer schmerzt.

„Frau von Roth ist nicht so schlimm, wie sie sich gibt." Eine ältere Frau mit einer warmen Stimme lächelt ihr zu.

„Ach ja? Noch schlimmer?" Paula öffnet die Augen und tritt auf den Empfangstresen zu. „Sie sollen mir ihre Nummer geben, bitte."

„Das Leben zeichnet die Menschen, und manches Schicksal kann man nur ertragen, wenn man sich einen harten Panzer zulegt." Sie schiebt Paula eine Visitenkarte zu.

„Das gibt ihr noch lange nicht das Recht, sich so respektlos zu benehmen." Schnaubend steckt sie die Karte in die Hosentasche.

„Wie Sie meinen, Frau Menotti. Ich wünsche Ihnen einen schönen Abend."

„Was willst du?"

„Hallo Matteo. Du sollst dich bei Hannah von Roth melden."

Matteo versetzt den Laptop in den Ruhezustand und klappt ihn zu.

„Hörst du mich?" Paulas Stimme klingt brüchig.

„Ja. Warum soll ich das tun?"

„Sie möchte dich kennenlernen. Eventuell hat sie eine Rolle für dich. Ich schick dir ihre Nummer."

Auf seiner Oberlippe bilden sich Schweißperlen. „Okay."

„Gut, dann tschüss."

„Paula, warte. Es tut mir leid, was ich im Studio zu dir gesagt habe. Ich hab' das nicht so gemeint."

„Doch, das hast du. Und es stimmt."

„Nein, es stimmt nicht. Du hast..."

„Vergiss es, Matteo. Der Film ist mir gerade wichtiger als alles andere, das ist so. Und es tut mir leid, wenn ich euch dadurch enttäusche. Wir sehen uns morgen in Bremerhaven."

„Ja. Bis morgen."

Er starrt aufs Display und drückt den roten Hörer. Sein Magen zwickt, er krümmt sich. Er steht auf und öffnet den Kühlschrank. Sein Blick huscht über die leeren Fächer. *Mist, die Versammlung.* Er stößt die Kühlschranktür zu und nimmt das Handy.

„Hi, Bruno. Du, ich muss für morgen absagen. Mir ist ein Termin dazwischen gekommen. Gibt mir bitte die nächsten Treffen durch und ich melde mich."

Er wirft das Handy auf die Couch, steckt den Geldbeutel in die Hosentasche und stapft durch die Dunkelheit zur nächsten Tankstelle.

***

„Sorry, Tom, Ulrich hatte Probleme wegen des Caterings für nächste Woche." Paula klemmt einen Becher Kaffee in den Halter zwischen den Frontsitzen, wirft ihre Reisetasche in den Wohnraum des Transporters, schwingt sich auf den Beifahrersitz und zieht die Tür zu.

Tom startet den Motor. „Hättet ihr das nicht auch telefonisch lösen können? Und außerdem ist das doch gar nicht deine Sache, sondern von Roths, oder? Jetzt wird's eng." Er fährt rückwärts aus der Parklücke und drückt aufs Gaspedal. Aus dem Fahrgastraum ertönt ein Poltern.

„Hoppla, das war heftig!" Beckys Stimme klingt erschrocken.

Paula dreht sich um und blickt über die Sitzlehne nach hinten. Becky sitzt auf dem Bett und reibt sich den Hinterkopf. „Bist du okay?"

„Ja, geht schon. Wie lange fahren wir?"

„Etwas mehr als fünf Stunden. Hier, dein Reiseproviant." Sie lehnt sich nach hinten und reicht Becky zwei Sandwiches. Becky nimmt sie wortlos und setzt sich aufs Bett. Paula schaut wieder nach vorn, ergreift den Kaffeebecher und hält ihn Tom hin. „Magst du?"

Er schüttelt den Kopf und schaltet die Musik an. Eros Ramazotti schnulzt in reinstem Italienisch.

Paula legt sich die Hände auf die Schultern und massiert die verhärteten Muskeln.

„Mir macht Martens Bauchschmerzen." Er schüttelt eine Zigarette aus der Packung. „Stört's dich?"

„Was? Dass dir Bruno Bauchschmerzen macht oder wenn du eine rauchst?"

Seine Mundwinkel verziehen sich zu einem Lächeln. „Beides."

„Rauchen nein, wenn du das Fenster öffnest."

Er lässt die Scheiben beider Fenster hinunter und hält ihr das Feuerzeug hin.

„Bei diesem Durchzug wird's schwierig mit Feuer." Sie hält die Hand vor die Zigarette und führt die Flamme daran. „Ohne, dass du ziehst, wird das nichts."

„Ich kann nicht, zieh' du."

„Nein, ich mag nicht. Warte." Sie steckt ihm die Zigarette in den rechten Mundwinkel und nähert sich mit dem Feuerzeug. „Jetzt!" Er zieht und sie entzündet die Flamme. Das Zigarettenende glüht auf. „Na, wer sagt's denn! Teamarbeit!"

„Großartig!" Er grinst schief.

„Was ist mit Bruno?" Sie versucht, sich an die letzten Takes mit ihm zu erinnern.

„Ich find' sein Spiel etwas zu echt."

„Naja, das soll es ja eigentlich auch sein."

„Schon, aber diese PND-Geschichte ist sauheikel. Irgendwie hab' ich das Gefühl, dass er sich verändert. Ich weiß nicht recht."

„Ich hab' bisher nichts bemerkt. Er spielt seine Rolle so, wie ich es erwartet habe."

„Das ist genau das Problem, ich finde nicht, dass er eine Rolle spielt." Er bläst den Rauch aus dem Fenster. „Es ist weniger das, *was* er sagt, sondern mehr, *wie* er es sagt. Und wie er schaut. In seinem Blick liegt eine Ablehnung, die ich am Anfang so nicht wahrgenommen habe."

„Ich werd' nächste Woche darauf achten. Auf mich macht er nach wie vor einen souveränen Eindruck."

„Hoffen wir, dass du Recht hast."

Paula zerknüllt den leeren Kaffeebecher und steckt ihn in ein Fach in der Tür. Sie gähnt und kurbelt die Sitzlehne nach hinten.

„Was war eigentlich mit Matteo?" Tom spurt in die Autobahnauffahrt ein.

„Ich hatte nicht den Eindruck, dass er sich für unsere Freundschaft interessiert. Viel mehr scheint er neidisch darauf zu sein, dass du beim Film dabei bist und er nicht."

„Hat er das so gesagt?"

„Nein. Aber er wollte eine weitere Rolle in einem Film."

Tom wendet ihr den Kopf zu und bläst den Rauch aus.

„He!"

„Sorry!" Rasch wedelt er die Rauchschwaden zum Fenster hinaus.

Sie reibt sich die Nase, um den Tabakgeruch zu vertreiben.

„Und was hast du ihm gesagt?"

„Ich hab' Hannah auf ihn angesetzt."

„Oh weh!"

Sie brechen in Gelächter aus.

„Ich glaub', ich brauch eine Mütze voll Schlaf. Weck' mich, wenn ich dich ablösen soll."

Paula erwacht von einem sanften Rütteln. Toms Hand liegt an ihrer linken Schulter.

„Wir sind da."

„Ui, hab' ich so lang geschlafen?" Sie reibt sich die Augen.

„Fünf Stunden."

„Echt? Wie spät ist es?"

„Kurz vor sechs."

„Wow, dann hast du aber ziemlich Gas gegeben."

Er grinst. „Hast du Hunger? Ich mach' für Becky und mich eine Instant-Nudelsuppe und kann für dich eine mitkochen."

„Super gerne!"

Tom schnallt sich ab und steigt zwischen den Frontsitzen hindurch in den Wohnraum des Transporters.

Paula dreht sich um. Ihre Augen suchen Becky. Sie sitzt auf Toms Bett, den Rücken an die Hecktüren gelehnt. „Hast du deine Sandwiches aufgegessen?"

Becky nickt.

Paula angelt nach ihrer Reisetasche, zieht den zerknüllten Kaffeebecher aus dem Fach in der Tür und steigt aus. Neben ihr parkt ein Wagen. Matteo öffnet die Fahrertür. „Hallo!"

„Hi." Sie dreht sich um und marschiert in Richtung Theatereingang, vor dem Rosie steht.

„Paula, warte!"

Sie dreht sich um.

Matteo steigt aus und legt seine Hände an ihre Taille.

Sie macht einen Schritt zurück. „Bitte, lass mich."

„Es tut mir leid." Er kneift die Augen zusammen. „Ich hab' das wirklich nicht so gemeint."

„Verletzt hat es mich trotzdem. Ich brauche Abstand." Sein Oberkörper sackt zusammen. „Konntest du mit Hannah sprechen?"

Er nickt. „Wir treffen uns nächsten Mittwoch in Berlin."

„Schön. Ich drück' dir die Daumen."

Die Schiebetür des Transporters öffnet sich quietschend. Toms Kopf lugt heraus. „Deine Suppe ist fertig. Hi Matteo."

„Bis gleich." Paula zieht die Bustür hinter sich zu.

„Was wollte Matteo von Hannah?" Rosie hängt sich bei Paula ein. Sie schlendern im Abstand von etwa zehn Metern hinter Matteo, Andreas, Birgit, Tom und Becky her.

„Eine weitere Filmrolle. Er mag keine Werbefilme mehr drehen. Hannah hat immerhin nicht sofort abgeblockt. Aber sie ist echt zum Kotzen. Ich versteh' nicht, wie Frank es mit ihr aushält."

„Tja, wo die Liebe hinfällt!"

Paula schaut Rosie von der Seite an. „Liebe? Davon ist aber nichts zu merken zwischen den beiden."

„Heute vielleicht nicht mehr. Früher waren sie total verliebt ineinander."

„Woher weißt du das?"

„Ich kenne die beiden seit 30 Jahren."

„Das ist aber kein Grund, zusammenzubleiben, wenn's nicht mehr funktioniert."

„Es funktioniert doch. Die Von-Roth-Productions gehören landesübergreifend zu den erfolgreichsten Produktionsfirmen. Da ist viel Geld im Spiel."

„Geld und Erfolg, die Beziehungskiller."

„Irgendeinen Preis muss man nun mal bezahlen."

„Das hab' ich auch gemerkt." Sie kickt ein Kieselsteinchen vor sich her. „Findest du, dass ich die Tournee vernachlässige, seit ich Filmregie mache? Sei bitte ehrlich."

Rosie bleibt stehen und mustert Paula. „Wie kommst du darauf?

„Matteo hat mir das vorgeworfen."

„Hat er konkrete Beispiele genannt?"

„Ja, er meinte, ich würde nichts mehr gemeinsam machen wie in den letzten Jahren, Evaluation, Presse, Planung fürs nächste Jahr und so weiter."

„Wie siehst du das selber?"

„Er hat schon Recht. Ich mach' das alles ja wirklich total gern, aber es hat dieses Jahr einfach keinen Platz."

„Leben bedeutet Veränderung."

„Das schon, aber..."

„Wir können uns nicht alle gleichzeitig und in dieselbe Richtung verändern. Das ist ja auch der Grund, weshalb Beziehungen auseinandergehen. Das ist keine Frage nach Schuld oder Verantwortung, das ist ganz natürlich."

„Aber ich will nicht, dass unsere Truppe auseinanderfällt, weil ich dieses Filmexperiment mache! *zeitlos anders* ist mein Baby, das will ich nicht deswegen aufgeben!"

„Das musst du auch nicht, Liebes. Darf ich dir einen Rat geben?"

Paula nickt und schluckt die Tränen hinunter, die an die Oberfläche drängen.

„Konzentriere dich jetzt voll und ganz auf deinen Film. Du kannst nur dort erfolgreich sein, wo du dich mit Herzblut und voller Aufmerksamkeit einsetzt. Verzettel dich nicht, indem du versuchst, hier etwas zu erhalten, das gerade nicht wichtig ist. Wenn die Produktion abgeschlossen ist, setzen wir uns alle zusammen, reflektieren den Sommer und definieren, wo unsere Bedürfnisse liegen und wie es weitergehen soll. Das ist wichtig, aber jetzt ist mit Sicherheit nicht der richtige Zeitpunkt dazu."

Der Kloß in Paulas Hals löst sich knisternd auf. „Das ist gut, das machen wir so."

„Und jetzt lass uns feiern!" Rosie hakt sich erneut bei ihr unter und zieht sie mit sich.

„Was denn?"

„Das Leben! Und meinen 66. Geburtstag!"

„Ach, Mensch, den hab' ich total vergessen!" Paula schlägt sich mit der Hand an die Stirn.

„Aber wir nicht! Tattaah!" Andreas öffnet theatralisch die Tür zu einem kleinen Restaurant. Paula lässt Rosie los und schiebt sie hinein.

Warme, rosenduftschwangere Luft empfängt sie. In der Mitte des kleinen Raumes steht ein langer Tisch mit weißer, bodenlanger Tischdecke. Zwischen den Gedecken liegen um vier dreiarmige Kerzenständer herum bunte Rosenblüten verstreut. Die Klaviermusik des Pianisten am E-Piano neben dem Eingang wird von Rosies Aufschrei unterbrochen.

„Henry!" Sie stürzt sich auf einen weißhaarigen Mann, der auf einem der Stühle am Tisch sitzt.

Er steht auf und umarmt sie. „Ich gratuliere dir von Herzen zu deinem Geburtstag, mein Liebling." Sein tiefer Bass dröhnt durchs Lokal.

Rosie dreht sich um und strahlt ihre Freunde an. „Ihr seid die Allerbesten! Dass ihr dichthaltet und einfach so die Vorstellung spielen konntet, ist nicht zu fassen!"

„Hast du nichts gemerkt?" Henry grinst über beide Backen.

„Nein, überhaupt nichts!"

„Es war echt anstrengend, die Streitszenen zu spielen, mit der ganzen Vorfreude im Bauch!" Birgit lacht und fällt Rosie um den Hals.

Eine Kellnerin mit Krawatte und weißer Schürze bietet Sekt an. „Auf dich, Rosie!" Andreas hebt sein Glas in die Höhe.

„Auf euch! Und auf viele weitere gemeinsame Projekte!" Sie prostet Paula zu.

Paula beißt sich auf die Unterlippe und lächelt.

Kapitel 20

„Cut!"

„Was heißt kat?" Ein kleiner Junge mit rotem Lockenhaar schaut Paula mit großen Augen an.

„Das hat sie doch erklärt, das heißt, dass die Szene im Kasten ist!", erklärt ein schlanker Bub mit einer Schirmmütze.

„Im Kasten?"

„Dass jetzt nicht mehr gefilmt wird."

Paula lächelt. „Genau. Ihr habt das prima gemacht. Dort drüben gibt's was zu essen. Ihr könnt mit Judith mitgehen und euch alle einen Teller nehmen."

„Wer ist Judith?"

„Die dort mit dem roten T-Shirt, hat sie vorhin auch gesagt." Der Schirmmützenjunge zerrt den anderen am Ärmel. „Komm mit, ich hab' Hunger!"

Das Wäldchen, in dem sich die Gedenkstätte des Speziallagers Ketschendorf befindet, wird durchdrungen von Kinderstimmen und Vogelgezwitscher. Es duftet nach feuchter Erde und Bratkartoffeln. Ein sanfter Wind rauscht in den Ästen der hohen Kiefern. Judith versucht mit mäßigem Erfolg, Ordnung in das Gewusel zu bringen. Meike, Thomas, Petra, Lars, Tom und Becky sitzen zwischen den Kindern und essen von Papptellern. Tom sitzt neben Becky und beobachtet sie.

„Uff, ist das anstrengend!" Paula lehnt sich an einen Baumstamm und beobachtet die Kinderschar.

„Die Szene ist durchaus gelungen." Frank folgt ihrem Blick. „Aber meinen Sie nicht, dass die Kinder etwas zu sehr verängstigt wurden?" Er sucht ihren Blick. „Bruno Martens war sehr harsch."

„Wenn ich mir die Kids jetzt anschaue, denke ich nicht. Im ersten Moment bin ich auch erschrocken, aber es war ja beabsichtigt, dass sein Vorgehen sie einschüchtern sollte."

„Mir gefällt Martens nicht." Franks Hand streicht übers Kinn.

„Die bisherigen Szenen mit ihm sind gut und es entwickelt sich eine Dynamik."

„Etwas zu viel Dynamik, für meinen Geschmack."

Schweigend beobachten sie die Kinder. Paula sieht, wie Becky ihren Teller zum Buffet bringt und zwischen den Bäumen verschwindet. Tom bleibt sitzen und unterhält sich mit Meike.

„Entschuldigen Sie mich!" Paula eilt hinter Becky her. In einiger Entfernung zum Drehplatz kauert sie sich auf dem Boden zusammen.

„Becky? Ist alles in Ordnung?" Keuchend eilt Paula auf sie zu.

Becky steht erschrocken auf und dreht sich zu ihr um. „Was willst du? Lass mich in Ruhe, ich muss aufs Klo!"

Paula bleibt stehen. „Okay." Sie dreht sich um und geht zu Frank zurück.

„Wie geht es Rebecca?"

„Gut."

„Wissen Sie, warum sie zusammengebrochen ist?"

„Nein."

„Wissen Sie etwas über ihre Eltern? Ich finde es befremdlich, dass sie sie nach dem Vorfall einfach so weiterspielen lassen."

Paula knetet ihren Ringfinger. „Becky ist meine Tochter. Sie trägt den Nachnamen ihres Vaters." Ihr Blick streift Frank flüchtig.

Prüfend blickt er sie an. „Aber dann wissen Sie doch, was passiert ist?"

Sie holt tief Luft und senkt den Blick. „Die Ärztin meint, sie hat Magersucht."

„Magersucht? Wie ist es möglich, dass das bei der ärztlichen Untersuchung für die Rolle nicht erkannt wurde? Oder haben Sie bei ihr auf die Untersuchung verzichtet?" Irritiert schaut er Paula an.

„Nein, natürlich nicht." Verärgert kickt sie einen Kieselstein weg.

„Entschuldigen Sie. Und warum ist sie nicht im Krankenhaus?"

„Sie wurde als körperlich stabil entlassen."

„Wir sollten einen Ersatz für sie nehmen."

„Es spricht nichts dagegen, dass sie ihre Rolle zu Ende spielt."

„Und wenn sie nochmal zusammenklappt?"

„Das wird sie nicht. Ich sorge dafür, dass sie genug isst."

Frank betrachtet sie von der Seite. Dann räuspert er sich. „Sie waren bei Hannah. Was wollten Sie von ihr?"

Sie wirft ihm einen Blick zu. „Ich habe ihr Matteo Gassers Dokumentation vorbeigebracht."

„Das hätten Sie mich machen lassen können."

„Warum?"

Franks Fußspitze scharrt im weichen Erdboden. „Hannah kann sehr beleidigend sein. Das haben Sie nicht verdient."

Sie betrachtet sein ernstes Gesicht. „Sie doch auch nicht."

„Ich bin mir ihr verheiratet."

„Sie meinen, dann müssen Sie das ertragen?"

Er schaut durch sie hindurch. „Man gewöhnt sich daran. Irgendwann verletzt es nicht mehr."

Paula schaut in Richtung Buffet. Das Kinderknäuel hat sich aufgelöst, die Mächen und Jungen sitzen mit ihren Papptellern auf Baumstümpfen verteilt. „Ich hol' mir was zu essen."

In der Ferne grollt ein Donner. Dunkle Wolken jagen über den Himmel. Der Wind beugt die Baumwipfel der Kiefern und raschelt in den Birkenblättern.

Tom drückt den Entriegelungsknopf seiner Kamera und schraubt das Objektiv ab. Er bringt den hinteren Objektivdeckel an und legt es in einen Koffer.

„Brauchst du Hilfe?"

„Nein, danke. Ich warte im Bus auf dich."

„Ich komm' mit." Becky stemmt die Hände in die Hüften.

„Passt, ich komm' gleich." Paula schaut sich um.

Judith rennt hinter ihrem Drehbuch her, das über den breiten Kiesweg wirbelt. Thomas und Meike schleppen die Transportboxen mit dem Tonmaterial in Richtung Parkplatz. „Bis morgen!" Paula winkt ihnen zu.

Der Wind lässt Äste knarren und treibt Zweige und Laub vor sich her. Es riecht nach Harz. An einem Baumstumpf zwischen zwei Sträuchern flattert ein Kinderpullover. Paula löst den Strickstoff vom abgebrochenen Ästchen, an dem er sich verfangen hat, und steckt ihn in ihre Umhängetasche.

Ihr Blick fällt auf Frank. Er steht vornübergebeugt vor einer der Gedenktafeln und fährt mit dem Zeigefinger über die eingravierte Schrift. Langsam nähert sie sich und bleibt in zwei Metern Entfernung neben ihm stehen. Der oberste Knopf seines schwarzen Hemdes steht offen, sein dunkelgraues Jackett hängt über einer der Tafeln. Von der Seite wirkt sein Kieferknochen noch markanter als von vorne. Seine Lippen öffnen und schließen sich geräuschlos.

„Suchen Sie jemanden?"

Er hält in der Bewegung inne und wirft ihr einen raschen Blick zu. Dann konzentriert er sich wieder auf die Schrift.

Der Wind heult in den Baumwipfeln, erneut kracht ein Donner.

„Mein Vater war Mitglied der NSDAP. Er hat einige Zeit in einem Internierungslager verbracht, bevor er reintegriert wurde, aber ich weiß nicht, wo." Seine Stimme kling rau.

Paula reibt ihre Unterarme. Ihr Mund ist trocken und ihr Hals kratzt. „Das – tut mir leid."

Ein Regentropfen zerplatzt auf der Gedenktafel. Paulas Handy vibriert. „Tom?"

„Wo bleibst du?"

„Ich bin noch nicht soweit. Fahr ruhig los, ich kann mit Frank mitfahren. Kann Becky solange bei dir bleiben, bis ich zuhause bin?"

„Klar."

„Danke, ich melde mich!"

„Ist das okay?" Unsicher schaut sie Frank an.

Sein Blick ist auf einen Punkt zwischen zwei Baumstämmen gerichtet. „Als mir meine Mutter kurz vor ihrem Tod von Vaters Vergangenheit erzählte, glaubte ich nicht, jemals damit umgehen zu können. Dann lernte ich Hannah kennen. Sie half mir, einen anderen Blick aufs Leben zu bekommen und gab mir die Freude an meiner Arbeit und am Leben zurück. Ich begann zu vergessen, was mich belastete."

Schwere Regentropfen fallen durchs Blätterdach auf den Kiesweg, auf dem sie stehen. Paula klemmt ihre offene Umhängetasche unter den rechten Arm, um den Inhalt vor dem Regen zu schützen.

Ein Ruck geht durch Frank. Sein Blick kehrt zu ihr zurück. „Und dann kamen Sie mit Ihrem Drehbuch und haben alle Wunden wieder aufgerissen."

Ein Blitz erleuchtet den Himmel, und gleich darauf kracht ein Donner. Paula zuckt zusammen und drückt sich die Hände auf die Ohren. Blitzschnell suchen ihre Augen die umstehenden Bäume ab. „Wir müssen raus aus dem Wald!", schreit sie. Frank steht noch immer reglos. Sie packt ihn am Arm und zieht ihn mit sich.

Stolpernd rennen sie quer durch das Wäldchen in Richtung Parkplatz. Immer mehr Regentropfen finden den Weg zu ihnen, Paulas Haar klebt in ihrem Gesicht. Es riecht intensiv nach feuchter Erde und Baumharz.

„Lassen Sie uns hier rein gehen!" Sie sind wenige Meter von einem Restaurantschild entfernt. Paula öffnet die Tür und schlüpft ins Trockene. Der Duft nach gebratenem Fleisch und Klößen schlägt ihr entgegen.

Frank schließt die Tür. Sein Atem geht keuchend. „Verdammt, ich habe mein Jackett im Wald vergessen."

„Wir können es holen, wenn der Regen vorbei ist." Paula streicht sich die Haarsträhnen aus dem Gesicht und blickt sich suchend um.

Die Gaststube bietet Platz für fünf massive Holztische. Am größten sitzen vier Männer vor ihren Bierkrügen und diskutieren lautstark miteinander. Rotweißkarierte Tischläufer bringen etwas Farbe in den Raum, dessen grauweiße Wände wenig Gemütlichkeit ausstrahlen.

Links neben der Bar entdeckt Paula ein Toilettensymbol. „Ich bin gleich wieder da."

Im Bad trocknet sie Gesicht und Arme mit Papiertüchern. Ihr T-Shirt ist an den Schultern völlig durchnässt. Vorsichtig tupft sie mit dem Papier darüber.

Als sie in die Gaststube zurückkehrt, sitzt Frank an einem Tisch am Fenster. Er passt nicht hierher mit seiner grauen Anzugshose und dem schwarzen Hemd. Die Krawatte hat er abgenommen.

Paula hängt ihre Tasche an einen Stuhl und setzt sich ihm gegenüber.

Ein älterer Mann mit Bierbauch bleibt vor ihnen stehen. In der Hand hält er einen Notizblock und einen Bleistift. „Was kann ich euch bringen? Wir haben Schweinsbraten mit Klößen und Salat auf dem Menü."

„Gerne einmal für mich, mit einem kleinen Bier, bitte."

Frank nickt. „Zweimal."

„Das mit Ihrem Vater..."

Er schüttelt den Kopf. „Es hat nichts mit dir zu tun. Ich meine, mit – mit Ihnen."

„,Mit dir' passt schon."

„Ich duze meine Mitarbeiter nicht." Er lächelt verlegen.

„Es steht dir gut, wenn du lächelst." Sachte berührt ihr rechter Zeigefinger die Fältchen an seinem Augenwinkel.

Seine Finger umschließen ihre Hand und halten sie fest.

„Warum hast du dich auf diese Produktion eingelassen?" Aufmerksam betrachtet sie sein Gesicht.

„Ich wollte mit dir zusammenarbeiten." Er senkt die Stimme. Ein Zittern erfasst sie. Die nasse Kleidung lässt sie trotz der Wärme im Raum frieren. „Warum hast du dich darauf eingelassen? Ich war ja alles andere als freundlich zu dir und du hättest allen Grund gehabt, den Auftrag abzulehnen." Seine Augen forschen in ihrem Gesicht.

Sie beißt sich auf die Lippen. „Ich hab' schon lang davon geträumt, einmal Filmregie zu machen." Sie zittert erneut.

Der Kellner stellt die Biergläser auf den Tisch. „Bitte bringen Sie uns einen Tee."

„Pfefferminz?"

Frank schaut sie fragend an.

Paula nickt. „Es ist lange her, dass jemand für mich einen Tee bestellt hat."

Er mustert sie mit durchdringendem Blick. „Bist du einsam?"

„Nein. Einsam nicht. Aber manchmal wünsche ich mir jemandem, mit dem ich mein Leben teilen kann."

„Was ist mit Rebeccas Vater?"

Der Kellner stellt eine Tasse mit Blümchenmuster auf den Tisch. Frank schiebt sie ihr hin.

Sie umfasst sie mit den Händen und hält ihr Gesicht in den heißen Dampf. „Er lebt nicht mehr."

„Das tut mir leid."

„Er starb kurz nach Beckys Geburt. Seither habe ich Angst, mich auf eine neue Beziehung einzulassen."

„Das kann ich sehr gut verstehen." Er beugt sich vor und umfasst ihre Hände. Langsam streicht er über ihre Finger.

„Du? Aber du hast dich doch darauf eingelassen."

„Ich habe geheiratet, das ist nicht unbedingt dasselbe."

„Das verstehe ich nicht. Warum hast du geheiratet, wenn du nicht geliebt hast? Dann kannst du's doch gleich bleibenlassen."

„Bei meiner ersten Hochzeit war ich 25 und voller romantischer Träume. Die Beziehung hielt nur drei Jahre." Er trinkt einen Schluck Bier. „Die zweite Beziehung hat meine damalige Frau beendet."

„Vorsicht, die Teller sind heiß!" Sie lehnen sich zurück und beobachten den Kellner, der zwei volle Teller mit Schweinebraten und Klößen vor ihnen abstellt. „Mahlzeit!"

„Danke."

Paula zupft ein Stück Kloß ab und taucht es in die Bratensoße. Ihr Magen knurrt, und in ihrem Mund läuft das Wasser zusammen.

„Warum ist deine zweite Ehe auseinandergegangen?"

Frank steckt sich ein Stück Fleisch in den Mund und kaut.

Sie betrachtet seine Hände. Feingliedrige Finger mit kurzen, länglichen Nägeln schließen sich locker um das Besteck.

„Ich habe mich damals selbstständig gemacht und bin Tag und Nacht mit dem Aufbau meiner Firma beschäftigt gewesen. Ich hatte keine Zeit für meine Familie. Zudem war der Ältere meiner beiden Jungs ein Schreibaby. Sarah hat sich mehr Unterstützung gewünscht, die sie dann bei einem anderen Mann gefunden hat."

„Trauerst du ihr nach?"

„Heute nicht mehr. Damals geriet ich in eine schwere Krise."

„Es ist ein seltsamer Gedanke für mich, dass du Kinder hast. Ich kann mir das gar nicht vorstellen."

„Ich glaube nicht, dass ich ein guter Vater war."

Sie legt ihr Messer zur Seite und berührt seinen Handrücken. Auf seinem Gesicht liegt ein trauriges Lächeln. Sie fährt sich mit der rechten Hand durchs Haar. „Und dann hast du Hannah kennengelernt."

„Ich habe Hannah für eine meiner Produktionen engagiert."

„Sie ist Schauspielerin?"

„Sie war Schauspielerin, als wir uns kennenlernten. Sie ist dann sehr bald bei mir in der Firma eingestiegen und hat die Schauspielerei aufgegeben."

„Und warum bist du mit ihr zusammengeblieben?" Sie schaut ihn prüfend an.

„Ich möchte nicht weiter über Hannah sprechen."

Sie senkt den Blick und faltet die Serviette. „Okay."

In Gedanken versunken essen sie weiter. Nach einer Weile legt Paula das Besteck auf den Teller und schiebt ihn von sich. „Puh, alles schaff' ich nicht."

„Ich auch nicht. Magst du einen Kaffee?"

„Nein, danke."

„Die Rechnung, bitte."

„Hat's geschmeckt?" Klappernd stellt der Kellner das Geschirr zusammen.

„Ja, durchaus." Frank neigt den Kopf ein wenig zur Seite.

„Verrätst du mir deine Adresse?" Mit einem leisen Klacken schließt Frank den Sicherheitsgurt.

Paula lächelt. „Ich werde dich lotsen. Ich wohne nicht weit vom Büro entfernt."

Spritzend weicht das Wasser auf der Straße den Rädern des Wagens. Es riecht nach nassem Stoff und Leder. Der Himmel ist wieder hell und die Luft klar. Frank öffnet die Fensterscheiben, um die Feuchtigkeit hinauszulassen, die die Scheiben von innen beschlägt. Ihre Kleidung ist noch nicht ganz trocken. Die Uhr des Bordcomputers zeigt 20.25.

„Wir sind gleich beim Büro."

„Die nächste Straße links, dann die dritte rechts." Sie wartet, bis er in die Straße eingebogen ist, in der ihre Wohnung liegt. „Es ist das Haus dort auf der rechten Seite." Sie zeigt mit der Hand darauf.

Geschickt parkt er den Wagen in eine Lücke in der Nähe des Hauses und dreht den Zündschlüssel. Der Motor verstummt.

Sein Blick streift über ihre linke Wange. Sie dreht den Kopf und lächelt ihn an. Das Graublau seiner Augen leuchtet. Langsam beugt er sich zu ihr herüber. Seine Hände berühren ihre Stirn und fahren den Konturen ihrer Augenbrauen nach. Vorsichtig tasten sich seine Fingerspitzen über ihre Wangenknochen, berühren die bebenden Nasenflügel und verharren sekundenlang auf ihren Lippen. Dann umfassen seine Hände ihren Kopf und ziehen ihn zu sich. Sie schließt die Augen und öffnet den Mund. Seine Lippen sind warm und weich und lösen unzählige kleine Explosionen aus. Sie lässt sich in seine Umarmung fallen, nimmt seinen Duft in sich auf und hält ihn fest mit aller Kraft.

Als sie sich voneinander lösen, glühen ihre Wangen. In Franks Augen liegt ein seltsam entrückter Blick.

„Kommst du mit rauf?" Sie hält den Atem an.

Die Fältchen in seinem Gesicht vertiefen sich. Er zieht den Zündschlüssel ab und öffnet die Autotür.

Heftiges Kribbeln breitet sich in Franks Bauchraum aus und zieht in seinen Unterleib, als er hinter Paula die Stufen zu ihrer Wohnung hinaufsteigt. Sein Herz arbeitet auf Hochtouren und jagt das Blut durch seine Adern. Seine Hände sind feucht, und das Lächeln auf seinem Gesicht fühlt sich an wie festgewachsen.

Als sie um die Ecke biegt, bleibt Paula wie angewurzelt stehen. Er stößt mir ihr zusammen und hält sich an ihren Schultern fest. Tief atmet er ihren Geruch ein.

„Tom! Was macht ihr hier?" Paulas Stimme klingt erschrocken.

Erst jetzt erkennt er den Kameramann. Eine unsichtbare Kraft zieht seine Mundwinkel nach unten, sein Herz setzt einen Schlag aus.

Mit dem Rücken zur Wand sitzt Tom im Flur, neben sich ein Rucksack. Daneben sitzt Becky. Tom steht auf und streckt sich.

„Ich hab' versucht, dich anzurufen. Ich – ähm – ich hab' vergessen meine Dachluke zu schließen, während es geregnet hat. Meine Matratze ist durchnässt und – ich wollte dich fragen, ob ich hier schlafen kann."

Frank hört, wie sie langsam die Luft ausstößt. Die Muskeln ihrer Schultern sind angespannt.

„Ich kann aber auch ein Hotelzimmer suchen, wenn ich störe." Tom ergreift seinen Rucksack.

Paulas Schultern erzittern. „Nein. Nein, du störst nicht." Sie dreht sich zu Frank um. Rasch lässt er sie los. „Danke fürs Heimbringen. Bis morgen."

Er schluckt. „Gute Nacht." Sein Lächeln misslingt.

Langsam trottet er die Stufen hinunter. Klackend fällt die Haustür ins Schloss.

„Bist du mir böse?" Unsicher schaut Tom Paula an.

Sie blickt an ihm vorbei. „Warum? Frank und ich wurden vom Regen überrascht. Wir sind in ein Restaurant geflüchtet, und danach hat er mich nach Hause gefahren. Ich wollte ihn zum Dank auf ein Glas Wein einladen."

„Das hättest du doch tun können."

Paula wirft einen Blick auf Becky, die aufsteht. „Habt ihr zu Abend gegessen?"

„Noch nicht, aber ich hab Pizza bestellt.

Paula schließt die Wohnungstür auf und geht hindurch. Tom und Becky folgen ihr.

Kurz darauf sitzen sie am Tisch. Vor Tom und Becky stehen je ein Teller mit Pizza. Paula nippt an einer Bierdose und tippt ins Handy. „Hallo Frank. Es tut mir leid. Danke für den schönen Abend." Sie legt das Handy zur Seite und beobachtet Becky aus dem Augenwinkel.

Becky isst die Pizza langsam und starrt dabei vor sich auf den Tisch. Als sie fertig gegessen hat, steht sie auf, stellt ihren Teller in die Spüle und geht ins Bad.

Paula steht auf und beginnt mit dem Abwasch. Plötzlich zischt ihr Tom zu und legt den Zeigefinger an die Lippen. Sie dreht den Wasserhahn zu und lauscht. Aus dem Badezimmer dringt ein gedämpftes Würgegeräusch. Sie blicken sich an, dann geht Paula zum Bad, klopft kurz an und öffnet die Tür. Es riecht penetrant nach Erbrochenem.

Becky kniet vor der Toilettenschüssel und richtet sich auf, als sich die Tür öffnet. Sie dreht sich um und starrt Paula erschrocken an. Ihr Gesicht ist blass und verschwitzt, Haare hängen in die Stirn. Rasch drückt sie die Spülung und versucht aufzustehen, aber sie sackt zusammen. Paula tritt neben sie und reicht ihr die Hand. Zitternd vergräbt Becky das Gesicht in den Armen.

Paula setzt sich neben sie, lehnt sich mit dem Rücken an die Wand und streicht ihr behutsam übers Haar.

Becky schluchzt. „Ich will das alles nicht! Ich will nicht erbrechen und ich will nicht nicht essen. Aber da ist diese Stimme in meinem Kopf. Sie schreit mich an, dass ich schwach bin, wenn ich esse. Dass mich niemand mag, wenn ich dick bin. Ich kann nicht anders!" Sie lässt sich gegen Paulas Schulter fallen.

Paula legt den Arm um sie, zieht sie zu sich und krault ihren Kopf. Sie versucht, zu begreifen, was Becky gesagt hat, aber sie kann die Bedeutung der Worte nicht richtig fassen. Es kommt ihr vor, als habe ihr jemand in einer Fremdsprache etwas erzählt, und sie versteht die einzelnen Wörter, aber nicht den Zusammenhang. Die Kälte der Wand breitet sich über ihren Rücken im Körper aus.

Tom steht in der Tür und schließt die Augen.

Becky schläft. Paula sitzt mit Tom auf dem Sofa, sie liest auf ihrem Handy, er spielt mit einer Zigarettenschachtel. Auf dem Couchtisch steht eine Kerze, daneben liegt ein Feuerzeug.

Tom räuspert sich. „Ich hab' Beckys Sandwiches von unserer Fahrt nach Bremerhaven unter meinem Bett gefunden."

Paula legt das Handy weg, fährt sich mit den Händen durchs Haar und schaut ihn erschrocken an. Dann seufzt sie. „Ich hätte viel früher reagieren müssen, dann wäre es gar nicht so weit gekommen. Ich hab' ja gesehen, dass sie viel zu wenig gegessen hat. Und diese ganzen Reiswaffeln und Proteinriegel, die sie gehortet hat, das war ja auch nicht normal."

„Ich weiß nicht. Haben sie in dem Alter nicht alle irgendwelche Spleens? Social Media ist ja voll mit skurrilen Diäten und krankhaften Schönheitsidealen. Ich an deiner Stelle wäre wohl auch nicht misstrauisch geworden."

„Meinst du?" Sie schaut Tom an und lehnt sich an ihn. Er legt den Arm um ihre Schulter, ihr Kopf berührt seinen Hals. „Danke, dass du da bist."

Er streicht ihr behutsam über den Oberarm.

„Ich hab nachgelesen über diese Stimme, von der sie gesprochen hat. Anorexie hat genetische Überschneidungen mit Schizophrenie. Wusstest du das?"

Tom schüttelt den Kopf. „Ich glaube, diese Erkenntnis mit der Genetik ist relativ neu."

„Hörte Lena diese Stimme auch?"

„Lena hat nie über die Krankheit gesprochen. Wir alle nicht. Wir haben versucht, unser Leben weiterzuleben, als ob alles in Ordnung wäre. Lena war mehrmals über viele Monate in der Klinik und gar nicht zuhause."

Sie richtet sich auf und schaut ihn an. „Und war sie gesund, als sie nach Hause kam?"

„Nein. Sie nahm jedes Mal in der Klinik zu, aber sobald sie zuhause war, begann sie wieder weniger zu essen."

„Warum ist sie gestorben?"

Er steckt eine Zigarette zwischen die Lippen. „Sie hat sich vor einen fahrenden Bus geworfen."

Paula hält ihm das Feuerzeug hin. Er wirft ihr einen fragenden Blick zu, dann zündet er die Zigarette an. „Sie hatte keine Kraft mehr zum Kämpfen." Er steht auf, öffnet das Fenster und bläst den Rauch hinaus. „Ich glaube, wir können uns nicht vorstellen, wie es sich anfühlt mit dieser Krankheit."

„Wie ist deine Mutter damit umgegangen?"

„Sie hat sich die Schuld gegeben, dass Lena krank wurde. Wie der Psychiater und ihr Umfeld im Übrigen auch. Sie hat sich vollkommen isoliert, hat das Haus nur noch zum Einkaufen verlassen."

„Die Ärztin im Krankenhaus hat gesagt, Anorexie ist genetisch veranlagt."

„Das wusste man damals noch nicht. Damals ging man davon aus, dass die Mutter-Tochter-Beziehung das Problem sei und die Tochter das Essen verweigerte, um sich entweder gegen die Mutter zu wehren, mehr Aufmerksamkeit zu bekommen, oder sonst was, je nachdem, welcher Erklärungsansatz gerade passte."

„Dieses Bild habe ich aber auch in meinem Kopf, obwohl ich überhaupt nicht das Gefühl habe, dass meine Beziehung zu Becky schwierig ist. Vielleicht war ich zu wenig für sie da. Ich musste ja immer arbeiten, um uns finanzieren zu können."

„Hör auf damit, Paula. Das hilft dir nicht und macht Becky nicht gesund."

Er dreht sich zum Fenster und raucht schweigend. Die Stille schmerzt in Paulas Ohren.

„Becky kann morgen nicht mit aufs Set. Sie ist viel zu schwach dazu." Das Ende der Zigarette glüht auf.

„Morgen drehen wir die Szene mit Bruno und Giovanni, in der Giovanni erfährt, dass er mit seiner Familie Brandenburg verlassen muss. Das kann ich Judith nicht überlassen." Sie schaut ihn an.

„Dann versuchen wir es mit *einer* Kamera und ich bleibe hier."

**

Frank streift die Schuhe ab, legt den Autoschlüssel auf die Kommode in der Garderobe. Aus dem Wohnzimmer fällt Licht auf den Fußboden im Flur, Violinklänge schwingen in der Luft. Er geht am Wohnzimmer vorbei, ohne einen Blick hineinzuwerfen.

„Du solltest die Finger von Paula lassen."

Hannahs dunkle Stimme lässt ihn stoppen. Er dreht sich um und betritt das Wohnzimmer. Die obersten Knöpfe seines Hemdes stehen offen. Unstet tastet sich sein Blick durch den Raum, streift Hannah. Sie liegt auf einem Ledersofa, die Beine angewinkelt, den Kopf auf eine Hand gestützt.

„Es wird nicht gut ankommen, dass die Tochter deiner Regisseurin magersüchtig ist."

Er geht um einen der Sessel gegenüber des Sofas herum und lässt sich langsam darauf nieder. Er kneift die Augen zusammen. „Woher weißt du das?"

„Sowas spricht sich rum."

„Rebecca geht es gut. Sie wird ihre Rolle zu Ende spielen."

Sie setzt sich auf. „Magersucht hat ihre Ursache immer in der Familie. Gewalt, sexueller Missbrauch, Vernachlässigung, eine schädliche Mutter-Tochter-Beziehung. Willst du sowas tatsächlich öffentlich unterstützen?"

Er lehnt sich im Sessel zurück. „Paula ist die beste Regisseurin, die wir jemals hatten."

„Wir haben nur Ärger mit ihr. Zuerst mit der Finanzierung und jetzt das." Sie greift nach einer Schachtel Zigaretten.

Sein Blick fixiert ihre Hand. „Nicht hier."

Gelassen zündet sie eine Zigarette an und bläst ihm den Rauch ins Gesicht.

Er steht auf und stößt den Sessel so heftig zurück, dass er umkippt. Der weiße Hochfloorteppich dämpft das Poltern. Er tritt ans Fenster und vergräbt seine Fäuste in den Hosentaschen.

„Ich habe Vanessa de Venoux engagiert. Sie wird ab Montag die Dreharbeiten übernehmen. Ich lasse mir den Ruf meiner Firma nicht zerstören." Sie zieht an der Zigarette und bläst den Rauch aus. „Wo hast du eigentlich dein Jackett vergessen?"

Frank schluckt und schließt die Augen. Er lässt den Kopf nach vorne fallen, seine Stirn berührt die Fensterscheibe.

Kapitel 21

Paulas Nacken schmerzt und ihr Körper fühlt sich sperrig an. Durchs Fenster drängt das Tageslicht, und sie wünscht sich, dass es bereits Abend wäre. Sie sitzt mit Becky am Tisch, vor Becky steht eine volle Müslischüssel. Sie starrt sie an. Paula klammert sich an ihre Kaffeetasse. Abrupt steht sie auf, knallt ihre Tasse auf den Tisch, geht zum Bett und schüttelt die Bettdecke auf. „Becky, iss doch einfach, das ist doch nicht so schwer!"

Becky schlägt die Faust auf den Tisch, springt auf und funkelt Paula an. Tränen schießen in ihre Augen. „Du hast ja keine Ahnung!"

Erschrocken dreht sich Paula zu ihr um. „Entschuldige. Ich kann mir nicht vorstellen, wie sich das für dich anfühlen muss. Es tut mir leid."

Es klopft. Sie öffnet die Tür.

„Hi, Tom, komm rein." Sie macht einen Schritt zur Seite.

Er betritt die Wohnung und bleibt vor Becky stehen. „Hi, Becky."

Becky wirft ihm einen raschen Blick zu.

„Tom wird bei dir bleiben, während ich im Studio bin."

Sie kneift die Augen zusammen. „Warum darf ich nicht mitkommen?"

„Es ist zu anstrengend für dich, solange du nicht genug essen kannst. Wir müssen versuchen, dich so fit zu bekommen, dass du in zehn Tagen deine letzte Szene drehen kannst." Ihre Augen forschen in Beckys Gesicht. „Oder möchtest du das nicht mehr?"

Becky starrt auf ihre Hände. Ihre Worte sind kaum mehr als ein Flüstern. „Doch. Aber ich glaube, ich schaffe das nicht."

Paula schluck. Tom setzt sich zu ihr an den Tisch. „Doch. Du schaffst das. Wir schaffen das gemeinsam." Er lächelt ihr zu.

Paula ergreift ihre Umhängetasche. „Ich muss los. Danke, Tom. Mach's gut, Becky."

Sie betritt das Studio und blickt sich suchend um. *Kurz vor acht. Entweder ist Frank heute besonders früh hier, oder er kommt zu spät.* Mit klopfendem Herzen nähert sie sich dem Set.

In der Mitte des Sets steht ein massiver Holzschreibtisch, dahinter ein wuchtiger Bürostuhl. Auf dem Tisch liegt stapelweise Papier zwischen Ordnern und einem großen Bildschirm. Bruno Martens sitzt hinter dem Schreibtisch. Lars, Thomas und Meike diskutieren, Giovanni kniet im Raum und schnürt einen Schuh. Neben der Tür steht ein kleiner Tisch, an dem Ulrich sitzt. Judith steht daneben. Paula geht auf sie zu. Die Gespräche verstummen und Paula spürt, wie sich die Blicke der anderen auf sie richten.

„Guten Morgen!" Verwirrt blickt sie sich um. Sie legt das Drehbuch auf den Tisch. „Hallo, Judith." Paula schlägt eine Seite auf. „Ist Temo schon hier?"

„Temo? Für die Szenen hier brauchen wir ihn nicht." Judith zieht die Augenbrauen zusammen.

„Ach stimmt ja, mit Temo drehen wir heute gar nicht." Paula reibt sich über die Schläfen.

Wo er bloß bleibt? Er ist doch sonst immer überpünktlich. Sie holt ihr Handy aus der Tasche und verlässt das Set. Sie wartet zweimal, bis der Wählton in ein nervöses piep, piep, piep übergeht, dann lässt sie das Telefon sinken.

„Paula? Kommst du?"

„Ja, bin da!" Sie steckt das Handy weg, wischt sich über die Stirn und geht zu Judith.

„Guten Morgen zusammen. Also, legen wir los." Misstrauische Blicke richten sich auf sie. Verwirrt blickt sie Judith an.

„Wo möchtest du einsetzen?"

„Ach so, wir beginnen..." Sie beugt sich hilfesuchend zu ihr.

„Szene 12 mit dem Gespräch zwischen dem Bürgermeister und Giovanni."

Sie richtet sich auf und macht einen Schritt in den Raum. „Wir beginnen bei Szene 12 mit dem Gespräch."

Lars erhebt sich langsam und geht auf seine Kamera zu. Meikes Blick brennt auf ihrem Gesicht, sie wendet sich ab. *Verdammt, was ist hier los?*

Ulrich wirft ihr einen langen Blick zu.

„Cut! Bruno, deine Reaktion auf Giovanni ist unangemessen. Versuch, dich etwas mehr auf ihn einzulassen. Er reagiert nicht provokativ auf deine Nachricht, sondern verwirrt und betroffen, da braucht es keine heftigen Worte." Paula fährt sich mit der Hand durchs Haar. Das Blut pocht in ihren Schläfen.

Bruno zieht die Augenbrauen in die Höhe und lehnt sich in seinem Stuhl zurück.

„Also, nochmal. Bitte alle in Position!"

Betont langsam stößt sich Isabel von der Wand ab, wischt mit dem Schwamm über die Klappe, schreibt die neue Take-Nummer mit Kreide darauf und stellt sich vor Lars' Kamera.

Paulas Gedanken schweifen zu Becky. *Ob sie wohl isst?* *Wie wird sich Tom dabei fühlen? Hoffentlich nimmt ihn das alles nicht zu sehr mit.* Sie gibt sich einen Ruck und tritt in die Mitte des Sets.

Kurz vor 17.00 Uhr lässt sie sich erschöpft auf einen Stuhl sinken. „Danke, das war's! Morgen von 8.00-12.00 Uhr, dann haben wir die Szene hier im Kasten. Die nächste Woche ist unsere letzte Drehwoche. Es stehen nochmal Backlot und Fürstenwalde auf dem Programm sowie drei Tage hier in unterschiedlichen Sets. Judith wird euch den aktuellen Drehplan per Mail schicken. Schönen Abend!"
Bewegung kommt in die Crew. Paula stützt den Kopf in die Hände. Ihre Stirn glüht und ihre Beine schmerzen. Sie leert ihre Wasserflasche. Das Schlucken schmerzt.
„Bis morgen!" Judiths Blick streift sie flüchtig.
„Bis morgen! Ach, Judith, wir sollten darauf achten, dass sich morgen nur die Schauspieler auf dem Set befinden, die auch wirklich spielen. Alle anderen müssen morgen draußen warten auf ihren Einsatz, wir werden vermutlich den ganzen Raum brauchen für die Kamera."
„Okay, ich notier's mir." Sie schließt die Tür.
Die plötzliche Stille dröhnt in Paulas Ohren. Sie packt ihr Drehbuch ein und zuckt zusammen, als ihr Handy vibriert.
„Frank!"
„Paula, kannst du bitte in mein Büro kommen?"
Ihre Muskeln verkrampfen sich. Der Klang seiner Stimme jagt ihr einen Schauer über den Rücken. „Ich bin noch im Studio. Ich nehm' mir ein Taxi und bin in einer halben Stunde bei dir."
Sie starrt das Handy an. Ihre Hand zittert, als sie es in die Tasche fallen lässt. Langsam erhebt sie sich. Sie durchquert das Studio, läuft den langen Korridor entlang und atmet auf, als sie an der frischen Luft steht.

Das Klacken seiner Absätze hallt durchs Büro. Frank tritt ans Fenster. Sein Blick schweift über die Spree, ohne etwas zu sehen. Er dreht sich um, geht zum Wandschrank, schiebt die Tür zurück. Der Deckel der Rumflasche fehlt. Er schiebt die Tür wieder zu und blickt auf die Uhr. Er geht zum Schreibtisch, nimmt den Kugelschreiber in die Hand und legt ihn wieder hin. Kalter Schweiß überzieht seinen Handrücken.

Es klopft.

Er stürzt auf die Tür zu und reißt sie auf. „Paula! Komm rein." Er fasst sie am Oberarm und führt sie ins Büro. Rasch schließt er die Tür.

„Frank, was ist passiert? Warum warst du heute nicht am Set?"

Ihre Wangen sind gerötet und ihr Haar ist zerzaust. Er hebt seine Hand, um über ihren Kopf zu streichen, und lässt sie wieder sinken. Besorgnis springt ihn aus ihrem Blick an und schnürt ihm die Kehle zu.

„Hat Hannah was bemerkt wegen uns?"

„Hannah interessiert sich nicht dafür, mit wem ich meine Zeit verbringe."

Paula zuckt zusammen. „Bist du wütend wegen Tom? Ich wusste nicht, dass er auf mich wartete. Zwischen uns läuft nichts, wir sind Freunde, mehr nicht."

Er schüttelt den Kopf. Sein Atem geht stoßweise. Er geht um den Schreibtisch herum und lässt sich auf seinen Bürostuhl fallen. Für einen Moment schließt er die Augen. Er presst die Fingerspitzen beider Hände aufeinander und holt tief Luft. „Es tut mir leid wegen Rebecca."

Sie setzt sich langsam, hängt ihre Tasche über die Lehne des Sessels und knetet ihren Ringfinger. Sie wirft ihm einen flüchtigen Blick zu. „Sie wird dich jetzt brauchen."

„Ja. Ich begleite sie, so gut ich kann."

„Du solltest bei ihr bleiben."

Sie kneift die Augen zusammen. Eine plötzliche Hitze drängt über ihren Rücken. „Wie meinst du das?"

Er rüttelt an seiner Krawatte, bis sie sich öffnet. Er wirft sie auf den Schreibtisch, öffnet die obersten beiden Hemdknöpfe und steht auf. Sie beobachtet ihn. Er füllt ein Glas Whisky und stürzt es hinunter. Dann geht er langsam zum Schreibtisch zurück und fasst sich mit der Hand an den Nacken.

Die Tür fliegt auf. „Ach, sieh an! Störe ich?" Hannahs Haar schwingt bei jedem Schritt.

Frank stellt sich hinter seinen Stuhl und hält sich an der Lehne fest.

Hannah bleibt vor Paula stehen. „Hat Ihnen Frank schon gesagt, dass Sie hier überflüssig sind?"

Langsam steht Paula auf. „Was soll das heißen?"

„Vanessa de Venoux wird den Film zu Ende bringen. Ab Montag. Wir können uns keine Regisseurin mit familiären Problemen leisten."

Hannahs Worte dröhnen in ihrem Kopf. „Wie bitte?"

„Sie sollten sich um Ihre Tochter kümmern."

„Beckys Krankheit hat nichts mit meiner Arbeit zu tun."

Frank macht einen Schritt auf Paula zu. „Es ist besser so. Glaub mir. Für Rebecca. Für uns alle."

Er wirft ihr einen raschen Blick zu.

„Ihr schmeißt mich raus, weil Becky krank ist?" Fassungslos starrt sie ihn an. Sie schluckt, ballt die Hände zu Fäusten. Ihr Unterkiefer beginnt zu zittern. Fast unmerklich schüttelt sie den Kopf und schnieft. „Das ist nicht euer Ernst. Sag mir, dass das nicht dein Ernst ist!"

„Paula, ich – wir – Hannah..."

„Hör auf mit Hannah! Wenn dir das nicht passt, dann steh' doch endlich auf und wehr' dich, anstatt dich von ihr herumkommandieren zu lassen wie ein kleines Kind!" Sie strafft die Schultern und wischt sich über die Augen. „Das ist der Grund, warum du noch mit ihr zusammen bist, darum wolltest du gestern nicht über sie sprechen. Du bist abhängig von ihr." Sie ballt die Hände zu Fäusten, dass die Knöchel weiß hervorstehen, stampft mit dem Fuß auf und dreht sich um.

Frank packt sie bei den Schultern und dreht sie zu sich.
„Paula, bitte, glaub' mir, ich wollte das nicht!"

„Ich glaube dir nicht! Lass mich los!"

Ihre Augen sind aufgequollen und ihre Stimme schrillt in seinen Ohren. Sie reißt sich los und stürmt aus dem Büro.

Er rennt hinter ihr her. „Paula! Warte!"

Sie rennt die Treppenstufen hinunter. Ihre hastigen Schritte hallen durchs Treppenhaus und entfernen sich immer weiter.

Franks Finger krallen sich ums Geländer. Dann sackt er in sich zusammen.

„Kann ich Ihnen helfen?"

Er richtet sich auf und schüttelt schwach den Kopf. Mit schwerem Schritt geht er an seiner Sekretärin vorbei.

„Ihr duzt euch?" Hannah lehnt an seinem Schreibtisch.

„Raus!" Seine Stimme ist leise und seine Kiefer pressen sich aufeinander.

„Du wirst mir eines Tages dankbar sein für diese Entscheidung, glaube mir, mein Liebling." Sie stößt sich vom Tisch ab und verlässt erhobenen Hauptes das Büro.

Sein Blick fällt auf Paulas Tasche, die über der Lehne des Sessels hängt. Er ergreift sie und drückt sein Gesicht in den kratzigen Stoff.

Paula schleppt sich durch die dunklen Straßen. Sie hangelt sich von einem Lichtkegel der Straßenlaternen zum nächsten. Ihr Körper schmerzt und sie friert trotz der abendlichen Schwüle, die das nächste Gewitter ankündigt.

Sie biegt in die Straße ihrer Wohnung ein und atmet auf. *Noch 100 Meter.* Neben ihr öffnet sich eine Autotür. Sie springt zur Seite. Frank steigt aus.

„Paula. Bitte, lauf nicht weg."

„Was willst du von mir?" Sie bleibt stehen und verschränkt die Arme vor der Brust.

„Hier. Du hast deine Tasche im Büro vergessen."

Zögernd nähert sie sich ihm und streckt die Hand aus. Ihre Finger berühren sich. Paula zuckt zusammen.

„Es tut mir so leid." Seine Stimme zittert. „Ich wollte das nicht, das musst du mir glauben."

Schweigend ergreift sie ihre Tasche, dreht sich um und geht langsam auf ihr Haus zu. Bevor sie die Eingangstür zuzieht, blickt sie sich um. Er steht noch immer vor seinem Wagen, den Kopf in ihre Richtung gewendet.

Paula stößt die Tür zur Wohnung auf. Tom sitzt am Küchentisch und hebt den Blick. „Du kommst spät. Was ist passiert?"

Paula lässt ihre Tasche zu Boden fallen und zieht die Schuhe aus. Vor dem Tisch bleibt sie stehen. „Schläft sie?"

Er nickt.

„Hast sie gegessen?"

„Ja, langsam und mit viel Widerstand."

„Hat sie erbrochen?"

„Nein. Ich habe darauf bestanden, dass die Tür zum Bad ein Spalt breit offenbleibt."

Sie geht zum Waschbecken und trinkt ein Glas Wasser. Dann lässt sie sich aufs Sofa fallen, legt den Kopf in den Nacken und fixiert die Zimmerdecke.

„Er hat mich rausgeworfen." Ihre Stimme bricht.

„Wer?" Verständnislos blickt Tom sie an.

„Frank."

„Wie, rausgeworfen?"

„Er hat mich durch eine andere Regisseurin ersetzt. Wegen Becky. Sie übernimmt ab Montag die Dreharbeiten."

Er reißt die Augen auf. „Was? Das ist nicht dein Ernst!" Sie schweigt. Er springt auf, ballt die Hände zu Fäusten und geht hektisch im Zimmer auf und ab. „Dieses verdammte Schwein!" Sie zuckt zusammen. Er presst die Vorderzähne aufeinander. „Na warte!"

Sie hebt den Kopf und schaut ihn alarmiert an. „Was hast du vor?"

„Ich steig aus."

Erschrocken lehnt sie sich nach vorne. „Bitte tu das nicht. Du weißt, dass der Film ohne dich nicht weitergedreht werden kann."

„Wenn ich dabeibleibe, unterstütze ich deinen Rauswurf."

„Wenn die Dreharbeiten abgebrochen werden, wird Becky nichts mehr essen."

Tom starrt sie an. „Und wie willst du das dann nach dem Dreh mit ihr machen?"

Sie holt tief Luft und schließt die Augen. „Das weiß ich noch nicht. Ich bin dankbar für jeden Tag, an dem sie lebt. Für jeden Tag, an dem sie isst. Bitte, mach weiter."

Er bückt sich, zieht die Schuhe an, öffnet die Tür und verlässt die Wohnung.

Sie bleibt auf dem Sofa sitzen. Ihr Kopf ist leer.

***

„Was tust du?" Hannah steht im roten, knöchellangen Nachthemd in der Zimmertür und beobachtet Frank.

Wortlos geht er zwischen Kleiderschrank und Bett hin und her und legt sorgfältig Kleidungsstücke in den Koffer.

„Machst du Urlaub? Ich denke, die Dreharbeiten sind erst Ende nächster Woche abgeschlossen?" Er schließt den Koffer, legt einige Papiere in seine Laptoptasche und geht auf Hannah zu. Sie versperrt ihm den Weg. „Sagst du mir jetzt, wohin du verreist?" Mit der linken Hand schiebt er sie zur Seite. Sie packt sein Handgelenk. „Wohin gehst du? Ich habe ein Recht darauf, das zu wissen." Er schüttelt ihre Hand ab, steckt den Autoschlüssel ein und öffnet die Haustür. Hannah verschränkt die Arme vor der Brust. „Ich finde schon heraus, wohin du gehst."

Ohne ihre Reaktion abzuwarten, zieht er die Haustür hinter sich zu.

Frank steigt aus und überlässt den Autoschlüssel dem Portier.

„Guten Abend, Herr von Roth. Schön, dass Sie hier sind. Ihre Suite ist für Sie bereit." Die Dame am Empfang lächelt ihn an.

„Das ist nett, aber ich habe sie nicht reserviert."

„Ihre Frau hat sie reserviert, bis Sonntag."

„Ich brauche sie nicht. Geben Sie mir ein kleineres Zimmer, etwas ganz – Gewöhnliches."

„Wie Sie wünschen. Ein Einzel- oder ein Doppelzimmer?"

Er schluckt. „Ein Einzelzimmer."

„Bis wann gedenken Sie zu bleiben?"

„Das weiß ich noch nicht. Vielleicht vier Wochen, vielleicht länger."

Das Lächeln auf dem perfekt geschminkten Gesicht der Empfangsdame bleibt unverändert. „Ein Langzeitaufenthalt, sehr gerne. Dann kann ich Ihnen Zimmer 462 empfehlen mit großzügigem Badezimmer und Balkon, 4. Stock."

Frank nickt und nimmt den Zimmerschlüssel entgegen.

„Ihr Gepäck können Sie hier lassen, der Portier wird es Ihnen umgehend aufs Zimmer bringen."

„Das geht schon, ich nehme es selbst mit." Er nickt der freundlichen Dame zu und drückt auf den Fahrstuhlknopf.

Kapitel 22

Mit einem Schrei erwacht Paula. Ihr Nachthemd klebt an ihrem Körper, die Bettwäsche ist nassgeschwitzt.

Zitternd steht sie auf und geht ins Bad. Aus dem Spiegel schauen sie glänzende Augen aus einem blassen Gesicht an. Das Blut pulsiert schmerzhaft in ihrem Hals. Sie wäscht sich und geht zurück zum Bett.

Ein Blick aufs Handy verrät ihr, dass es kurz vor fünf ist. Sie wählt Judiths Nummer.

„Hallo?" Nach etwa 30 Sekunden meldet sich Judiths verschlafene Stimme.

„Entschuldige, Judith, dass ich dich geweckt habe. Hier ist Paula."

„Paula, was ist los?"

„Kannst du bitte den Dreh übernehmen? Ich bin krank und schaff' es nicht."

„Ja, ich kann es versuchen. Doch, ich mache es gerne. Mach dir keine Sorgen und erhol' dich gut."

„Danke, ich weiß, dass du das kannst." Sie schlüpft zurück ins Bett und schließt die Augen.

Paula erwacht von einem Schütteln an ihrer linken Schulter.

„Paula? Wir müssen los!"

Toms Stimme klingt dicht an ihrem Ohr. Sie öffnet die Augen und schließt sie sofort wieder. Unwillig dreht sie sich auf den Rücken.

„Bist du krank?"

Sie stößt ein grunzendes Geräusch aus und öffnet die Augen. „Mir geht's nicht gut, Judith übernimmt den Dreh."

„Hat Becky gefrühstückt?"

Sie setzt sich auf, schält sich aus der Bettdecke und geht zur Küchenzeile. Seine Augen begleiten sie.

„Kommst du klar?"

Sie nickt wortlos und wartet auf das Klacken der Wohnungstür. Ihr Kopf hämmert und in ihrem Magen rumort eine latente Übelkeit. Sie schlurft ins Bad und betrachtet sich im Spiegel. Ihre Haut wirkt grau. Sie spritzt sich Wasser ins Gesicht und rubbelt die Wangen. Mit einer Schachtel Schmerzmittel kehrt sie zurück in die Küche, nimmt ein Glas aus dem Schrank, füllt es mit Wasser, drückt eine Tablette aus der Verpackung und schluckt sie. Dann bereitet sie zwei Schüsseln mit Müsli vor.

„Becky? Essen!"

Sie füllt Saft in ein Glas, stellt eine Kaffeetasse auf den Tisch und setzt sich. Beckys Zimmertür öffnet sich. Langsam nähert sich Becky dem Tisch. Sie bleibt stehen und fixiert die Müslischüssel.

„Was ist da drin?"

„Wie jeden Morgen. Alles, was du brauchst, um gesund zu werden."

„Ich bin nicht krank!" Beckys Stimme schrillt durch den Raum. Sie ergreift eine Schüssel und wirft sie mit Wucht auf den Fußboden. Paula zuckt zusammen und starrt sie an. Dann steht sie auf, holt Kehrschaufel und Besen aus der Küche, wischt die Scherben und das Müsli zusammen und wirft alles in den Müll. Sie stellt ihre Schüssel auf Beckys Platz. „Dann iss jetzt bitte." Mit Mühe unterdrückt sie das Zittern in ihrer Stimme.

Beckys Atem geht rasch, sie ballt die Hände zu Fäusten. „Nein." Sie ergreift die zweite Schüssel.

„Ich mach dir ein neues Müsli, wenn du das auch fallen lässt."

„Du hast doch gar keine Zeit!"

Paula schluckt und verschränkt die Arme vor der Brust. „Doch."

„Musst du nicht ins Studio?"

„Judith ist dort."

„Ich dachte, sie ist nur deine Assistentin?"

Paula zuckt die Schultern. Das Blut pocht hinter ihren Schläfen und über ihre nackten Fußsohlen kriecht die Kälte des Fußbodens in ihren Körper. Sie fröstelt.

Mit der Schüssel in der Hand macht Becky einen Schritt auf den Tisch zu und setzt sich in Zeitlupe. Sie sitzen sich gegenüber, Paula klammert sich an ihre Kaffeetasse und wartet auf die Wirkung des Schmerzmittels. Becky starrt reglos auf die Schüssel.

Eine Stunde später schiebt Becky die leere Schüssel von sich und steht auf. Erleichtert lehnt sich Paula zurück. Bevor sie die Zimmertür zuzieht, streckt Becky den Kopf nochmal raus. „Ich will nicht, dass Lisa kommt."

Paula zuckt zusammen. Langsam nickt sie. Die Tür schließt sich. Sie steht auf, stellt die Schüssel und ihre Kaffeetasse in die Spüle und ergreift ihr Handy. Sie dreht es in der Hand und starrt aufs Sofa, ohne etwas zu sehen. *Was wird Marlene denken? Sie kennt meine Beziehung zu Becky, seit Becky auf der Welt ist. Sie wird nicht glauben, dass es an unserer Beziehung liegen kann, dass Becky krank geworden ist.* Paula tritt ans Fenster. Ihre Augen suchen den Himmel. *Aber vielleicht findet sie, dass ich mehr Rücksicht auf Becky hätte nehmen müssen. Dass ich mir einen anderen Job hätte suchen müssen nach Alexanders Tod. Einen, bei dem ich nicht so viel unterwegs gewesen wäre. Bei dem Becky mehr Stabilität und eine normale Kindheit gehabt hätte.* Ihre Gedanken schweifen zu Alexander und irritiert bemerkt sie, dass die Erinnerungen an ihn und ihre gemeinsame Zeit verblasst sind. Sie versucht, sich an sein Gesicht zu erinnern. Zwölf Jahre sind seit seinem Tod vergangen.

Paula gibt sich einen Ruck. Sie setzt sich aufs Sofa und wählt Marlenes Nummer.

„Hallo, Paula, schön, dass du anrufst!"

„Hi, Marlene. Du, ich muss Lisa wieder ausladen." Sie schweigt und wartet auf die Reaktion der Freundin. Aber Marlene schweigt. Paula zögert. „Becky ist krank."

„Ach, wie schade! Was hat sie denn?"

„Magersucht." Es kommt Paula vor, als hätte jemand die Zeit angehalten. Mit leerem Blick sitzt sie auf dem Sofa, lauscht dem Rauschen des Bluts in ihren Ohren. Ihre Augen brennen und ihre Lippen fühlen sich spröde an. „Marlene?"

„Paula, das tut mir leid. Ich hätte dir das sagen sollen."

„Was?"

„Naja, nachdem Becky und Lisa ja beide diese Magen-Darm-Geschichte hatten, hat Becky irgendwie nicht mehr richtig gegessen. Sie hat immer gesagt, sie habe keinen Hunger oder ihr sei übel. Ich dachte, es hänge mit dem Infekt zusammen und habe sie in Ruhe gelassen. Nach ein paar Tagen war es dann irgendwie normal, dass sie viel weniger aß als alle anderen, und ich habe vergessen, dir davon zu erzählen."

Paula seufzt. „Ich glaube nicht, dass sich etwas verändert hätte, wenn du mir davon erzählt hättest. Sie hat hier ja auch viel zu wenig gegessen und ich konnte es nicht einordnen. Sie ist dann am Set zusammengeklappt und im Krankenhaus hat die Ärztin die Diagnose gestellt."

„Wo ist sie jetzt?"

„Hier, bei mir. Im Krankenhaus war kein Platz frei."

„Mensch, Paula! Kann ich dir irgendwie helfen?"

„Das ist lieb. Im Moment geht's. Tom ist oft hier und unterstützt mich."

„Okay. Aber bitte ruf mich an, wenn du Hilfe brauchst, ja?"

„Ja. Danke, Marlene!"

Es ist 12.00 Uhr. Becky sitzt vor einem Teller Lasagne, schiebt die einzelnen Teigplatten zur Seite und stochert in der Hackfleischfüllung herum. Paulas Magen ist hart. Der Geruch nach Knoblauch und geschmolzenem Käse, der ihr sonst das Wasser im Mund zusammenlaufen lässt, verstärkt die Übelkeit, die sich seit gestern Abend festgesetzt hat. Erleichtert springt sie auf, als es klopft.

„Hi. Wie geht's dir?"

„Tom! Schön, dass du da bist. Komm rein. Wie war der Dreh?"

Tom zieht die Schuhe aus. „Hallo, Becky!" Er lächelt ihr zu, geht zum Waschbecken, füllt ein Glas mit Wasser und setzt sich auf die Couch. Er trinkt, dann schaut er Paula an. „Der Dreh war die reinste Katastrophe. Von Roth ist völlig durchgedreht."

„Wie meinst du das?" Sie lehnt sich an die Wand gegenüber der Couch.

„Er hat sich in alles eingemischt und hat dabei noch immer nicht begriffen, dass wir nicht klassisch filmen können.

Paula zieht die Augenbrauen in die Höhe und schweigt. Dann stößt sich von der Wand ab. „Komm, lass uns fahren." Sie geht auf die Tür zu.

Becky steht rasch auf und nimmt ihren Rucksack, der neben der Tür steht.

„Spinnst du?" Entgeistert blickt er sie an.

„Ich hab' ausgeschlafen, jetzt geht's mir besser."

„Sorry, aber ich komm' da nicht mit. Du lässt einen halben Drehtag ausfallen, weil du krank bist, und dann willst du vier Stunden nach Lübeck fahren, um an Vorstellungen dabei zu sein, wo's dich gar nicht braucht?"

„Heute Morgen bin ich echt flach gelegen, ich hab' bis vor einer halben Stunde geschlafen. Jetzt geht's mir wirklich besser."

„Du siehst scheiße aus."

„Ich muss ja nicht auf die Bühne." Trotzig schiebt sie eine Strähne hinters Ohr. Sie dreht sich um, verlässt die Wohnung und läuft durchs Treppenhaus. Becky folgt ihr.

„Du hast doch nur Angst wegen Matteo!" Tom eilt hinter ihnen her.

„Wenn er abspringt, ist unsere Tournee im Eimer!"

„Meinst du nicht, dass es für Becky einfacher wäre, wenn ihr hierbleiben würdet?"

„Und wenn er alles hinwirft, wenn ich nicht mitkomme?" Abrupt bleibt sie stehen und dreht sich zu ihm um. Er stößt mit ihr zusammen. Er riecht nach Zigarette. „Ich lasse mir die Tournee nicht von ihm zerstören. Jetzt erst recht nicht." Sie wischt sich eine Träne aus dem Augenwinkel.

Becky schaut ihm in die Augen. „Ich schaff' das. Versprochen."

Paula wartet den Moment ab, in dem sich Birgit und Matteo in die Haare geraten. Dann kramt sie im Dunkel des Zuschauerraums in ihrer Umhängetasche, zieht die Packung Schmerzmittel hervor und drückt eine Tablette heraus. Rasch lässt sie die Tasche sinken und blickt sich verstohlen um. Niemand hat das Rascheln und Knistern bemerkt, die Frau neben ihr blickt gebannt zur Bühne. Sie öffnet ihre Wasserflasche und spült die Tablette hinunter. Sie rutscht tiefer in den Sitz, lehnt den Kopf an und schließt die Augen. Auf ihrer Stirn stehen Schweißperlen, frierend zieht sie die Strickjacke fester um ihren Oberkörper. Der Geruch nach Rosenparfüm bringt ihren Magen in Aufruhr.

„Rosie, bitte warte." Paula hält sie am Arm fest. „Kann ich dich sprechen?"

„Jetzt noch?" Rosie blickt auf die Uhr. „Es ist kurz vor Mitternacht." Sie gähnt. „Können wir morgen reden? Wir haben den ganzen Tag Zeit."

Eine Katze jagt zwischen Rosies Füßen hindurch und verschwindet in der Dunkelheit. Am Himmel schimmert eine schlanke Mondsichel. Eine kühle Brise von der Trave weht den Geruch nach salziger Meerluft durch die Straßen.

„Schlaft gut!"

„Gute Nacht, bis morgen!"

Birgit und Andreas treten aus der Bar auf die Straße und winken Rosie, Paula und Becky zu.

„Bis morgen!" Rosie blickt Paula an. „Du zitterst ja." Sie ergreift ihre Hand. „Kind, du glühst, du gehörst ins Bett."

Paula wirft Becky einen raschen Blick zu und senkt die Stimme. „Bitte, Rosie, ich kann nicht schlafen, ich muss erst mit dir sprechen."

Im gelben Schein der Straßenlaterne fängt sie den Blick der älteren Frau auf.

„Komm mit, wir gehen ins Hotel." Sie fasst Paula beim Arm. Ihre Absätze klappern übers Kopfsteinpflaster. Becky folgt ihnen wie ein Schatten.

Die Hotelhalle ist leer, als sie durch die gläserne Schiebetür treten. Der Nachtdienst hinter der Rezeption ist in sein Handydisplay vertieft, aus den Lautsprechern dudelt leise Jazzmusik. Es riecht nach Putzmittel.

Paula drückt Becky einen Schlüssel in die Hand. „Geh schon mal ins Bett, ich komm' gleich nach."

Gähnend geht Becky zum Aufzug und drückt den Knopf.

Rosie führt Paula zu einer Sitzecke und drückt sie in einen der wuchtigen Ledersessel. Sie nimmt ihr gegenüber Platz und blickt sie erwartungsvoll an.

„Schieß los."

Paula knetet ihren Ringfinger und schluckt. „Wie gut kennst du Frank?"

Rosies Augen forschen in Paulas Gesicht. „Was ist passiert?"

Paula öffnet den Mund und schließt ihn wieder. Ein knisternder Kloß in ihrem Hals verunmöglicht das Sprechen. Sie schluckt erneut und spürt, wie die Tränen in ihre Augen steigen. Sie blinzelt, aber sie lassen sich nicht aufhalten. Sie schluchzt laut auf und lässt ihnen freien Lauf.

„Er hat – er hat..."

„Lass dir Zeit und beruhige dich." Rosie rückt ihren Sessel näher an Paulas und streicht ihr mit der Hand über den Arm.

Paula spürt der Bewegung nach. Ihr Schluchzen wird schwächer. Sie wischt sich mit dem Ärmel ihrer Strickjacke die Tränen aus den Augen und atmet tief ein.

„Geht's wieder?" In Rosies Blick liegt Besorgnis.

Paula nickt. „Er hat mich rausgeworfen." Ein heftiges Zittern erfasst sie.

„Warum?" Rosie schaut sie aufmerksam an.

„Becky hat Magersucht." Sie fixiert die schwarze Tischplatte, in der sich die Deckenlampe spiegelt. Dann hebt sie den Kopf und wirft Rosie einen flüchtigen Blick zu. Rosie nickt. „Du weißt davon?" Überrascht zieht Paula die Augenbrauen zusammen.

„Ich habe es vermutet. Ich habe euch beim Essen beobachtet. Tom ist auch involviert, richtig?"

„Ja. Woher kennst du die Krankheit?"

Die ältere Frau lehnt sich im Sessel zurück. „Ich habe zwei Jahre lang mit einer Schauspielerin zusammengewohnt, die an Anorexie erkrankt war. Es hat lange gedauert, bis ich es bemerkt habe. Sie ist sehr geschickt darin gewesen, Essen verschwinden zu lassen oder Ausreden zu finden, warum sie nichts isst. Was hat Frank zu dir gesagt?" Aufmerksam blickt sie Paula an.

„Ich solle mich um Becky kümmern. Hannah meinte dann, dass sie keine Regisseurin mit familiären Problemen beschäftigen kann."

„Hannah also." Rosie verschränkt die Arme vor der Brust. „Wie hast du darauf reagiert?"

„Ich bin weggerannt."

„Wann war das?"

„Gestern, nach dem Dreh."

„Und du hast seither nicht mehr mit Frank gesprochen?" Paula schüttelt den Kopf. Rosie lehnt sich im Sessel zurück und faltet die Hände. „Ich kenne Frank seit fast 40 Jahren. Er war 28, als wir uns zum ersten Mal auf der Bühne begegneten."

„Frank ist Schauspieler?" Paula richtet sich auf.

„Er spielte neben dem Betriebswirtschaftsstudium in verschiedenen Theatern, anfangs Laientheater, dann auch als Nebendarsteller auf größeren Bühnen. Seinem Vater gefiel das nicht. Er selbst war ein erfolgreicher Börsenhändler und wollte, dass Frank ebenfalls ins Geldgeschäft einstieg. Aber Franks Herz schlug für die Kunst. Als er nach seinem Studium einen Praktikumsplatz annahm in einer Filmproduktionsfirma, brach sein Vater den Kontakt zu ihm ab. Wenige Jahre später ist sein Vater gestorben, ohne dass sie sich nochmal gesehen oder gesprochen hätten."

„Und was hat das mit meiner Situation zu tun?"

„Frank liebt die Kunst und Qualität ist ihm sehr wichtig. Als er Hannah kennenlernte, übernahm sie die Verantwortung für die Finanzierung und er konnte sich um die künstlerischen Inhalte und die Besetzung der wichtigsten Posten kümmern. Er hat dich engagiert, weil er von deinem Potential überzeugt ist."

„Rosie, er hat mich rausgeschmissen! Weil Becky krank ist! Er gibt mir die Schuld daran. Weißt du, wie sich das anfühlt? Ich kann ihm nicht mehr in die Augen schauen. Nicht, nachdem..."

„Nachdem was?"

„Nichts." Sie schnäuzt sich in ein Taschentuch.

Rosie kneift die Augen zusammen. „Du magst ihn." Es ist eine Feststellung. Paula lenkt ihren Blick erneut auf die Tischplatte. „Ist dir das peinlich?"

„Nein. Warum?"

„Ich dachte nur, weil du den Blick gesenkt hast." Sie legt den Arm um Paulas Schulter. „Frank ist ein sehr liebevoller Mensch. Ich glaube nicht, dass er dich verletzen wollte."

Paula betrachtet das zerfurchte Gesicht der Freundin. „Woher weißt du das?"

„Wir verbrachten ein wunderschönes Jahr zusammen und waren sehr verliebt."

„Du und Frank?"

Rosie lächelt. „Ja."

„Wann war das?"

„Nach seiner ersten Scheidung."

„Und was war dann?"

„Er war sehr leidenschaftlich in allem, was er tat. Seine größte Leidenschaft galt damals dem Aufbau seiner eigenen Firma. Ich konnte das nachvollziehen und ließ ihn gehen."

„Warum habt ihr die Firma nicht zusammen aufgebaut?"

„Die Firma war sein Traum, nicht meiner. Ich wollte spielen, aber nicht in seinen Filmen. Ich wollte die ganz großen Herausforderungen, mich beweisen. Seine Firma war ja noch klein und er hatte anfangs kaum genug Kapital, um die Schauspieler zu bezahlen. Viele ließen sich ohne Gage engagieren, damit sie überhaupt einmal in einem Film spielen konnten. Seine Strategie ging auf und seine kleinen Produktionen waren gut genug, dass er Unterstützung von den großen Geldgebern bekam. Bis er allerdings so weit war, spielte ich bereits in meinem ersten Kinofilm. Wir hatten beide unsere Träume, die wir nicht für die Liebe aufgeben wollten. Ich glaube, wir waren dafür einfach zu jung."

„Aber er hat doch bald nach seiner Scheidung wieder geheiratet, warum das denn?"

„Er wollte nicht alleine bleiben. Er sehnte sich nach einer Partnerin, nach Geborgenheit. Seine zweite Frau konnte ihm das geben. Sie blieb an seiner Seite, während er seine Firma aufbaute."

„Und du?"

„Wir blieben befreundet, so eng es durch meine Engagements und seine Arbeit ging. Jeder von uns verwirklichte seinen Traum."

Paula massiert ihre Schläfen. Ihre Gedanken wandern zu Frank. Sie schließt die Augen und sieht ihn vor sich in seinem Auto, an dem Abend nach dem Regen. Sie hat sich ihm so nah gefühlt, wie seit Alexanders Tod keinem Mann mehr. In diesem einen Moment, der sich ins Zeitlose ausgedehnt hat, hat sie sich seit langem wieder zuhause gefühlt. „Wenn er mich nicht verletzen wollte, warum hat er mich dann entlassen?" Ihre Stimme ist kaum mehr als ein Flüstern.

„Ich vermute, dass ihn Hannah dazu gedrängt hat."

„Warum?"

„Nun, das kann ich nicht wissen. Vielleicht fürchtet sie um den Ruf ihrer Firma. Es ist gesellschaftlich anerkannt, dass die Ursache der Magersucht in der Familie liegt und dass meistens die Mütter schuld sind."

Paula starrt sie an. „Glaubst du das auch?"

Rosie schüttelt den Kopf. „Nein. Ich glaube, dass diese Krankheit viel zu komplex ist, um auf einen einzelnen Faktor heruntergebrochen zu werden."

„Die Ärztin im Krankenhaus hat gesagt, dass es eine genetische Veranlagung dafür gibt."

„Siehst du? Das weiß kaum jemand. Menschen halten sich an ihren eigenen Wahrheiten fest, die sie irgendwann irgendwo erfahren haben. Wer sich nicht aktiv darüber informiert, bleibt daran haften, ob es stimmt oder nicht."

Paula lehnt den Kopf an die hohe Rückenlehne des Sessels und schließt die Augen.

„Wenn dir Frank wichtig ist, dann geh hin und sprich mit ihm. Sag ihm, wie du dich fühlst und was das Ganze mit dir macht."

„Aber..." Sie richtet sich auf.

„Ja. Dazu musst du dich öffnen und gehst das Risiko ein, verletzt zu werden."

„Und wozu mach' ich's dann?" Sie schiebt den Unterkiefer vor.

„Weil du damit die Chance auf eine echte Beziehungserfahrung hast."

„Ich glaub' nicht, dass ich das jetzt gerade brauche."

„Manche Chancen bekommt man zweimal, manche nicht. Das Leben fragt dich nicht nach deinen Plänen. Du kannst dir nicht aussuchen, was es dir vor die Füße wirft, sondern nur, wie du darauf reagierst." Rosie gähnt. „Ich muss schlafen. Und du solltest dich dringend auskurieren." Sie erhebt sich und reicht Paula die Hand.

Mit einem Schlag sind Paulas Gliederschmerzen zurück. Ihre Schläfen pochen. Sie schleppt sich zum Fahrstuhl.

Kapitel 23

Paula steht an der Küchenzeile und wäscht Geschirr. Es klopft, die Tür öffnet sich und Tom tritt ein. „Hi." Er lässt sich aufs Sofa fallen.

Paula wendet den Kopf. „Hallo." Sie legt die nassen Teller auf ein Geschirrtuch neben dem Waschbecken, trocknet die Hände ab und dreht sich zu ihm um. „Wie war der Dreh?" Sie ist unschlüssig, was sie von Tom hören möchte. Einerseits liegt ihr viel daran, dass der Film trotz ihrer Abwesenheit erfolgreich wird, andererseits schmerzt die Vorstellung, dass sie einfach so, ohne Probleme, durch eine andere Regisseurin ersetzt worden sein könnte.

„Ganz okay. Ich darf bloß nicht daran denken, wie er laufen würde, wenn du die Regie führen würdest. Ich kann nicht glauben, dass von Roth nicht merkt, welches Potential er vergibt durch deinen Rauswurf. Macht dir das nichts aus?" Er blickt sie fragend an.

Sie schweigt und knetet das Trockentuch zwischen den Händen. Dann legt sie es weg, tritt ans Fenster und vergräbt die Hände in die Hosentaschen.

Tom räuspert sich. „Ich werde dafür sorgen, dass du deinen Job zurückbekommst."

Sie dreht sich zu ihm um und schüttelt kraftlos den Kopf. „Lass mal. Ich glaube nicht, dass die Crew das will." Irritiert blickt er sie an. „Du warst an meinem letzten Drehtag nicht dabei. Da waren nur Misstrauen und Ablehnung. Sie geben mir die Schuld, dass Becky krank geworden ist." Sie schnieft und wischt eine Träne weg.

Entgeistert starrt er sie an. „Paula, wenn wir beide schweigen, ist das ein Schuldeingeständnis! Wir müssen denen klar machen, dass es keine Schuld gibt!" Er erzittert und flüstert: „Es gibt keine Schuld." Sein Atem geht keuchend, er spricht lauter. „Es gibt keine Schuld." Dann reißt er den Kopf in die Höhe und schreit sie an: „Sag mir, dass es keine Schuld gibt!" Verzweifelt hält sein Blick sie fest. Tränen laufen über seine Wangen.

Sie schluckt. „Nein, es gibt keine Schuld."

Er sackt in sich zusammen. Sie setzt sich zu ihm, legt den Arm um seine Schulter, ihre Hand streicht über seinen Oberarm.

Beckys Tür schließt sich mit einem leisen Klacken. Paula und Tom schauen sich erschrocken an.

„Bitte, komm morgen mit ans Set. Wir müssen das mit den anderen klären."

„Was soll ich denn sagen? Dass ich nichts für Beckys Krankheit kann? Das ändert doch nichts. Und außerdem müsste ich Becky mitnehmen, das möchte ich ihr nicht zumuten."

„Becky hat unsere Diskussion vorhin ja sowieso mitbekommen. Vielleicht ist es auch wichtig für sie, dass sie erfährt, dass niemand was dafür kann. Oder hast du mit ihr über die Krankheit gesprochen?"

Paula schüttelt den Kopf. „Ich weiß trotzdem nicht, was ich denen sagen soll. Frank wird mir den Job nicht zurückgeben, dazu müsste er ja eingestehen, dass er einen Fehler gemacht hat."

„Traust du ihm das nicht zu?"

Sie spürt seinen Blick auf ihrem Gesicht und kaut auf ihrer Unterlippe herum. „Vielleicht ist es besser, wenn ich mit ihm alleine spreche."

„Was versprichst du dir davon? Dass er einsieht, dass er einen Fehler gemacht hat, und das dann der Crew kommuniziert?"

Sie seufzt. „Ich weiß es nicht. Wohl eher nicht. Er würde dann mit dem Argument kommen, dass er die Entscheidungen nicht alleine treffen kann, sondern dass Hannah da auch was mitzureden hat. Und mit Hannah muss ich gar nicht erst versuchen zu reden. Die konnte mich von Anfang an nicht ausstehen."

„Aber dann ist doch die Chance größer, wenn du ihn während der Dreharbeiten darauf ansprichst. Vor allen. Und die Crew gleich mit."

Zweifelnd blickt sie ihn an. „Meinst du wirklich?"

Er zieht die Schultern in die Höhe.

Langsam geht Paula durch den Wald, dicht gefolgt von Becky. Es riecht intensiv nach Harz. Das Zwitschern der Vögel klingt schrill und hallt in ihrem Kopf wider. Ihr Blick sucht zwischen den Bäumen ihre Crew. Zwischen zwei Statisten entdeckt sie Bruno auf dem breiten Weg. Giovanni steht drei Meter von ihm entfernt, in der Hand hält er einen Fußball. Neben ihm steht ein Junge mit schwarzen Locken und einer Schirmmütze, die er falsch herum aufgesetzt hat. Beim Näherkommen erspäht sie Meike, Thomas, Lars, Petra und Isabel, hinter Baumstämmen verborgen. Toms Kamera ist auf Giovanni gerichtet. Frank sitzt neben Ulrich und Judith an einem Campingtisch auf einem Klappstuhl. An einem Baumstamm lehnt eine große, korpulente Frau mit wallendem Haar und dunkelbraunem Kleid mit weißem Blütenmuster. Sie hält ein Drehbuch in der Hand. Paula betrachtet sie misstrauisch. Jetzt stößt sie sich ab.

„Cut!" Ihre Stimme klingt dunkel und kraftvoll.

Tom lässt die Kamera sinken. Er dreht den Kopf, sein Blick trifft Paula. Becky bleibt stehen. Paulas Herz pocht heftig, als sie mit festem Schritt auf Frank zugeht. Irritiert hebt er den Blick, als sie vor ihm stehenbleibt. Sie spürt die Blicke der anderen auf ihrem Rücken.

„Warum hast mich rausgeworfen?" Sie presst die Lippen aufeinander und verschränkt die Arme vor der Brust, um etwas Halt zu finden.

Sein Blick fliegt über die Crew, deren Blicke auf ihn gerichtet sind. Er senkt seine Stimme. „Bitte, Paula, wir drehen."

Paula dreht sich um und fixiert nacheinander Meike, Lars, Isabel, Giovanni, Bruno, die Statisten und die Maskenbildnerin. „Wolltet ihr, dass ich gehe?" Das Schweigen dröhnt in ihren Ohren. Sie schluckt, ihre Fingernägel graben sich in ihre Handballen. „Glaubt ihr, dass ich schuld daran bin, dass Becky krank ist?"

Die anderen senken betreten den Blick.

„Paula, bitte geh." Franks Stimme klingt bestimmt. Sein Blick ist verschlossen.

Tom stapft auf Frank zu und stellt seine Kamera vor ihm ab. „Wenn sie geht, gehe ich mit."

Frank verschränkt die Arme vor der Brust und kneift die Augen zusammen. „Sie wissen, dass bei einem vorzeitigen Ausstieg eine Konventionalstrafe fällig wird."

„Stecken Sie sich Ihr Geld irgendwo hin!" Tom schnaubt, dreht sich um, macht zwei Schritte von Frank weg, dreht sich erneut um und funkelt ihn an. „Paula ist nicht schuld an Beckys Krankheit! Anorexie ist genetisch veranlagt, da kann keiner was dafür. Paula muss sich nicht für die Krankheit schämen. *Sie* sollten sich schämen, dass Sie sie in dieser Notsituation gefeuert haben!"

Frank lehnt sich in seinem Stuhl zurück. „Ich denke nicht, dass es in Ihrer Kompetenz liegt, Personalentscheide zu beurteilen."

Paula bemerkt kleine Schweißtröpfchen auf seiner Stirn und das Zucken seines rechten Zeigefingers.

Tom geht auf Franks Tisch zu, stützt die Hände darauf ab und lehnt sich nach vorne. Franks Kopf weicht unwillkürlich zurück. „Haben Sie nicht verstanden? Es gibt bei dieser fucking Krankheit keine Schuld! Paula ist nicht das Problem, sondern die größte Chance, die Becky hat, um gesund zu werden! Sie braucht *jede* Unterstützung, die sie kriegen kann, um ihr Leben zu retten!"

Abrupt dreht er sich um und stapft zwischen den Steinkreuzen durch den Wald. Paulas Blick lässt Frank los. Sie dreht sie sich um, stößt Becky an, und gemeinsam gehen sie hinter Tom her. Die Crewmitglieder verharren reglos.

Frank starrt ihnen nach. Langsam erhebt er sich. Seine Füße fühlen sich taub an. Er räuspert sich und wendet sich an die Filmcrew. „Nun, wir brechen den Dreh hier ab. Judith wird Sie über das weitere Vorgehen informieren." Verärgert tritt Vanessa auf ihn zu. Sein Blick streift sie. „Sie entschuldigen mich." Steif geht er an ihr vorbei. Vor einer der Gedenktafeln hält er inne und fährt mit dem Zeigefinger über die eingravierten Buchstaben, ohne etwas wahrzunehmen.

Paula steht in der Küche und schüttet Reibkäse in einen Topf mit Risotto. Ihre Hand zittert, als sie umrührt. Eine Haarsträhne löst sich und fällt ihr ins Gesicht. Sie legt den Kochlöffel ins Waschbecken und dreht sich zu Tom um, der Besteck neben die Teller auf den Esstisch legt. „Kannst du Becky bitte zum Essen rufen?"

Er blickt sie an und zögert.

„Ich hab' Angst, dass sie nicht kommt, wenn ich sie rufe."

Er holt tief Luft, dann klopft er an Beckys Tür. „Becky? Essen ist fertig!"

Paula stellt den Topf auf den Tisch und schöpft. Aus dem Augenwinkel nimmt sie wahr, wie sich Beckys Tür öffnet. Langsam geht Becky auf ihren Stuhl zu. Sie hat sich die

Kapuze ihres Hoodies über den Kopf gezogen, die blonden Haare verdecken teilweise ihr Gesicht. Mit einem lauten Quietschen zieht sie den Stuhl zurück und setzt sich. Paula und Tom schauen sich an, dann setzen sie sich ebenfalls. Schweigend beginnen sie zu essen. Beckys Hand zittert, sie kämpft mit den Tränen.

Es klopft. Paula runzelt die Stirn, steht auf und öffnet die Tür. Frank steht davor. Eine Hitzewelle flammt über ihren Rücken. Schweigend blickt sie ihn an. Auf seiner Stirn glänzen Schweißperlen, seine Krawatte ist verrutscht, und sein Blick hastet unstet über ihr Gesicht.

Er räuspert sich. „Kann ich dich sprechen?"

Paula tritt zur Seite und deutet ihm an, einzutreten.

Er zögert. „Allein?"

Sie schüttelt den Kopf. „Nein. Das geht uns alle an."

Zögernd betritt er die Wohnung und bleibt neben der Tür stehen. Sein Blick streift Tom, bevor er an Paula hängenbleibt. „Könnt ihr die Dreharbeiten bitte zu Ende führen?" Seine Stimme zittert.

Paula schließt die Tür und lehnt sich an die Wand. „Warum sollten wir das tun?"

„Es geht nicht ohne euch."

„Das hättest du dir früher überlegen müssen."

„Hannah hat Vanessa de Venoux hinter meinem Rücken engagiert. Ich wusste nichts davon."

Paula wirft Tom einen Blick zu. Er deutet mit dem Kopf auf Becky, die reglos auf ihren Teller starrt.

„Becky hat noch nicht gegessen. Ich kann nicht weg."

„Ich kann hierbleiben." Bittend schaut er Paula an.

Tom holt tief Luft und verschränkt die Arme vor der Brust.

Paula denkt an die verunsicherten Blicke ihrer Crew und an die Dreharbeiten, die noch vor ihr liegen. Vor ihrem inneren Auge sieht sie den Film vor sich – ihre Arbeit, für die sie brennt. Dann krampft sich ihr Herz zusammen und die Übelkeit erfasst sie mit voller Heftigkeit. Sie schaut zu Becky und fängt ihren ängstlichen Blick auf. *Nur kurz. Ich brauch Ab-*

stand. Nur kurz, nur für diesen einen Nachmittag. Sie bückt sich, zieht sich die Schuhe an und ergreift ihre Umhängetasche. Auffordernd blickt sie Tom an. Er erhebt sich langsam und geht auf die Tür zu.

Paulas Haar berührt Franks Stirn, als sie sich zu ihm beugt und ihm zuraunt: „Sie muss essen. Und darf nicht kotzen." Sein herbes Aftershave kitzelt ihre Nasenhärchen. Ihr Herzschlag setzt aus, als sich ihre Blicke treffen. Er nickt. Sie lächelt zaghaft, dreht sich langsam um und macht einen Schritt auf Becky zu. „Bis später, Becky." Die Ablehnung, die sie aus Beckys Augen anspringt, lässt sie für einen Moment erstarren. Sie gibt sich einen Ruck und verlässt mit Tom die Wohnung.

Frank schließt die Tür. Seine Hand verharrt einen Moment lang auf dem kalten Metall der Klinke und er wartet, bis sich sein Herzschlag etwas beruhigt. Dann wendet er sich ab. Es riecht nach Safran und Knoblauch. Er legt Jackett und Krawatte über die Sofalehne und geht auf Becky zu. Er ignoriert ihren feindlichen Blick. „Hallo, Rebecca."

„Ich brauch' keinen Babysitter."

Er blickt sich um. „Gibt's hier Kaffee?"

Sie deutet mit dem Kopf auf den Espressokocher. Er geht darauf zu, nimmt ihn und blickt ihn unschlüssig an. Er hat diese Kocher noch nie leiden mögen und hat sich so früh wie möglich mit einem Kaffeevollautomaten eingedeckt. Becky steht auf und nimmt ihm den Kocher aus der Hand. Sie dreht ihn auf, klopft den Kaffeesatz in den Mülleimer und setzt frischen Kaffee auf. Sie lehnt sich an die Küchenzeile und fixiert ihn.

Frank steckt die Hände in die Hosentaschen, tritt zum Fenster, geht auf den Tisch zu und bleibt vor Beckys vollem Teller stehen.

„Magst du nicht essen?"

Sie verschränkt die Arme vor der Brust und schweigt.

„Ich habe deiner Mutter versprochen, dass ich schaue, dass du – ich meine, dass ich dir helfe – ähm – dass ich dir beim

Essen helfe." Mit einem Stofftaschentuch wischt er sich den Schweiß von der Stirn.

Der Kaffee kocht. Kaffeeduft steigt in seine Nase. Becky gießt ihn in eine Tasse und stellt den Kocher mit einem lauten Zischen in die Spüle.

„Ja und? Das ist Ihr Problem."

„Ja. Vielleicht kannst du mir helfen, es zu lösen?" Er schaut sie an, sein Atem geht rasch. „Ich möchte Paula nicht nochmal enttäuschen."

Er meint, einen Anflug von Betroffenheit in ihren Augen wahrzunehmen. Dann geht sie zum Tisch, nimmt den Teller und die Gabel, geht zurück zur Küche und schaufelt sich Risotto in den Mund. Ihr Atem geht rasch. Nach zehn Minuten stellt sie den leeren Teller neben die Spüle. „Ich mach das für Mama, dass das klar ist." Sie deutet mit dem Kinn auf die Kaffeetasse. „Hier, Ihr Kaffee."

Sie dreht sich um und verschwindet im Zimmer.

***

Paula betritt das Wäldchen der Gedenkstätte. Tom geht neben ihr. Ihre Schritte knirschen auf dem Kies. Trotz der spätsommerlichen Wärme fröstelt Paula und zieht einen leichten Schal um ihre Schultern.

Meike, Lars, Thomas, Petra, Isabel und Judith stehen zusammen bei den Steinkreuzen. Zwei Statisten hocken neben der Maskenbildnerin auf Baumstümpfen, Bruno steht an eine der Steintafeln gelehnt und tippt auf seinem Handy. Vanessa ist nirgends zu sehen. Giovanni und der Junge kicken sich auf dem breiten Kiesweg den Ball zu. Ulrich sitzt vor dem Campingtisch und beobachtet die Crew. Langsam geht Paula auf sie zu.

Meike schaut zu ihr und löst sich aus der Gruppe. „Lass mich wissen, wenn ich dir irgendwie helfen kann." Sie ergreift Paulas Hand und drückt sie kurz.

Die anderen lächeln verlegen. Vor dem Campingtisch bleibt Paula stehen. Ulrich erhebt sich und reicht ihr die Hand. Judith kommt dazu. „Danke, dass du zurückgekommen bist."

Paula lächelt dankbar. Sie zieht das Drehbuch aus der Tasche und macht einen Schritt auf die anderen zu. „Also, dann - ähm - dann lasst uns weiterdrehen. Aufgrund der Unterbrechung müssen wir ausnahmsweise heute die Szene im Bürgermeisterbüro abends drehen. Wir verschieben uns nach dieser Szene hier gemeinsam ins Studio."

Tom schultert seine Kamera, die noch immer neben dem Campingtisch steht, und geht zu Lars. Giovanni und der Junge treten in die Mitte des Weges, Bruno stellt sich zehn Meter entfernt auf. Lars richtet seine Kamera auf Bruno, Tom auf Giovanni und den Jungen. Meike zieht sich zwischen die Bäume zurück.

„Okay, Giovanni, du spielst mit deinem Sohn während des Gehens locker Fußball. Bruno, du kickst ihnen den Ball weg, wenn du an ihnen vorbeigehst."

Paula tritt zum Campingtisch, der Dreh beginnt. Giovanni und der Junge kommen lachend und ballspielend den Weg entlang, Bruno geht ihnen entgegen. Als er in ihrer Nähe ist, rollt der Ball auf ihn zu. Er kickt ihn kraftvoll weit weg. „Verpiss dich nach Italien, du Ausländerschwein!"

Augenblicklich tritt Stille ein. Alle schauen zu Bruno.

„Cut! Bruno, das ist zu heftig. Lass das Bild für sich sprechen. Wichtig ist Giovannis Reaktion."

Bruno zieht die Augenbrauen in die Höhe. „Ich muss mal kurz austreten, bin gleich wieder da." Er verschwindet zwischen den Bäumen.

Tom tritt auf Paula zu. „Du musst was tun. Martens gefährdet die Dreharbeiten."

Paula fährt sich mit der Hand durchs Haar und reibt sich die Schläfen. „Es ist nur noch der Dreh morgen, an dem er dabei ist."

„Morgen wird extrem heikel, wenn Giovanni mit seiner Familie abgeholt wird. Martens ist so aufgeheizt, ich trau' ihm zu, dass er die Kontrolle verliert."

„Was soll er schon machen? Es ist ein Film und er ist Schauspieler."

„Er ist vor allem Mitglied der PND, und das spürt man inzwischen verdammt gut."

„Okay, ich sprech mit ihm." Sie seufzt und schließt die Augen.

Als Bruno zwischen den Bäumen erscheint, tritt Paula auf ihn zu. Eng zusammenstehende Augen liegen über einer breiten Nase, das dunkelblonde, volle Haar passt zu seinen Augenbrauen. Er ist einen halben Kopf kleiner als sie. „Kann ich dich bitte kurz sprechen?"

Er verzieht den Mund zu einem breiten Lächeln. „Selbstverständlich, jederzeit."

Sie läuft vor ihm her und bemerkt die Blicke der anderen. Kurzes Schweigen unterbricht die Gespräche.

Etwas abseits bleibt sie stehen. Sie knetet ihren Ringfinger und schaut ihm in die Augen. „Wie geht's dir?"

„Gut. Läuft prima." Er spricht schnell mit einer hellen, etwas schneidenden Stimme.

„Ich finde dein Schauspiel sehr gelungen."

Er neigt den Kopf und lächelt. „Danke."

„Ich nehme dich als etwas angespannt wahr, auch außerhalb der Szenen. Kann das sein?"

„Wie du mich wahrnimmst, kann ich nicht wissen."

„Okay, aber fühlst du dich angespannt?"

„Nein. Ich fühle mich wohl."

Ihre Schultern verkrampfen sich, ihr rechter Fuß zuckt. „Ich finde es sehr wichtig, dass die Stimmung innerhalb der Crew gut ist. Das war anfangs durchaus der Fall, aber ich habe den Eindruck, es hat sich in den letzten Tagen verändert."

„Ach ja? Ich glaube nicht, dass das an mir liegt."

Er dreht sich auf dem Absatz um und geht zurück auf seinen Platz.

Paulas Unterkiefer klappt herunter. Sie starrt ihm nach. Dann stößt sie laut die Luft aus und strafft die Schultern.

Als sie abends das Set im Studio betritt, lehnt Bruno Martens am imposanten Schreibtisch des Bürgermeisters und beißt in einen Apfel. Thomas überprüft den Sitz der Lavalier-Mikrofone, und eine der Maskenbildnerinnen pudert Giovannis Gesicht.

Paula steht an der Wand gegenüber des Schreibtisches und betrachtet die Szenerie. Ihr rechter Zeigefinger berührt ihre Nasenspitze. „Können wir starten?"

„Moment. Petra, kannst du noch etwas mehr Backlight geben?" Tom hat seine Kamera geschultert und nimmt den Schreibtisch ins Visier. „Reicht!"

„Okay, Ruhe bitte!" Paulas Stimme klingt klar und bestimmt durch den Raum.

Augenblicklich kehrt Ruhe ein und die Blicke richten sich auf sie. Sie steht aufrecht mit geradem Rücken, die Hände in die Hüfte gestemmt.

Bruno wirft das Apfelkernhaus in einen Abfalleimer und setzt sich in den Sessel hinter dem Schreibtisch. Giovanni sitzt auf einem Stuhl davor. Seine Hände sind gefaltet und er wirkt eingesunken.

„Herr Colombo, Kraft meines Amtes als Bürgermeister der Gemeinde Fürstenfelde/Spree mache ich Sie darauf aufmerksam, dass Ihnen noch sieben Tage Zeit bleiben, um der Anordnung vom 25. Mai dieses Jahres nachzukommen und unser Bundesland mit ihrer Familie zu verlassen."

„Auf welcher rechtlichen Grundlage basiert diese Anordnung?" Giovanni verschränkt die Arme vor der Brust.

„Auf der Verordnung zum Schutz der Erhaltung des deutschen Gedankengutes und der deutschen Integrität. Diese Verordnung sieht vor, dass Ausländer, die sich nicht in ausreichendem Maße in die deutsche Kultur integriert haben, das Bundesland Brandenburg verlassen müssen."

„Ich bin in Deutschland zur Welt gekommen, spreche Deutsch wie meine Muttersprache und bin mit einer deutschen Frau verheiratet, meine Kinder besuchen die staatliche Schule. Worauf, bitte schön, stützen Sie die Behauptung, dass ich nicht ausreichend integriert bin?" Giovannis Stimme wird laut und er stemmt die Hände in die Hüfte.

„Sie sprechen mit Ihren Kindern Italienisch, kochen italienische Gerichte, verbringen jeden Urlaub in Italien, schließen Ihr Lokal an traditionellen italienischen Feiertagen und Ihre Kinder singen italienische Lieder. Die Sprache, Herr Colombo, die wir zuhause sprechen, die Lieder, die wir singen und das Essen, das wir zu uns nehmen, prägen unsere Kultur mehr als alles andere." Bruno Martens lehnt sich nach vorne und stützt die Hände auf dem Tisch ab. „Wo, bitte schön, finde ich bei Ihnen die Pflege der deutschen Kultur?" Seine Stimme ist leise und drohend.

Paula hält die Luft an.

Giovanni springt auf. „Das ist doch lächerlich! Ich bin in diesem Land geboren und aufgewachsen, habe in der Schule alles über Deutschland gelernt, und meine Kinder auch! Wir haben deutsche Freunde, sprechen die deutsche Sprache. Dass ich mit meinen Kindern im Urlaub nach Italien fahre, ist, damit sie ihre Verwandtschaft sehen und etwas über ihre Wurzeln lernen können!"

„Sie sagen es ja selbst: Die Wurzeln. Die Wurzeln bestimmen, welcher Baum daraus wächst, und aus ihrer Familie wird niemals ein deutscher Baum wachsen." Er steht auf. „Bis Montag haben Sie unser Bundesland zu verlassen. Es steht Ihnen selbstverständlich frei, sich innerhalb der Bundesrepublik frei zu bewegen und sich einen anderen Ort für Ihre italienischen Wurzeln zu suchen. Der Süden Deutschlands ist dazu zurzeit noch etwas besser geeignet als der Osten. Von dort aus ist der Weg nach Italien auch nicht mehr so weit." Bruno Martens' Augen sind zu schmalen Schlitzen zusammengekniffen, sein Kinn ist erhoben. In seiner Stimme liegt eine Verachtung, die Paulas Nackenhaare aufstellt.

„Cut!"

Sie stößt die Luft aus und lockert ihre Schultern. „Danke, das reicht." Sie tritt in die Mitte des Raumes. „Morgen drehen wir den Protest vor dem Parlament. Treffpunkt für Set, Kamera, Beleuchtung und Ton um 14.00 Uhr am Backlot, Straßenzug 2, Maske und Schauspieler um 17.00 Uhr. Wir werden zwischen 20.00 und 22.00 Uhr eine Pause machen, da wir einen Teil des Drehs im Dunkeln brauchen. Ich wünsche euch allen einen entspannten Abend!"

Sofort setzt geschäftiges Treiben ein, der Geräuschpegel steigt. Paula bespricht sich mit Judith.

„Ich habe für morgen Abend im *Eugen* reserviert auf 20.30 Uhr, ich hoffe, das ist in Ihrem Interesse. Ich wollte Sie heute Vormittag nicht stören." Fragend blickt Ulrich Paula an.

„Selbstverständlich. Welches Menü haben Sie bestellt?"

„Salat und Lasagne, normal und vegetarisch."

Sie nickt. „Das ist gut so. Danke."

Tom bleibt vor Ulrich stehen. „Ich brauche morgen drei Scheinwerfer mit Barn Doors und zwei große Reflektoren am Backlot."

„In Ordnung, damit habe ich gerechnet."

„Kommst du?" Fragend blickt er Paula an. Er ergreift den Koffer mit der Kamera und lädt ihn auf einen Plattformwagen neben die Scheinwerfer.

„Ich bin gleich so weit."

***

Müde steigt Paula die Stufen zu ihrer Wohnung hinauf und öffnet die Tür. Überrascht bleibt sie stehen. Frank und Becky sitzen auf dem Sofa und schauen auf einem Laptop einen Film. Sie zieht die Tür hinter sich zu und streift die Schuhe ab. „Was macht ihr?"

Frank erhebt sich und tritt auf sie zu. „Becky wollte einen Film sehen, den ich produziert habe."

„Und? Ist er gut?" Fragend blickt sie ihre Tochter an.

„Ganz okay."

Frank lächelt, ergreift Krawatte und Jackett und bleibt vor Paula stehen. Er berührt mit der Hand ihren Oberarm.

„Hat sie gegessen?" Er nickt und blickt sie forschend an. „Ist alles okay?"

„Martens hat sich meiner Regieanweisung widersetzt."

Sie schauen sich an. Er lässt seine Hand sinken. Dann dreht er sich um tritt in den Flur.

„Frank? Danke."

Er dreht sich um, wirft ihr ein flüchtiges Lächeln zu und verschwindet im Treppenhaus.

Sie blickt ihm nach. Dann schließt sie die Tür, geht zum Fenster und starrt auf die gegenüberliegende Fassade, von der der Putz abbröckelt.

„Was ist los?"

Paula spürt Beckys Blick im Nacken. Sie dreht sich um. „Nichts." Sie macht einen Schritt auf Becky zu. „Freust du dich auf morgen?"

„Auf morgen schon."

Paula zuckt zusammen, als ihr Handy klingelt. „Tom? – Echt? Hab' ich gar nicht bemerkt. Ich komm gleich rüber."

Sie legt das Handy zur Seite.

„Ich geh' kurz zu Tom, ich hab' meine Tasche in seinem Bus vergessen. Bin gleich wieder da."

Becky schaut ihr nach. Als die Tür mit einem leisen Klacken ins Schloss fällt, steht sie auf, geht in ihr Zimmer. Sie tritt vor die Kommode und zieht die oberste Schublade auf. Ihre Hand fährt unter einen Stapel T-Shirts und holt einen Umschlag heraus. Langsam öffnet sie ihn, tastet nach der Rasierklinge. Beruhigt verschließt sie den Umschlag wieder und steckt ihn in ihren Rucksack.

Frank schließt die Banking-App und öffnet den Internetbrowser. www.zeitlos-anders.de gibt er in die Adresszeile ein. *Erleben Sie Theater zeitlos anders!* Er klickt den Tourneeplan an. Letztes Wochenende waren Vorstellungen in Lübeck, nächstes Wochenende in Rostock und danach in Bamberg. Er klickt auf den Reiter *Crew*. Paulas Bild strahlt ihn an. Ihr blondes Haar ist länger als in echt und fällt weit über die Schultern. Sogar auf dem Foto ist sie ungeschminkt. Er hebt die Hand und berührt den Bildschirm.

Ein lautes Poltern an der Tür seines Hotelzimmers lässt ihn den Laptop zuschlagen. Er wischt sich mit den Händen über die Augen, erhebt sich und öffnet die Tür.

Eine Alkoholfahne schlägt ihm entgegen. Hannahs Gesicht ist aufgedunsen und ihre blauen Augen liegen in dunklen Höhlen. Ihre Pupillen zucken unkontrolliert zwischen seinem Nasenrücken, dem Türrahmen und seiner Gürtelschnalle hin und her. Eyeliner zieht sich in einem breiten Strich über ihre rechte Wange, und der rote Lippenstift bedeckt nur noch die Ränder ihrer Lippen. Ihr haselnussbraunes Haar hat sich aus der Haarspange gelöst und hängt wirr über die Schultern. Auf ihrem hellblauen Kostüm leuchtet schräg über der rechten Brust ein weißer Fleck.

Frank räuspert sich. „Was willst du hier?"

Hannah öffnet den Mund und lallt: „Ichwill mit mit dir-sprechen."

Er packt sie am Oberarm, zieht sie ins Zimmer, nimmt ihr die halbleere Rumflasche aus der Hand und verschließt die Tür hinter ihr. „Hier." Er knipst das Licht an und schiebt sie ins Badezimmer. Torkelnd hält sie sich am Waschbecken fest. Er bleibt im Türrahmen stehen und beobachtet sie mit zusammengekniffenen Augen. Sie öffnet den Toilettendeckel, zieht ihren Rock in die Höhe, nestelt an der Unterhose herum und setzt sich. Frank wendet sich ab und wartet. Er lauscht den Geräuschen, die durch die angelehnte Tür dringen.

Zehn Minuten später taumelt sie ins Zimmer. Er fängt sie auf, zieht die Bettdecke zurück und setzt sie auf die Matratze seines Bettes. Sie lässt sich rückwärts fallen und schließt stöhnend die Augen.

Er bückt sich, zieht ihr die Absatzschuhe aus, hebt ihre Beine aufs Bett und deckt sie zu. Sie rollt sich zusammen. Kurz darauf geht ihre gleichmäßige Atmung in leises Schnarchen über.

Frank tritt auf den Balkon und legt die Hände aufs kühle Metall der Brüstung. Ein unbeständiges Blinken von weißen, gelben und roten Lichtern führt seinen Blick über Berlin. Der Geräuschteppich des noch immer rollenden Verkehrs dringt ungehindert zu ihm herauf. Die Luft ist kühl und riecht nach einem Gemisch aus Döner, Zigarrenrauch und Abgas.

Er geht ins Zimmer zurück und knipst die Stehlampe an. Warmes Licht ergießt sich über den Sessel und den runden Tisch, die neben der Balkontür stehen. Er schiebt die Tür ein Stück weit zu und lässt sich auf dem Sessel nieder.

Sein Blick gleitet über Hannahs Hinterkopf und ihren schlanken Rücken. Ihr Kleid ist verrutscht und entblößt die linke Schulter. Ihre Haut ist faltiger und blasser als früher. Ihr Haar, das einmal voll und glänzend war und in dem er so gerne sein Gesicht vergraben hat, liegt stumpf und dünn neben ihr. Hin und wieder zuckt sie im Schlaf.

Frank lehnt den Kopf an die Wand und knipst das Licht aus.

***

Paula erwacht von einem dumpfen Poltern. Sie setzt sich auf und lauscht. Unter Beckys Tür zwängt sich ein Lichtschimmer in den Raum. Sie steht auf, geht auf die Tür zu. Sie hält inne. Das Poltern hört sich an, als ob jemand Seilspringen würde. In ihren Ohren rauscht das Blut, ein Frösteln erfasst sie. Sie klopft an. Das Poltern verstummt, das Licht erlischt. Sie drückt die Klinke hinunter und öffnet die Tür.

Mondlicht fällt auf die spärliche Einrichtung. Es riecht nach frischer Bettwäsche. Becky liegt im Bett und hat die Bettdecke zum Kinn hinaufgezogen. Im Handydisplay auf dem Nachttisch spiegelt sich der Mond.

Paula schließt die Tür. Sie hört rasches, unterdrücktes Atmen. Sie setzt sich neben das Bett, lehnt den Rücken an die Wand und wartet. Ihre Gedanken schweifen zu Frank. Sie sieht seine kleinen, graublauen Augen vor sich mit dem sehnsüchtigen, verletzlichen Blick, den sie in den beiden letzten Wochen ihrer gemeinsamen Dreharbeit immer häufiger bemerkt hat.

Ihr Nacken schmerzt. Sie dehnt den Kopf erst nach links, dann nach rechts. Beckys Atem ist regelmäßig. Paula tastet nach dem Pulsmesser, der neben dem Handy auf dem Nachttisch liegt. Becky hat sich von ihr weggedreht und liegt zusammengerollt auf der Seite. Paula beugt sich über sie. Ihre rechte Hand liegt neben ihrem Kopf. Vorsichtig berührt sie ihren Zeigefinger und steckt den Pulsmesser auf die Fingerkuppe ihrer Tochter. Sie hält den Atem an. 39 – 38 – 37 – 38. Die Anzeige auf dem kleinen, schwach beleuchteten Display bleibt bei 38 stehen. Sie nimmt den Pulsmesser ab. Ihr Herz pocht laut.

38. Das ist deutlich unter dem durchschnittlichen Ruhepuls von 50-70. Paula weiß, dass er in der Tiefschlafphase noch tiefer fallen kann. Sie schluckt. Das Zimmer kommt ihr plötzlich dunkler vor als vorhin. Trotz der Wärme, die jetzt im Spätsommer auch nachts nicht weichen will, fröstelt sie. Angestrengt versucht sie, Beckys Atem zu lauschen. Sie meint zu hören, dass er zwischendurch aussetzt. Sie rückt näher ans Bett und legt ihre Hand auf Beckys Hals, um die Halsschlagader zu tasten. Sie betrachtet ihr Gesicht. Es schimmert grau. Sie denkt an La Gomera, wie sie gemeinsam mit Lisa durch die Finca gewirbelt ist. Voller Energie und Lebenslust. Vor ihr im Bett liegt nur noch ihr Schatten.

Kapitel 24

Frank erwacht von Schmerzen im Nacken. Er bewegt seinen Unterkiefer, blinzelt und reibt sich die Augen. Sein Bett ist leer. Im Badezimmer rauscht Wasser. Er tritt auf den Balkon, streckt sich, legt den Kopf nach rechts, dann nach links, und dehnt die verkrampfte Muskulatur. Auf der Straße unter ihm brodelt der Berliner Alltag. Abrupt geht er zum Schreibtisch und macht das Display seines Handys an. Keine neue Nachricht.

Die Badezimmertür öffnet sich und eine süßliche Duftwolke weht in den Raum. Frank hebt den Blick. Hannah steht im Türrahmen, ein Handtuch um den Kopf gewickelt und eins um den Oberkörper geschlungen. Ihr Blick streift ihn, wandert zum Fenster, aufs Bett und wieder zu ihm.

„Brauchst du meinen Bademantel?" Er geht zum Schrank, zieht ihn heraus und drückt ihn ihr in die Hand. Sie lässt das Handtuch fallen und wickelt sich in den dunkelgrauen Satinstoff.

Seine Augen forschen in ihrem Gesicht. Ihre Haut wirkt grau und die Falten sind tiefer, als er sie in Erinnerung hat.

Die dunklen Schatten unter den Augen geben ihr ein gespenstisches Aussehen. Ihre Lippen sind ungewöhnlich schmal und hellrot. Auf der linken eingefallenen Wange ist ein kleiner Leberfleck.

„Warum schaust du mich so an?"

„Ich habe dich lange nicht mehr ungeschminkt gesehen." Sie dreht den Kopf zur Seite. „Wo ist bloß die Zeit geblieben? Was ist mit uns passiert in den letzten Jahren?" Er setzt sich auf die Armlehne des Sessels.

„Das frage ich mich auch, seit du dich für – für Paula interessierst."

Die Falten auf seiner Stirn vertiefen sich. „Warum? Es ist dir doch schon lange egal, für wen ich mich interessiere."

„Ich glaube, diesmal ist es anders."

„Ich habe nicht mit Paula geschlafen."

„Warum hast du sie zurückgeholt?"

Er nimmt sein Handy in die Hand und dreht es zwischen den Fingern. „Es war nicht richtig, sie rauszuwerfen. Sie ist nicht schuld an Rebeccas Krankheit."

„Woher willst du das wissen?"

Schweigend legt er das Handy auf den Tisch. Sie zieht die Beine aufs Bett und schlingt die Arme um die Knie. „Ich kann mir ein Leben ohne dich nicht vorstellen. Obwohl wir uns in den letzten Jahren jeden Tag nur angeschrien..."

„...und schon lange nicht mehr miteinander geschlafen haben."

Sie lächelt traurig. „Ja. Wir waren gut darin, uns gegenseitig auszuweichen und uns auf andere Menschen einzulassen, damit wir uns nicht mit uns selbst auseinandersetzen mussten." Sie senkt den Blick und starrt auf ihre Fingernägel, von denen der rote Lack abblättert. „Ich will dich nicht verlieren."

„Wir haben uns schon lange verloren." Ihre Blicke treffen sich. „Wir haben uns verloren in unserer Gier nach Erfolg."

„Und nach Anerkennung. Bei jedem neuen Mann, den ich kennenlernte, hoffte ich auf diesen Kick, dieses Kribbeln.

Diese Leidenschaft und das Gefühl, begehrt zu werden." Sie lacht bitter auf.

„Es tut mir leid, dass ich dir dieses Gefühl nicht geben konnte." Ihre Haare hängen in ihr Gesicht. Er stößt sich von der Sessellehne ab und macht einen Schritt aufs Bett zu. Dann dreht er sich um und setzt sich in den Sessel.

„Mir war Erfolg immer wichtiger als alles andere."

„Ich weiß. Und ich habe dich trotzdem geheiratet. Erfolg macht attraktiv." Sie zieht die linke Augenbraue in die Höhe und lächelt ihn an.

Der Bademantel rutscht von ihrer rechten Schulter. „Magst du mit mir schlafen?" Sie neigt den Kopf zur Seite.

Frank öffnet den Mund und schließt ihn wieder. Seine Augen streifen über die nackte Haut ihrer Schulter und wandern zu ihrem Brustansatz. Dann wendet er sich ab.

„Verstehe." Sie steht auf und betritt den Balkon.

Er stellt sich neben sie. Ihre Hände liegen nebeneinander auf der Brüstung. Die Kirchturmuhr schlägt acht Mal. Frank dreht sich um, holt sein Jackett aus dem Schrank, steckt den Autoschlüssel in die Tasche und verlässt das Hotelzimmer.

**

Der Himmel ist wolkenverhangen und taucht die Straße in diffuses Licht. Paula beißt von der Banane ab und eilt an der Häuserfront entlang. Ihr ganzer Körper schmerzt. Sie hat die Nacht an Beckys verbracht. Becky läuft hinter ihr her. Gefrühstückt hat sie einen Apfel, für mehr hat die Zeit nicht gereicht.

Bereits aus fünf Metern Entfernung riecht Paula den Rauch von Toms Zigarette. Er lehnt an der Beifahrertür seines Transporters und schaut ihr entgegen. „Guten Morgen! Hoffentlich hält das Wetter." Sie bleibt vor ihm stehen.

„Morgen." Seine Stimme klingt spröde. Er lässt die Kippe auf den Boden fallen und drückt sie mit dem Fuß aus. Paula wirft ihre Tasche in den Bus und schwingt sich auf den

Mittelsitz, Becky setzt sich neben sie. Tom dreht das Radio an, startet den Motor. Englischer Pop erfüllt die Fahrerkabine. Der Transporter reiht sich in den Morgenverkehr ein.

An einer der roten Ampeln zündet sich Tom eine weitere Zigarette an. Paula wirft ihm einen Blick zu. Dann lehnt sie den Kopf an den Sitz und schließt die Augen. Sie kaut den eingerissenen Nagel des rechten Mittelfingers ab und spuckt das Nagelstück aus dem Fenster. Aus den Lautsprechern klingt Amy Winehouses Song *Rehab*.

Der Transporter parkt am Straßenrand. „Danke fürs Mitnehmen." Paula wirft ihm ein flüchtiges Lächeln zu und springt aus dem Bus. Becky steigt aus, ihren Rucksack auf dem Rücken, gefolgt von Tom. Gemeinsam gehen sie aufs Haus zu.

Hinter ihnen hält ein Wagen. Paula bleibt stehen und dreht sich um. Bruno steigt aus. Auf seinem Gesicht liegt ein triumphierendes Lächeln. Paula starrt ihn an.

Franks BMW parkt hinter dem Transporter. Frank knallt die Autotür zu und nähert sich mit raschem Schritt dem Einfamilienhaus.

„Frank!" Paula geht auf ihn zu. Er bleibt stehen. Tom dreht sich kurz um, dann geht er mit Becky weiter.

„Ich hab' was entdeckt. Bruno ist Mitglied im Schützenverein."

Er zerrt an seiner Krawatte. „Scheiße. Ich lass ihn durchsuchen. Lass ihn während des Drehs nicht aus den Augen!" Er hastet aufs Haus zu. Sie eilt hinter ihm her.

In einem Zimmer neben dem Eingang stehen die Kostüm- und Maskenbildnerinnen und versehen die vier Statistinnen und Statisten, die die Polizei spielen, mit Uniformen. Auf dem Tisch neben dem Fenster schnurrt Meikes Kaffeemaschine, es duftet nach frischgebackenen Brötchen.

„Danke fürs Organisieren des Frühstücks." Paula reicht Ulrich die Hand.

„Sehr gerne. Guten Morgen." Er lächelt. „Können Sie mir bitte zeigen, bis wo wir das Gelände absperren sollen?"

„Ja, das können wir jetzt machen. Lars? Kommst du mit? Dann schauen wir, von wo aus du deine Aufnahme machst."

Lars blickt auf. „Geht schon voraus, ich bin in zwei Minuten da."

Paula verlässt mit Ulrich das Haus.

„Matteo?" Überrascht bleibt sie stehen. Er lehnt am Gartentor, in schwarzen Jeans und einem dunkelbraunen T-Shirt. Trotz fehlenden Sonnenlichts glänzt sein schwarzes Haar.

„Hi. Ich hatte frei und dachte, auf dem Weg nach Lüneburg könnte ich einen Zwischenstopp machen."

„Woher wusstest du, dass wir heute hier drehen?" Sie streicht sich eine Strähne aus dem Gesicht.

„Von Bruno."

„Bruno? Wieso Bruno? Ulrich, ich komme!" Sie winkt ihm zu und wendet sich an Matteo. „Magst du als Statist mitmachen?"

„Klar, warum nicht?"

„Dann komm mit. Isabel, schickst du mir bitte die Statisten zur Anhöhe rauf?"

Zwei Männer der Set-Security begleiten sie mit kurzen Metallstangen und Absperrband. „Die Polizisten werden die Familie über diese Anhöhe dort führen. Bruno erwartet sie im oberen Drittel. Das heißt, wir sperren von der Hauseinfahrt die Wiese bis über die Anhöhe hinaus in einem Umkreis von etwa 100 Metern ab."

„Das wäre dann von der Straße bis zum Waldrand." Ulrich lässt seinen Blick über den Hügel schweifen. Ein von Sitzbänken gesäumter Kiesweg verläuft von der Straße neben dem Haus bis zum Dorfplatz.

„Ja, das passt."

Vier junge Männer und Frauen stoßen mit Lars und Matteo zu ihnen. „Guten Morgen zusammen. Ihr seid Passanten, die in einer Gruppe zusammenstehen. Ihr unterhaltet euch, scherzt, was auch immer, bis die Polizisten vorbeikommen. Dann verhaltet euch so, wie ihr euch auch in der Realität in einer solchen Situation verhalten würdet." Sie nicken. Paula macht einen Schritt auf Lars zu und senkt die Stimme. „Lars, du filmst verdeckt Bruno. Bleib immer an ihm dran, egal, wie sich die Szene entwickelt."

„Okay, verstanden."

Die Kirchturmuhr schlägt dreimal. Noch 15 Minuten bis zum Drehbeginn.

„Ich muss Sie bitten, mitzukommen. Und Ihre Frau und Ihre Kinder auch." Ein großer, kräftiger Polizist steht vor der geöffneten Tür des Einfamilienhauses. Giovanni starrt ihn an, verschränkt die Arme vor der Brust und schweigt. „Ihre Frist ist abgelaufen. Sie müssen Brandenburg verlassen."

Becky steht hinter Giovanni und verschränkt ebenfalls die Arme. „Ich geh hier nicht weg!" Die Frau hält ihr ihren Rucksack hin, sie nimmt ihn nicht.

Der Polizist fährt mit ruhiger Stimme und sachlichem Tonfall fort. „Wenn Sie nicht freiwillig mitkommen, muss ich Sie abführen."

Paulas Blick wandert zu Bruno Martens. Er steht unweit von ihr auf der Anhöhe und beobachtet das Geschehen. Auf seiner anderen Seite verbirgt sich Frank hinter einem Haselnussstrauch, neben ihm die beiden Männer der Set-Security. Hin und wieder blitzt sein weißes Hemd zwischen den grünen Blättern hervor. Über die Szene fliegt eine Drohne.

„Sie Rassist!" Giovanni spuckt dem Polizisten die Worte ins Gesicht.

„Ich bin kein Rassist. Ich mache meinen Job."

„Sie führen Anordnungen aus, die gegen die Menschenrechte verstoßen. Das müssen Sie nicht tun. Wenn Sie kein Rassist sind, dann weigern Sie sich."

„Ich habe Familie. Wenn ich meinen Job verliere, leiden meine Kinder."

„Ich habe auch Familie." Giovannis Worte zischen zwischen zusammengepressten Zähnen hervor.

„Kommen Sie." Der Polizist blickt die Familie auffordernd an.

Giovanni zögert, dann macht er einen Schritt vors Haus und geht langsam los, gefolgt vom Jungen und der Frau, die sich nach Becky umdreht. Einer der Polizisten macht einen Schritt auf Becky zu. Sie ergreift den Rucksack und trottet los. Ein Polizist schreitet voraus, zwei weitere gehen links und rechts neben der Familie, einer hinter ihr. Tom bewegt sich vor der Gruppe in Richtung Anhöhe, die Kamera auf die kleine Prozession gerichtet. Lars steht mit den Statisten auf halber Höhe des Hügels mit der zweiten Kamera. Die Drohne zieht ihre Kreise.

Von den Bäumen, die den Weg über den Hügel säumen, zwitschern Vögel.

Giovanni ist noch rund einen Meter von Bruno Martens entfernt. Plötzlich bleibt er stehen und ballt die Hände zu Fäusten. Paula macht unwillkürlich einen Schritt auf Martens zu.

„Sie Schwein, Sie!" Giovanni will sich auf ihn stürzen, aber zwei Polizisten halten ihn zurück. „Das alles ist Ihre Schuld! Sie zerstören das Leben meiner Familie! Sie werden nicht ohne Strafe davonkommen!" Er schüttelt die Fäuste und spuckt Martens ins Gesicht.

In Brunos Martens' Hand blitzt etwas auf. Paula stürzt sich auf ihn und drückt seinen Arm nach unten. Ein Schuss löst sich und schlägt neben ihnen ins Gras. Sie haut ihm die Pistole aus der Hand und kickt sie mit dem Fuß weg. Unmittelbar darauf verspürt sie einen Schlag im Genick und stürzt vornüber zu Boden. Ein scharfer Schmerz zieht durch ihr linkes Handgelenk, sie rollt sich zur Seite. Sie spürt einen harten Stoß im Rücken, dann wird ihr schwarz vor Augen.

Als sie wieder zu sich kommt, bemerkt sie einen metallischen Geschmack im Mund. Sie schluckt Blut und fährt sich mit der Zunge über die Lippen. Sie scheinen aufgeplatzt zu sein.

„Paula? Hörst du mich?"

Wie durch einen Wattebausch dringt Toms Stimme an ihr Ohr. Sie versucht, die Augen zu öffnen. Ihr Blick rutscht weg und ihre Lider fallen zu. Sie spürt einen Druck an der Halsschlagader und eine warme Hand an ihrer Stirn. Sie öffnet die Augen erneut. Diesmal gelingt es ihr, den Blick zu fixieren, und das Bild gewinnt an Schärfe. Toms dunkelblaue Jeanshose befindet sich vor ihrem Kopf. Sie dreht ihn vorsichtig und schaut in seine Augen.

Ein erleichtertes Lächeln breitet sich auf seinem Gesicht aus.

Ihr Kopf dröhnt. Sie versucht, sich aufzusetzen, und stöhnt auf, als sie sich auf ihr linkes Handgelenk abstützen möchte. Tom legt seine Hand an ihre Schulter und richtet sie vorsichtig auf.

Neben dem Haselstrauch steht Frank und telefoniert. Wenige Meter von ihr entfernt versucht Bruno Martens, sich von den beiden Männern der Set-Security loszureißen. Sie haben ihn an den Oberarmen gepackt und ringen mit ihm. Er tritt dem einen Mann ans Schienbein und ruft in Richtung der Statisten: „Matteo, hilf mir! Das sind doch alles Ausländer hier, verdammtes Pack!"

Der Nebel in Paulas Kopf ist mit einem Mal wie weggeblasen. Ihr Herzschlag setzt aus. Matteo steht etwas abseits der Gruppe, den starren Blick auf sie gerichtet. Aus seinem halb geöffneten Mund tropft Speichel und sein Gesicht ist leichenblass.

Sie versucht aufzustehen. Ihr Handgelenk brennt und hinter ihren Schläfen pocht ein stechender Schmerz. Sie würgt. Tom greift ihr unter die Schultern und zieht sie in die Höhe. Taumelnd hält sie sich an ihm fest. Ihr Atem geht keuchend.

Sie macht einen Schritt auf Matteo zu. „Matteo? Du bist doch selbst italienischer Abstammung! Gasser ist ein Südtiroler Geschlecht. Setz dich mit deiner eigenen Familiengeschichte auseinander, da findest du bestimmt tiefe italienische Wurzeln. Verstehst du nicht, dass du dich als Mitglied der PND selbst ins Abseits schießt?" Ihr Körper erzittert.

Bruno Martens dreht sich um und starrt sie an. Dann beißt sich sein Blick an Matteo fest.

Matteo schaut durch sie hindurch. Tom stellt sich vor ihn hin und rammt ihm die Faust ins Gesicht. Paula schreit auf. „Spinnst du?" Aus Matteos Nase quillt Blut.

„Nein. Das hätte ich schon längst tun sollen." Tom steckt die Fäuste in die Hosentaschen und stapft zu seiner Kamera, die neben dem Kiesweg im Gras liegt.

Zwei Sanitäter laufen auf Paula zu. „Sind Sie in Ordnung?"

Paulas Blick zuckt. Ihr Kopf ist schwer und Übelkeit treibt kalten Schweiß aus den Poren.

„Ja. Kümmern Sie sich um Matteo." Ihr Blick bleibt an etwas Braunem hängen, das im Gras schimmert. Sie bückt sich und nimmt das Gottesauge in ihre Hand. Es muss bei Bruno Martens' Angriff aus ihrer Tasche gefallen sein.

Sie schaut sich nach Becky um. Giovanni steht mit der Frau und dem Jungen etwas abseits. Paula geht auf sie zu. „Wo ist Becky?"

Giovanni blickt sich um. „Ich weiß es nicht. Gerade war sie noch hier."

„Scheiße!"

Sie stolpert auf Judith und Meike zu, die den Weg heraufgelaufen kommt. Sie taumelt und hält sich an Meike fest. „Becky ist weg. Ich fürchte, sie ist abgehauen. Sie kann noch nicht weit sein."

„Wir suchen sie." Judith dreht sich um.

Meike betrachtet Paula besorgt. „Kommst du klar?"

Paula nickt. Judith und Meike eilen den Hügel hinab. An der Straße gehen sie jede in eine andere Richtung. Paula kauert sich auf den Boden.

Tom tritt zu ihr und legt ihr die Hand auf die Schulter. „Komm, ich bring dich nach Hause."

„Becky ist verschwunden, ich kann jetzt nicht weg."

„Dann komm mit zum Haus." Er zieht sie in die Höhe, legt den Arm um ihre Taille und führt sie zum Haus. Frank blickt ihnen nach.

Vor dem Haus setzt sie sich auf eine Sitzbank neben der Tür. Tom verschwindet im Haus. Matteo kommt in Begleitung eines Sanitäters auf Paula zu. Er verlangsamt seinen Schritt, ihre Blicke treffen sich. Das Taschentuch, das er sich vor die Nase hält, ist voller Blutflecken.

Paula räuspert sich. „Es tut mir leid, dass Tom zugeschlagen hat." Sie knetet ihren Zeigefinger. „Wirst du ihn anzeigen?"

Er schüttelt fast unmerklich den Kopf. „Nein." Er flüstert. „Er ist zwar ein Arsch. Aber er hat Recht." Er tupft mit dem Taschentuch seine Nase. Ein Sanitäter reicht ihm ein sauberes Tuch. Die Blutung hat aufgehört. „Die Partei – sie war ein Ersatz." Er schluckt.

„Ein Ersatz für was?" Sie zieht die Augenbrauen zusammen.

Vorsichtig tasten die Fingerspitzen seiner rechten Hand über den stark geschwollenen Nasenrücken. „Für *zeitlos anders*. Für das Zugehörigkeitsgefühl, das ich diesen Sommer nicht mehr so richtig gespürt habe." Er zerreißt das Taschentuch in kleine Stückchen. „Die Veranstaltungen der Partei haben ein ähnliches Gefühl in mir ausgelöst."

Paula schließt für einen Moment die Augen. Als sie sie wieder öffnet, sind sie feucht. „Es tut mir leid. Ich hab' zu spät gemerkt, dass sich die Tournee und der Film nicht miteinander vereinbaren lassen."

Tom kommt mit einem Glas Wasser zurück. Er wirft Matteo einen verächtlichen Blick zu und setzt sich neben Paula.

Matteo geht an ihnen vorbei ins Haus. Tom reicht Paula das Glas.

„Danke."

Vor dem Haus halten zwei Streifenwagen. Vier Polizisten steigen aus. Zwei von ihnen übernehmen Bruno von den Männern der Set-Security, legen ihm Handschellen an, schieben ihn ins Auto und fahren los. Frank tritt auf die beiden anderen zu und spricht mit ihnen. Paula meint, Beckys Namen zu hören. Sie runzelt die Stirn. Einer der Polizisten spricht in ein Funkgerät, dann steigen sie ins Auto und fahren langsam am Haus vorbei.

Paula fängt Franks Blick auf. „Warum wurde die Waffe nicht entdeckt?"

Frank schüttelt den Kopf. „Er hatte sie nicht bei sich. Er muss sie gestern hier versteckt haben."

Sie lehnt den Kopf an Toms Schulter und schließt die Augen.

Kurz darauf hält der Streifenwagen erneut vor dem Haus. Aus einer der hinteren Türen steigt ein Polizist aus, aus der anderen Meike. Langsam folgt Becky. Paula richtet sich auf. Der Polizist legt seine Hand auf Beckys Schulter, gemeinsam gehen sie auf Paula und Tom zu.

Paulas Atem stockt. Über Beckys linken Unterarm ziehen sich blutende Schnittwunden. Sie steht auf und umarmt Becky.

„Ist das Ihre Tochter?" Fragend blickt der Polizist sie an.

Paula lässt Becky los und nickt. „Ja."

„Ich muss sie mitnehmen. Sie ist hochgradig suizidgefährdet."

Paula schluckt. „Meine Tochter hat Anorexie. Ich werde mich um sie kümmern."

Frank tritt zu ihnen und legt die rechte Hand auf Beckys Schulter. Er nickt dem Polizisten zu. „Danke. Wir brauchen Sie nicht mehr."

Der Mann zögert, dann dreht er sich um und geht zum Streifenwagen zurück.

Tom erhebt sich und geht an Paula und Becky vorbei. „Kommt."

Paula lächelt Frank dankbar zu, legt ihre Hand auf Beckys Rücken und geht neben ihr hinter Tom her.

Paula erwacht und reißt erschrocken die Augen auf.

Beruhigend legt ihr Tom die Hand auf den Arm. Er sitzt auf einem Küchenstuhl neben ihrem Bett. „Hey, es ist alles in Ordnung."

Verwirrt reibt sie sich die Schläfen. „Wie spät ist es?"

„Kurz nach neun. Du hast vier Stunden geschlafen."

„Wie geht's Becky?"

„Sie ist in Ordnung."

Erleichtert schließt Paula die Augen und atmet tief aus.

„Wie geht's dir?" Toms Blick forscht in ihrem Gesicht.

„Mir tut alles weh." Sie öffnet die Augen und tastet mit den Fingern über ihre Unterlippe. „Gibst du mir bitte mein Handy? Es ist in der Umhängetasche."

Er schüttelt den Kopf. „Du sollst dich ausruhen."

„Ich muss Rostock und Bamberg absagen." Ihre Schläfen schmerzen.

„Soll ich?"

Sie nickt und wischt sich über die Augen. Während Tom telefoniert, hängen ihre Gedanken bei Matteo fest. *Wie ist er da hineingeraten? Über Bruno? Oder schon früher?* Schlagartig wird ihr klar, weshalb er seine Rolle als Klinikdirektor so überzeugend spielen konnte. Die Härchen auf ihren Unterarmen richten sich auf.

Tom tritt an ihr Bett und stellt eine Tasse dampfenden Pfefferminztee auf ihr Nachttischchen. „Okay, es ist alles geregelt." Er lehnt sich an die Badezimmertür.

„Er ist einsam."

„Wer?"

„Matteo."

„Ja, und? Suchst du jetzt nach einer Rechtfertigung für sein Verhalten?" Sie schweigt. „Er hat zugeschaut, wie dich Martens verprügelt hat, dafür gibt es keine Entschuldigung!"

„Verprügelt?" Sie zieht die Augenbrauen zusammen.

„Er hat auf dich eingetreten, als du bereits am Boden gelegen bist. Matteo hat einfach zugeschaut, der Feigling!"

„Ist ja gut, reg dich ab. Es ist eh vorbei, er wird nicht mehr mitspielen."

„Das ist kein großer Verlust."

„Sag mal, kannst du deine Aggression woanders rauslassen?"

Er ballt die Hände zu Fäusten. Auf seinem Gesicht zeichnen sich rote Flecken ab. „Ist dir klar, dass wir haarscharf an einer Katastrophe vorbeigeschlittert sind? Martens hätte Giovanni umbringen können, und wer weiß, wen sonst noch! Und das nur, weil du dauernd das Gute suchst, wo es gar nicht vorhanden ist!" Seine Stimme ist ungewöhnlich laut.

Paula zuckt zusammen. „Ich hab' ihn keine Sekunde aus den Augen gelassen."

„Du bist ein verdammt hohes Risiko eingegangen für deinen Film!"

„Nicht für meinen Film."

„Für was dann? Für von Roth? Weil du ihm beweisen wolltest, wie gut du bist?"

„Hör auf! Frank hat damit nichts zu tun!" Ihre Stimme klingt schärfer, als ihr lieb ist.

„Was dann? Erklär mir bitte, warum du alles ausgeblendet hast, entgegen jeder Vernunft."

Das Blut pulsiert hämmernd durch Paulas Kopf. Sie schließt die Augen und versucht, ihre Gedanken zu ordnen.

Tom lässt sich auf dem Stuhl nieder. Seine Augen ruhen auf ihrem Gesicht.

„Kennst du das? Wenn man eine ganz klare Vision hat. Wenn man mit jeder Faser seines Körpers spürt, wie etwas sein kann, das es noch nicht gibt. Wenn man die ganze Geschichte vor sich sieht und nur darauf wartet, dass sie sich genauso entwickelt. Ich sah den Film ganz klar vor mir. Aber durch Beckys Krankheit hab ich die Kontrolle verloren." Sie ergreift die Tasse. Der Duft nach Pfefferminz schlängelt sich in ihre Nase. Vorsichtig nippt sie am Tee.

„Das Filmmaterial von der Szene ist erstklassig."

„Du hast es dir angesehen?"

„Während du geschlafen hast. Die Szene geht total unter die Haut. Weißt du, ich glaube daran, dass du wirklich großes Kino inszenieren kannst. Aber vielleicht sollest du beim nächsten Film mehr im Team arbeiten."

„Ich hab' mich verrannt. Ich hätte auf euch hören sollen."

„Auf euch?"

„Auf dich und Frank." Sie wirft ihm einen raschen Blick zu. „Er hat mich auch vor Bruno gewarnt."

Toms Handy vibriert. „Der Pizzaservice ist da." Er steht auf, öffnet die Tür und stößt mit Frank zusammen. „Hoppla, Entschuldigung!"

„Darf ich reinkommen?" Frank bleibt im Türrahmen stehen.

„Klar." Paula zieht die Bettdecke über die Brust.

„Es tut mir leid, dass ich nicht früher kommen konnte." Er lässt sich auf dem Stuhl neben dem Bett nieder.

„Tom hat mich hergebracht."

„Das ist gut." Sein Blick wandert über ihr Gesicht. Sie ist blass, und unter ihren geröteten Augen liegen dunkle Schatten. Auf der Stirn prangt eine Beule, ihre Lippe ist geschwollen. „Wie geht es dir?"

„Mein Kopf schmerzt."

„Was ist mit deiner Hand?" Er deutet auf den Verband, der um ihr linkes Handgelenk gewickelt ist.

„Vermutlich verstaucht."

„Vermutlich?"

„Der Sanitäter meint, es sei nichts gebrochen. Was ist mit Bruno?"

„Vorerst bleibt er in Untersuchungshaft."

„Ich hab' ihn unterschätzt." Sie wirkt niedergeschlagen.

„Das kann uns allen passieren." Er lächelt sie an.

„Dürfen wir die Szene trotzdem verwenden?"

„Ulrich klärt es ab. Ich denke nicht, dass etwas dagegen spricht. Er hat die Waffe während des Drehs benutzt, wir haben ihn nicht privat gefilmt. Die Szene an sich ist für einen Film ja nicht ungewöhnlich und man erkennt nicht, dass die Waffe geladen war. Das hätte man problemlos inszenieren können." Er lehnt sich im Stuhl zurück. „Du musst noch bei der Polizei aussagen."

„Wann?"

„Morgen. Ich konnte dir das leider nicht ersparen."

„Das ist okay." Sie reicht ihm eine Teetasse und schält sich aus der Bettdecke.

Sie trägt ein kurzes, rotes Nachthemd. Er wendet sich ab, steht auf und stellt die Tasse neben das Waschbecken. „Behalte das mit dem Schützenverein für dich. Die Polizei wird es herausfinden, aber das dürfte keine Konsequenzen für die Produktion haben, solange wir es nicht wussten."

Sie geht ins Bad. Er hört Wasser rauschen. Dann tritt sie mit einem weißen Handtuch zwischen den Händen zurück ins Zimmer. Sie wirkt zerbrechlich. Er widersteht dem Drang, sie in den Arm zu nehmen.

„Erhol dich. Ich werde im Studio Bescheid geben, dass wir das Set nächste Woche nochmal brauchen."

„Nein, das ist nicht nötig. Es fehlt noch eine Szene, die schaffen wir morgen."

„Du sollst dich erholen. Eine Gehirnerschütterung ist kein Spaziergang."

„Es ist eine leichte Erschütterung, das schaffe ich schon. Wir sind ja nur am Set."

„Du bist ein Dickkopf."

Ein schwaches Lächeln stiehlt sich auf ihr Gesicht. „Es ist wichtig, dass nicht viel Zeit zwischen heute und dem Abschluss vergeht."

Frank macht einen Schritt auf Paula zu. „Wann denkst du mal an dich und nicht an den Film?" In seiner Stimme schwingt Zärtlichkeit.

„Später." Sie dreht sich um und legt sich ins Bett.

Es klopft kurz, die Tür öffnet sich und Tom kommt herein. Frank spürt seinen Blick auf seinem Gesicht. Tom stellt drei Pizzaschachteln auf den Tisch.

Frank steht auf. „Erhol dich gut." Er öffnet die Tür und verlässt die Wohnung.

Tom holt drei Teller aus dem Küchenschrank, stellt sie auf den Tisch und legt die Pizzen darauf. Er klopft an Beckys Tür. „Becky, essen!"

Becky reagiert nicht. Er öffnet die Tür und blickt ins Zimmer. Leise schließt er die Tür wieder. „Sie schläft."

„Dann lassen wir sie."

„Sie hat seit heute Morgen nichts mehr gegessen." Toms Stimme klingt besorgt.

„Ich weiß. Es war viel für sie. Ich möchte sie nicht noch mehr stressen durchs Essen."

„Ich glaube nicht, dass das richtig ist. Essen ist ihre Medizin."

„Ich weiß. Morgen ziehen wir die Mahlzeiten wieder durch."

„Morgen sind wir nochmal auf dem Set für den letzten Dreh, da musst du sie mitnehmen."

„Wir werden vor dem Mittagessen fertig sein, das ist okay."

Tom schweigt und verteilt die Pizza auf zwei Teller.

Kapitel 25

„Cut!"

Reglose Stille legt sich über den Straßenzug des Backlots, in dem die letzte Szene abgedreht worden ist. Paula lässt den Schauer über ihren Körper wandern. Langsam gibt sie ihren Atem frei und löst den Blick von Giovanni. Über die Außenkulissen zieht ein Schwarm Vögel.

„Danke, das war's." Sie macht einen Schritt in die Szene hinein und nimmt sich Zeit, mit jedem Crewmitglied einzeln Blickkontakt aufzunehmen. „Ihr wisst ja, das ist mein erster Film. Die Arbeit hat mir großen Spaß gemacht und ich habe sehr viel von euch gelernt. Ich möchte euch von Herzen dafür danken, dass ihr alles mitgetragen habt. Ihr habt immer konstruktive Lösungen gefunden, wenn etwas nicht auf Anhieb funktioniert hat. Auch gestern seid ihr trotz des Zwischenfalls ruhig geblieben und wir konnten die Szene bis zum Schluss filmen. Ihr wart ein großartiges Team!" Sie schluckt und wischt sich hastig über die Augen.

Warmer Applaus brandet durch die Straße. Paula umarmt Judith. Damit löst sie ein gegenseitiges Umarmen und Schulterklopfen aus.

„Ich habe noch nie in einem Film gespielt, der mich emotional so sehr mitgenommen hat!" Giovanni lächelt.

„Ich hoffe, das ist okay?" Paula rümpft die Nase.

„Ja, absolut! Allerdings muss ich auch ehrlich sagen, dass ich froh bin, dass es jetzt vorbei ist. Es war eine heftige Erfahrung, die ich erst mal verarbeiten muss. Ich bin sehr gespannt auf das Ergebnis!"

„Ich auch, das kannst du mir glauben! Danke, Giovanni, dass du dich darauf eingelassen hast."

„Hey ihr beiden, kommt ihr mit? Wir trinken noch was zusammen im *Eugen*." Meike legt Paula den Arm um die Schulter.

„Ich bin dabei!" Giovanni nickt.

„Nein, ich kann nicht. Ich fahr mit Becky nach Hause. Wir sehen uns dann beim Abschlussessen."

Sie spürt Meikes besorgten Blick auf ihrem Gesicht. „Wie geht es Becky?"

Paula schüttelt den Kopf. „Sie hat seit gestern Morgen nichts mehr gegessen." Sie wendet sich an Tom. „Können wir fahren?"

Er nickt. „Lars hat angeboten, den Abbau alleine zu machen."

„Das ist lieb. Ich sag Frank noch rasch Bescheid."

„Ich warte mit Becky beim Auto."

Paula nickt ihm zu und läuft suchend zwischen ihrer Crew hindurch, die in kleinen Grüppchen beisammensteht und sich über die Erlebnisse der letzten Wochen unterhält. Immer wieder schallt Lachen durch die Gasse.

„Ulrich, wissen Sie, wo Frank ist?"

„Er musste während des Drehs nochmal zur Polizei und ist noch nicht zurückgekehrt."

Sie zuckt zusammen. „Wissen Sie, weshalb er nochmal gehen musste?"

„Ja, es geht um die Frage, ob wir die Szene von gestern im Film verwenden dürfen oder nicht. Dazu braucht es wohl auch Bruno Martens' Einverständnis."

„Oh. Damit habe ich nicht gerechnet."

„Die Polizei sieht offenbar eine Vermischung von professionellen und persönlichen Interessen, deswegen die Verhandlung mit Martens."

„Hoffentlich stellt er sich nicht quer. Sonst müssten wir den ganzen Schluss nochmal drehen." Eine Hitzewelle erfasst sie. Sie wischt sich mit der rechten Hand über die Stirn.

„Machen Sie sich keine Sorgen, Frank wird das schon hinbekommen. Er ist ein exzellenter Stratege." Beruhigend klopft er ihr auf die Schulter.

„Das weiß ich." Sie lächelt ihm zu. „Können Sie ihm bitte ausrichten, dass ich nach Hause gegangen bin?"

„Ich werde es ihm ausrichten, sobald er wieder hier ist."

„Danke!"

***

Paula wirft einen Blick auf Becky, die noch immer zur Zimmerdecke starrt. Seit vier Stunden bereits. Auf dem Küchentisch stehen die Pizza von gestern Abend, eine Schüssel Porridge, ein Schälchen Joghurt mit Apfelschnitzen und Rosinen, ein Teller mit Risotto mit Reibkäse und ein Getreideriegel mit einem Glas Traubensaft.

Sie sitzt neben dem Bett, den Rücken an die Wand gelehnt. Ihre Gedanken schweifen zu *zeitlos anders*. Sie schluckt schwer. Dass die Tournee abgebrochen werden musste, ist eins, das ist nur bedingt in ihrer Macht gelegen. Aber dass sie ihre Truppe seither nicht mehr getroffen und die Saison zu einem guten Abschluss gebracht hat, verursacht ihr Bauchschmerzen.

Sie schließt die Augen und denkt an Andreas und Birgit. Vor allem Andreas gegenüber hat sie ein schlechtes Gewissen. Er hat ganz selbstverständlich die Verantwortung für die Tournee übernommen, hat mit den Auftrittsorten verhandelt, wenn es Klärungsbedarf gegeben hat, und sich um die Buchhaltung gekümmert. Sie würde sich gerne angemessen bei ihm bedanken. Und auch bei Birgit, die seit der Vorstellung im Theaterschiff in Potsdam richtig aufgeblüht ist und das Stück mit ihren eigenständigen musikalischen Einlagen deutlich aufgewertet hat. Es kann Monate dauern, bis sie ihre Freunde wiedersehen wird – bereits die Postproduktion und Beckys Betreuung unter einen Hut zu bringen, erscheint ihr ein Ding der Unmöglichkeit. Paula schluchzt auf und lässt den Tränen freien Lauf.

„Wie lange willst du noch warten? Es ist jetzt schon über 24 Stunden her, seit sie zum letzten Mal was gegessen hat." Tom steht im Türrahmen. Er spricht leise. Über seine Stirn zieht sich eine tiefe Falte.

Paula öffnet die Augen. Ihre Zunge fährt über die Lippen. „Ich weiß."

„Lass uns in die Notaufnahme fahren." Eindringlich blickt er sie an. Er streckt ihr die Hände entgegen.

Sie lässt sich von ihm in die Höhe ziehen und tritt vor Beckys Bett. „Becky, wir fahren jetzt in die Notaufnahme." Sie schluckt den Kloß in ihrem Hals hinunter. Becky bleibt reglos liegen, die Augen starr zur Zimmerdecke gerichtet. „Stehst du bitte auf und ziehst dich an?" Sie reicht ihr die Hand.

Keine Reaktion. Ein Kribbeln breitet sich von Paulas Bauch aus bis in die Fingerspitzen. „Becky, so geht das nicht weiter. Wir schauen nicht zu, wie du vor unseren Augen stirbst!" Sie schlägt die Bettdecke zurück. „Bitte, steh jetzt auf und zieh dich an, sonst müssen wir dich im Schlafanzug in die Klinik bringen." Sie setzt sich neben Becky auf die Bettkante. „Becky? Hörst du mich überhaupt? Bitte, sag was!"

Becky bleibt reglos liegen und starrt zur Decke. Paula streicht eine blonde Haarsträhne aus dem Gesicht ihrer Tochter und fährt mit den Fingerspitzen sanft über ihre Wangen. Dann ergreift sie ihre Hand, die auf der Bettdecke liegt, und drückt sie. „Bitte, sag was! Ich habe große Angst um dich!"

Beckys Gesicht verschwimmt vor ihren Augen. Ungehindert lässt sie die Tränen über die Wangen laufen.

Nach einer Weile richtet sie sich auf. „So geht das nicht. Ich rufe den Rettungswagen." Sie nimmt ihr Handy vom Nachttisch, tritt ans Fenster und wählt. Eine Frauenstimme meldet sich.

Paula spricht hastig. „Guten Tag, hier spricht Paula Menotti. Können Sie bitte einen Rettungswagen schicken? Meine Tochter hat seit 24 Stunden nichts mehr gegessen."

„Trinkt sie?"

„Ja, Wasser."

„Dann warten Sie ab und beobachten Sie sie."

„Meine Tochter hat Anorexie, sie muss essen."

„Messen Sie ihr regelmäßig den Puls und fahren Sie ins nächste Krankenhaus, wenn er unter 40 fällt."

„Aber ihr Puls war letzte Nacht auf 38!"

„Nachts ist er immer tiefer. Messen Sie ihn jetzt und fahren Sie, wenn nötig, ins Krankenhaus. Auf Wiederhören."

Paula wirft ihr Handy auf die Kommode und schlägt die Fäuste gegen die Wand. „Was ist das für ein beschissenes Gesundheitssystem? Wofür bezahlen wir Krankenkassenprämien, wenn wir keine Hilfe bekommen? Das gibt's doch gar nicht!" Ihre Stimme überschlägt sich.

Tom legt ihr eine Hand auf die Schulter.

***

Frank schluckt leer und lässt das Handy sinken. Sein Puls beschleunigt sich und ein Druck im Brustkorb erschwert das Atmen. Er presst die Hand auf die Brust, sein Blick jagt durch das kleine Hotelzimmer. Hastig öffnet er die Rumflasche, die noch von Hannahs Besuch auf dem Schreibtisch steht, und lässt den Alkohol in den Mund fließen. Er stellt die Flasche hin, stützt sich mit den Händen auf dem Tisch ab, schließt die Augen und wartet. Sein Atem beruhigt sich.

Er tritt mit dem Handy auf den Balkon. Die Augusthitze flimmert über den Hausdächern.

„Ja?"

„Wo bist du?"

„Zuhause." Hannahs Stimme klingt rauchig.

Er steckt das Telefon in die Tasche, packt Rumflasche und Autoschlüssel und verlässt das Hotel.

Frank stößt die Haustür auf. Stille umfängt ihn. Sein Blick wird von einem Haufen Schuhe angezogen, der sich neben der Kommode auftürmt. Auf dem Garderobentisch liegen achtlos hingeworfene Hüte und Schals, eine von Hannahs Sommerjacken liegt unter der Kleiderstange auf dem Fußboden.

Er legt den Autoschlüssel auf die Kommode und fährt mit dem rechten Zeigefinger über die Oberfläche. Sein Finger hinterlässt eine Spur in der dünnen Staubschicht. Er lauscht aufmerksam, aber das Haus schweigt ihn an.

Langsam schreitet er durch den Flur. Die Wände werfen das Klacken seiner Absätze zurück. Seine Augen suchen nach Spuren von Hannah.

Das Wohnzimmer ist leer. Die Kissen liegen zerdrückt auf dem Sofa verteilt, auf dem Couchtisch quillt der Aschenbecher über und der Geruch nach kalter Asche hängt in den bordeauxroten Samtvorhängen. Auf dem Boden neben dem Sofa steht eine offene Cognacflasche.

Im Türrahmen des lichtdurchfluteten Esszimmers bleibt er stehen. Hannah sitzt auf einem Stuhl am langen Esstisch aus Glas und schaut ihn an. Ihr zerzaustes Haar fällt über hängende Schultern, sie trägt ein weißes T-Shirt und eine beige Trainingshose. Ihre Haut wirkt grau und dunkle Schatten umrahmen ihre Augen. Einzig in ihrem Blick liegt ein Hauch von Leben.

„Was machst du?" Er steckt die Hände in die Hosentaschen.

„Ich warte auf unser Essen."

Seine Augenbrauen ziehen sich zusammen. „Du lässt dir Essen liefern?"

„Ich dachte, du hast vielleicht Hunger, wenn du kommst." Ihre linke Hand versucht erfolglos, das widerspenstige Haar etwas in Form zu bringen.

Er schaut sich um. Der Tisch ist übersät mit Fingerabdrücken und Spuren von Glasrändern. Bei einem der bodenhohen Fenster ist der weiße Vorhang eingeklemmt und weht draußen im Sommerwind. Den sonst spiegelblanken Eichenholzboden überzieht eine dünne Staubschicht.

„Kommt Frau Meier nicht mehr zum Putzen?"

„Nein. Ich ertrage ihre penible Sauberkeit nicht mehr." Sie räuspert sich. „Ich will zurück in ein Leben zwischen Pizzaschachteln und Wäschebergen, mit durchgequatschten Nächten, wilden Projektplänen und ohne Angst vor morgen."

„Wie damals." Für einen kurzen Moment schweifen seine Gedanken zurück und seine Stirn glättet sich. Dann fällt sein Blick auf die Flasche in seiner Hand. „Hier. Die hast du vergessen." Er stellt sie auf den Tisch.

„Mach das weg. Das macht alles nur noch schlimmer." Angewidert dreht sie den Kopf zur Seite.

Die Türglocke schrillt. Hannah erhebt sich, Frank tritt zur Seite. Ihre Blicke kreuzen sich, als sie an ihm vorbeigeht. Sie riecht nach einer Mischung aus Schweiß, Deodorant und Zigarettenrauch.

Unschlüssig macht er einen Schritt ins Esszimmer. Staubpartikel tanzen in den Sonnenstrahlen, die flach und ungehindert durch die Scheiben dringen. Er kneift die Augen zusammen, öffnet das Fenster, holt den eingeklemmten Vorhang herein und zieht ihn vor die Scheibe.

Hannahs nackte Füße tappen über den Fußboden. Er dreht sich um. Sie stellt eine Plastiktüte auf den Tisch und holt kleine Kartonschachteln heraus. „Sushi. Magst du?"

Er legt den Kopf schief. Sein Magen rumort. Auf der Suche nach einem Lappen betritt er die Küche. Im Waschbecken stapeln sich Teller mit eingetrockneten Essensresten, daneben stehen sieben schmutzige Weingläser, drei davon halb voll. Der Lappen liegt zusammengeknüllt neben dem Herd. Als er ihn öffnet, rieseln Brotkrumen heraus und weiße Stückchen lösen sich. Er wäscht ihn aus, geht zurück ins Esszimmer und wischt den Tisch sauber. Hannah breitet die Schachteln aus.

Sie setzt sich ihm gegenüber, wie immer. Er klemmt ein Stück California-Roll zwischen die Essstäbchen, taucht es in Sojasauce und schiebt es sich in den Mund. „Gar nicht schlecht."

„Von unserer Sushi-Bar." Sie balanciert ein Nigiri-Sushi mit Lachs zum Mund.

„Sushi war unser erstes gemeinsames Essen."

„In der ersten Bar, die frisch in Berlin eröffnet hatte. Ich hatte dich eingeladen nach der Beerdigung deiner Mutter."

Frank zerkaut eine Scheibe eingelegten Ingwer mit etwas Wasabipaste und zieht scharf die Luft ein. Tränen drängen in seine Augen, er hustet.

Sie steht auf und reicht ihm lächelnd ein Glas Wasser. „Erinnerst du dich daran, wie wir uns anfangs nicht vorstellen konnten, rohen Fisch zu essen?"

„Ja. Dabei essen wir auch Rindertartar, Carpaccio oder Roastbeef, warum soll roher Fisch ungesünder sein als rohes Fleisch?" Er angelt sich ein Uro-Maki, belegt es mit einer großen Scheibe Ingwer und tupft Wasabi darauf, bevor er es in die Sojasoße taucht.

„Sind deine Lieblingsrollen noch immer die Tiger-Rols?" Sie spießt ein Lachs-Sashimi auf.

„Möglich. Ich habe lange kein Sushi mehr gegessen."

„Das letzte Mal waren wir zusammen in der Bar nach der Premiere von *Schenk mir einen Luftballon*."

Er verschluckt sich. „Eine grauenhafte Produktion!"

„Sie kam gar nicht schlecht an bei den Kritikern."

„Die Leute waren damals einfach froh, vor dem Hintergrund der Annektierung der Krim durch Russland etwas Leichtes vorgesetzt zu bekommen." Er angelt einzelne Reiskörner aus dem Schälchen mit der Sojasoße und legt sie auf ein Thunfisch-Sashimi. „Ich werde Paula mit der Postproduktion beauftragen und ich erwarte, dass du diese Entscheidung mitträgst."

Ihre Hand bleibt auf halber Höhe stehen. Ein Makisushi fällt von den Essstäbchen hinunter, Sojasauce spritzt über den Tisch und auf ihr Shirt. Sie schüttelt den Kopf. „Das mache ich nicht."

Er legt die Stäbchen zur Seite und fixiert ihr Gesicht. Sie verschränkt die Arme vor der Brust und lehnt sich zurück. „Ich lasse nicht zu, dass eine kleine Theaterregisseurin mit einer magersüchtigen Tochter den Ruf meiner Firma zerstört."

„Bleib bitte sachlich. Das Filmmaterial ist erstklassig und Paula wird daraus einen erstklassigen Film machen. Das ist ausschlaggebend für unseren Ruf."

Ihre linke Augenbraue steigt in die Höhe. „Du täuschst dich, mein Liebling. Die Qualität des Films interessiert keinen Menschen, sobald Paulas Privatleben in den sozialen Medien bekannt ist."

Er kneift die Augen zusammen. „Ich warne dich. Beckys Krankheit hat in der Öffentlichkeit nichts zu suchen."

Sie schweigt mit einem süffisanten Lächeln auf dem Gesicht. „Wie willst du verhindern, dass sich das verbreitet? Das schaffst nicht mal du."

„Beckys Krankheit hat mit Paulas Arbeit nichts zu tun."

„Das hast du mir schon mal versucht weiszumachen. Selbst, wenn es so wäre, so würde das nichts nützen, weil die Menschen da draußen das anders sehen."

„Sollte es tatsächlich nötig werden, dann werde ich entsprechend Stellung beziehen."

Sie starrt ihn an. „Du bist tatsächlich bereit, alles aufs Spiel zu setzten."

„Ich bin nicht weiter bereit, die Stigmatisierung im Zusammenhang mit Magersucht mitzutragen."

„Das ist doch nur eine Ausrede!"

„Hannah. Unabhängig davon, wie sich meine Situation mit Paula entwickelt: Ich möchte nicht weiter hier mit dir zusammenleben. Dieses gegenseitige Zerfleischen jeden Tag zermürbt mich. Ich möchte mich wieder auf den nächsten Tag freuen können. Ich möchte mich wieder lebendig fühlen."

„Ich möchte das auch." Sie legt ihre Hände in die Mitte des Tisches und dreht die Handflächen nach oben. „Meinst du nicht, dass wir das gemeinsam schaffen können?"

„Nach zehn Jahren Grabenkampf?" Er steht auf und tritt ans Fenster. Die Sonne verschwindet hinter dem hohen Ahornbaum und nimmt das Licht mit. Schlagartig verdunkelt sich der Raum. „Das ist eine Illusion."

Sie zieht die Hände zurück. „Aber dass du mit Paula ein neues Leben beginnen kannst, das ist keine Illusion, was? In deinem Alter?"

Vehement dreht er sich um und tritt zurück an den Tisch. „Ich möchte, dass wir dieses Haus verkaufen. So bald wie möglich. Wenn du es behalten willst, kannst du mir meinen Anteil auszahlen."

„Und wohin ziehst du? In deine Villa nach New York? Hier kannst du dir ja offenbar gerade nichts leisten."

„Es ist ein Loft in Kalifornien, das weißt du."

„Bereust du, dass du es gekauft hast? Bisher warst du erst einmal dort." Ihre Augen sind zu schmalen Schlitzen verengt.

Abrupt durchschreitet Frank den Raum. „Mein Anwalt wird sich mit dir wegen der Scheidung in Verbindung setzen."

„Du kannst dir doch gar keinen Anwalt leisten!"

Er zieht die Tür zu, bevor die Rumflasche klirrend daran zerschellt.

Kapitel 26

„Es hat keinen Sinn mehr."

Beckys dünne Stimme lässt Paula stocken. Sie öffnet die Augen, dreht den Kopf und wischt rasch die Tränen weg. Sie sitzt neben Beckys Bett auf dem Fußboden. Tom erscheint in der geöffneten Tür.

„Weil die Dreharbeiten vorbei sind? Aber du weißt, dass du stirbst, wenn du nichts isst." Sie bemüht sich, das Zittern ihrer Stimme zu unterdrücken.

„Ist wahrscheinlich besser. Ich bin doch für alle eh nur eine Belastung." Eine Träne quillt aus ihrem linken Auge, sie wischt sie rasch weg.

„Das stimmt nicht. Die Krankheit ist eine Belastung, aber nicht du."

„Die Krankheit ist ein Teil von mir."

„Ein Teil, den du nicht brauchst. Den du loslassen musst. Meinst du, es würde dir ohne die Stimme besser gehen?"

„Nein. Sie ist meine Freundin, auf sie kann ich mich verlassen. Sie ist immer da. Anders als Lisa."

„Wünschst du dir, dass Lisa dich besuchen kommt?"

„Nein. Sie findet mich eh blöd.“

„Hat sie das gesagt?“

„Das muss sie nicht sagen, das merk‘ ich doch.“

„Ich glaub‘ das nicht. Ich glaube, dass Lisa darunter leidet, dass du dich so sehr zurückziehst.“

„Siehst du? Sie leidet auch wegen mir.“

„Nein, so habe ich das nicht gemeint.“ Paula kaut auf ihrer Unterlippe herum.

„Wovon träumst du?“

Becky schweigt.

„Als ich so alt war, wie du jetzt, hab‘ ich davon geträumt, auf einem Segelboot zu leben und um die Welt zu reisen. Ich wollte in der Südsee Kokosnüsse von den Palmen holen und Kapuzineräffchen streicheln.“

„Wo leben die?“

„Im Urwald in Südamerika.“

„Und warum hast du es nicht gemacht?“

„Als ich älter wurde, wollte ich Schauspielerin werden. Ich hab‘ als Schülerin in vielen Theaterstücken mitgemacht und konnte mir nichts Schöneres vorstellen, als mein Leben lang auf der Bühne zu stehen.“

„Du spielst doch schon lange nicht mehr. Warum nicht?“ Beckys Blick hängt an Paulas Lippen.

„Irgendwann hatte ich dann doch genug davon und habe gemerkt, dass es mir mehr Spaß macht, die Stücke zu inszenieren als selber auf der Bühne zu stehen. So bin ich Regisseurin geworden.“ Sie knetet ihren Zeigefinger. „Wenn der Film fertig ist, möchte ich segeln gehen. Kommst du mit?“

„Wohin?“

„Keine Ahnung. Nach Südamerika?“

„Zu den Äffchen?“

„Warum nicht?“

Ein Leuchten blitzt in Beckys Augen auf, dann zögert sie und spielt mit den Zehen ihres rechten Fußes. „Hast du das ernst gemeint?“ Fragend schaut sie Paula an.

„Würdest du das denn wollen?" Paula stellt sich die Müslischüssel auf den Schoss und beginnt zu essen.

„Ich glaub schon." Eine tiefe Falte zieht sich über ihre Stirn. „Doch, das wär schon cool!"

Die Härchen auf Paulas Unterarmen richten sich auf. „Perfekt! Dann haben wir einen neuen Traum!"

„Werden wir dann wieder Delfine sehen, so, wie beim letzten Mal, als wir nach La Palma gesegelt sind?"

„Ganz bestimmt. Und fliegende Fische."

„Fliegende Fische? Wie soll denn das gehen?" Becky legt die Stirn in Falten.

„Die haben so lange Flossen, dass sie mit ihnen für einige Sekunden über der Wasseroberfläche fliegen können."

„Echt? Ist ja geil!"

Paula schaufelt etwas Müsli auf ihren Löffel.

Becky beobachtet sie. „Können wir tauschen?"

„Was?"

„Kann ich dein Müsli haben?"

„Hier." Paula hält ihr die Schüssel hin. Ihr Atem stockt, als sie beobachtet, wie Becky den Löffel füllt und ihn langsam zum Mund führt.

„Weißt du was? Wenn wir dann schon in Südamerika sind, dann kann uns Tom Kolumbien zeigen." Rasch isst sie einen Löffel Porridge.

„Kolumbien? Das ist aber auf der anderen Seite von Südamerika." Becky kaut und schluckt.

„Ja, aber da können wir ja dann rüberfliegen."

„Okay, klingt gut!" Sie schiebt sich den nächsten Löffel in den Mund. „Was gibt es in Kolumbien?"

„Sagt dir der Name Cartagena was?" Becky schüttelt den Kopf. „Das ist eine alte Handelsstadt. Oder wir besuchen Cali, die Hauptstadt des Salsa-Tanzes."

„Oh, ja, Tanzen!" In Gedanken versunken isst Becky die Müslischüssel leer.

Paula holt etwas Kleines aus ihrer Hosentasche und streckt Becky ihre Hand hin. „Schau mal. Das ist ein Samen eines großen Baumes, der im Regenwald in Kolumbien wächst. Die Einwohner dort nennen ihn das Gottesauge. Er beschützt seinen Besitzer und schenkt ihm Weisheit." Sie legt es in Beckys Hand. „Behalte es bei dir, bis du dein eigenes sammeln kannst."

Tom wischt sich über die Augen.

***

„Wir sollten beginnen, die Küche wird ungeduldig."

Frank zuckt zusammen. „Sie ist nicht gekommen." Er starrt auf den Parkplatz vor dem Hotel Marriott.

„Paula? Hat sie sich nicht abgemeldet?"

„Doch. Aber ich dachte, vielleicht..." Er schüttelt sich. „Lassen Sie uns reingehen." Er wirft Ulrich einen flüchtigen Blick zu.

Gemeinsam schreiten sie am Empfang vorbei und den Gang entlang zum kleinen Saal. Ulrich steuert auf den Haupteingang zu, Frank auf den Seiteneingang, der direkt zur kleinen Bühne führt. Unzählige Veranstaltungen hat er mit seiner Firma an diesem Ort durchgeführt, aber noch nie hat er so wenig Freude daran empfunden wie heute. Er atmet tief ein, bevor er vors Rednerpult tritt. Das Licht im Saal verdunkelt sich, die Gespräche seiner Filmcrew verstummen. Neben dem Rednerpult steht ein Flügel, der von üppigen Blumensträußen flankiert wird.

Frank versucht ein Lächeln, das halbwegs gelingt. „Schön, dass Sie heute Abend alle hier sind, wenngleich ich es sehr bedaure, dass unsere Regisseurin Paula leider nicht unter uns sein kann." Er wartet, bis sich das Raunen legt. „Ich möchte Ihnen allen danken, dass Sie den Mut gehabt haben, sich auf dieses Experiment einzulassen. Ich weiß, dass Ihnen der Dreh einiges abverlangt hat. Insbesondere der Vorfall vorgestern, für den ich mich bei Ihnen entschuldigen möchte. Das hätte nicht passieren dürfen. Sollte Ihnen dadurch in irgendeiner Form ein Schaden entstanden sein, so wenden Sie sich bitte an mich. Die polizeilichen und juristischen Abklärungen sind so weit fortgeschritten, dass ich Ihnen mitteilen kann, dass sämtliches Filmmaterial, das während der Dreharbeiten entstanden ist, für die Produktion verwendet werden darf." Erneutes Raunen geht durch die Reihen. Er räuspert sich. „Wir werden übernächste Woche mit der Postproduktion starten. Das provisorische Datum der Premiere ist der 29. Januar 2025. Bitte reservieren Sie sich diesen Tag, damit wir uns alle an den Premierenfeierlichkeiten wiedersehen werden."

Er hört das Klacken des Türgriffs hinter sich. Bevor er sich umdrehen kann, erklingt Hannahs Stimme neben ihm. Ihr Parfüm verschlägt ihm den Atem und er macht unwillkürlich einen Schritt zur Seite.

„Im Namen der Von-Roth-Productions möchte ich mich ebenfalls bei Ihnen für Ihre Arbeit bedanken. Für alle, die mich noch nicht kennen: Ich bin Hannah von Roth, Miteigentümerin der Firma und Franks Ehefrau." Ihre Worte klingen im Raum nach. „Sie haben mich sehr wenig zu Gesicht bekommen, weil ich mit einer anderen Produktion beschäftigt war. Jedenfalls freue ich mich, dass mit dem heutigen Anlass die Dreharbeiten für einen weiteren Film der Von-Roth-Productions abgeschlossen sind. Ich bin davon überzeugt, dass er sich in die lange Reihe der Erfolge unserer Firma einreihen wird. Unsere Firma ist ein Familienunternehmen und besteht inzwischen seit fast 40 Jahren. Wir sind stolz darauf, uns zu einer der bedeutendsten internationalen Filmproduktionsfirmen zählen zu dürfen, nicht wahr, Frank?" Sie wirft ihm einen Blick zu und wartet den Applaus ab, der auch einsetzt. „Und nun wünsche ich uns allen einen fröhlichen Abend und guten Appetit!" Sie hängt sich bei Frank ein und führt ihn von der Bühne.

„Was willst du hier?" Verärgert schaut er sie an.

„Was meinst du? Wir treten immer gemeinsam öffentlich auf. Oder ist dir das jetzt unangenehm?"

Die Ankunft am Tisch entbindet ihn von einer Antwort. Er setzt sich neben Ulrich, Hannah nimmt neben Judith Platz.

Das Licht wird wieder heller. Ein Kellner schenkt Prosecco ein, ein zweiter stellt einen Teller vor Frank hin. „Sie sehen hier als Amuse Buche eine herzhafte Tarte aus cremigem Ziegenkäse, verfeinert mit süßen, karamellisierten Walnüssen und einem Hauch von Honig. Ich wünsche guten Appetit." Mit einer Verbeugung entfernt er sich vom Tisch.

„Guten Appetit." Frank lächelt in die Runde und schneidet ein Stück vom Ziegenkäse ab.

Um 22.30 Uhr blickt er auf sein Handy. Vor ihm steht ein Schokoladensoufflé. Der Saal ist noch immer voll und der Geräuschpegel steigt kontinuierlich an. An einem der Tische wird Happy Birthday gesungen, der Pianist am Flügel stimmt mit ein.

„Was will die denn hier?" Hannah stößt ihn in die Seite.

„Wer?" Unwillig rutscht er etwas von ihr weg.

„Dort, neben der Tür. Ist das nicht Rosie?"

Frank streckt sich und blickt über die Köpfe der anderen hinweg zur Tür.

Rosie lehnt an der Wand, in ein schlichtes, weißes Kleid gehüllt und mit einem ausladenden blauen Hut auf dem Kopf. Er lächelt. Rosie ist nie ohne Hut unterwegs gewesen. Er schiebt seinen Stuhl zurück und geht auf sie zu. Hannah folgt ihm. „Rosie?"

„Hallo, Frank." Ihr Lachen ist noch genauso strahlend wie vor dreißig Jahren. „Hallo, Hannah."

„Hallo." Hannahs Blick mustert Rosie von oben bis unten.

„Wie kommst du hierher?" Frank reicht ihr die Hand.

„Mit dem Auto."

„Und was willst du hier?" Hannahs linke Augenbraue wandert in die Höhe.

„Ich möchte mit Frank sprechen."

Ihre Augenbraue senkt sich wieder. Sie schaut von Rosie zu Frank und wieder zu Rosie. Dann presst sie die Lippen aufeinander. „Schön." Sie macht auf dem Absatz kehrt und stolziert zurück zu ihrem Tisch.

„Komm, setz dich." Frank zieht einen Stuhl von einem der leeren Tische neben dem Eingang zurück.

Rosie lässt sich nieder und legt den Hut auf den Tisch.

„Möchtest du etwas essen?"

„Das Schokoladensoufflé sieht sehr gut aus."

Er lächelt. „Magst du noch immer so gerne Süßigkeiten wie früher?"

„Ja, aber ich esse sie nur noch selten, seit Henry Diabetes hat."

„Henry?"

„Mein Mann."

„Ach ja, ich habe ganz vergessen, dass du geheiratet hast." Er bestellt ein Soufflé. „Wie geht es dir?"

„Ich bin ganz zufrieden. Ich verbringe viel Zeit in meinem Garten und mit Henry. Zwischendurch spiele ich noch, aber es wird immer weniger. Das ist gut so."

„Warum bist du hier?"

Sie lehnt sich zurück und faltet die Hände. „Ich möchte mit dir über Paula sprechen."

Das Lächeln weicht aus seinem Gesicht. „Du kennst Paula?" Seine Fingerspitzen werden feucht.

„Ich spiele in ihrem Ensemble."

„In *zeitlos anders*?"

„Ja."

„Hat sie mit dir über mich gesprochen?" Sein Atem beschleunigt sich und seine Augen fixieren ihr Gesicht.

Rosie lächelt. „Wir saßen alle zusammen auf La Gomera, als du sie zum ersten Mal angerufen hast."

Er trommelt mit dem Mittelfinger auf den Tisch. „Das heißt, du hast die ganze Geschichte mitbekommen?" Er hält den Atem an.

„Welche Geschichte?"

„Nun – wie es zu unserer Zusammenarbeit kam und – wie sie sich entwickelt hat?"

„Würde dich das stören?" Sie kneift die Augen zusammen. Der Kellner stellt das Soufflé vor sie hin.

Er zögert. Dass Rosie von ihm und Paula weiß, kommt ihm vor wie Verrat. Er schaut ihr in die Augen. „Ich liebe Paula. Es ist mir nicht gleichgültig, was sie über mich erzählt."

Rosie schiebt sich einen Löffel Soufflé in den Mund. „Dann mach nicht denselben Fehler wie damals."

„Damals waren wir jung. Zu jung für die Liebe."

„Und heute sind wir alt."

„Du meinst, zu alt?"

„Nein. Aber es bleibt uns nicht mehr so viel Zeit wie früher."

Er starrt auf den Rest des Schokoladensoufflés, den Rosie fein säuberlich zu einem Häufchen auf ihrem Teller aufgeschichtet hat. „Keine Zeit für Fehler, meinst du."

„Und keine Zeit zum Warten."

Er seufzt laut und lehnt sich zurück. „Ich will ja mit ihr sprechen, aber sie weicht mir aus."

„Vielleicht hat sie Angst."

„Angst? Wovor?"

„Verletzt zu werden."

„Das haben wir doch alle. Ach, bitte!" Er winkt eine Kellnerin herbei. „Bitte bringen Sie uns zwei Gläser vom Pinot Noir und etwas Wasser."

„Aber vielleicht ist Paulas Angst berechtigt?"

Er wirft ihr einen verunsicherten Blick zu. Eine plötzliche Hitze breitet sich über seinen Rücken aus. „Du meinst, wegen des Rauswurfs?"

„Wie war das genau?"

„Ach, du kennst doch Hannah. Sie war eifersüchtig auf Paula und hat Beckys Krankheit genutzt, um sie loszuwerden. Danke." Er nickt der Kellnerin zu, nimmt ihr die beiden Weingläser ab und trinkt einen großen Schluck. „Oh, entschuldige." Er prostet Rosie zu und wartet, bis sie ihr Glas zurückgestellt hat. Er dreht den Stil des Glases zwischen den Fingern. „Ich hatte nicht die Größe, um mich für Paula einzusetzen." Er starrt vor sich hin. „Ich weiß nicht, wie ich ihr klarmachen soll, dass ich das alles nicht wollte. Ich habe den Eindruck, dass sie glaubt, dass es mir nur um den Film geht." Frank blickt auf und schaut Rosie in die Augen. „Könntest du vielleicht mit ihr sprechen?"

Rosie schüttelt den Kopf. „Nein. Das ist eure Sache. Paula weiß nicht, dass ich hier bin."

„Wie? Und woher wusstest du, wo du mich findest?"

„Von Tom."

„Ach so, klar, der gehört ja dazu."

„Was hast du gegen Tom?" Sie streckt das Kinn in die Höhe.

„Nichts." Er zögert. „Es tut nur manchmal weh, wenn ich sehe, mit welcher Vertrautheit sie miteinander umgehen." Langsam stößt er die Luft aus.

Rosie schiebt ihre Hände über den Tisch und berührt seine Handrücken. Er lässt das Weinglas los. Ihre Finger verhaken sich ineinander. Aufmerksam betrachtet er ihr Gesicht. Es ist faltiger geworden, und an die Flecken auf der Haut kann er sich auch nicht erinnern. Aber in ihren Augen liegt noch derselbe spitzbübische Ausdruck, und ihre Lippen sind so voll wie früher.

„Warum hast du damals eigentlich aufgehört zu drehen?"

„Ich bekam eine Darmkrebsdiagnose."

Frank reißt die Augen auf. „Das wusste ich nicht."

„Der Druck auf dem Set mit den langen Drehtagen, Fastfood, wenig Erholung und mein Ehrgeiz haben die Entstehung der Krankheit wohl begünstigt. Ich durchlief zwei Chemotherapien, bis keine Krebszellen mehr gefunden wurden. Danach zog ich mich für drei Jahre ganz zurück, um mich neu zu orientieren." Sie trinkt einen Schluck Wein. „Rückblickend war das gut so. In dieser Zeit lernte ich Henry kennen." Sie lächelt. „Nach drei Jahren ohne Schauspiel zog es mich zurück auf die Bühne. Seither spiele ich wieder, aber nur noch Theater und ich suche mir meine Engagements so aus, dass ich immer genügend spielfreie Zeit und nie zu lange Arbeitstage habe."

„Und wie geht es dir damit, nicht mehr auf der Leinwand zu sein?"

Sie lacht. „Ausgezeichnet! Ich muss mir nichts mehr beweisen, ich weiß, dass ich es kann. Und ich habe nachhaltig erlebt, dass mich kein Erfolg der Welt so glücklich machen kann wie ein liebevoller Mensch an meiner Seite."

Er drückt ihre Hände. „Hast du Lust auf Tanzen?" Sie nickt. „Dann komm." Er lässt sie los. Sein Blick fliegt durch den Saal. Hannah ist in ein Gespräch mit Judith vertieft. Er öffnet die Saaltür und verlässt mit Rosie das Hotel.

Kapitel 27

„Ist alles okay?" Tom setzt sich neben Paula, die auf dem Sofa sitzt und ihr Handy zwischen den Fingern dreht. „Frank möchte, dass ich ins Büro komme."

„Warum? Die Dreharbeiten sind abgeschlossen."

„Er will mit mir sprechen."

„Warum kann er das nicht telefonisch machen?"

Sie räuspert sich und wirft ihm einen raschen Blick zu. „Tom?"

„Mh?"

„Ich hab' mich in Frank verliebt."

Er zieht eine Packung Zigaretten aus der Hosentasche, klemmt sich eine davon zwischen die Lippen und kramt nach dem Feuerzeug. Seine Hand zittert, als er versucht, eine Flamme zu entzünden. Ihre Blicke treffen sich. In seinen Augen liegt ein Hauch von Panik, den sie noch nie bei ihm gesehen hat. Ihre Hand berührt sein rechtes Knie. Langsam lässt er das Feuerzeug sinken und nimmt die Zigarette aus dem Mund. Er legt seinen Arm um ihre Schulter. Sie lehnen die Köpfe aneinander, und sie atmet den Duft nach Mangoduschgel ein.

„Kommst du mit nach Südamerika?"

„Auf deiner Nussschale? Nie im Leben!"

„Schade. Ich dachte, du hättest vielleicht Lust, uns Kolumbien zu zeigen."

„Dazu muss ich mich ja nicht in Lebensgefahr begeben." Er lässt sie los und rückt ein wenig von ihr ab, um ihr in die Augen schauen zu können. „Ich kann ja fliegen."

Ihr Gesicht beginnt zu leuchten. „Würdest du das machen?"

„Ich sprech' mit Tim."

„Tim?"

„Mein Bruder."

Paula lacht laut auf. „Ihr heißt echt Tim und Tom?"

Seine Mundwinkel verziehen sich zu einem breiten Grinsen. „Ja. Meine Mutter fand das wohl praktisch."

„Seit wann lebt Tim in Kolumbien?"

„Er ist vier Jahre älter als ich und ist gar nie nach Deutschland zurückgekehrt. Als meine Eltern mit mir hierher gezogen sind, ist er dortgeblieben. Was denkst du, wann ihr drüben ankommen werdet?"

Sie zuckt die Schultern. „In erster Linie hängt alles von Becky ab. Die Erstausstrahlung des Films ist auf Ende Januar geplant, das ist in fünf Monaten. Wenn sie bis dahin wieder weitgehend gesund ist, dann sind wir Anfang Februar zurück auf La Gomera und können Mitte Februar ablegen. Üblicherweise bläst der Passat dann zuverlässig und das Wetter dürfte kein Problem sein. Für die Atlantiküberquerung in die Karibik rechne ich mit rund drei Wochen, dann per Flugzeug nach Kolumbien. Bis Mitte März könnten wir es schaffen."

„Gut, ich sprech' mit Tim." Auf seinen Wangen bilden sich rote Flecken. „Ich hab' ihn vor elf Jahren das letzte Mal gesehen."

Paula ergreift ihr Handy. „Kannst du bei Becky bleiben?"

Er nickt. Sie schlingt die Arme um seinen Hals und drückt ihn fest an sich.

***

„Hallo, Elisabeth!" Paula tritt aus dem Fahrstuhl und geht auf den Tresen im 12. Stock zu. „Machen Sie eigentlich auch mal Urlaub?"

„Guten Tag, Paula! In zwei Wochen, dann fahre ich mit meinem Mann in die Toscana." Die Augen der älteren Frau leuchten.

„Ach, wie schön!"

„Frau von Roth erwartet Sie."

„Hannah?" Der Kaffeebecher rutscht aus Paulas Händen und fällt zu Boden. Kaffee verteilt sich über den Fußboden und spritzt an den Tresen. „Mist!" Sie macht einen Schritt zur Seite und blickt sich um.

„Lassen Sie nur, ich bringe das in Ordnung." Gelassen steht Elisabeth auf, verschwindet in der Kaffeeküche und kommt gleich darauf mit einem Wischmob wieder.

„Woher weiß Hannah, dass ich hier bin?" Mit einem Papiertaschentuch wischt sie den Kaffee von ihren Sandalen.

„Sie hat mir gesagt, ich solle Sie zur ihr schicken, sobald Sie wieder auftauchen."

Paula stopft das Taschentuch in ihre Tasche und strafft die Schultern. Dann stapft sie den Gang entlang zu Hannahs Büro.

„Ja?"

Paula betritt das Büro und bleibt neben der Tür stehen. Ihre Schläfen pochen.

Hannah sitzt am Schreibtisch. Sie blickt von ihrem Laptop auf und verschränkt die Arme vor der Brust. Ihr Gesicht ist wie immer makellos geschminkt, auf ihrem Nasenrücken sitzt eine schmale Lesebrille, über deren goldenen Rand sie Paula mit zusammengekniffenen Augen anschaut. In ihrem Blick liegt so viel Ablehnung, dass Paula der Atem stockt.

„Lass die Finger von Frank, oder du verlierst deinen Job und deinen Ruf." Ihre Stimme klingt dunkel und kalt.

Die Worte fühlen sich an wie eine Ohrfeige. Paula schluckt. „Ich weiß nicht, worauf Sie hinauswollen. Ich bringe hier meine Arbeit zu Ende, damit die Postproduktion starten kann. Oder möchten Sie einen Verlust einfahren?"

„Der größte Verlust ist, wenn du mir Frank wegnimmst."

„Ein Mensch ist kein Ding, das man sich gegenseitig wegnehmen kann." Sie verschränkt die Arme vor der Brust.

„Pha, wenn Männer verliebt sind, sind sie nicht entscheidungsfähig. Ich wiederhole mich: Lass die Finger von ihm."

„Ich habe nichts mit Frank. Im Übrigen wird er seine Ehe nicht wegwerfen, wenn er damit glücklich ist."

Hannahs Mund öffnet und schließt sich lautlos. Dann steht sie auf und macht einige Schritte auf Paula zu. Eine Armlänge von ihr entfernt bleibt sie stehen. „Sieh an, jetzt wirst du auch noch unverschämt." Sie neigt den Kopf und bietet Paula die Stirn.

„Ihre Beziehung zu Frank hat mit mir nichts zu tun. Lassen Sie mich in Ruhe!" Paulas Stimme ist leise und schneidend.

„Ich warne dich, sonst kannst du deinen Job als Regisseurin an den Nagel hängen. In der Film- und Theaterszene verbreitet sich ein Skandal wie ein Lauffeuer." Hannahs linker Mundwinkel deutet ein spöttisches Lächeln an.

„Falls Sie auf die Krankheit meiner Tochter anspielen, dann bitte ich Sie, diesbezüglich keine Gerüchte zu verbreiten. Niemand kann etwas dafür, wenn er an Magersucht erkrankt, und ich werde mich dafür einsetzen, dass das bekannt wird. Sie entschuldigen mich." Paula dreht sich um und verlässt mit raschem Schritt das Büro. Sie ballt die Hände zu Fäusten, presst die Lippen aufeinander, lehnt sich neben der Tür an die Wand und schließt für einen Moment die Augen. Ihr Herz pocht heftig und eine unbestimmte Wut breitet sich wie ein Flächenbrand unkontrolliert in ihr aus. Ihr Atem geht heftig und ihre Wangen glühen.

„Mit Abschluss der Dreharbeiten liegen wir 10% unter den budgetierten Kosten." Ulrich tippt mit dem Stift auf ein A4-Papier. „Wir haben drei Drehtage weniger benötigt als veranschlagt."

„Diese Art des Schauspiels fasziniert mich je länger, desto mehr." Frank kratzt sich am Kinn. „Nicht nur, dass die Arbeit für die Schauspieler viel attraktiver ist. Der Produktionsaufwand ist geringer, weil die einzelnen Szenen nicht so oft gedreht werden können."

„Paula hat aber auch eine äußerst effektive Regieführung. Hochkonzentriert und praktisch fehlerfrei. Trotz des hohen Anteils an Improvisation scheint sie die Entwicklung der Szenen vorwegnehmen zu können. Faszinierend."

„Das dürfte an der intensiven Teamarbeit liegen. Wissen Sie, seit wann sie mit ihrer Theatertruppe unterwegs ist?"

„Nein. Aber sie verfügt über mehrjährige Erfahrung mit dieser Art der Inszenierung."

„Ich bin neugierig, wie ihr Schnitt und Vertonung gelingen werden. Ab wann steht uns Herbert für die Komposition zur Verfügung?"

„Ab Donnerstag." Ulrich schaut ihn aufmerksam an. „Sie wollen ihr die Postproduktion doch übergeben?"

Frank wirft ihm einen raschen Blick zu. „Ja."

Ulrich lächelt.

Es klopft.

„Ja, bitte?" Die Männer fixieren die Tür.

Frank springt auf und läuft auf Paula zu. „Wie schön, dass du da bist!" Seine Hände umfassen ihre Oberarme und seine Lippen berühren erst ihre rechte, dann die linke Wange. Er unterdrückt den Impuls, sie an sich zu ziehen und festzuhalten und begnügt sich damit, ihr Gesicht mit seinem Blick zu streicheln. Erst jetzt bemerkt er den zurückhaltenden Ausdruck in ihren Augen. Er lässt sie los und räuspert sich. „Setz dich." Er deutet auf das schwarze Ledersofa in der Sitzecke. „Möchtest du etwas trinken?"

„Gerne ein Glas Wasser. Guten Tag, Ulrich."

„Hallo, Paula. Sie sehen erholt aus. Wie geht es Ihrem Handgelenk?"

„Gut. Es scheint nur leicht verstaucht gewesen zu sein." Sie lässt sich auf der linken äußeren Seite des Sofas nieder und hängt ihre Umhängetasche an die Rückenlehne.

Frank stellt ein Glas Wasser vor sie hin und setzt sich neben sie. „Danke, dass du gekommen bist."

Sie erwidert sein Lächeln flüchtig und trinkt.

„Brauchen Sie mich noch?" Fragend blickt Ulrich zu Frank.

„Nein. Schönes Wochenende!" Frank steht auf.

Ulrich steckt seine Papiere in eine Aktentasche, erhebt sich und verabschiedet sich von ihm. „Danke, das wünsche ich Ihnen auch. Auf Wiedersehen, Paula."

„Wie geht es dir?" Frank vergräbt die Hände in den Taschen seiner Anzugshose und bleibt vor dem Sofa stehen. Seine rechte Fußspitze klopft auf den Boden.

„Worüber wolltest du mit mir sprechen?" Ihre Stimme klingt kühl und sachlich.

Er geht zum Schreibtisch, zum Wandschrank und bleibt vor dem Sofa stehen. Er räuspert sich. „Ich möchte dich bitten, die Postproduktion zu übernehmen."

„Warum?" Ihre Augenbrauen ziehen sich zusammen.

„Es ist deine Geschichte. Ich möchte, dass du sie zu Ende erzählst."

„Warum hast mich rausgeworfen?"

„Ich habe dir doch bereits gesagt, es war Hannahs Entscheidung."

„Du warst damit einverstanden, damit ich den Ruf deiner Firma nicht gefährden konnte." Ihre Worte schleppen sich durch den Raum und schnüren ihm die Kehle zu.

Er schluckt. „Ich wusste nichts über die Krankheit. Ich habe mich von Hannah beeinflussen lassen. Es tut mir leid."

„Und jetzt? Was weißt du jetzt darüber?" Er meint, leisen Spott in ihrer Stimme zu hören.

„Genug, damit ich verstanden habe, dass es keine Schuld gibt. Und dass du Unterstützung brauchst."

Sie legt den Kopf auf die Rückenlehne des Sofas und schließt die Augen. „Ich kann nicht weiterarbeiten. Hannah hat Recht. Der Film wird Gegenwind bekommen mit der Mutter einer magersüchtigen Jugendlichen als Regisseurin."

Frank setzt sich neben sie. „Ich bin nicht mehr bereit, diese Stigmatisierung mitzutragen."

Sie richtet sich auf. „Aber Hannah. Um mich loszuwerden, ist ihr jedes Mittel recht." Ihre Stimme lässt ihn frösteln.

Er stützt den Kopf in die Hände. Eine plötzliche Leere breitet sich in ihm aus. Verzerrt spiegelt sich sein Gesicht in der Glasplatte des Couchtisches.

„Ich kann die Übergabe an eine andere Regisseurin machen und dann verschwinden. Das Filmbusiness ist nichts für mich."

Er hebt den Kopf. „Das stimmt nicht. Du hast großes Potential. Und das sage ich dir nicht, weil ich – weil ich dich mag. Sondern weil ich seit vierzig Jahren in diesem Beruf arbeite und das beurteilen kann."

Sie richtet sich auf. Kraftlos hängen ihre Schultern an ihrem Körper, als würden sie nicht dazugehören. „Es geht nur um Geld, Macht und Erfolg. Ich will Menschen berühren und mich nicht mit Eifersucht und Neid herumschlagen."

Er steht auf und durchschreitet mit ausladenden Schritten das Büro. „Hannah ist Schauspielerin. Sie liebt das Drama. Du musst sie nicht ernst nehmen."

„Sie hat Angst, dich zu verlieren, Frank. Sie wird sehr weit gehen, um dich zu halten, ganz egal, wie wir beide zueinanderstehen. Sie sieht in mir eine Konkurrentin, die ihre Ehe kaputt machen will."

Ungeduldig stampft er mit dem Fuß auf. „Wir haben uns längst verloren, das ganze Theater ist lächerlich!"

„Auch eine kaputte Ehe kann Halt und Sicherheit vermitteln." Sie spricht leise. „Mein Vater hatte eine Affäre nach der anderen, aber er hätte sich nie von meiner Mutter getrennt. Als sie gestorben ist, geriet er in eine Krise und hat sich seither auf keine Frau mehr eingelassen." Er spürt ihre Augen auf seinem Gesicht. „Du solltest Hannah ernst nehmen."

Frank stößt die Luft aus. „Diese Beziehung zermürbt mich, Paula. Ich hätte sie schon längstens beenden sollen."

„Dann warte damit, bis ich verschwunden bin. Ich habe nichts mit eurer Beziehung zu tun."

Er kehrt zum Sofa zurück und setzt sich neben sie. „Kennst du das Gefühl, dass man dringend etwas in seinem Leben verändern müsste, aber man schafft es nicht? Nicht, weil man nicht wüsste, wie es geht, sondern weil man einfach nicht die Kraft dazu hat? Weil man sich nicht dazu aufraffen kann?" Sein Blick richtet sich auf die Fensterfront, aber er sieht sie nicht. „Erfolg macht einsam. Ich bin es gewöhnt, dass ich alles haben kann, was ich will. Seit vielen Jahren bekomme ich jeden Schauspieler, jede Regisseurin, jedes Drehbuch, das ich möchte. Es traut sich keiner mehr, mich zu kritisieren oder mir zu widersprechen. Anfangs hat mich das enorm beflügelt und ich war stolz darauf. Aber ich habe schon länger gespürt, dass ich mich dabei selbst verloren habe. Ich hatte bloß nicht den Mut, etwas zu verändern." Er holt seinen Blick zurück und schaut ihr in die Augen. „Und dann kamst du. Ungeschminkt und in Schlaghose. Es war dir egal, wer ich bin. Du hast dich geweigert, dich zu setzen, als ich dich dazu aufgefordert habe. Du hast mir deine Wut ungebremst entgegengeschleudert und mich spüren lassen, dass es respektlos gewesen ist, dich so lange warten zu lassen. Innerhalb von zehn Minuten hast du mich berührt, wie mich lange niemand mehr berührt hatte." Er nimmt ihre Hände und umschließt sie mit seinen Fingern. Seine Stimme klingt rau. „Ich habe mich in dich verliebt, als du das erste Mal mein Büro betreten hast.

Ich habe das Gefühl lange verdrängt, weil ich mir nicht erlauben wollte, mich nochmals zu verlieben. In meinem Alter und in meiner Position. Ich war darum sehr – unfreundlich zu dir. Das tut mir leid." Er streicht mit dem Daumen über ihren Handrücken. „Du bist nicht der Grund, weshalb ich mich von Hannah scheiden lasse. Durch dich habe ich die Kraft gefunden, diesen Schritt endlich zu tun."

„Sie wird dir das nicht glauben."

„Das macht nichts."

„Sie wird sich an mir rächen wollen." Besorgnis springt ihn aus ihrem Blick an.

„Ich lasse nicht mehr zu, dass sie dir schadet." Er hebt die Hände und berührt ihre Wangen. Sein Zeigefinger zeichnet die Kontur ihrer Lippen nach, sie öffnen sich. Er atmet ihren Geruch ein und nähert sich ihrem Gesicht. Ihre Lippen sind warm. Er berührt sie aufs Neue mit geschlossenen Augen, dann küsst er ihre Wangen, die Nase, die Stirn.

In seinen Berührungen liegt eine Zärtlichkeit, die Paula fremd ist. Matteos Küsse waren lustvoll und erotisierend, aber Franks Lippen ertasten sanft ihr Gesicht und versetzen ihre Haut in eine Schwingung, die jede Faser ihres Körpers durchdringt. Sie streckt ihm ihr Gesicht entgegen mit der stillen Bitte, niemals damit aufzuhören.

Plötzlich fliegt die Tür auf und knallt an die Wand. Erschrocken versucht Paula, Frank von sich zu stoßen, aber seine Hände halten ihren Kopf fest und seine Lippen pressen sich auf ihren Mund.

„Du Miststück!" Hannahs Blick zerfrisst ihre linke Gesichtshälfte.

Vorsichtig lässt Frank ihren Kopf los und lächelt ihr beruhigend zu. Dann steht er auf und geht auf seine Frau zu. „Lass das Theater. Unser Scheidungsprozess läuft und hat nichts mit Paula zu tun."

Seine Worte sickern in Paulas Bewusstsein wie Regenwasser in den Erdboden. *Er lässt sich tatsächlich scheiden!* Ein Beben erfasst sie.

„Dieses Luder hat dich doch um den Finger gewickelt! Es geht ihr doch gar nicht um dich, siehst du das nicht? Was soll sie denn mit dir? Du bist doch viel zu alt für sie! Sie braucht dich für ihre Karriere. Erfolg macht attraktiv, das weißt du doch!" Ihre schrillen Worte spritzen wie Gift durch den Raum.

„Das ist nicht wahr!" Paula springt auf. Sie stürzt auf Hannah zu und ballt die Fäuste.

„Das wissen wir alle." Frank berührt ihre Schulter und hält sie zurück. Der Druck seiner Hand fängt ihren galoppierenden Atem ein. Sie beschränkt sich darauf, tödliche Blicke in Hannahs geschminktes Gesicht zu schießen.

„Was wissen wir? Gar nichts wissen wir!" Bevor Paula erfasst, was geschieht, nimmt sie einen brennenden Schmerz auf ihrer linken Wange wahr.

„Es reicht!" Frank lässt sie los und packt Hannah bei den Schultern. Er schüttelt sie und schreit sie an: „Wenn du nicht sofort aufhörst, zeige ich dich wegen Körperverletzung an!"

„Schlag mich doch! Schläge verletzen mich weniger als deine Worte!" Sie streckt ihm ihre Wange hin.

Die Zeit steht still. Paula hält den Atem an. Irgendwo klingelt ein Handy.

Hannah sackt zwischen Franks Händen zusammen. Ihr Kopf fällt auf die Brust und ihre Arme baumeln neben ihrem Körper. Er führt sie zu einem der Sessel, drückt sie hinein und ergreift Paulas halbleeres Wasserglas. „Hier." Reglos hängt sie im Sessel.

Frank öffnet die Bürotür. „Elisabeth, kommen Sie bitte?"

„Ja, bitte?"

„Kümmern Sie sich um Frau von Roth. Sie braucht einen Schnaps."

„Selbstverständlich."

„Komm." Er schaut Paula an und deutet mit dem Kopf zur Tür.

Sie geht an Hannah vorbei und holt ihre Umhängetasche. Sie nimmt ihre Umgebung wahr wie durch eine beschlagene Taucherbrille. Das *Pling* des Fahrstuhls dringt gedämpft an ihr Ohr, und die Eingangshalle zieht einer mobilen Kulisse gleich an ihr vorbei, als sie neben Frank zum Ausgang schreitet.

Der bittere Geschmack eines viel zu starken Kaffees bringt Klarheit in ihren Kopf zurück. Angewidert verzieht sie das Gesicht. „Igitt, was ist das denn?" Sie starrt auf die Espressotasse in ihrer Hand.

Frank sitzt ihr gegenüber und lächelt. „Ich habe mich auch gewundert, als du einen Espresso bestellt hast."

„Den brauche ich nur ganz selten, um einen klaren Kopf zu bekommen." Sie grinst halbherzig. Nachdenklich lehnt sie sich auf ihrem Stuhl zurück.

Sie sitzen im Café *Bernoulli* in der Nähe des Büros. In einem der roten Polstersessel am Nachbartisch sitzt ein bärtiger Mann mit einer Zeitung, neben ihm liegt ein Deutscher Schäferhund. Aus den Lautsprechern singt Taylor Swift. Es riecht nach Kaffee und süßem Gebäck.

„Ist Hannah immer so emotional?"

„Nur, wenn sie unter Stress steht. Sie hat einen scharfen Verstand, der im Normalfall ausgezeichnet funktioniert. Aber in Stresssituationen geht die Dramaqueen mit ihr durch."

„Also machst du dir jetzt keine Sorgen um sie?"

Er schüttelt den Kopf. „Das sieht immer sehr dramatisch aus, aber sobald alle weg sind, erholt sie sich wieder." Mit einem leisen Klirren stellt er seine leere Kaffeetasse zurück auf den Untersetzer.

Besorgt betrachtet sie die steile Falte auf seiner Stirn. Als er ihren Blick bemerkt, glättet sie sich.

„Mach dir keine Sorgen. Sie ist selber für ihr Tun verantwortlich."

„Hast du denn gar keine Gefühle mehr für sie?"

Sein Blick verschließt sich.

„Entschuldige. Das geht mich nichts an."

Er ergreift ihre Hände, die auf dem Tisch liegen. „Ich möchte lieber über uns beide sprechen."

Die Zärtlichkeit in seiner Stimme löst eine wohlige Wärme in ihr aus.

„Bitte bleib bei mir."

„Ich weiß nicht, ob ich das kann."

„Lass es uns versuchen. Was können wir verlieren?"

Sie versucht, das beklemmende Gefühl zu ignorieren, das wie eine lästige Fliege versucht, die Stimmung zu zerstören.

Franks Finger berühren ihre Stirn, streichen über ihren Nasenrücken und entlocken ihr ein Lächeln. „Wenn unser Leben ein Film wäre, wie würdest du ihn inszenieren?"

„Der Leben ist kein Film. Andererseits..." Sie zögert. „Ich fühle mich tatsächlich wie in einem schlechten Film, seit Becky krank ist."

„Dann lass ihn uns gemeinsam zu einem guten Ende bringen. Zu zweit ist es einfacher als allein." Er lehnt sich zurück. „Was spricht dagegen, dass wir uns so verhalten, als ob unser Leben ein Film wäre?" In seinen Augen blitzt Sehnsucht auf.

„Unsere Ängste?"

Seine Fingerspitzen berühren ihre Lippen. „Wovor hast du Angst?"

Die Luft im Café fühlt sich plötzlich stickig an. „Wollen wir spazieren gehen?"

Die Sonne steht tief, als sie an der Spree entlang zum Park schlendern. Es riecht nach frisch gemähtem Gras und gebratenen Würstchen. Ein Pärchen kommt ihnen händehaltend entgegen. Zum ersten Mal seit vielen Jahren schaut Frank nicht weg. Ein Ball rollt vor seine Füße und ein kleiner Junge rennt kreischend hinter ihm her. Vorsichtig kickt Frank den Ball in seine Richtung. Sie schlendern an den Parkbänken vorbei. Auf der ersten sitzt eine stillende Mutter neben zwei prallen

Einkaufstüten. Um die zweite gruppieren sich Punks. Aus einer Lautsprecherbox schallt Heavy Metal und vermischt sich mit dem Klirren der Bierflaschen, als sie sich zuprosten.

Paula setzt sich auf die oberste von vier Steinstufen, die zur Spree hinunterführen, und wartet, bis er sich neben sie gesetzt hat. Schilfhalme wiegen sich im Abendwind, schnatternd schwimmt eine Ente vorbei.

Sie ergreift eine Handvoll Kieselsteinchen und wirft sie ins Wasser. Kleine Kreise breiten sich auf der Oberfläche aus. Es riecht nach Tang. „Ich habe Beckys Vater sehr geliebt. Wir hatten zwar nur sieben gemeinsame Jahre, bevor er verunfallte. Aber er war meine Heimat. Kennst du dieses Gefühl, wenn man sich bei einem Menschen zuhause fühlt?"

Frank hat sich nach hinten auf eine der Stufen abgestützt und betrachtet ihre Silhouette, die sich vor der schillernden Wasseroberfläche abzeichnet.

„Nach seinem Tod hab' ich mich mit Becky auf mein Segelboot zurückgezogen und zwei Jahre lang nur von meinen Ersparnissen gelebt. Ich hab' damals nicht geglaubt, den Verlust jemals überwinden zu können. Aber irgendwann wurde der Schmerz weniger und ich bin zurück zum Theater. Dann aber nicht mehr als Schauspielerin, sondern als Regieassistentin. Ich hab' mich in die Arbeit gestürzt, um zu vergessen." Sie ergreift eine weitere Handvoll Kiesel und wirft sie ins Wasser. Eine Ente schwimmt erschrocken weg. „Seit Alexanders Tod lebe ich mit Becky allein. Ich weiß nicht, ob ich den Mut habe, mich nochmal so auf einen Menschen einzulassen wie damals. Ich glaube, einen weiteren Verlust könnte ich nicht verarbeiten. Außerdem bin ich mir nicht sicher, ob ich noch beziehungsfähig bin nach elf Jahren Singleleben." Paula knetet ihren Ringfinger und lässt den Blick übers Wasser schweifen.

„Ich kann dich sehr gut verstehen." Er räuspert sich. „Ehrlich gesagt, weiß ich das bei mir auch nicht." Als ihn ihr irritierter Blick trifft, fährt er fort. „Ich hatte in meinem Leben bisher nur ein Ziel: möglichst viel Erfolg zu haben. Diesem

Ziel habe ich alles andere untergeordnet, auch meine Beziehungen."

„Auch Rosie?"

Er nickt. „Ich habe mich gegen die Liebe und für meinen Traum entschieden. Rückblickend würde ich das nicht als Fehler bezeichnen. Damals war die Entscheidung für mich richtig." Seine Augen suchen ihren Blick. „Heute fühlt es sich richtig an, dass ich mich für die Liebe entscheide."

„Und woher weißt du, dass es auch in einigen Jahren noch richtig sein wird?"

„Rosie wollte auf die großen Bühnen und ich wollte erfolgreich produzieren. Das ging nicht zusammen, weil ich mit meiner Firma erst am Anfang stand. Welchen Beruf hat deine Mutter?"

„Sie war Altenpflegerin. Sie starb, als ich zwanzig war."

„Mochte sie das Theater?"

„Nein. Sie hasste es. Sie liebte das Segeln, aber davon wollte mein Vater nichts wissen."

„Es ist schwierig, Liebe aufrechtzuerhalten, wenn man nicht dieselben Ziele verfolgt. Wenn man sich nicht in die Leidenschaft des andern hineinversetzen kann. Wenn einen kalt lässt, wofür der andere brennt." Er setzt sich hinter sie und nimmt sie in den Arm. Sie lehnt ihren Rücken an seine Brust und legt den Kopf auf seine Schulter. Seine Lippen bewegen sich dicht an ihrem Ohr. „Wir beide brennen für die gleiche Sache. Wir wollen Geschichten zum Leben erwecken. Wir wollen Menschen berühren." Ihr Brustkorb dehnt sich. „Nein, sag nichts. Ich brauche keinen Erfolg mehr. Ich habe durch die Zusammenarbeit mit dir erlebt, was Film wirklich sein kann. Davon will ich mehr. Erfolg hat mich nicht nachhaltig befriedigt, aber die Leidenschaft der Schauspieler zu spüren und Zeuge davon zu werden, wie aus der Zusammenarbeit eines echten Teams ein großartiger Film entsteht – das hat mich zufrieden gemacht."

Sie dreht den Kopf. Auf ihrem Gesicht liegt ein breites Grinsen. „Jetzt übertreibst du aber. Du weißt ja noch gar nicht, wie der Film sein wird, wenn er fertig ist."

„Doch. Ich habe über 20 Filme produziert. Glaub mir, ich kann das einschätzen."

Ihr Kopf dreht sich zurück. „Und du meinst, unsere gemeinsame Leidenschaft ist eine Erfolgsgarantie für eine glückliche Beziehung?"

„In der Liebe gibt es keine Garantie." Er neigt den Kopf und flüstert in ihr Ohr. „Ich weiß nur, dass es sich unheimlich gut anfühlt, dich im Arm zu halten. Deine Wärme zu spüren und mit dir über die Liebe zu philosophieren. Ich bin gerade sehr glücklich." Er drückt sie an sich und vergräbt sein Gesicht in ihrem Haar. Sie legt ihre Hände auf seine Arme und hält ihn fest.

Kapitel 28

Unwillkürlich beginnt Paula zu rennen, als sie den Bug der *Seeschwalbe* zwischen den anderen Schiffen erspäht. Ihre schnellen Schritte poltern über den Holzsteg, die Reisetasche schlägt gegen den rechten Oberschenkel und der Rucksack hüpft auf ihrem Rücken. Becky rennt lachend hinter ihr her. Beim Schiff angekommen, lässt Paula ihr Gepäck fallen und schwingt sich am Bugkorb hinauf aufs Deck. Sie breitet die Arme aus, atmet die salzige Seeluft ein und schließt die Augen. *Endlich zuhause.*

Becky klettert über die Reling und rümpft die Nase. „Iiiih, ist hier viel Saharastaub!" Mit dem Schlauch spritzt sie die rötliche Staubschicht weg, die der Calima, der heiße Saharawind, vom nahen Marokko übers ganze Schiff geweht hat. In rötlichen Bahnen rinnt das Wasser an der Bordwand hinab.

Paula holt ihr Gepäck, stellt es ins Cockpit und schließt das Schiebeluk auf.

Der leicht modrige Geruch der Seeschwalbe schlägt ihr entgegen, den sie liebevoll ‚Schiffsmief' nennt. Sie steigt die drei Stufen hinab in den Salon, stößt die Decksluke auf und öffnet die Salonfenster. Sofort erfüllt das sanfte Plätschern der Wellen den kleinen Raum. Am Sicherungskasten legt sie die Schalter für die Beleuchtung und die Kühlbox um. Die letzte Sicherung springt heraus. Sie drückt sie wieder hinein, doch sie ist hartnäckig und springt erneut heraus. „Mist."

„Was ist los?" Becky kommt aus der Vorschiffkajüte, wo sie ihren Rucksack versorgt hat.

„Irgendwo im Stromkreislauf zwischen Kühlbox und Verteiler muss ein Kurzschluss sein." Paula kratzt sich am Kopf. Ihre Lust, sich direkt nach ihrer Ankunft um die Elektrik kümmern zu müssen, hält sich in Grenzen.

„Egal. Ich muss jetzt erst Schwimmen. Kommst du mit?"

Becky schüttelt den Kopf. „Ich geh' rüber zu Ben und Wicky."

Paula lächelt. „Mach das." Sie verteilt ihre Kleidung in den Klappschränkchen ihrer Kajüte und beschließt, die Kühlbox vorerst einmal zu ignorieren.

Reglos steht sie eine halbe Stunde später auf einer Klippe über einer kleinen Bucht und beobachtet die Wellen, die sich an den Felsen unter ihr brechen. Der Seegang ist moderat und lässt das Baden an dieser nicht ganz ungefährlichen Stelle zu.

Vor 32 Jahren hat ihr ihre Mutter diese Stelle gezeigt. Damals ist jeden Morgen ein alter Fischer hier gestanden mit einer dunkelgrauen Wollmütze, die er schief auf dem Kopf getragen hat. In unerschütterlicher Ruhe hat er seine Würmer auf den Haken gesteckt und ausgeworfen. Solange bis ein Fisch angebissen hat. Ein Fisch ist ihm genug gewesen. Dann hat er seine Sachen eingepackt und ist langsam über die Klippen gestiegen. Sechs Jahre zuvor hat Paula ihn zum letzten Mal gesehen. Seither sind die einzigen Besucher der Klippe rote Krebse, die sie als Sonnenplatz nutzen, um bei jeder noch so kleinen Bewegung lautlos im Wasser zu verschwinden.

Sie hängt ihr Badetuch über eine hervorstehende Felsnase und wartet die nächste Welle ab. Dann springt sie. Das kühle Wasser umschließt ihren Körper und schaltet augenblicklich alle Gedanken aus. Wie bei einem Stromausfall ist für einige Sekunden lang alles dunkel und still um sie herum. Sie taucht auf, füllt ihre Lunge mit der feuchten Luft und schwimmt mit kräftigen Zügen in Richtung offenes Meer. Mit jedem Zug streift sie die Erlebnisse der letzten Monate etwas mehr ab. Je länger sie schwimmt, desto leichter und lebendiger fühlt sie sich. Als die Wellen größer werden und das Rauschen lauter, dreht sie um und schwimmt zurück in die Bucht. Vor ihr liegen zwei Felsen mit einem schmalen Durchgang, dahinter befindet sich eine seichte Stelle. Sie lässt sich von den Wellen zwischen den Felsen hindurchschieben und wartet, bis sie Sand unter den Füßen spürt. Behände klettert sie die Klippen hinauf, rubbelt sich mit dem Handtuch die Haare und legt sich auf eine etwa zwei Quadratmeter breite, flache Stelle zwischen einem Beifußstrauch und einer Feigenkaktee. Sie atmet den Geruch nach trockenem Holz, einem kräftigen Kraut und Seeluft ein und entlässt ihren Blick in den Himmel.

Eine tiefe Sehnsucht erfasst sie und durchdringt jede Faser ihres Körpers. Sie hält den Atem an. Sie sehnt sich nach dem offenen Meer und dem Sternenhimmel über sich. Nach dem monotonen Rauschen der Wellen, auf denen die *Seeschwalbe* in gleichmäßigem Schaukeln dahingleitet. Nach der Gischt, die übers Deck fliegt und sich in ihrem Haar verfängt. Nach dem Loch in der Zeit, in dem sie unerreichbar ist für alles, was von außen kommt. In dem sie mit sich selbst und dem Meer im Einklang ist.

Intensiv nimmt sie die Wärme der Sonne auf ihrer Haut wahr. Sie dreht sich auf den Bauch und vergräbt ihr Gesicht in der Beuge ihres rechten Arms. Mit dem Wechsel der Position verschieben sich die Gedanken. Sie schweifen zu *zeitlos anders* und zur Bühne. Die Sehnsucht nach der Freiheit auf dem Meer vermischt sich mit dem Verlangen nach der Bühne und dem regen Austausch mit ihrer Truppe, der letzten Sommer sehr eingeschränkt stattgefunden hat.

Über diese tief wurzelnden Gefühle legt sich wie ein frischer Wind der Gedanke an Frank. Sie lächelt. Mühelos lässt er sich in ihre Träume einfügen und sie fragt sich, ob sie sich etwas vormacht, oder ob es tatsächlich möglich ist, dass sie in ihm ein weiteres Mal einen Menschen gefunden hat, der wie der Deckel zum Topf passt. Die Analogie trifft genau das, was sie empfindet, wenn sie an die letzten vier Monate mit Frank denkt.

Mit einem wohligen Seufzen setzt sie sich auf und kneift die Augen zusammen. In der Ferne pflügt die Schnellfähre von Teneriffa nach La Gomera mit schäumender Bugwelle durchs Wasser, ein Segelboot nähert sich dem Horizont. Sie zieht ihr Handy aus der Tasche, zoomt das Boot näher und macht ein Foto.

„In 10 Wochen sind wir beide auch so unterwegs!" Sie schickt die Nachricht an Becky und lächelt.

Sie streift ihr T-Shirt über und klettert die Klippen hinunter zur Straße. In der Tankstelle kauft sie ein kühles Bier und schlendert zurück zum Schiff. Die Kühlbox wartet auf sie.

Es dauert keine zehn Sekunden, nachdem Frank das Deck der Fähre betreten hat, bis er Paula entdeckt. Sie steht vor dem Gebäude des Fährenanlegers, die Haare zu einem Dutt zusammengesteckt. Ihre Füße stecken in Flipflops, das hellblaue Trägershirt und die kurze, beige Hose bilden einen starken Kontrast zur gebräunten Haut ihrer Arme und Beine.

Etwas steif vom langen Sitzen steigt er die Metalltreppe hinunter. Die Jeans fühlt sich ungewohnt sperrig an und die nackten Unterarme irritieren ihn noch ein wenig. Er hält sich am Griff des kleinen Rollkoffers fest, den er hinter sich herzieht.

„Wow!" Paulas Unterkiefer klappt herunter. Staunend steht sie vor ihm.

„Ist alles okay mit dir?" Lächelnd stellt er den Koffer neben ihr ab und legt die Hände auf ihre Schultern.

„Ich hab' dich noch nie in Jeans und T-Shirt gesehen. Du siehst unverschämt gut aus!" Ihre Fingerspitzen ertasten die Muskulatur seiner Oberarme.

Sein Lächeln vertieft sich zu einem offenen Strahlen und seine Ohren werden heiß. „Das liegt daran, dass ich Zeit verbringen darf mit der schönsten Frau der Welt!" Er zieht sie an sich und atmet tief ihren Geruch nach Wind und Salz ein. Ihre Hände legen sich um seinen Hinterkopf und ihre Lippen suchen die seinen. Vorsichtig küsst er sie, und noch immer erfasst ihn dasselbe Schaudern wie bei ihrem ersten Kuss.

„Auf Wiedersehen, Frank!"

Er löst sich von ihr, als er Ulrichs Stimme neben sich vernimmt.

„Tschüss, Ulrich. Genieße deinen Urlaub!"

„Danke, das werde ich tun. Hallo, Paula!"

„Ulrich! Willkommen auf La Gomera!"

„Danke. Schöne Zeit euch beiden. Falls ihr Lust auf ein gemeinsames Abendessen habt, gebt Bescheid."

Frank lächelt ihm zu. „Das haben wir bestimmt, nicht wahr?" Seine Frage richtet sich an Paula.

„Klar! Das ist während der Produktion zu kurz gekommen."

„Allerdings. Bis dann!" Ulrich hebt die Hand und verschwindet in der Menschenmenge.

„Ihr duzt euch?" Verblüfft schaut sie Frank an.

„Ja, endlich. Das war längstens überfällig. Ulrich war der erste Mitarbeiter meiner Firma."

„Ihr habt euch vierzig Jahre lang gesiezt?" Sie schüttelt den Kopf.

„Ich bin davon überzeugt gewesen, dass Distanz Respekt verschafft. Das stimmt ja auch, aber das brauche ich jetzt nicht mehr." Zärtlich küsst er ihre Stirn.

Sie ergreift seine Hand. „Was möchtest du zuerst? Strand, Schiff oder Restaurant?"

„Ich würde gerne meinen Koffer loswerden und meine Hände waschen."

„Gut, dann Schiff." Gemeinsam lassen sie sich vom Strom der Menschen in Richtung Parkplätze schieben.

„Es ist warm hier." Er zieht seine Sonnenbrille von der Stirn auf die Nase und tupft sich mit einem Taschentuch den Schweiß ab.

„Hast du eine kurze Hose dabei?"

Er wirft ihr einen raschen Blick zu. „Ich besitze keine."

„Echt?"

„Ich habe keine Ahnung, wie lange ich keine kurze Hose mehr getragen habe. Aber hier kann man sicher eine kaufen, was meinst du?"

Sie fängt seinen zögernden Blick auf und lacht. „Komm erst mal hier an, dann wirst du herausfinden, wie es dir wohl ist."

„Es ist schön, wieder bei dir zu sein." Frank spielt mit einer ihrer Locken. Paula liegt in seinem Arm, die rechte Hand zeichnet Muster auf seine Brust. Die Luke über ihnen gibt einen quadratischen Blick auf den Sternenhimmel frei. „Ich habe dich vermisst, obwohl wir nur drei Wochen voneinander getrennt waren."

„Ich hab' dich nicht vermisst. Aber ich glaube, nur deshalb nicht, weil ich wusste, dass wir uns bald wiedersehen würden. Und weil ich so unglaublich glücklich war, wieder hier zu sein." Sie wartet auf seine Reaktion, aber sie bleibt aus. Sie stützt sich auf den linken Ellbogen und schaut ihn an. „Ich hatte Angst davor, wie ich mich fühlen würde, wenn du hierher kommst."

Aufmerksam forschen seine Augen in ihrem Gesicht. „Warum?"

„Das hier ist mein und Beckys Zuhause. Unser einziges Zuhause." Sie schmiegt sich wieder an ihn und ihre Augen schweifen über die unzähligen Sterne über ihnen. „Für mich bedeutet dieses Schiff Freiheit. Eine Freiheit, die ich nirgendwo sonst spüre. Ich glaube, ich hatte Angst, dass dieses Gefühl verloren gehen könnte, wenn ich diesen Ort mit dir teile."

„Und? Ist es passiert?"

„Bisher nicht."

Seine Lippen berühren ihr Haar.

„Ich möchte mit Becky nach Südamerika segeln."

„Das ist eine schöne Idee."

„Findest du das wirklich?"

Sie richtet sich erneut auf.

Seine Augen lächeln. „Natürlich. Du wolltest doch im Mai schon segeln und hast meinetwegen darauf verzichtet. Es wird Zeit, dass du aufbrichst."

Sie beugt sich über sein Gesicht und küsst ihn.

„Noch was." Sein aufmerksamer Blick erforscht ihr Gesicht. „Tom und ich – unsere Freundschaft ist mir sehr wichtig. Ich möchte auch künftig mit ihm Zeit verbringen und an Projekten arbeiten können, ohne dass du damit ein Problem hast."

Er wendet den Blick ab. Sein Mund öffnet und schließt sich, dann schluckt er sichtbar. „Es ist bisher nicht einfach für mich gewesen, eure Vertrautheit zu spüren."

„Bist du eifersüchtig?"

„Ja. Aber ich traue mir zu, dass ich lernen kann, damit umzugehen. Jedenfalls möchte ich das unbedingt." Er hebt seine Hand und streichelt ihre Wange. „Ich spüre, dass dir eure Freundschaft guttut. Ich werde niemals versuchen, etwas zu zerstören, das gut für dich ist."

„Wie geht es Hannah?" Ihre Fingerspitzen fahren die Konturen seiner Augenbrauen nach.

„Ich glaube, gut. Sie ist mit Treptin zusammengezogen."

„Echt?"

„Die beiden kennen sich schon lange. Hannah kann nicht alleine sein."

„Und wie geht es dir damit?"

„Gut. Seit das Haus verkauft ist und wir privat nichts mehr miteinander zu tun haben, können wir wieder besser zusammenarbeiten."

Sie beugt sich zu ihm hinab und verschließt seine Lippen mit ihrem Mund.

Als Paula wieder erwacht, ist die Koje neben ihr leer. Sie steigt ins Cockpit und sucht mit den Augen das Deck ab, über das ein halbvoller Mond sein milchiges Licht gießt.

Frank steht an der Reling, den Blick in den Himmel gerichtet. Langsam nähert sie sich ihm. Ohne sie anzuschauen, sagt er mit sanfter Stimme: „Es ist ein wundervoller Ort hier."

„Ja. Auf Nachtfahrten ist meine Mutter mit uns Kindern im Cockpit gelegen und wir haben gemeinsam die Sterne beobachtet. Sie hat uns die Sternbilder erklärt, und bei jeder Sternschnuppe haben wir einen unserer Träume in den Himmel geschickt."

„Das ist ein schönes Ritual. Wir könnten das fortführen. Vielleicht ohne Sternschnuppe, einfach so, jetzt. Was meinst du?"

Sie stellt sich hinter ihn und legt ihre Arme um seinen Oberkörper. „Gerne. Ich schicke meinen Traum in den Himmel, mit Becky über den Atlantik zu segeln."

„Ich habe immer davon geträumt, eines Tages einen Film in Hollywood zu produzieren. Einmal im Filmmekka zu drehen. Ich hatte immer darauf spekuliert, dass ich Anfragen von den großen Studios bekommen würde, wenn es mir gelingen sollte, für eine meiner Produktionen einen Oscar zu bekommen. Das hat bisher nicht geklappt. Darum habe ich mir letztes Jahr von meinem ganzen Vermögen ein Loft in Kalifornien gekauft. Ich dachte, wenn ich vor Ort wäre, könnte ich die richtigen Kontakte knüpfen." Er dreht sich zu ihr um. Seine Augen huschen über ihr Gesicht. „Findest du das doof?"

„Nein." Sie atmet tief ein und fühlt sich plötzlich federleicht. „Ich bin sehr erleichtert, dass du auch noch einen Traum hast. Träume sind die Essenz des Lebens. Sie bringen uns dazu, über uns hinauszuwachsen."

„Das hast du schön gesagt."

Er zieht sie an sich, und gemeinsam schicken sie ihre Träume in den Sternenhimmel.

Kapitel 29

„Da kommt sie!" Paula drückt Franks Hand und hüpft auf und ab.

Lachend schaut er ihr zu.

Sie stehen auf der Klippe über der kleinen Badebucht und beobachten die Fähre, die von Teneriffa nach San Sebastián fährt. Lockere Wolkenfelder treiben über den tiefblauen Himmel, ein Schwarm Möwen zieht kreischend Kreise über einem Fischerboot. Die feuchtigkeitsschwangere Luft riecht intensiv nach frischem Fisch. Hin und wieder spritzt die Gischt hinauf auf das schmale Plateau und benetzt ihre Gesichter.

„Ich gehe zurück aufs Schiff, damit du die Wiedersehensfreude ungestört genießen kannst. Außerdem wolle Becky Spaghetti mit Pilzsahnesauce kochen, die möchte ich mir nicht entgehen lassen. Wir könnten ja alle zusammen zu Abend essen. Ulrich ist sicher auch dabei – wenn du das möchtest."

„Klar! Eine schöne Idee."

Gemeinsam steigen sie die Klippen hinunter.

Paula fühlt sich wie ein Gummiball, als sie Rosie, Birgit und Andreas in der Menschenmenge entdeckt. Sie bemüht sich gar nicht erst, stillzustehen, sondern tänzelt von einem Fuß auf den anderen und stürmt los, als die drei die letzten Stufen der Gangway hinter sich gelassen haben. Sie fällt Rosie mit solchem Schwung um den Hals, dass die ältere Frau das Gleichgewicht verliert und in Andreas' Armen landet. Sie brechen in schallendes Gelächter aus. Ein uniformierter Zollbeamter zwinkert ihnen zu, während ihnen ein Geschäftsmann im dunkelgrauen Anzug wütende Worte hinterherschleudert.

„Ach, ist das schön, dass ihr hier seid!" Paula umarmt Birgit und drückt Andreas an sich.

„Das finden wir auch!" Rosie strahlt sie an.

„Wo hast du Henry gelassen?" Suchend blickt sich Paula um.

„Zuhause. Das hier ist mein Single-Urlaub, den ich ganz alleine mit euch genießen möchte." Rosie trägt einen Strohhut, den sie unter dem Kinn mit einer weißen Schnur festgebunden hat, und ein weißes Sommerkleid mit weitem Rock, in dem der Wind sich verfängt.

„Du siehst gut aus!" Sie lächelt und lässt ihre Augen prüfend über Paulas Gesicht wandern.

„Danke. Es geht mir auch sehr gut. Wo ist Tom?"

„Irgendwo dort in der Autoschlange. Er konnte als einer der Ersten hineinfahren und wird vermutlich als einer der Letzten wieder rauskommen." Andreas deutet aufs Autodeck, von dem sich die Fahrzeuge im Schneckentempo aus dem Fährenbauch lösen. Die riesigen Scharniere quietschen jedes Mal, wenn eines der Autos über die Rampe rollt, die Motoren brummen monoton vor sich hin.

„Dann lasst uns bei den Parkplätzen auf ihn warten, dort muss er vorbeifahren." Paula nimmt Rosie den Rollkoffer ab und hängt sich bei ihr ein.

„Es ist ganz ungewöhnlich, in San Sebastián zu bleiben und nicht ins Valle Gran Rey zu fahren. Aber ich freue mich auf das Städtchen, es ist nicht ganz so touristisch wie die

Westseite der Insel." Rosies Blick schweift übers Hafenbecken hinüber zur kleinen Strandpromenade.

„Ich mag die Stadt total gern. Ich glaube, es gibt keine beschaulichere Hauptstadt auf den Kanaren. Höchstens vielleicht Valverde auf El Hierro. Die Stadt liegt in den Bergen, darum hat sie noch weniger Touristen."

„Eigentlich könnten wir jedes Jahr auf einer anderen Insel proben. In sieben Jahren hätten wir dann alle Inseln kennengelernt!" Birgit hat das Gespräch gehört und holt Paula und Rosie mit langen Schritten ein.

„Find' ich gut. Als Erstes würde ich nach La Palma gehen, dort könnten wir die Proben mit Wanderungen kombinieren. Oder nach Lanzarote, auf der Insel gibt es viele spannende Kunstwerke des berühmten kanarischen Künstlers Manrique." Paula ist von der Idee begeistert.

„Kennst du alle Inseln?" Andreas stellt seine Reisetasche neben einer Sitzbank in der Nähe des Parkplatzes ab und setzt sich.

„Ja. Sie sind alle total verschieden und eigentlich jede eine Welt für sich. Wir könnten uns die Inseln auch nach dem Inhalt unserer Stücke aussuchen. Zu Lanzarote zum Beispiel passt eine Story, in der es um Einsamkeit und Selbstfindung geht. Die Landschaft dort wird dominiert vom schwarzen Lavasand. Wenn man länger auf der Insel ist, außerhalb von Arrecife und den Touristenorten, dann kann man die Einsamkeit sehr gut spüren."

„Ich finde das eine wirklich bestechende Idee. Lasst uns mal ernsthaft darüber nachdenken." Rosie lässt sich auf die Sitzbank fallen und wischt sich mit einem Taschentuch Schweiß von der Stirn.

„Von mir aus sehr gerne!"

„Da kommt er!" Birgit zeigt mit der Hand in Richtung Fähre.

Paulas Puls beginnt zu rasen und ihre Handflächen werden feucht. Seit ihrem Gespräch mit Frank verspürt sie das starke Verlangen, Tom wiederzusehen.

Langsam tuckert der rote Transporter in der langen Autoschlange vorwärts. Die Fensterscheiben der Fahrerkabine sind
heruntergekurbelt, und Tom winkt ihnen zu. Er fährt in eine
Parklücke unweit der Sitzbank und steigt aus. Mit raschem
Schritt geht Paula auf ihn zu und schlingt ihre Arme um
seinen Hals.

„Hoppla! Ist alles in Ordnung?" Überrascht erwidert er
ihre intensive Begrüßung.

Sie lässt ihn los und macht einen Schritt zurück. „Ja, alles
bestens. Ich freu' mich riesig, dass du hier bist." Sie wartet,
bis die anderen sie erreicht haben. „Wollen wir heute Abend
zusammen essen gehen? In der Nähe eures Hotels gibt es ein
einfaches, aber total leckeres spanisches Restaurant, ich
würde dort reservieren."

„Perfekt! 20.00 Uhr?" Andreas blickt fragend in die
Runde.

Einheitliches Nicken ist die Antwort.

„Ich würde gerne zwei Freunde mitbringen, passt das?"

„Klar. Wenn sie sich nicht mit uns Theaterfreaks lang-
weilen?" Birgit grinst.

„Ganz sicher nicht." Paula fängt Rosies aufmerksamen
Blick auf und lächelt. „Also, dann bis später! Das Restaurant
heißt *Los Leones*."

Frank steht auf dem Achterdeck und beobachtet zwei Möwen,
die unermüdlich über dem Hafenbecken kreisen. In regelmäßigen Abständen stechen sie ins Wasser, um Sekunden
später mit einem Fisch im Schnabel wieder aufzutauchen und
fortzufliegen.

Becky steht neben ihm, in der Hand ein kleines Holzschüs-
selchen mit grünen Oliven mit Paprikafüllung. Sie hält ihm
das Schüsselchen hin. Er nimmt es in die Hand und steckt
sich zwei Oliven in den Mund. Der säuerliche Geschmack er-
frischt und regt seinen Appetit an.

„Wo bleibt Mama bloß? Wir müssen los, wenn wir nicht zu spät kommen wollen." Ungeduldig steck sich Becky eine Olive in den Mund und steigt ins Cockpit.

Frank dreht sich um und lehnt sich an eine Relingstütze. Paula erscheint im Cockpit, in einem knielangen, weißen Rock und einer dunkelblauen, kurzärmligen Bluse. Das Haar hat sie mit einer Klammer am Hinterkopf hochgesteckt.

„Mama, kommst du? Es ist 19.45 Uhr."

„Gleich." Sie verschwindet im Salon.

Frank hört, wie sie im Schiffsinneren herumkramt. Er isst eine weitere Olive. Vom Salz bekommt er Durst. Er steigt ins Cockpit und stellt das Schüsselchen auf den Tisch. „Ich warte auf dem Steg auf dich!"

„Bin schon da." Jetzt trägt sie eine bunt gemusterte, weite Baumwollhose und ein weißes T-Shirt mit V-Ausschnitt.

Er kneift die Augen zusammen. „Bist du nervös?"

Sie zieht das Schiebeluk zu und dreht den Schlüssel. „Ich glaub' schon." Ihre rechte Hand reibt über den Nasenrücken.

Becky zieht die Augenbrauen in die Höhe und springt auf den Steg.

„Ich war schon lange nicht mehr als Paar unterwegs." Sie zögert. „Ich hatte zwar eine sexuelle Beziehung mit Matteo, von der alle wussten, aber das war etwas anderes."

„Matteo? War das der Ersatz für Treptin, dem Tom die Faust ins Gesicht gerammt hat?" Franks Augenbrauen wandern in die Höhe.

„Ja. Er war ja Mitglied unserer Truppe."

„Ah so, langsam beginne ich zu verstehen."

„Ich bin auch unsicher, wie Tom reagieren wird."

„Weiß er von uns?"

„Ja, klar."

„Dann mach dir keine Gedanken und lass uns gehen. Du siehst übrigens umwerfend aus." Er küsst sie auf die Stirn.

Die Bewölkung hat zugenommen und es riecht nach Regen. Ein kühler Wind fegt in Böen durch die engen Straßen des

Städtchens und treibt welke Blätter vor sich her. Die Luft ist auch jetzt, Anfang Dezember, noch warm, und in den autofreien Gassen herrscht reges Treiben. Um kleine Tische im Freien gruppieren sich Einheimische wie Touristen, Frank hört überwiegend Deutsch, Holländisch und Spanisch.

Paulas Hand liegt in seiner. Sie ist feucht, und ihr Atem geht rasch. Beruhigend streicht sein Daumen über ihren Handrücken. Er selbst ist entspannt. Er freut sich darauf, Paulas Theaterfreunde kennenzulernen. Und darauf, Rosie wiederzusehen.

Vor dem Restaurant *Los Leones* stehen eine Frau und ein Mann neben Rosie und Tom. Becky geht auf sie zu und wird herzlich begrüßt. Aus der Gegenrichtung kommt Ulrich auf die Gruppe zu.

„Hallo!" Paula winkt ihnen zu. „Ich möchte euch gerne Frank vorstellen." Sie lässt seine Hand nicht los.

Die junge Frau mit dem roten, kurzen Haar starrt ihn an. „DER Frank?"

Er lächelt ihr zu und streckt ihr die Hand hin. „Frank von Roth."

„Wow. Wie haben Sie das hinbekommen?"

„Das ist Birgit." Paula grinst.

„Ähm, ja, tut mir leid, ich war gerade etwas perplex." Sie fährt sich mit der Hand durchs Haar.

„Was habe ich wie hinbekommen?" Franks Mundwinkel zucken.

„Nichts. Ich meine – ich bin manchmal etwas direkt. Bitte nehmen Sie das nicht persönlich."

„Wir können uns gerne duzen." Amüsiert beobachtet er, wie sich ihre Wangen röten.

„Okay. Paula war ganz schön genervt von dir, als sie zum ersten Mal von Berlin zurückgekehrt ist." Sie wirft Paula einen raschen Blick zu.

„Ja. Ich habe mich ihr gegenüber damals auch sehr – widerwärtig verhalten. Hallo, Tom." Die Männer schütteln sich die Hand.

Rosie geht auf Frank zu. Er lässt Paulas Hand los. „Hallo, Frank. Schön, dich wiederzusehen." Ihre linke Hand umfasst seine Taille, die rechte legt sich auf seine Schulter. Sie begrüßen sich mit einem Wangenkuss rechts und links.

„Hab' ich was verpasst?" Birgit reißt die Augen auf. „Warum kennen dich denn alle? Dass Tom als Kameramann dabei war, weiß ich, aber Rosie?"

Rosie lässt Frank los. „Frank war meine erste große Liebe. Vor vierzig Jahren."

„Oh, Mann! Lasst uns reingehen. Ich glaub', das wird eine längere Story, ich brauch' was zu trinken!"

Die Fassaden der buntgetünchten Häuser werfen ihr gemeinsames Lachen zurück.

„Moment, ich möchte euch noch jemanden vorstellen." Paula hält sie zurück. „Das ist Ulrich, die gute Seele der Von-Roth-Productions und Franks Assistent." Ulrich deutet eine Verbeugung an und lächelt in die Runde. „Er war es, der unsere Premiere hier gesehen und Frank angerufen hat."

„Ja, ihr wart großartig. Ich habe noch nie vorher so lebendiges Theater gesehen."

„Danke! Das ist ein großes Kompliment." Andreas reicht ihm die Hand. Dann wendet er sich Frank zu. „Ich bin Andreas, Schauspieler bei *zeitlos anders*."

„Hallo. Ich freue mich sehr, euch alle persönlich kennenzulernen." Sein Blick bleibt zwei Sekunden länger an Tom hängen als an den anderen. Der stämmige Mann mit dem blonden Haar wirft ihm einen flüchtigen Blick zu.

„Kommt, lasst uns reingehen." Paula zieht die Tür auf und betritt den langgezogenen Raum. Der Geruch nach Knoblauch und frittiertem Fisch empfängt sie. Die Fensterscheiben bestehen aus Glasquadraten von etwa 30cm Länge, die von dunklem Holz eingerahmt werden. Die Wände schimmern hellorange, und die hohe Decke wird von dunklen Holzbalken durchzogen. Auf den braunschwarzen Massivholztischen liegen Plastiktischdecken mit weißem Blümchenmuster.

Eine korpulente Kellnerin mit einer weißen Schürze führt sie zu ihrem Tisch und nimmt die Bestellung auf.

Während des Essens ist Tom ungewöhnlich still. Immer wieder spürt Frank seinen Blick auf seinem Gesicht. Paula scheint es nicht zu bemerken, sie unterhält sich angeregt mit den anderen.

Als sie das Lokal verlassen, tritt Frank zu Tom. „Kommst du mit auf einen Schlummertrunk? Gleich um die Ecke gibt es eine gute Bodega."

Tom schaut ihn durchdringend an. Nach einer Weile nickt er. „Okay."

Frank lächelt. Er umfasst Paula von hinten und küsst ihren Hals. „Geh schon mal vor. Tom und ich trinken noch etwas zusammen."

Sie dreht sich um und forscht in seinem Gesicht. „Macht das." Ihre Hand berührt seine Wange. Dann wendet sie sich ab und hängt sich bei Rosie und Birgit ein.

„Was darf ich Ihnen bringen?" Ein schwarz gekleideter Kellner steht vor dem Zweiertisch in der Ecke, an dem sich die Männer niedergelassen haben. Sie sind die einzigen Gäste.

„Für mich bitte einen trockenen Roten." Frank lächelt ihm zu.

„Zwei."

„Sehr gerne."

Die Bodega befindet sich in einem traditionellen Kellergewölbe. Rohe Steinblöcke bilden die Mauern, nur teilweise verputzt mit hellem Mörtel. Sie verströmen einen uralten Geruch nach Erde, Feuchtigkeit und Weingeschichte. Die Schritte des Kellners entfernen sich klackend auf dem rostroten Steinfußboden.

Tom lehnt sich auf dem Holzstuhl zurück und verschränkt die Arme vor der Brust. Die tiefhängende Deckenlampe wirft bewegte Schatten auf sein Gesicht. Seine Augenbrauen sind zusammengezogen, und kleine Augen mustern Frank skeptisch.

Franks Zeigefinger klopft auf die Tischplatte.

„Zwischen Paula und mir läuft nichts." Toms Worte sind klar und laut.

Beschwichtigend hebt Frank die Hand. „Das geht mich nichts an."

„Wie bitte?"

„Das geht mich nichts an. Paula ist ein freier Mensch."

Tom legt seine Hände auf den Tisch. Mit einer kleinen Verbeugung stellt der Kellner zwei Weingläser vor sie hin. Frank nimmt sein Glas, schwenkt den Wein darin, lässt den säuerlichen Geruch durch seine Nase strömen, trinkt einen Schluck und spürt dem herben Aroma auf seiner Zunge nach.

„Was willst du dann von mir?"

Frank räuspert sich. „Eure Freundschaft ist Paula sehr wichtig. Ich möchte, dass du weißt, dass ich kein Problem damit habe, wenn ihr Zeit miteinander verbringt. Ich würde dir gerne sagen können, dass ich mich darüber freue, aber – soweit bin ich noch nicht."

Tom trinkt seinen Wein zur Hälfte aus. Seine Augen gleiten über Franks Gesicht, die Tischplatte, über seine Hände. Dann dringen sie in Franks Blick ein. „Paula ist ein wundervoller Mensch. Ich bring' dich um, wenn du sie nochmal verletzt." Seine Stimme klingt leise und dunkel.

Frank trinkt sein Glas aus und winkt dem Kellner. „Einen Whisky, bitte."

„Es tut mir leid, Whisky führen wir nicht. Ich kann Ihnen einen ausgezeichneten hausgemachten Rum anbieten."

„Auch gut."

„Für mich bitte auch." Tom lehnt sich zurück und verschränkt erneut die Arme vor der Brust.

Franks Finger verkeilen sich ineinander. „Ich beneide dich um die Vertrautheit zwischen euch."

Tom kneift die Augen zusammen. „Du beneidest mich? Ist das ein Witz?"

„Nein. Vertrauen und Vertrautheit brauchen Zeit, um zu wachsen. Du hast einen Vorsprung, den ich nie aufholen werde."

Tom lehnt sich nach vorne und stützt die Ellbogen auf dem Tisch ab. Er nimmt dem Kellner das Rumglas aus der Hand und leert es in einem Zug. „So hab' ich das noch nie gesehen." Nachdenklich fängt er mit der Zunge den letzten Tropfen auf. „Dafür kannst du sie auf eine Weise berühren, die mir verwehrt ist."

Frank zuckt die Schultern. „Warum?"

„Ich will keine Affäre mit ihr. Und mehr wollte sie leider nie."

Frank starrt auf die Tischplatte. „Ich konnte nie alleine sein. Ich habe mich von einer Ehe in die nächste geflüchtet."

„Sie wird dich nicht heiraten. Sie liebt ihre Freiheit."

„Ich weiß. Und das ist gut so."

„Muss ich das verstehen?"

„Wenn sich die Umstände ändern, sind wir gezwungen, uns auch zu verändern. Und dann sind plötzlich Schritte möglich, die man sich vorher nicht zugetraut hätte."

„Und was heißt das jetzt? Willst du gar keine Beziehung mit ihr, sondern das Single-Leben ausprobieren mit einer netten Affäre nebenbei?"

Frank entgeht der lauernde Unterton seiner Stimme nicht. „Nein. Absolut nicht."

„Paula ist wie ein Vogel. Wenn man versucht, sie einzusperren, fliegt sie davon." Verträumt dreht Tom sein Glas zwischen den Fingern.

„Du kennst sie gut." Franks Augen forschen in dem Gesicht, das ihm gegenübersitzt. Die Wangen wirken etwas eingefallen, aber in den Augen liegt eine unbestimmte Stärke.

„Wenn man jemanden liebt, den man nicht erreichen kann, dann kann man sich in ihm verlieren. Weißt du, was ich meine? Ach ne, kannst du ja nicht wissen." Er macht eine wegwerfende Handbewegung. „Dann fängt man an, ihn pausenlos zu beobachten. Man merkt sich alles, jede Bewegung, jede Nuance seiner Stimme, jede Duftnote. Über die Jahre nimmt man den Menschen vollständig in sich auf, auf eine Weise, wie man es niemals tun würde, wenn man mit ihm zusammenleben würde." Er blickt auf und sucht Franks Blick. „Klingt seltsam, nicht?"

Ein Schauer erfasst Frank. „Finde ich nicht. Es gibt dann keinen Grund, warum man sich abgrenzen sollte. In einer Beziehung ist die Gratwanderung zwischen Abgrenzung und Nähe ja die größte Herausforderung."

Tom leert sein Glas. „Ich weiß nicht, ob ich zuschauen kann, wenn du sie berührst." Er senkt den Blick.

Frank lehnt sich zurück. „Müssen wir immer alles wissen? Wollen wir es nicht einfach ausprobieren?"

„Wie in Paulas Film, meinst du?"

„Warum nicht?"

„Das Leben ist aber kein Film, würde sie jetzt sagen."

Frank lächelt. „Ja. Das würde sie sagen."

„Das Leben ist das, was wir daraus machen. Wie beim Film." Tom hält sein leeres Glas in die Höhe. Diesmal bringt der Kellner die Flasche an den Tisch.

„Auf den Film." Tom prostet Frank zu.

„Auf das Leben!"

„Auf Paula!"

„Rosie? Hast du schon gefrühstückt?"

„Guten Morgen, Paula! Wir sind noch dran."

„Gut, dann komm' ich auf einen Kaffee rüber. Bis gleich!"

Sie steckt das Handy in die Tasche und wirft zum fünften Mal einen Blick in ihre Kajüte. Sie bleibt leer.

„Becky? Ich geh' kurz zu den anderen ins Hotel, kommst du mit?"

Becky streckt ihren Kopf aus der Vorschiffkajüte und gähnt verschlafen. „Nö, ich hab' noch nix gegessen."

„Okay! Ich hab' dir das Frühstück ins Cockpit gestellt. Rufst du mich bitte an, wenn Frank zurückkommt?"

Becky grinst. „Klar."

Paula klettert über die Reling, verlässt die Marina und schlängelt sich zwischen den unzähligen Touristen hindurch, die das Kreuzfahrtschiff im Hafen für einige Stunden in die kleine Stadt gespuckt hat. Die vielen Menschen kommen ihr vor wie ein Schwarm Wespen, der sich auf einen Kuchen stürzt und wieder wegfliegt, wenn er aufgegessen ist.

„Guten Morgen! Kaffee?" Birgit entdeckt Paula als erste, als sie in den kleinen Innenhof tritt, in dem das Frühstücksbuffet aufgebaut ist.

„Ja, total gerne."

„Wo ist Frank?" Rosie zieht einen Stuhl vom Nachbartisch herüber.

„Das wüsste ich auch gerne. Er ist heute Nacht nicht nach Hause gekommen."

„Oh." Birgit stellt ihr eine Tasse dampfenden Milchkaffee hin. „Er und Tom wollten gestern nach dem Abendessen noch etwas zusammen trinken. Tom scheint auch nicht in seinem Bus zu sein."

„Machst du dir Sorgen?" Rosie beißt von einem Croissant ab.

„Irgendwie schon."

„Was könnten sie denn gemacht haben?"

„Keine Ahnung. Im Vollrausch ins Meer und untergegangen?"

Andreas lacht auf. „Nein, das traue ich ihnen nicht zu."

Paula grinst. „Ich auch nicht. Oder sie haben sich gegenseitig umgebracht."

„Na, na!" Rosie schüttelt den Kopf. „Ist Tom eifersüchtig auf Frank?"

Paula nippt an ihrem Kaffee. „Ich glaube, die Situation ist für beide gerade nicht einfach. Sie spüren ja, dass ich sie beide lieb habe. Halt jeden auf eine andere Art. Versteht ihr das?" Ihre Freunde nicken einträchtig. „Die deutsche Sprache ist ja eigentlich eine reiche Sprache, aber für dieses große und vielfältige Gefühl Liebe fehlen ihr die Worte. Zuneigung ist zu wenig, Verlangen und Begehren treffen es auch nicht wirklich. Man müsste mehr Wörter haben, um das Gefühl besser differenzieren zu können."

„Das finde ich absolut auch." Birgit nickt. „Wie war eigentlich deine Erfahrung mit der Filmregie?"

Paula bindet ihr Haar zusammen. „Es war spannend, durchaus. Aber ich bleib' lieber beim Theater. Bei der Filmproduktion fehlt mir der Kontakt zum Publikum. Die unmittelbare Reaktion auf das, was auf der Bühne passiert, die reizt mich. Ich inszeniere ja für die Menschen und möchte auch mitbekommen, wie meine Arbeit bei ihnen ankommt. Und zwar lieber nicht erst Monate später, wenn ich schon längst in einer anderen Geschichte stecke."

„Kann ich absolut verstehen." Rosie lächelt. „Das heißt, wir planen für nächsten Sommer eine neue Tournee?"

„Von mir aus: Ja! Wenn ihr auch wieder dabei seid?"

„Klar! Wir haben auch schon eine Idee." Andreas schaut Birgit vielsagend an.

Birgits Wangen röten sich. „Ich bin ja keine wirklich gute Schauspielerin, das muss ich euch nicht sagen. Dass ich lieber Pianistin geworden wäre, als zum Theater zu gehen, wisst ihr auch."

„Wir haben uns nun überlegt, nächstes Jahr eine Art Musiktheater zu machen. Nicht mit Gesang, aber Birgit könnte das Stück musikalisch unterlegen, wie eine Art Theatermusik."

„Ich hab' keine Ahnung, ob das funktionieren kann mit der Teilimprovisation, aber ich würde das wahnsinnig gerne ausprobieren." Birgits Augen leuchten.

Ihre Begeisterung schwappt auf Paula über. „Das finde ich eine geniale Idee! Lasst uns das versuchen!"

„Ich bin dabei!" Rosie winkt der Kellnerin. „Bitte, bringen Sie uns einen Prosecco." Sie grinst die anderen an. „Darauf müssen wir anstoßen!"

„Für nächstes Jahr brauchen wir noch Verstärkung." Andreas wendet sich an Paula. „Hast du was von Matteo gehört?"

Sie schüttelt den Kopf. „Meine Anrufe nimmt er nicht an. Er scheint untergetaucht zu sein."

„Wusstest du von seiner Mitgliedschaft bei der PND?"

„Nein. Ich glaub' auch nicht, dass er schon lange Mitglied war. Nach der Eskalation auf dem Set habe ich ihn kurz gesprochen und er meinte, er hätte etwas gesucht, wo er sich zugehörig fühlen würde, weil bei *zeitlos anders* diesen Sommer alles anders war." Sie zieht die Augenbrauen in die Höhe.

Die Kellnerin verteilt die Gläser und gießt den Prosecco ein. Die vier heben sie an und prosten sich zu. „Auf uns und unseren neuen Traum, ein musikalisches Improvisationstheater!"

„Apropos Traum." Rosie schaut Paula an. „Wann segelst du denn endlich los?"

Paula spürt dem Prickeln des Schaumweins auf der Zunge nach. „Wenn alles klappt, segle ich im Februar mit Becky in die Karibik."

„Wow!" Birgits Unterkiefer klappt herunter. „Jetzt aber richtig!"

„Ach, weißt du, das ist ein Versprechen, das ich Becky eigentlich aus der Not heraus gegeben habe, als sie ganz tief in der Krankheit steckte."

„Ist sie wieder ganz gesund?"

„Fast. Sie isst noch nicht intuitiv, ich muss ihr das Essen noch bereitstellen und die Portionen vorgeben. Und es ist ihr lieber, wenn jemand mit ihr gemeinsam isst. Aber es sind Welten im Vergleich zum Sommer. Ich bin so dankbar. Ohne Tom und Frank hätten wir das nicht geschafft." Sie lächelt und spürt der Wärme nach, die sich von ihrem Bauch aus über den Körper ausbreitet. Dann wird ihr Blick wieder ernst. „Allerdings hab' ich jetzt doch ziemlich Respekt vor der Reise. Ich bin ja seit vielen Jahren nur hier zwischen den Inseln gesegelt. Ich hätte ihr echt auch was anderes vorschlagen können als gleich eine Ozeanüberquerung!"

„Frag doch Frank, ob er mitkommt."

„Frank?" Zweifelnd blickt Paula Rosie an. „Das würde er wahrscheinlich schon machen, aber mir wäre jemand lieber, der was vom Segeln versteht."

„Frank hat die Atlantiküberquerung schon mal gemacht."

„Was?" Paulas Augen weiten sich.

„Hat er dir nichts erzählt? Das sieht ihm ähnlich. Nach seinem Abitur hat ihn sein Vater auf einem Dreimaster von Rotterdam nach Suriname geschickt, weil er der Meinung war, sein verwöhnter Sohn sollte etwas vom richtigen Leben mitbekommen. Frank ist dort wohl als Decksjunge mitgesegelt und war so ziemlich Mädchen für alles." Sie lacht. „Ob er viel vom Segeln mitbekommen hat, weiß ich nicht, aber zumindest hat er die Erfahrung schon mal gemacht."

Paula lacht auf. „Na, warte, ich werde ihm eine schöne Überraschung bereiten, dass er mir diese Anekdote verschwiegen hat. Wenn er denn mal wieder auftaucht." Sie wirft einen Blick auf ihr Handy. Es ist 10.30 Uhr. „Ich geh' zurück."

„Mach das. Und gib uns bitte Bescheid, wenn er wieder da ist."

Schon vom Anfang des Stegs aus sieht sie, dass Frank in der Hängematte liegt. Erleichtert atmet sie auf. Lächelnd schwingt sie sich beim Bug über die Reling und bleibt vor ihm stehen. „Wie siehst du denn aus?" Amüsiert betrachtet sie sein zerknittertes Hemd, bei dem die obersten vier Knöpfe offen sind, und sein mindestens so zerknittertes Gesicht mit den dunklen Augenringen. Sie gibt ihm einen Kuss und weicht zurück. „Kann es sein, dass du gestern etwas zu viel getrunken hast?"

Ächzend versucht er, sich aufzusetzen. Sie reicht ihm die Hand und zieht ihn hoch. Er blinzelt und reibt sich mit der rechten Hand über die Augen.

„Ja. Aber Tom auch."

„Mit Tom kann man gut absacken." Paula grinst. Sie setzt sich aufs Deck und lehnt den Rücken an eine Relingstütze. „Magst du erzählen?"

„Ich versuche es. Kannst du mir bitte zuerst ein Glas Wasser bringen?"

Noch immer grinsend steht sie auf. Sie schreibt eine Nachricht an Rosie und wirft einen Blick in Beckys Kajüte.

„Hey, warum hast du mich nicht angerufen?"

Verwirrt blickt Becky vom Handy auf. „Warum hätte ich das tun sollen?"

„Weil Frank wieder hier ist?"

„Echt? Hab' ich gar nicht bemerkt. Und wo war er?"

„Das weiß ich noch nicht. Das wird er mir jetzt dann gleich erzählen." Sie schließt die Tür, füllt ein Glas mit Wasser und geht zurück zu Frank.

„Danke. Wir waren in der Bodega, bis sie uns rausgeschmissen haben. Nicht, weil wir so besoffen waren, sondern weil das Lokal schließen wollte, wohlgemerkt." Er gähnt. „Auf dem Heimweg haben wir uns dann entschieden, am Strand zu übernachten."

„Am Strand? Im Sand? Ohne Handtücher? Du und Tom?" Paula bricht in schallendes Gelächter aus. „Wie seid ihr denn auf die Idee gekommen?"

„Wir wollten ausprobieren, ob das Leben nicht vielleicht doch ein bisschen wie ein Film ist."

Sie ergreift seine Hand und drückt sie. „Und? Zu welchem Schluss seid ihr gekommen?"

„Es ist zwar kein Film, aber es tut gut, zwischendurch filmreife Erlebnisse einzubauen." Er lächelt. „Wir haben verabredet, dass wir uns in Kolumbien wiedersehen werden. Wir dachten, Mitte März könnte eine gute Zeit sein."

„Du willst mitkommen nach Kolumbien?"

„Entweder segle ich mit dir, wenn du das möchtest, oder ich fliege mit Tom. Ich hoffe bloß, er erinnert sich heute auch noch daran."

„Tom vergisst nie etwas, so besoffen kann er gar nicht sein."

„Dann ist es ja gut." Vorsichtig steigt er aus der Hängematte und setzt sich neben sie. „Und? Was ist dir lieber?"

Ihre Finger streichen über seine Augenbrauen. „Warum hast du mir nicht gesagt, dass du segeln kannst?"

„Ich kann nicht segeln. Ich weiß, wie man das Deck schrubbt und die Eimer mit dem Erbrochenen leert."

„Iiihh!" Paula verzieht das Gesicht.

„Und ich weiß, wie es sich anfühlt, unter dem Sternenhimmel zu liegen und sich von den Wellen in den Schlaf schaukeln zu lassen."

„Dann lass es uns gemeinsam tun." Sie dreht mit den Händen seinen Kopf zu sich und küsst ihn.

Epilog

„Habt ihr gelesen? Die Kritiken überschlagen sich. Jetzt werden sogar schon fünf Kategorien für einen Oscar gehandelt: bester Film, beste Produktion, bestes Drehbuch, beste Inszenierung und bester Hauptdarsteller für Giovanni." Aufgeregt klettert Becky an Deck.

Paula und Frank lächeln sie an. Sie stehen im Bug der *Seeschwalbe* und betrachten den feuerroten Ball, der sich Millimeter um Millimeter der dünnen Linie des Horizontes nähert und dabei die Wasseroberfläche golden färbt. Der salzige Geruch des Meeres vermischt sich mit dem Duft nach gegrilltem Fisch, und von der Strandpromenade kling Gitarrenmusik herüber.

„Was ist? Interessieren euch die Reaktionen auf unseren Film gar nicht?"

„Jetzt gerade nicht. Der Film ist Vergangenheit und die Oscarverleihung Zukunft. Der Sonnenuntergang ist jetzt, den können wir nur jetzt genießen." Paula lehnt den Kopf an Franks Schulter, und schweigend schauen sie zu, wie die Sonne im Meer versinkt und das Tageslicht mit sich nimmt.

„Die Sonne geht jeden Tag unter, aber sowas erlebt man nur einmal im Leben!" Kopfschüttelnd steigt Becky mit ihrem Handy zurück ins Cockpit.

„Ich stand genau hier, als du mich letztes Jahr angerufen und mir gesagt hast, ich solle dir ein oscarreifes Drehbuch liefern." Paula dreht den Kopf. Franks Blick ist in die Ferne gerichtet. „Damals warst du ein ganz schönes Arschloch."

„Ich war müde von meinem Leben. Frustriert vom ewigen Mittelmaß und erschöpft von den täglichen Kämpfen mit Hannah. Ich hatte nichts zu verlieren." Seine Augen versenken sich in ihrem Blick. „Ich bin dankbar, dass du dich trotzdem darauf eingelassen hast, obwohl ich dich so respektlos behandelt habe."

„Ich träumte vom Film. Das war mir wichtiger als alles andere."

„Du hast ganz schön gekämpft für deinen Traum."

„Du doch auch."

„Und jetzt ist mir das alles gar nicht mehr so wichtig." Zärtlich schiebt er eine Haarsträhne aus ihrer Stirn.

„Träume sind wandelbar. Sie lassen uns loslaufen und verändern sich, während wir unterwegs sind." Paula beobachtet, wie Becky mit einem eleganten Kopfsprung von der Reling aus neben der *Seeschwalbe* ins Wasser springt.

Er legt den Arm um ihre Schulter. „Vielleicht sind sie nur dazu da, damit wir die Kraft finden, um uns auf den Weg zu machen."

Nachtrag

Internationalen Erhebungen zufolge sind 1% aller Menschen weltweit von Magersucht (Anorexia Nervosa) betroffen, das sind rund 80'000'000 Menschen. In deutschen Krankenhäusern wurden im Jahr 2021 knapp 10'000 Fälle diagnostiziert (Tendenz steigend), hinzu kommt eine unbekannte Zahl von Patient:innen, die ausschließlich ambulant behandelt werden. Sämtliche Informationen über die Krankheit, die in diesem Roman weitergegeben werden, entsprechen dem Stand der aktuellen Forschung. Familienbasierte Therapieansätze, wie sie hier vorgestellt werden, sind international State of the Art in der Behandlung jugendlicher Anorexie. Die Schilderungen der Situationen rund um die Anorexie basieren auf realen Erfahrungen, wie sie betroffene Familien täglich mit der Krankheit machen.

Über die Autorin

Corina Lendfers wurde 1979 in der Schweiz geboren. Sie studierte Internationale Beziehungen und Kulturmanagement und lebt mit ihrer Familie seit 2013 auf ihrem Segelboot, auf dem ihr sechstes Kind zur Welt kam. Sie setzt sich für die Stärkung der Eltern von an Anorexie erkrankten Kindern und Jugendlichen ein und engagiert sich für Aufklärung über die Krankheit, unter anderem durch Vorträge an internationalen Essstörungskongressen.

www.corina-lendfers.com

Von Corina Lendfers ist zum Thema Anorexie bisher erschienen:

Anorexia Nervosa - Magersucht - ist eine genetisch veranlagte, psychobiologische Krankheit mit einer Sterberate von 10-15%. Je früher die Krankheit diagnostiziert wird, je rascher mit der Wiederernährung begonnen wird und je schneller ein individuelles gesundes Gewicht erreicht wird, desto größer ist die langfristige Heilungschance. Bei Kindern und Jugendlichen ist gemäß der modernen Anorexie-Forschung die Familie nicht das Problem, sondern in der Regel die größte Ressource für die Heilung. Bei der familienbasierten Begleitung zuhause steht die rasche Wiederherstellung des gesunden Gewichts im Vordergrund. Die Eltern übernehmen die Verantwortung für die Wiederernährung ihres kranken Kindes, bis sich dessen Verhalten normalisiert hat. Die FiT ist eine gewachsene Adaption des Family Based Treatments FBT an die Realität der Behandlungssituation in den deutschsprachigen Ländern. Die Therapie wird mangels FBT-Therapeut:innen und anderen familienbasiert arbeitenden Fachpersonen durch die Eltern durchgeführt.

Dieser Ratgeber liefert ein tiefes Verständnis für die Krankheit auf Basis moderner wissenschaftlicher Erkenntnisse. Er unterstützt Eltern in der Begleitung ihrer Kinder zuhause anhand zahlreicher Tipps und erprobter Praxisbeispiele. Vom Umgang mit Angst, Aggression und Essensverweigerung bis hin zum Thema Selbstfürsorge ist er eine unentbehrliche Quelle für alle Eltern, die ihre Kinder in die Genesung begleiten möchten. Anorexie ist heilbar.